宋代卷

貳

樂府續集

郭麗 吴相洲 編撰

宋代卷

郊廟歌辭

燕射歌辭

鼓吹曲辭

橫吹曲辭

相和歌辭

上海古籍出版社

卷二一五　宋郊廟歌辭二一五

景祐祭文宣王廟六首

迎神，《凝安》

大哉至聖，文教之宗。紀綱王化，丕變民風。常祀有秩，備物有容。神其格思，是仰是崇。

初獻升降，《同安》

右文興化，憲古師今。明祀有典，吉日惟丁。豐犧在俎，雅奏來庭。周旋陟降，福祉是膺。

奠幣，《明安》

一王垂法，千古作程。有儀可仰，無德而名。齊以滌志，幣以達誠。禮容合度，黍稷非馨。

酌獻，《成安》

自天生聖，垂範百王。恪恭明祀，陟降上庠。酌彼醇旨，薦此令芳。三獻成禮，率由舊章。

飲福，《綏安》

犧象在前，豆籩在列。以享以薦，既芬既潔。禮成樂備，人和神悦。祭則受福，率遵無越。

兖國公配位酌獻，《成安》哲宗朝增此一曲

無疆之祀，配侑可宗。事舉以類，與享其從。嘉栗旨酒，登薦惟恭。降此遐福，令儀肅雍。

送神，《凝安》

肅肅庠序，祀事惟明。大哉宣父，將聖多能。歆馨肸蠁，回馭凌兢。祭容斯畢，百福是膺。

《宋史》卷一三七《樂志》，第3234—3235頁

大觀三年釋奠六首

元脱脱《宋史·樂志》:「(大觀)三年五月,詔:『今學校所用,不過春秋釋奠,如賜宴辟廱,乃用鄭、衛之音,雜以俳優之戲,非所以示多士。其自今用雅樂。』」①

迎神,《凝安》

仰之彌高,鑽之彌堅。于昭斯文,被于萬年。峨峨膠庠,神其來止。思報無窮,敢忘于始。

升降,《同安》

生民以來,道莫與京。温良恭儉,惟神惟明。我潔尊罍,陳兹芹藻。言升言旋,式崇斯教。

① 《宋史》卷一二九,第3002—3003頁。

奠幣，《明安》

於論鼓鍾，于兹西雍。粢盛肥碩，有顯其容。其容洋洋，咸瞻像設。幣以達誠，歆我明潔。

酌獻，《成安》

道德淵源，斯文之宗。功名糠粃，素王之風。碩兮斯牲，芬兮斯酒。綏我無疆，與天爲久。

配位酌獻，《成安》

儼然冠纓，崇然廟庭。百王承祀，涓辰惟丁。于牲於醑，其從予享。與聖爲徒，其德不爽。

送神，《凝安》

肅莊紳綏，吉蠲牲犧。於皇明祀，薦登惟時。神之來兮，肸蠁之隨。神之去兮，休嘉之貽。

《宋史》卷一三七《樂志》，第3235—3236頁

大晟府擬撰釋奠十四首

迎神，《凝安》

黄鍾爲宫　大哉宣聖，道德尊崇。維持王化，斯民是宗。典祀有常，精純并隆。神其來格，於昭盛容。

大吕爲角　生而知之，有教無私。成均之祀，威儀孔時。維兹初丁，潔我盛粢。永適其道，萬世之師。

太簇爲徵　巍巍堂堂，其道如天。清明之象，應物而然。時維上丁，備物薦誠。維新禮典，樂諧中聲。

應鍾爲羽　聖王生知，闡乃儒規。《詩》《書》文教，萬世昭垂。良日惟丁，靈承不爽。揭此精虔，神其來饗。

初獻盥洗，《同安》

右文興化，憲古師經。明祀有典，吉日惟丁。豐犧在俎，雅奏在庭。周旋陟降，福祉是膺。

升殿，《同安》

誕興斯文，經天緯地。功加于民，實千萬世。笙鏞和鳴，粢盛豐備。肅肅降登，歆兹秩祀。

奠幣，《明安》

自生民來，誰底其盛？惟王神明，度越前聖。粢幣具成，禮容斯稱。黍稷非馨，惟神之聽。

奉俎，《豐安》

道同乎天，人倫之至。有饗無窮，其興萬世。既潔斯牲，粢明醑旨。不懈以忱，神之來暨。

文宣王位酌獻，《成安》

大哉聖王，實天生德。作樂以崇，時祀無斁。清酤惟馨，嘉牲孔碩。薦羞神明，庶幾昭格。

兖國公位酌獻，《成安》

庶幾屢空，淵源深矣。亞聖宣猷，百世宜祀。吉蠲斯辰，昭陳尊簋。旨酒欣欣，神其來止。

鄒國公位酌獻，《成安》

道之由興，於皇宣聖。惟公之傳，人知趨正。與饗在堂，情文實稱。萬年承休，假哉天命。

亞、終獻用《文安》

百王宗師，生民物軌。瞻之洋洋，神其寧止。酌彼金罍，惟清且旨。登獻惟三，於嘻成禮。

徹豆，《娛安》

犧象在前，豆籩在列。以饗以薦，既芬既潔。禮成樂備，人和神悅。祭則受福，率遵無越。

送神，《凝安》

有嚴學宮，四方來宗。恪恭祀事，威儀雍雍。歆兹惟馨，飆馭旋復。明禋斯畢，咸膺百福。

《宋史》卷一三七《樂志》，第3236—3238頁

景祐釋奠武成王六首

迎神，《凝安》

維師尚父，四履分封。靈神峻密，祀事寅恭。蕭薌祇薦，飆馭排空。如幾如式，福禄來崇。

太尉升降，《同安》

上公攝事，衮服斯皇。禮容濟濟，佩響鏘鏘。靈斿惚恍，嘉薦令芳。神具醉止，降福穰穰。

奠幣，《明安》

四嶽之裔，凉彼武王。發揚蹈厲，周室用昌。追封廟食，簡册增芳。升幣以奠，磬管鏘鏘。

酌獻，《成安》

獵渭之陽，理冥嘉應。非龍非虎，聿求元聖。平易近民，五月報政。祀典之崇，於斯爲盛。

飲福，《綏安》

神機經武，隆周之寓。表海分封，邁燕超魯。耽耽廟貌，俎豆有序。薦福邦家，維師尚父。

送神，《凝安》

聖朝稽古，崇兹武經。禮交樂舉，于神之庭。嘉栗旨酒，既饗芳馨。永嚴列象，劍舄簪纓。

《宋史》卷一三七《樂志》，第 3238—3239 頁

熙寧祀武成王一首

初獻升降，《同安》

武德洸洸，日靖四方。百王所祀，休有烈光。命官攝事，佩玉鏘鏘。思皇多祜，以惠無疆。

《宋史》卷一三七《樂志》，第 3239 頁

大觀祀武成王一首

酌獻，《成安》

涼彼周王，君臣相遇。終謀其成，諸侯來許。洋洋神靈，尊載酒醑。新聲爲侑，笙簫備舉。

《宋史》卷一三七《樂志》，第3239頁

紹興釋奠武成王七首

迎神，凝安

姑洗爲宮 於赫烈武，光昭古今。載嚴祀事，敕備惟欽。既潔其牲，既諧其音。神之格思，來顧來歆。

初獻升殿，《同安》

肅肅廟中，有嚴階墄。匪棘匪徐，進退可則。冕服是儀，環珮有節。神之鑒觀，率履不越。

奠幣，《明安》

祀率舊典，禮崇駿功。齊明衷正，肸蠁豐融。量幣肅備，周旋鞠躬。神其昭受，幽贊無窮。

正位酌獻，《成安》

赫赫尚父，時維鷹揚。神潛韜略，襟抱帝王。談笑致主，竹帛流芳。國有嚴祀，載稽典常。

留侯位酌獻

眷彼留侯，奇籌贊漢。依乘風雲，勒成功旦。克配明禋，儀刑有焕。英氣如生，來格來衎。

亞、終獻，《正安》

道助文德，言爲世師。功名不泯，祀事無遺。旨酒惟馨，具醉在兹。有嘉累獻，神其燕娭。

送神

日惟上戊，神顧精純。禮備三獻，樂成七均。奄留洋洋，流福無垠。言還怳惚，空想如存。

《宋史》卷一三七《樂志》，第3239—3240頁

紹興祀祚德廟八首

迎神，《凝安》

姑洗爲宫 匿孤立後，惟義惟忠。昔者神考，追録乃功。祀典載加，進爵錫公。神兮降格，尚鑒褒崇。

初獻升降，《同安》

廟宇更新，輪奐豐敞。神靈如在，英姿颯爽。執事進趨，降升俯仰。威儀翼翼，虔祈歆饗。

奠幣，《明安》

牲薦碩大，幣致精純。聿升祀事，兹用兼陳。箱篚既實，奠獻惟寅。饗我至意，福禄來成。

彊濟公位酌獻，《成安》

以身托孤，實惟死友。撫嫗長之，若父若母。潛授于韓，克興厥後。崇廟以獻，德侈報厚。

英略公位酌獻，《成安》

立孤固難，死亦匪易。義輕一身，開先趙嗣。肅穆廟貌，烈有餘氣。式旋嘉薦，昭哉祀事。

啓佑公位酌獻，《成安》

於皇時宋，永祚有基。始緊覆護，扶而立之。敢忘昭荅，牲分酒醴。靈其燕饗，益相本支。

亞、終獻用正安

呦呦靈宇，神安且翔。三哲鼎峙，中薦嘉觴。凜若義氣，千載彌光。猗其祐之，錫羡無疆。

送神，《凝安》

禮樂云備，畢觴爾神。翊翊音送，轙輿若聞。駕言歸兮，靈斿結雲。祚我千億，介福來臻。

《宋史》卷一三七《樂志》，第3240—3241頁

司中司命五首

迎神，《欣安》

冠峨峨兮，服章蕤蕤。靈來下兮，進止委蛇。我涓我壇，我潔我俎。降輿却旌，於兹享御。

升降，《欽安》

紳綏舒舒，佩環鏗鏗。陟降上下，壇燎光明。有盥於罍，有帨于巾。不昊不敖，庶以安神。

奠幣，《容安》

我誠既潔，我豆既豐。神來降斯，有儼其容。薦此嘉幣，肅肅雍雍。何以侑之？於樂鼓鍾。

酌獻，《雍安》

酌兹旨酒，既盈且芬。式用來歆，衎衎熏熏。何以寧神？薦有嘉籩。何以錫民？曰惟

豐年。

送神，《欣安》

雲兮飄飄，風兮棱棱。飆馭返空，杲日來升。歸旆揚揚，衆樂鏘鏘。我神式歡，惠我嘉祥。

《宋史》卷一三七《樂志》，第3241—3242頁

祠司中司命司民司禄

趙鼎臣

迎神，《興安》之曲姑洗宫

文昌煌煌，不顯其光。惟神彪列，以介福祥。物成于冬，禮報其本。我殺既將，神降其敏。

升、降壇，《欽安》之曲南吕宫

甫盥而升，其志兢兢。厥降以趨，其色愉愉。一降一登，豈曰癉止。欽以事神，庶幾燕喜。

奠幣，《容安》之曲南吕宫

戒期惟先，諏日既良。神徠况予，肅如有光。儀以物將，物以誠顯。我交匪紓，肆用有薦。

酌獻，《雍安》之曲南吕宫

於昭于天，有粲其職。厥臨孔威，于鑒靡忒。坎其擊鼓，酌此嘉觴。神毋我違，降以福祥。

送神，《欣安》之曲姑洗宫

車隱雷兮，閶闔開兮。升泰階兮，神歸徠兮。神歸康只，弭節遑只。降福穰只，祐我皇只。

《竹隱畸士集》卷一五，景印文淵閣四庫全書，册1124，第234—235頁

五龍六首

迎神，《禧安》

靈之智兮，躍漢潛幽。欲豢擾兮，無董與劉。陳金石兮，佐侑牢羞。庶燕享兮，澤應民求。

升降，《雅安》

靈之至兮，逸駕騰驤。噓雲吸氣，承祀日光。展詩鳴律，肅莊琳琅。何以臏神？貺惠無疆。

奠幣，《文安》

維靈德兮，變化不常。沛天澤兮，周流八荒。奠嘉幣兮，肅雍不忘。永佑民兮，錫以豐穰。

酌獻，《愷安》

練吉日兮，進神之堂。牲既陳兮，粢盛既香。奠桂酒兮，容與嘉觴。靈安留兮，錫我福祥。

亞、終獻，《嘉安》

明明天子，禮文咸秩。矧神之功，横被九域。雲施稱民，物産滋殖。嘉承惠和，罔有終極。

送神，《登安》

靈之來下，以雨先驅。靈之旋馭，五雲結車。操環應夏，發匣瑞虞。真人在御，來獻珍符。

《宋史》卷一三七《樂志》，第3242—3243頁

卷二一六　宋郊廟歌辭二一六

又七首　楊億

題注曰：「續奉勑撰，景德三年。」

白帝迎神《高安》曲

西顥騰精，天地始肅。盛德在金，百嘉阜育。彍弩射牲，築場登穀。明靈格思，旄罕紛屬。

奉幣《嘉安》曲

博碩肥腯，以炰以烹。嘉栗旨酒，有彌斯盈。殽蔌維旅，肅肅蒸蒸。吉蠲絛物，享于克誠。

送神《理安》曲

飆輪戾止，光燭靈壇。金奏繹如，白露溥溥。

朝日迎神

陽德之母，羲御寅賓。得天久照，首兹三辰。正辭備物，肅肅振振。淪精降鑒，克享明禋。

奉幣

醴齊良潔，有牲斯純。大采玄冕，乃昭其文。王宫定位，粢盛苾芬。民事以叙，玄德升聞。

送神

懸象著明，照臨下土。降福穰穰，德施周普。

飲福酒《廣安》曲

簠簋既陳，吉蠲登薦。洗心防邪，肅祇祭典。陟降惟寅，籩豆有踐。百禄咸宜，淳耀丕顯。

《武夷新集》卷五，景印文淵閣四庫全書，册1086，第409頁

方丘樂歌

迎神，《鎮寧》之曲林鍾宮再奏，太簇角再奏，姑洗徵再奏，南宫羽再奏，詞同。

至哉坤儀，萬彙資生。稱物平施，流謙變盈。禮修泰折，祭極精誠。皇皇靈眷，永奠寰瀛。

初獻，盥洗，太簇宫《肅寧》之曲

禮有五經，無先祭禮。即時伸虔，惟時盥洗。品物吉蠲，威儀濟濟。錫之純嘏，來歆愷悌。

初獻，升壇，應鐘宫《肅寧》之曲

無疆之德，至哉坤元。沉潛剛克，資生實蕃。方丘之儀，惟敬無文。神其來思，時歆薦殷。

初獻，奠玉幣，太簇宫《億寧》之曲

禮行方澤，文物備舉。惟皇地祇，昭格來下。奠瘞玉帛，純誠内著。神保是享，陟降斯祐。

司徒捧俎，太簇宫《豐寧》之曲

四階秩儀，壇於方澤。昭事皇祇，即陰以塶。潔肆於祊，孔嘉且碩。神其福之，如幾如式。

正位，酌獻，太簇宫《溥寧》之曲

蕩蕩坤德，物無不載。柔順利貞，含弘光大。籩豆既陳，金石斯在。四海永寧，福禄攸介。

太宗配位，酌獻，太簇宫《保寧》之曲詞闕

亞、終獻，升壇，太簇宫《咸寧》之曲

卓彼嘉壇，奠玉方澤。百辟祗肅，八音純繹。祀事承明，柔祇感格。

徹豆，應鍾宫《豐寧》之曲

修理方丘，吉蠲是宜。籩豆静嘉，登於有司。芬芬馨香，來享來儀。郊儀將終，聲歌徹之。

送神，林鍾宮《鎮寧》之曲

因地方丘，濟濟多儀。樂成八變，靈祇格思。薦餘徹豆，神貺昭垂。億萬斯年，永祐丕基。

詣望燎位，太簇宫《肅寧》之曲詞同升壇

《全宋詩》卷三七三五，册71，第45027—45028頁

夏祭方澤

趙鼎臣

太祖位奠幣，《恭安》之曲應鐘宫

於赫烈祖，受命作宋。俾我文孫，萬年承統。陟配于郊，惟帝時克。吉蠲爲饎，薦是篚實。

飲福，《禧安》之曲應鐘宫

惟聖能饗，式禮莫愆。受貺之釐，神不以言。隆福無疆，實在兹酒。酌言舉之，天子萬壽。

《竹隱畸士集》卷一五，景印文淵閣四庫全書，册1124，第232頁

宋頌并序

趙湘

詩序曰：「臣湘言：古皇王之德，若日月流乾，江河注坤，烜赫不没，浩浩無息。雖鳥獸魚鼈、草木動植之類，咸盡性命，保合丕道。章人憲物，横今矗古。彝倫攸叙，文武不墜。故厥猷塞夷夏，功德弗窮。括而書之，爲三墳，爲五典，爲八索，爲九丘。然後謨、訓、誥、誓、詩、頌、銘、贊等，相繼而興。咸以紀聖人之績，述其行道敷德，演教暢化，使後世君臣父子夫婦之道，治而弗忒焉。故稱唐堯曰：『若稽古帝堯，曰放勛。欽明文思安安，允恭克讓。』稱舜曰：『若稽古帝舜，重華協於帝。』又曰：『明四目，達四聰。』稱禹稱湯，稱文稱武，皆有道焉。周公旦、召公奭，大聖大賢，捃摭《雅》《頌》，唱聖君賢臣之大業，發五聲八音，風騰四方。治則頌，亂則刺，聖人之道，不爲巖穴之人而拾遺。是以尹吉甫、召穆公等，皆極宣王之頌。厥後兩漢之名士，頗能頌皇王之風。若相如、揚雄、班固、司馬遷，尤篤是事，凡炎漢之事迹，罔不研極。晉、宋、齊、梁，累累有焉，然其時君之道，或沿襲之不至，故厥頌之風，亦漸微弱。陳、隋雖有文學之士，頌爲淫哇，雅正之風遂息蘋末。皇唐發揮，帝圖頗延，上聖下明，遠邇祇肅，斯文既盛，頌聲甚聞。其末及季，干戈楯擲，六馬奮踶，朽索遂翦。草草後君，文勢頗僻，巫詞淫唱，不生清風，頌源蕪汙，流失其暢。繇是四海之內，離析崩散，山不連帶，河不續礪。車既異軌，書復殊文。仁義禮樂，其將顛耶？怨怒哀思，紛然聒聽。上帝降監，矜及下土，祚我炎宋，綽復其道。太祖皇帝，率受天命，璿璣七齊，班瑞群牧。追二帝之道，體三代之事。流凶舉賢，舞羽階陛。荆琛湖賮，南盡海際，比于庸、蜀、微、盧、彭、濮人，聲教一被，罔不率服。蠢爾含戴，久翳倏旭，渴飲飢食，暑涼寒燠，普天之下，莫不受福。今皇帝纂位立極，光照天地。浙右土獻，太原面縛。黄鉞白旄，不秉左右，天下大定。日月所照，風露所沾，鴻賓葵捧，一一無異。然後張廢禮，修墜樂，驅信馳惠，浸仁沐義，宗廟、社稷、郊祀、耕籍之事，歲無虚焉。徇路之器，立春以鳴。區宇文物，翕然爲變。嘉祥上瑞，若麗天者、蟠地者、懸于雨露者、附于草木者、奇爲禽獸者、豐爲稼穡者，維月繫日，維日繫時，知良史之不遑暇食。至于拳拳待天下賢俊，躬試而親禮，升降黜陟，坦然明白。由是左夔右龍，前稷後契，凡百執事駿奔走，莫不克賢。風教輯睦，天地肅節。《易》曰：『堯舜垂衣裳而天下治。』《傳》曰：『無爲而治者，其舜也與！』又曰：『謂《武》，盡美矣，未盡善者。』今推尊吾君之道，克定天下，不因流杵之血；守文于域中，恬澹冲寂，恭己南面。奸回汩沈，正直飛舉。誥未出而俗化，典將啓而時行。所謂先天弗違、後天奉時者。豈功不出于武王哉！《易》《傳》之稱堯舜者，豈止待於堯舜，而不待于後之聖君焉？是冥符之道，不在沿襲者，非天與天授乎？故觀吾君者，可以知堯舜焉，可以識《易》《傳》焉。武王之功，既未盡善，夫豈下乎宣王之道耶？詩人之頌宣王，輝焕赫奕，至于今日，而吾君之道，詎宜默默乎？方今左右前後，岩穴藪澤，悉多聰明之人，而頌吾君者莫不衆也。然吾君之功業，雖竭天下之知慧，聚天下之筆舌，豈能罄露其淵奥？故天地之功，百姓日用而不知，惟吾君之道亦然也。然而生其時爲儒冠，而不能薄頌仁聖之業，亦負笑于樵夫爾。臣湘謹清净心意，盥沐舌髮，稽首穹昊，拜手皎日，撰爲《宋頌》，以告於神明。其辭曰……」

九區混茫，皇天錫皇。羲教農化，勛紀華彰。繼華于禹，承禹于湯。比于文武，逮其成康。聖道攸傳，富壽無疆。隋之棄仁，天命不常。殲厥侈毒，祚歸巨唐。唐孫復昏，蕩于四方。民瘼其咨，逾于懷襄。草創中間，崩析滋章。割山裂川，國爲披猖。岷不堪命，神恫其殃。俾宋有圖，横馳豎張。日月五辰，齊其啓光。實維太祖，肇基建邦。有若有苗，逆命弗祥。爰整其師，赫怒斯揚。荆舒既貢，南海趨蹌。庸蜀微盧，雖險無當。惟爾曰夏，毒靡有流，民始克昌。屢飢而饌，久渴而漿。冰極授衣，暑煩降凉。洎我聖君，傳葉振芳。聖神仁明，浩浩汪汪。吴人來王，并汾懾降。服不以戎，鼓罔其鏜。風雨攸暨，如禽集翔。淳復天人，禮修夏商。前正後直，左賢右良。忠正并驅，回邪跼藏。鰥恤寡矜，寇屏宄亡。藥蒸石黎，法衡度量。乃宅孝悌，乃謹序庠。衣帛食肉，罔有攸傷。關譏匪艱，什一靡朧。雖有罟網，不罹汙潢。雖有山林，不亂斧㪺。雖有權衡，民不以强。雖有郛郭，民不以防。宗廟既清，郊社甚莊。品物争瑞，史載交相。未誥俗化，將時合蒼。盈耳四海，但聞洋洋。其雍其熙，無施無爲。乾坤法之，治于垂衣。蒙彼蚩蚩，不覺不知。天下一致，夫何慮思？清之淨之，平之泰之，倏變于道，殊途同歸。偉焉厥圖，本蕃益枝。百世之後，實流其奇。史官既良，康哉具書。古有吉甫，爲宣王詩。是故臣湘，作夫頌辭。聖德形容，神明告兹。狂斐恐慴，少頌史遺。《全宋文》卷一七一，册8，第377—378頁

同前九首并序

石介

詩序曰：「《詩序》曰：『頌者，美盛德之形容，以其成功告於神明者也。』夫有盛德大業，然後爲之文辭；有粹文俊辭，然後充見乎功業。德與辭表裏，功與文相埒，然後奮爲宏休，摛爲英聲，昭爲烈光。暐暐曄曄，如日之華；鏗鏗訇訇，如雷之行。暢于無前，揚于無上，江浸海流，天高地厚，不有窮盡。若周之文、武，興起王業，公旦制作禮樂，成、康積隆太平，宣王亨起中興，其功偉歟！漢之高祖定禍亂，文、景崇尚恭儉，孝武却攘戎狄，光武恢復

漢業，其功偉歟！唐之太宗誅李密、王世充、竇建德、薛舉、輔公祏；明皇除太平公主，相姚、宋，開元三十年升平；憲宗斬楊惠琳、劉闢、吴元濟，復諸侯地數千里，其功偉歟！我國家太祖武皇帝，一駕而下澤潞，再矢而定維揚，三揖而納荆、潭，四指而收蜀、廣，五征而平江南。太宗文皇帝，克紹前烈，亦既踐祚，南致淮、海數十州之地；纔謀順動，北縛并元四十五年之寇。真宗章聖皇帝，暫臨澶淵，匈奴喪威墮膽，迨今四十年，樂我盟好，不敢箠馬而南。今皇帝在明道之初，獨臨軒墀，躬厥庶政，神謀睿斷，如雷之動，六合莫不震焉；發號施令，如風之行，萬民莫不見焉。登仕哲艾，剪鉏奸惡，天清地明，日燭月霽。其功也如此，鴻烈景鑠，乃可作爲歌詩雅頌，流于金石，被于管弦，報天地而奏宗廟，感昆蟲而和夷貊矣。故周有《清廟》《生民》《臣工》《天作》《雝》《潛》《勺》《武》，漢有《中和》《樂職》《聖主得賢臣》，唐有《晉陽武》《獸之窮》《涇水黄》《奔鯨沛》《淮夷》《方城》《元和聖德》諸篇。臣介竊擬前人，輒取太祖、太宗、真宗、陛下功德之尤著見者，爲《宋頌》九篇。臣雖齒髮堅壯，未爲衰老，自視材智甚短，施之於事，無毫髮所長，虚生盛明之時，真以爲媿。然文采晦昧，體格卑脞，不足以稱述四聖君之耿光，亦庶乎萬一有以助太平之頌聲云。」

皇祖

太祖皇帝初用師，伐潞州，滅李筠；伐揚州，滅李重進也。

皇祖神武，疇敢戲豫。元年四月，筠叛於潞。皇祖躍馬，至潞城下。筠窘赴火，焦頭爛骭。
皇祖龍驤，疇敢倡狂？元年九月，進叛於揚。皇祖長驅，至揚城隅。進窘登樓，并焚其孥。
皇祖曰嘻，物情難籌。予代有周，天時人謀。罔有不同，予德其休。
予亦即祚，涵濡養撫。罔有失所，予德其裕。
筠胡予違？進胡不隨？予匪汝誅，汝自取之。
既翦二盗，聖武烜耀，荆潭蜀吴，如拔腐草。

《皇祖》六章，二章八句，一章六句，三章四句。

聖神

太祖皇帝出師援長沙，且假道荆，遂取荆、潭也。

不疾而速，不怒而威。惟聖惟神，其幾其微。

二國之君，各保爾土。虎憑于山，莫予敢取。蛟憑于淵，莫予敢侮。萬斯年兮，關鑰以固。

聖機神謀，天秘地藏。風行雷動，旦秣我馬，夕取其疆。二君不知，晏眠于床。

具篙與舟，同朝天子。一發五豝，二君皆至。皇祖聖神，鴻光丕懿。

《聖神》四章，一章四句，一章八句，一章七句，一章六句。

湯湯

太祖皇帝收蜀，取孟昶也。

湯湯其江，區區爾孟。一夫當關，不知天命。蟻固於穴，蛙負于井。咫尺之地，爲可以騁。

彼以險守，我以德懷。王師東來，函谷自開。蜀虜授首，呼號哀哀。蜀人鼓舞，與我偕來。

昔時蜀道，絶人來往。今蜀既平，王道蕩蕩。尉侯一置，朝貢相望。巍巍皇祖，德聲遠暢。

《湯湯》三章，章八句。

莫醜

太祖皇帝用周渭之策，命潘美取廣州也。

莫醜匪虺，莫悍匪兕。有鋹在南，毒螫不已。沸湯熱火，暴我赤子。
皇祖曰嘻，天生蒸民。立之君長，以養以仁。乃予不恤，匪鋹之嚚。
乃謀于渭，乃將于美。王師鷹揚，涉江萬里。闢其城門，鋹號請死。
皇祖有德，乾覆坤容。予在弔民，不殺以封。皇祖慈仁，感於昆蟲。

《莫醜》四章，章六句。

金陵

太祖皇帝命師取李煜也。

金陵峨峨，長江萬里。誰爲巢穴，養此蛇豕？天豈作限，而險而恃。不順不臣，敢亢天子。
帝赫斯怒，王師徐驅。蕞爾螻蟻，豈勝誅鉏！哀哀窮俘，爰叫以呼。歸于京師，燀哉聖謨！

《金陵》二章，章八句。

聖文

錢俶以吳越歸也。

聖文安安，聖武桓桓。朝貢萬里，正朔百蠻。無吳之險，無蜀之艱。無潭之嚚，無荆之頑。咸予賓順，悦色和顔。

彼俶在杭，有地千里。皮毁毛落，孤睽莫恃。懾服聲教，慕爲臣使。携彼人民，挈其土地。于橐于囊，歸于天子。

天子神聖，罔不懷柔。既懷而封，恩涵澤流。逆予有刑，視彼揚州。順予有封，視此錢侯。赫赫宋德，何有窮休！

《聖文》三章，章十句。

六合雷聲

太宗皇帝親征太原，取劉繼元也。

六合雷聲，中國有君。塗其耳目，不使聽聞。隔在荒外，嗟爾并人！

匪民之嚚，爲賊俘虜。往弔其民，王澤時雨。往伐其罪，王師虎旅。
昔時錢俶，有國於吴。今俶歸我，爲吾前驅。并人望風，請爲臣奴。
舊是匈奴，爲并左臂。今附有德，不與賊子。并人失恃，求就戮死。
撫我則懷，并人肯來。降旗出城，并門夜開。并土既平，吾王休哉！
往在藝祖，未遑拓寓。遺我聖宗，啓此北土。敢告太廟，惟皇孝武。

《六合雷聲》六章，章六句。

聖武

戎犯我疆，至于澶淵，真宗皇帝親臨六師，射煞戎酋，軍不得歸，乞盟請和也。

聖武惟揚，鷹師虎旅。至于澶淵，執彼醜虜。醜虜之來，蜂蠆敢怒。我師如林，不怒以懼。既俘其師，請示死所。
聖仁如天，惡殺好生。于以耀德，匪來觀兵。亟命止戈，無兹黷刑。不剿其類，戴我以兄。屈膝請和，畏我威靈。
棄甲以歸，處彼北隩。千斯年兮，永以爲好。邊人其安，養幼送老。民有肥田，馬有茂草。

威德遠兮，思我聖考。

《聖武》三章，章十句。

明道

莊獻明肅皇太后崩，今皇帝陛下獨臨軒墀，聽决萬機，睿謨聖政，赫然日新也。

明肅惟母，實勤養撫。有臣有虎，有離有附。請王禄産，請廟考祖。古人有作，規吕矩武。

政在房帷，小人乘時。十年於兹，惟幾惟微。聖人如天，不識不知。龍晦其威，神藏其爲。

明道四月，睿德明發。帝褰簾箔，出臨軒榻。總擥萬機，指揮六合。

聖人之興，雷動乾行。進退大臣，顔色和平。誅逐群竪，左右不驚。

不怒而威，不疾而速。百蠻偷息，百官重足。土無二主，惟辟作福。

圖任哲艾，拔崇賢能。旌賁忠臣，死生光榮。洗刷敝風，宮闕清明。

惟帝之道，與時語默。静則坤闔，動則乾闢。

十年深宮，不有其權，今日南面，退奸進賢。

宋承大紀，八十年矣。明道之政，獨爲粹美。

唐三百年，時惟開元。猗歟明道，開元同言。
明道之政，可以歌舞。小臣作頌，實慚吉甫。

《明道》十一章，二章八句，四章六句，五章四句。

《全宋文》卷六一八，册29，第177—183頁

卷二七　宋郊廟歌辭二七

同前并序

張方平

詩序曰：「昔周自后稷有功生民，至太王宅岐下，實始翦商，肇基王迹。文王受命養晦，武王丕承其烈，戎功耆定，始安鼎洛。至姬公旦隆建禮樂，酌告太平，成、康之間，頌聲爰發。其在於《詩》，肆有《清廟》《臣工》之什，咸所以噫嘻嘆歌，本先王之懿德，以薦郊廟，告諸神明，是謂『承天之休』。漢自高祖夷靖殘酷，克就王業，孝文保厥成，孝景奕其光，勤儉安厚，四葉富庶，刑措不試，格於大寧。爰及武帝，重熙襲盛，數蒙瑞物，而近侍詞臣乃始作爲《寶鼎》《芝房》之歌，用備祠祭，以大樂其祖考，書在簡册，流耀無窮。亶乎顯哉！有國之美爍，繼序善承之孝也。今聖上再臨軒録士之春，臣方平預鄉老賓興之書。伏觀國朝清静，儀法昭鬱。深惟太祖皇帝神聖天機，經綸屯昧，開五季之荒棘，翦專土之跋扈。天麾時指，趨順詔令，既賓既治，民獲更始。太宗皇帝緒闡遠猷，樹建程令，始大一統，爲長世之謨。先皇帝毖慎不怠，薦膺駿命，澤南加而威北暢，受豐報而享厚利。爰定有北，載橐載戢。文德舒密，武事嚴尅。天旋坤寧，雷厲風肅。陰陽端序，生息祥遂。東封泰山，西祀汾脽。殊休偉觀，充塞蟠極。振古能事，悉舉畢至。皇帝陛下祗奉文母，光覆寰表，盛德大業，承前灼後。然而自開國建太平且七十載，而詩人未能法周、漢故事，薦美祖禰，播于樂章，以備登歌。臣誠固惽，幸生清厚之世，陶漬醇醲之化，越在草莽，恨未得見邦家典禮，敢采民間所聞其焯爍尤異者，裁爲《宋頌》十五章，爲上下二什。其《天假之什》八篇，繫之先帝；其《日之初升》之什七篇，繫之今上焉。觀之祀祫之旨，而祖宗之淳烈見矣。雖道聽塗說，不足以鋪張對天之休，而腹鼓壤歌，亦聊得發揚輿人之頌也。」

天假之什宋頌上

天假

先帝既封岱宗，旋廟薦謚，告祖宗也。

天假元命，皇武基之。率時永猶，烈文熙之。爰撫大夏，溥底維之。克懷惟德，非天實私之。繼圖爾成，駿嘏允綏之。

《天假》一章十句

大定

祀烈祖也。太祖始受命平天下焉。

芒芒九宇，微禹疇奠？嗟在五季，亂厖孰剪？人紀大棘，百年殘獮。帝心震傷，降武于皇，皇受命純將。孰爲昏狂，敢專叛亢。薄舉震之，悉致其良。海寰内外，際於覆載。景云休假，九琛來會。大定維武，丕有烈光。神用燕休，民用靖康。天用顯相，後序用永昌。繁祉無疆，豐年穰穰。

《大定》一章二十五句

曰嗟

祀太宗也。太宗致理之勤，克成大業，又以戒焉。

皇帝曰嗟，予念在昔，如帝軒勛華，可謂至德，君臣無邪。相迪戒敕，顯成有家。皇帝曰嗟，予念後世，如魏晉已還，多在凶德，以速後艱。土宇崩裂，典禮隳殘。幾世幾年，生民瘁殫。皇帝曰嗟，近如唐時，革亂勤理。維是文皇，奄保終釐。肆造大室，曾孫之庇。皇帝曰嗟，天既相成予廟，芟拔荒棘，中區一闢。惟予克念，庶勤有績。緝永熙圖，授我後人，敢有怠思？

《曰嗟》一章三十二句

報成

以成功告上帝，上岱宗封也。

噫，休哉！天實陟我烈祖，奄截九瀍，式夷式靖。烈宗奕厥成，累緝熙於丕命。駿貽我無疆之謀，萬世萬年，維祗保之。念兹純嘏，非天實相。峻極宗岳，維華之望。爰邁柴告，上帝其饗。偏綏百神，禮秩具宜。不夸不勞，不私於祈。錫我有年，民無札疵。於皇顯思，百禄來覆。宜民宜家，佑我長世。

《報成》一章二十五句

有北

北鄙始賓也。

桓桓無競，陰陰有北。不訓於方，與我爲敵。維聖宅中，嚴德四驚，荒服來庭。有北仇仇，不格不柔。朔易薦騷，皇咨於右，其閲而旅。六飛言襄，金鉞琱斧。旂旄茷茷，鑾鞞楚楚。貝胄朱英，犀甲粲組。如風之撓，如霆之怒。既伐我鼓，師蒸澶浦。皇武烈烈，王旅截截。有拳有傑，如火之烈。如山之亘，如川之決。薄言奮兮，朔漠震兮，如摧如僨兮。執或釁兮，劉或徇兮。我武既張，一戎厎康。既定有北，要夷來王。有北既來，惟皇之威。王旅振凱，旋告廟社。揉此萬邦，格于丕寧，百世永賴。

《有北》一章四十句

有諶上帝

真宗德澤淳洽，天錫祥應，以寶書來告也。

有諶上帝，鑑允明哉。夙夜維德，毖厥成哉。降命不渝，克祇克承哉。匪物告之，言喻來哉。序我寶曆，展有開哉。永保安無疆，不震不回哉。振古其有，維德之懷哉。

《有諶上帝》一章十句

祈

汾陰祀后土也。

萬邦清和，歲乃薦有。思皇烈祖，既勤繹止，撫有疆土。迄若正命，妥綏有家。於嘻承武，敦尚斅思，亦既顯報。以升以降，以禋以祀。報時介育，介育不已。生物靡靡，降福侈侈。其遠驛驛，其豐蓺蓺。

《祈》一章十八句

龍登於天

國家啓祚在宋。上幸亳回，按蹕，念創業之艱，始命升陪京，嘗祖廟焉。

龍登於天，大辰之域。式遄受命，戡亂作極。於惟烈祖，於家之造。念初時艱，不忘惟孝。取虞往猷，我邁其永休。

《龍登於天》一章十句

《天假之什》八篇八章

日之初升之什宋頌下

日之初升

上始即政也。

日之初升，顯就維漸。於丕承哉，祖考之獻。烈烈顯祖，皇皇昭考。維命不易，永保克孝。惟命實艱，孝則克守。日慎如始，天將綏佑。既錫令康，介以眉壽。如地之静，如天之健。而肆能久，亶成厥後。

《日之初升》一章十八句

天監

有事於南郊也。

昊天蓋高，降監顯在。於亶熙哉，肇佑我有宋。三后介之，天命可畏。翼翼保之，對越在上。維懷格思，乃眷不違。福祉繁錫，宜我子孫，永以無斁。

《天監》一章十三句

民懷

母后佑臨御也。

民懷維仁，既安克厚。亦文母在佑，肆德多有。穆穆昭考，肅事宗廟。上帝是綏，誕此文母。克順承天，爲萬邦度。采翟有章，聖子維后。兆民懽仰，如天之覆。匪特仰兮，願言將兮。荷百祥兮，壽無疆兮。祚寖昌兮，民樂康兮。

《民懷》一章二十句

皇造

祀真宗也。

於鑠皇造，照時密幾。肆動有靖，届天之威。盛德襲成，格斯純熙。天寵有嗣，我顯膺之。奕奕昭廟，孝孫來享。湛樽潔粢，有充騂犧。肆夏在堂，鐘筦在墀，總千萬兮。烝獻祗祗，蔞其儀兮。載永載迎，亦昭假兮。既昭假爾，孝孫惟后。神人且宜，保兹萬壽。

《皇造》一章二十三句

有浚者泉

大祫祖宗也。

有浚者泉，匪長自源。皇建民極，彌萬世則。允時帝軒之力，肆有羨德。小侯國是宅，大龜是食。帝命不越，炎德原發。丕顯后祖，懿德之平。聖獻庭庭，帝命是膺。彤盧旌斧，以征以輔。洶烈且武，肇荒東宇。克寬克擾，不澄不撓。百休是保，天禄始造。江介既櫌，湖潭嶺陬。右叙川蜀，并汾之酋。師行優優，不犯不劉。取其大球，旂裳冠旒。格其僭戾，悉公我謀。三象霧霽，無競惟休。中葉奕章，有猷有常。敷哲維人，天錫無疆。彌億萬年，山嶽之固，河流之長。嗚呼令王，實念兹來享。

《有浚者泉》一章四十五句

載耜

修千畝也。

月旅孟陬，農事既飭。陽氣蒸達，原軫充澤。駕言徂郊，載耜告籍。申命農畯，率時主伯。爰任疆游，開其休棘。乃播而實，亟耘以擇。既發我公，亦服爾私。迄登稔成，有獲丕丕。爰禀於廟，積億及秭。以豐粢盛，以供酒醴。以禮賓戶，以格祖禰。既登既徹，亦勞其耋。以措以澤，穡夫胥悦。

《載耜》一章二十六句

成

重民政也。

敷告旅臣，祇考乃莅。釐爾民人，以成來比。顧時元元，予育維子。克愛克勸，克廉克類。予顯陟汝，汝庸汝異。思荷多福，往勤汝試。迄成登年，惟郊之既。乃尅乃怙，乃慢乃侮。予有顯誅，罰不赦汝。

《成》一章十八句

《日之初升之什》七篇七章。

《全宋文》卷八一一八，册 38，第 165—172 頁

同前

李師中

神武頌

太祖也，以天下授太宗，永有休功，其古之聰明睿智神武而不殺者夫！有天下不與子，推大公，永天命，遂定四方。其功冠，萬世獨出，使臣不究其極，未足以昭盛德大業，故作頌焉。

於赫神武，不顯其功。天命在躬，圖惟厥終。不卜不謀，付命太宗。惟帝之心，天地之公。

文明頌

太宗也，焕乎其有典常，始作樂，告其成功焉。

本朝承五代之敝，稽古典常之事，至是備焉，故頌以美之。

於昭文明，繼序其皇。既有典常，底定四方。清廟用章，德音不忘。

仁功頌

真宗也，能申上帝之祐，以和戎狄，以安萬民。專用德化，致百餘年大定。自成康已來，未有如此者也。仁恩厚矣，生息極矣。繼以禮樂，則萬物其終乎，王道其成乎！頌之作也，蓋有待焉。

於穆仁功，已任天覆，萬民靡不壽。懷爾戎狄，以及鳥獸。於嗟仁功，草木潰茂，如文王之囿。《全宋文》卷一〇三〇，册48，第30—31頁

樂章五曲并引

李　復

詩引曰：「鄉民歲秋修祀以報神惠，樂五奏皆有歌，其辭鄙陋，不可以格神。予因其迎神、送神與夫三奠爲曲云。」

南山深，雲冥冥。蒼松長，寒楓陰。紫檀椒堂白玉庭，千年桂樹落子青。吉日矣辰良，浴蘭兮佩芳。穆將愉兮神君，沛荃旗而來翔。青霓叩額通緑章，鴻龍開門宫中香。望君御兮前渚，

再拜兮起舞。時不可兮再得，聊徜徉而容與。右迎神。

海日上天破苦霧，散香釃酒巫進舞，神在琵琶弦上語。載鸞旂，伐鼉鼓，驅豐隆，笑玉女，小雨班班點飛土。駕文螭兮張翠羽，蘭爲旌兮桂爲斧。神車出兮青山空，留應龍兮守山宮。古烟蒼蒼封寒松，流水濺濺山重重。促前導兮走輕雷，駐清馭兮雲低回。石壇漠漠風幃開，鄉人奠拜神君來。右降神。

霧光散兮曈曈，蘼蕪青兮椒紅。石上菖蒲生紫茸，曲嶼蘋長絲影重。雉鷕鷕兮鹿伎伎，圓鱗金光出寒水。碧鼎收香養雲子。三脊白茅斷爲委。平壺玉酒清於空，開壺芳新破曉風。罍前洗爵奠當中，海南沉水烟濛濛。人有誠，神有靈，幽明通，薦芳馨。右祀神。

刻花圓榼青玉趺，高堂轤轤雲錦舒。兩階納陛先登巫，近前神喜巫歌呼。揚桴兮拊鼓，金嗚兮竹語。長絲哀怨雁移步，堂上聲歌堂下舞。工祝濯柳灑庭户，神君功多人有主。風清氣微散時雨，上無螟蛉下無鼠。川滿粳兮陸滿黍，少婦窗間弄機杼。鄉人相勸醉埸圃，敬拜神君芘吾土。右樂神。

鼓急兮收舞影，火銷兮膏燼冷。鄉人出門女巫醉，日下西山起陰暝。荇葉光，青幡長。壇前旗影動回風，飛電忽轉雷隆隆。玉劍蓮花碧珠佩，喜雲低來有酒氣。浮空皓皓從歸轡，千騎無聲去如水。龍車獸鬼不踏塵，迅霆一擊開山門。神兮神兮愛吾人，千年置社樂神君。右送

神。《全宋詩》卷一一〇一，册19，第12495—12496頁

樂神曲

范成大

《全宋詩》題注曰：「效王建」。

豚蹄滿盤酒滿杯，清風蕭蕭神欲來。願神好來復好去，男兒拜迎女兒舞。老翁翻香笑且言，今年田家勝去年。去年解衣折租價，今年有衣著祭社。《全宋詩》卷二二四四，册41，第25767頁

同前

舒岳祥

按，《全元詩》册三亦收舒岳祥此詩，元代卷不復録。

汙田稻子輸官糧，高田豆角初上場。楓林沉沉誰打鼓，農家報本兼祈穰。打鼓打鼓急打鼓，大巫邀神小巫舞。絳衫綉帔朱冠裳，手持鈴劍道神語。前年軍過鷄栅空，今年一母生十雄。

呭東種秫穫頗厚，大甑炊糍甕成酒。家機白市闊且長，翁媼製作新衣裳。再拜奠神重酹酒，男耕女桑十倍强。大婦小婦别有祝，生養好男房計足。巫公巫公告爾神，産穀不如多産銀。驢馬馱車碌碌，免斫柘條行箠扑。《全宋詩》卷三四三六，册 65，第 40911 頁

祈雨迎神辭

吴致堯

詩序曰：「桂陽，郴之支邑，間于江嶺，地瘠民窮，往往逃賦役以煩催科，雖歲屢豐，而追逋無虚日。癸巳夏六月，天久不雨，苗且盡槁。縣令璩重、丞吴致堯率吏民即雩壇，乃詣雨師靈谷通天祠，備旗幟、鼓樂，迎神像於壇之左，爲邑民乞澤。致堯聞誠之至者必通，然非假辭無以見，乃作迎神之章，俾民歌以祈焉。其辭曰……」

粤桂陽之嶇嶔兮，敻荒山之漫漫。室板次以鱗分兮，土瘠薄而窶寒。何屯膏於遠邑兮，春徂夏而嘆乾。石田拆而龜兆兮，鞠稂莠與蓁菅。婦絶炊而垂泣兮，農釋耒以長嘆。翳邑吏之不德兮，職嘗司於田官。煩催科而多違兮，每對案而凄酸。念兹咎之誰執兮，詎寢食之敢安。虚心齊以進禱兮，款嚴祠之重關。惟明神之德威兮，耿昭昭而桓桓。擁霓旌而佩霞兮，駕青驪而

驂鸞。北之水兮楚之山，神來閣兮縹緲間。遍九疑之雲霧兮，涌洞庭之波瀾。驅神若以發蟄兮，起赤龍以蜒蜿。轉阿香之雷車兮，舞商羊而蹣跚。雨浸浸其沾足兮，庶西成之可觀。禾油油其堅好兮，亦俯仰以怡顔。畢歲功而昭報兮，薦芬芳之椒蘭。湯華泉《全宋詩輯補》，册4，黄山書社，2016年版，第1763—1764頁

謝雨送神辭

吴致堯

詩序曰：「桂陽之迎神，以六月之己未、庚申，雨於零陵；壬戌，雨於宜城；癸亥，雨於唐延；甲子，雨於文明；乙丑，縣之遠近大雨霖浹日，高平之暵乾者皆爲沃壤，苗之槁者盡起矣。丙子，僚吏備禮物送神歸朝，乃作詩遺邑民歌之，以報祭焉。其辭曰……」

淡容與而薈蔚兮，楚山之朝隮。紛夭矯其蜚騰兮，楚澤之蛟螭。雷硠砰磕兮，震千軍之鼓鼙。電熾杳䀪兮，耿靈光而飆馳。神哉沛兮，浹十日之祁祁。惠我民兮，匪金玉與貝璣。倏赤地兮，化衍沃之塗泥。彼槁者苗兮，我職植立而蕃滋。老農喜色兮，慶飽食之庶幾。政和聖德兮，格穹昊與皇祇。百神受職兮，錫四海於庬禧。遐方腐壤兮，溥滲漉而靡遺。神之歸兮民熙

熙，笙《崇丘》兮歌《由儀》。酒既旨兮牲既肥，稼如茨兮庾如坻。含哺鼓腹兮以敖以嬉，日用飲食兮帝利焉知？《全宋詩輯補》，册4，第1764頁

太白詞并叙

蘇　軾

詩叙曰：「岐下頻年大旱，禱於太白山輒應，故作迎送神辭一篇五章。」按，清文淵閣四庫全書本王十朋《東坡詩集注》置此詩於「樂府」類，且據詩叙，此乃迎送神詞，故置于本卷。

雷闐闐，山晝晦。風振野，神將駕。載雲罕，從玉虬。旱既甚，蹶往救，道阻修兮。

旌旆翻，疑有無。日慘變，神在塗。飛赤篆，訴閶闔。走陰符，行羽檄，萬靈集兮。

風爲幄，雲爲蓋。滿堂爛，神既至。紛醉飽，錫以雨。百川溢，施溝渠，歌且舞兮。

騎裔裔，車斑斑。鼓簫悲，神欲還。轟振凱，隱林谷。執妖厲，歸獻馘，千里肅兮。

神之來，悵何晚。山重複，路幽遠。神之去，飄莫追。德未報，民之思，永萬祀兮。《全宋詩》卷七八七，册14，第9116頁

卷二八　宋郊廟歌辭二八

常山四詩并序

孔平仲

詩序曰：「熙寧六年之仲冬，太守以旱有事於常山。平仲職在學校，不預祭祀。太守以常山密之望，而太守出城爲非常，故帥以往。平仲既不辭，又不敢無言以助所請也，作《迎神》《酌神》《禱神》《送神》四詩以畀祠官。」

迎神

木摵摵兮若有聞，風回回兮吹塵。神之來兮何暮，斗斜月落兮夜將向晨。跪捧香兮謹以俟，久注目兮山雲。

酌神

不敢告勞兮山之盤盤，祀事孔脩兮誠心亦殫。陳肴羞兮堂下，莫旨酒兮石之間。神庶幾兮享此，既醉且飽兮留聽余言。

禱神

歲且大旱兮田事甚荒，疫癘將作兮火菑流行。循神之名兮其德有常，靈鑒不遠兮照此忱誠。出雲洩洩兮靈雨其雱，庶幾此民兮不乏粢盛。

送神

巫傴僂兮告神將歸，屏息再拜兮儼若初來。神之樂兮遊衍，風爲車兮雲爲旂。槁者待蘇兮瘠者需肥，自今已往兮余日望之。《全宋詩》卷九二五，册16，第10846頁

解雨送神曲

李常

怒風兮揚塵，日爍石兮將焚。水泉竭兮厚地裂，嘉穀槁兮孰耨且耘。神龍兮靈壑，挹清波兮幽瀆。鳴鼉鼓兮舞神覡，庶下鑒兮霈祥氛。

觸石兮山巔，倏四騖兮天邊。驚霆怒兮電熾，翻河漢兮繩懸。黍離離兮發嘉，穗壠高下兮

水潺湲。讙吾人兮拜貺，請奉事兮無有窮年。

肅旂旆兮先驅，咽簫笳兮擁歸輿。椒醑甘兮牲幣潔，如肸蠁兮爲之躊躕。瞻前山兮嵯峨，指去路兮縈紆。神德大兮報無以稱，徒感涕兮長吁。《全宋詩》卷六二〇，册 11，第 7388 頁

迎送神辭有序

李　洪

詩序曰：「紹興戊辰夏五月甲子迄八月丙戌，不雨。武原之旱視他邑爲甚，河流既斷，禳祈逮徧，苗稼盡槁。丁亥，邑令余衍稽之衆議，請水于烏龍井。翌日，水次縣十五里，驕陽如焚，陰雲忽興，雷雨隨至，民大悦。置水佛祠，緇素朝夕歌唄。自是甘雨日以繼夜，旬有二日，四野沾足。己未，邑令率父老送神歸之。按，是廟稱蘇、皋二王。吴驃騎將軍蘇舉，字子羽，葬於武原，宋高祖嘗夢而異之，封征南將軍，明帝載加册命。又《吴地志》云，昔有牛糞金，邑人皋伯與弟逐牛入山，土崩壓死，今邑南金牛山是也。龍井之始，或傳神騅跑地出泉，因以爲名，事載《海鹽圖經》。傳聞邑之父老。《祭法》曰：『能禦大災、捍大患，則祀之。』惟神之靈，距今千年，廟食兹邑，救此旱暵，肸蠁如答，是宜永崇廟貌，佑我黎氓。因采民謡，作迎送神辭，使歲時歌以侑神。辭曰……」

惟龍湫兮其源莫窮，利萬物兮精神可通。歲大旱兮我民之恫，酌彼泉兮神聽孔聰。擊鼓坎坎兮于神之宫，薄采溪毛兮饋進兩公。神欣欣兮鑒我民衷，神之來兮雨其濛。念我稼稷兮滌去爞爞，鉼罍甚小兮膏澤甚豐。驕陽摧威兮奔走豐霳，民之謳歌兮千古英風。右迎神

旱既太甚神是籲兮，一勺之水爲甘霔兮。伊神正直歆誠愫兮，三日爲霖彌旬注兮。我稼既興舟在步兮，微我兩公余曷愬兮。擊鼓其鏜山之下兮，桂酒椒漿餞神去兮。功成惠孚去不顧兮，携幼扶鮐民塞路兮。卒相有年多黍稌兮，澤惠無忘永終古兮。右送神。《全宋詩》卷二三六四，册43，第27140頁

剡縣解雨五龍潭等處送神辭

陳　著

稼如茨兮黍與粳，十日不雨兮彼蒼。御龍君兮徼祥，環嵊之土兮雨其滂。焦捲發秀兮搖晚凉，田水泱泱兮秋風香。龍倪歌舞兮飽有望，神之賜兮何可忘。登山臨水兮送將，神亦勞止兮歸安故鄉。《全宋文》卷八一一九，册351，第170頁

迎神詞

黄應龍

題注曰：「台州善利真人祈雨作。」

真人福地金庭宫，身佩含景蒼精龍。坐朝五嶽位顯崇，威儀衛從行虚空。杳眇濁世塵溟濛，神符道契浮丘公。英爽瑩澈表裏融，倏忽飛馭凌剛風。鳳凰承翼聲雝雝，胎仙舞導游方蓬。帝閔赤子顛厓中，旱乾水溢瘝誰恫。分司百靈前豐窿，瓊臺琳宇環奇峰，時駕玉輅滄溟東。邇來烈日勢蘊隆，稻田若枯病我農。字民所覬惟年豐，九關虎守呼莫從。高真慈念亟感通，天瓢一灑神馬駿。嘉惠千里成天工，靈貺億載垂無窮。《全宋詩》卷三三三八，册 63，第 39858 頁

楚州龍廟迎享送神辭

崔敦禮

詩序曰：「紹興辛巳，金人來寇，嘗以鋭師樓船蔽海而下，欲以奇襲。我將臣李寶受命迎拒，既下海，即沉牲釃酒，禱龍神而行。事還，具上神之詭異，以請於朝。天子既推功不

居，報禮上下，則惟有神之功厥尤彰灼。下其事淮南漕司，擇傅海地建廟。乙丑三月，楚州鹽城縣告廟成，漕當以上命往祭。某既以漕檄爲文，又私自作《迎享送神辭》三章遺縣令，使歲時歌以祀之。」

君之來兮殊廷，雷隆隆兮雨冥冥。從天吴兮罔象，紛萬怪兮如雲。若有妖兮震奔沛，吹逆浪兮揚膻腥。授天矛兮下討，披蒙霧兮祥氛。地平天静兮日月清夷，我民蒙福兮萬年報事。

辛楣兮藥房，蘭枅兮桂楹。翼翼兮新宫，穆將進兮芳馨。柏實兮松液，芝華兮若英。奠瓊斝兮清酤，玉俎析兮嘉牲。雅聲兮遠姚，鏘和平兮鼓鐘紛。繁會兮竽笙，靈連蜷兮須摇。儐暗藹兮紛紜，潔我心兮恭事，靈欣欣兮燕寧。

君之去兮朱宫，乘飛雲兮御回風。貝闕兮豐敞，金臺鬱兮穹隆。珠胎兮炫耀，周玉樹兮青葱。天琛兮水碧，衆寶萃兮玲瓏。良辰兮高燕，命馮夷兮展舞。嗚篪兮海童，群仙兮良待。君肯臨兮尚春容，君不我留兮我心忡忡。眇清思兮呦呦，惠我民兮盍終。《全宋詩》卷二一〇六，册38，第23780頁

普州鐵山福濟廟祀神曲

李　新

迎神

夜郎北兮雲蒼蒼，辛夷落兮木葉黃。兵佖路兮凱歌闋，渡瀘歸兮馬汗血。宅靈安所兮嶺之西，鼓角殷地兮烏夜啼。倏而來兮鼓舞迎將，苾芬蘭羞兮泠泠桂漿。羅拜兮堂皇，神之樂兮未央。

送神

伐鼓兮隆隆，風雨時兮歲豐。刲羊炰羔兮旨酒清潔，相與答神兮繼日以月。肉掩豆兮中禮，盞斝酢兮告終。神之福汝兮百室攸同，神歡以留兮塵囂而蒙，靈旗雲馬兮或時返乎離宮。

《全宋詩》卷一二六三，册 21，第 14235 頁

陳山龍君祠迎享送神曲

龔頤正

海波淵淪兮海山巃嵸，其下潛通兮君之宮。時思其母兮來春容，菖葉生兮杏蔕融。君之來兮雷隆隆，雨我田兮秋芃芃，我之懷兮無初終。

君祝駕兮芬陽斯陳，鼓鐘廣享兮列鼎重茵。君之宮兮屯雲，蕙肴蒸兮芬芬。我黍我稌兮抑亦薦其萍芹，君明其衷兮無吐芳新。

吹洞簫兮望極浦，君之歸兮雲在下土。十風兮五雨，祐我海邦兮汙萊斥鹵。君不來兮使吾心苦，千秋萬歲兮爲民所怙。《全宋詩》卷二三九七，册 45，第 27724 頁

迎送神辭

葉子疆

迎神

若有人兮山之陬，驂飛鸞兮駕文虬。雲冠兮陸離，衣紫霞兮佩明球。周流兮天神乃下，仙繽紛兮來御。神之馭兮欲東，捎急雨兮捩回風。神之馭兮欲止，雲開屏兮日穿朏，此邦之人兮

云何不喜！喜飛馭兮倏來，喜既來兮忘歸。憶昔兮予懷，望山中兮有所思。

祀神

坎坎兮伐鼓，蹁躚兮會舞。吹參差兮波底，寒神之來兮自雲間。藉茅兮桂醑，黄金杯兮白玉。俎薦血膋兮肥羜，雜肴疏兮粔籹。風悠揚兮芬香，神既樂兮浩暢。沛吾施兮四方，無不足兮奚所望！

頌神

山之氣兮油溶，山之石兮巃嵸。中有炳靈之宫，上可建五丈之旗，下可間桐魚于鼓鐘。問山宫兮伊始，變化翕霍神之阯。若何人兮披草萊，神役鬼兮驅風隆。六丁甲士天門開，翦石礧磈高崔嵬。青山兮在上，流水兮在下。力拔兮攻堅，女媧之巧兮方補天。曰予未足於願兮，福庇汝兮千萬年。神之力兮無爾私，四方上下將惟神之所之！

禱神

皇天平分四時兮，神闔闢而翕張。司下土兮，無伏陰與衍陽。驅豐隆而發生兮，馮夷導之鼓舞。高宜桑麻兮，下宜秔稌。勞莫勞兮田我用，樂莫樂兮屢豐年。神之來兮夷猶，持靈珓兮求所求。嘘爲咍兮囉爲歌，鳳麟遊翔兮鷙擊蛟鼉。厲鬼逐兮水之溢，神降格兮儵然逝。我民報事兮子復孫，翳神力兮欽於世世！

送神

山中之樂兮不可量，丹玉户兮白雲鄉。王子兮妃嬪，驂葆羽兮周章。神在山兮草木興，輝神出遊兮雲鶴思歸。上周乎九天，下窮乎九淵。恍惚兮何寓，思君兮無言。人心兮無常，趨舍兮何知。獨於神之依依，羌千古兮吾與期！風翻兮旌幢，雲衛兮驂騶。山中之樂歸來兮，塵壒之間不可以久留！《全宋文》卷五〇〇九，册 225，第 379—380 頁

平水神祠歌

陳賡

黄河如絲導崑崙，萬里南下突禹門。支流潛行天地底，派作八道如霆奔。吾聞川真嶽靈有真宰，况乃利澤開洪源。龍神窟宅瞰平野，千古廟貌何雄尊。深林含蓄雷雨潤，冷殿似帶波濤痕。我來南州走塵坌，執熱未濯憂思煩。試斟百冽洗肝肺，一勺注腹清且燉。悠然晞風坐東

廡，倏見繪畫如飛騫。仙宫華裾乘朱軒，旗纛掩藹蛟伏轅。雷公電母踏烟霧，天吴海若驅鼉黿。何時借取霹靂手，倒挽銀漢清乾坤。廟前老翁顧我語，孺子未易排天閽。何爲高論乃如此，一笑春風滿面温。是時三月遊人繁，男女雜遝簫鼓喧。騫芟沈玉笑靈貺，割牲釃酒傳巫言。巫言恍惚廟扉闔，拜手上馬山烟昏。《全宋詩》卷一二七，册3，第1481頁

魚鮮迎送神(祠)〔詞〕并序

王 𣚜

詩序曰：「古者祭不越望，諸侯祭封内山川，名源淵澤，皆列祈祀，謂其出雲雨能潤澤，施大而恩多也。後世偶而事之，屋而貯之，瀆矣！柳有魚鮮山，特爲峭拔聳秀，中有神湫，凜然可畏，往昔相傳禱旱輒應焉。嘉祐，蕭汝爲記其事，顧不窮格其理而胥爲荒怪，盛稱神爲某人某配，倍古義以誣神，果何所稽述哉？景定癸亥，𣚜以秋成，躬至其下，嘆其山水雄深，知其必能徼福於吾州也。明年孟夏，浹日不雨，民莫能殖。𣚜用悼懼，亟齋宿燎熏，檄汝掾陳君起東致命而禱乞神湫既。粤翼日丁卯，𣚜登蘇先山，望桃花之顛，勃有杳靄，午登三台閣遐眺，則油然滃焉。率郡僚迓神於門外，氣氛騰踴，砰霆激電與湫俱至。自是霖雨周浹，允相我農人。嗚呼！山川之靈，赫乎其不可泯者如此。𣚜切有感乎神之惠而思所以

報之，每惟吏惰不恭，率怠忽於神，深用謹戒。既蠲既薦，復使還水於湫，妥神於山，而後足以竭其衷焉。考《柳江集》，舊有《桂邑迎神送神詞》，因效《九歌》體爲二章，以紀神烈。迎之者懇惻，送之者眷戀，事神事人，無二道矣。嗚呼，此非巫祝之所能知也，俾侑聲歌，神將知之云爾。」

迎神

耿吾懷號忡忡，望㶿靈兮山中。龍堂兮杳室，瑶圃兮珠宫。乘清氣兮齊速，澤我民兮焉窮。蘭芳兮椒醑，神肯來兮從女。湛一勺兮玄淵，何有秋兮在予。繽并迎兮未來，渺雲車兮委蛇。使豐隆兮先驅，驂兩隆兮輝輝。靈既雨兮揚波，倏而來兮餘所爲。謇將憺兮清都，聊容與兮愉娛。把瓊枝兮精糈，翾會舞兮箎竽。跪敷衽兮陳詞，皇既降兮有孚。極我心兮勞止，神哉師兮其蘇。

送神

神之來兮既留，仍羽人兮丹丘。撫嘉橘兮實庭，吸流泉兮同流。風淅淅兮雨霏霏，駕群靈兮往從之。乘水車兮東行，翳扶桑兮咸池。雨我兮福我，神格思兮而在左。若信修兮慕予，羌愈只兮皇妥。時不可兮淹留，薦華酌兮肴羞。灑高堂兮延佇，謇吾懷兮離憂。聊夷猶兮焱遠，乘回風兮不得語。子交手兮將歸，樂新知兮愁予。欲報之兮奈何？願豐澤兮無虧。千秋兮萬歲，保爾生兮子孫獨宜。《全宋詩輯補》，册 6，第 2590—2592 頁

龜山祭淮詞二首

張 耒

按，《張耒集》置此詩於「樂府」類。

迎神

木梟梟兮蒼山巔，回洑重深兮其下九淵。東風歌兮春水舞，庭肅肅兮神來下。神來下兮翠帷舉，谷冥冥兮春山雨。雨三休兮神三燕，游雲高兮見極蒲，安我舟楫兮君不怒。水濱之人兮苦思君，菖蒲生兮楊柳春。解君旂兮醉君御，聊樂一日兮莫予棄。

送神

楚巫醉兮君不留，春風起兮木蘭舟。弭余楫兮飲君酒，君既不顧兮駕龍以出遊。凌九江兮勒滄海，萬龍舞兮百靈會。君孔樂兮我思君，望君故居兮其上片雲。水淪淪兮石碌碌，空祠草

長兮風雨入君屋。山中春兮鳥鳴悲，明月皎皎兮中夜來。《全宋詩》卷一一五七，册20，第13046頁

蕭瀧廟迎神詩

王庭珪

瀧神何年此列宫，神之來兮雨溟濛。雷公擊鼓驅群龍，神之靈兮與天通。十日五日一雨風，物無疵癘年穀豐。瀧民事神甚嚴恭，牲羞薦酒羅鼓鐘。湍雖洶涌長年工，不聞船石相撞舂。孰知此者神之功，宜歌此曲傳無窮。《全宋詩》卷一四七七，册25，第16869頁

虞帝廟迎送神樂歌詞

朱熹

詩序曰：「桂林郡虞帝廟迎送神樂歌者，新安朱熹之所作也。熹既爲太守張侯栻紀其新宫之績，又作此歌以遺桂人，使聲於廟庭，侑牲璧焉。」元人胡翰《朱文公書虞帝廟樂歌跋》曰：「桂林有虞帝廟，在虞山之下、皇潭之上。宋淳熙初，張宣公典郡，因而新之。朱文公記于石，《樂歌》二章則其所系之辭也。九年，文公過常山，書贈吕子約。子約，成公母弟也。時佐治於衢。故人傾蓋，酒酣意適，洒然見之翰墨間。宋以來二百年矣，蓋王氏之先，

得之清江時氏，而時氏得之吕氏者。魯公之孫橥，至今寶藏唯謹。余幼讀金吉父《濂洛風雅》，即熟是辭，今復于王氏見公遺墨。惟帝有虞氏，德侔覆載，雖古先記禮者，不足以知之。惟公歌詠之間，抑揚曲折，辭不費而意已獨至矣。世之纂述者，宜表而出之，以備公續《騷》之辭，豈在《鞠歌行》下哉？」①

皇胡爲兮山之幽，翳長薄兮俯清流。渺冀州兮何有，眷此土兮淹留。

皇之仁兮如在，子我民兮不窮以愛。沛皇澤兮横流，暢威靈兮無外。

潔尊兮肥俎，九歌兮招舞，嗟莫報兮皇之祐。皇欲下兮儼相羊，烈風雷兮暮雨。

右迎神三章。二章四句，一章五句。

虞之陽兮瀰之滸，皇降集兮巫屢舞。桂酒湛兮瑶觴，皇之歸兮何許。

龍駕兮天門，羽旄兮繽紛。俯故宫兮一慨，越宇宙兮無鄰。

無鄰兮奈何，七政協兮群生嘉。信玄功兮不宰，猶彷彿兮山阿。

右送神三章。章四句。　　《全宋詩》卷二三八三，册44，第27462頁

① [元] 胡翰《胡仲子集》卷八，叢書集成初編，册2109，中華書局，1985年版，第114頁。

泰伯廟迎享送神辭三章

龔頤正

迎神

翼翼兮新宫，蘭榜兮枅桂，氣總總兮高靈下隊。君視八弦兮昔何殊于棄屣，今復何有兮一席之壝。惠我吴人兮曷日以弭。吁嗟君來兮我心則喜，君來不來兮我忘食事。

享神

登歌兮堂上，屢舞兮堂下。君來享兮清酤，溪毛陸離兮筐筥。蓴鯽芳鮮兮亦有肥羜，君不來兮使我心苦。

送神

車兮載旃，舟兮揚帆，鼓咽咽兮君當還。君肯來兮尚盤桓，我心煢煢兮其無端，君不我留兮下土囂煩。福我吴人兮無疾與患，千秋萬歲兮歌至德以何言。《全宋詩》卷二三九七，册 45，第 27724 頁

公安竹林祠迎神送神樂章

張　栻

神之來兮何許，風蕭蕭兮吹雨。悄屏氣兮若思，嚴霓旌兮來下。昔公車之自南，民望車以欷歔。今乘駒兮入廟，亦孔悲兮若初。秋月兮皎皎，嚴霜兮凜凜。澤終古兮何窮，噫！微管吾其左衽。酌荆江以爲醴兮，擷衆芳以爲羞。歌嗚嗚兮鼓坎坎，惠我民，爲此留。神之去，何所遊。風颯颯，挾歸輈。倏昭明兮上征，撫一氣兮横九州。有新兮斯宇，竹森森其在户。嗟我民兮勿傷，公時來兮一顧。有新兮斯堂，竹猗猗其在旁。嗟我民兮勿替，公顧民兮不忘。《全宋詩》卷二四一四，册 45，第 27860 頁

西廟招辭并序

陳傅良

詩序曰：「淳熙十有三年二月，知瑞安縣事公非先生之曾孫劉龜從再作西廟，以祠宣

和縣令王公經國。於其落也，邑人陳某爲作迎神一章，使工歌之。經國字公濟，其守禦事，許忠簡公嘗識之，故不敘。」按，陳傅良《止齋集》置此詩於「歌辭」類。

君昔兮胡不去斯，君今兮胡不來斯。文棟兮琱楣，峴山之麓兮江圻。旨酒牲兮潔肥，皓遺老兮鬚眉。坎擊鼓兮吹篪，君勿來兮遲遲。山蜿蜿兮榕陰萎蕤，江水清夷兮無蛟與螭。君之來兮可以娭嬉，君不共安兮誰與共危。鳴玉兮衮衣，彼亦君兮一時。莽中州兮爲夷，匪冢則廟兮牛羊纍纍。尚我民兮有知，子子孫孫兮永依。揆之兮以是非，君舍此兮安之。田有畔兮澤有陂，桑稻兮誕彌，懷不報兮忸怩。日早暮兮夜何其，猶容與兮誰須。《全宋詩》卷二五二七，册 47，第 29219 頁

義靈廟迎享送神曲并序

游九言

詩序曰：「宣和二年冬，清溪民方臘嘯聚，首破睦州，二浙震動。知台州趙資道，通判李景淵聞亂憂顧，官吏騷然。獨司户曹事睢陽滕侯膺力陳備禦，守與丞迫大義，不敢違，然咸無固志。侯乃爲書别父母兄弟，遂議大修城守，且議曰：『州歲發漕司糴本爲緡錢十七

萬，半猶未行，姑留弗遣，諸邑秋税應折錢者輸米。』守勿任漕責，侯請身之，軍儲遂充。乃擇胥吏隸役營壁子弟，聚而教習，號『忠義兵』。復慮細民無賴或餌於寇，盡擇市廛游手名役而實給之。報益急，郡寮詾動欲行，侯謁守請止之。通判遽言：『户曹忠矣，如衆論何？』侯責曰：『大夫世列顯貴，荷國深恩，身按察而首亂階，可斬也。』丞色沮，竟先出其孥。守聞已遣，由是傾城士庶讙囂四出。侯不能禁，獨召所給細民，諭以利害，貸兩獄罪囚令共立功，皆感勵願從。三年春，仙居民吕師囊應賊，導之破縣，報至，守、丞遂奔。侯慮惑衆，斬死囚十三，聲言某官以下棄城，皆伏誅矣。師囊水陸并下，蔽塞川野，城上望之，危懼欲變。侯誓於衆曰：『城之存亡，即某之死生也，上天監之。』乃晝夜乘堞，用寧衆心。凡攻城日，盡破其機械，賊失利退一舍，據招延寺。侯慮戕及原野，命開門，取逋亡官吏及士民敷萬歸，曳柴負粟，益修守備。師囊果悉衢、婺之旅號十九萬，復迫城。侯親執弧矢，連殪二酋，闔城奮呼出戰。師囊寇温州，更遣舟師梁忠、陳禧追襲，温人喜，開門迎之。朝廷命將始至，然侯所上功皆聽守丞歸爲狀，己弗自言，而温州之捷，復飭二校遜功王師，於以見侯忠厚不伐，非競名者。時奸臣閹尹用事，守既逃罪，丞以熙、豐故家，貴宦連結，反得進職，就綰州符。侯僅比捕盗七人之賞，改京秩，去爲衢州司録事。守貳同時而賞亦異章，況侯之功乎。是時郡士潘君大年、陳君師恭與侍郎陳君公輔序記始末，皆有因人成事之嗟，群情可見矣。台人遂自爲辭，題曰『滕户曹』焉。後金人南下，所至紛擾。侯貳政淮寧，剪巨寇，保陳州。及居憂，南京士民遮使者，願起侯少尹，卒捍重圍。應天之人祠之，名堂『清忠』。漕淮西，復破敵於蔡，州人祠之，名堂『忠惠』。蓋仗義不一，獨台州守、貳棄城，身爲曹掾，可去而不去，卒以死守。使敵圍京師而見用於朝，不肯以堂堂社稷與人必矣。夷考宣、政之末，縉紳最盛，侯僅以一官之微，保全四郡，所活生齒不知算計。彼平時荷寵光，踐中外，艱難之際竟何如乎？而侯自立功後，勸進大元帥於濟州，反以遷都廷争五事見嫉時相，廢居興化。既還，無室廬可棲，台之父老迎至天台，卒老死葬焉。世事又可勝嘆乎！廟祠户曹逾七十年。紹熙己酉，適進職者之孫踵來貳郡，乃增繪其祖，更名雙廟。邦人訴於朝，隨即撤去，得正舊像，賜廟號『義靈』。繼室趙夫人猶存，邦人復走千里，并其孫仲宜迎居廟旁。侯之烈久矣，亦知台之士大夫之不忘德也。嘗慨天下之事，邪正是非皆可易位，惟人心不可厚誣。是謂天高地厚，立人極而不昧。倘弗恃此，則古來憸佞得志，變亂白黑多矣。守城之績可卑，户曹之廟可隳，台人之心誰得而移之？增廟于孫，亦欲光其祖，君子勿罪。獨深慨當時奸臣盜弄國柄，不過營私，安知積欺不已，馴致靖康之禍，九廟震摇，萬方流毒，豈特一州而已？寧不痛哉！某客丹丘，睹邦人歲祭，乃作迎、享、送神三辭，俾祝巫歌以侑觴。辭曰：……」

北固山兮朝暉，鼙鼓奏兮吹篪。盼夫君兮來止，紛老稚兮扶携。歛芳馨兮薦豆，君弗語笑兮我懷凄。聊相羊兮引醻，慰我願兮無違。

青溪煽兮氛妖，洶二浙兮波濤。花石粲兮江南驛騷，匪氓好亂兮生不聊。欻鑾方兮同嘯，紛醜類兮江皋。愬精誠兮上天，哀萬命兮孤墉。屬櫜鞬兮奮厲，忽并殪兮兩凶。嗟我父子兮耕農，何以報德兮維孝與忠，千齡萬代兮子孫之從。

巫覡醉兮君馬嘶，風雲驅兮吹靈旗。凌浩蕩兮將何之，山靡迤兮白鶴飛。歲歲今兮望君歸，君遊勿遠兮我民之依，山阿寂寞兮頹陽西。白鶴山有侯別廟。《全宋詩》卷二五九二，册48，第30126頁

龍溪書院祠迎享送神辭六章

張自明

詩序曰：「崇寧甲申夏五月，元祐太史豫章先生黃公謫來宜，初僦居於黎氏。居之三時甚安，後有南樓之厄。余得其僦居墨帖書讀之，意宜之人必以雪堂視其處。及來訪之，莽然荒墟矣。黎氏不復能有，已轉之謝、之秦，謝得其一，秦得其二。乃屬宜士唐總龜、韋安雅、常文虎求之，三家皆士人，聞言欣然，願獻其地。嘉定乙亥三月壬申，乃鳩工作祠其

中，後建重堂，上敞高閣，旁翼二室，前立重門，又從垣之。宜山少府張可久實督其役。堂成，乃集公在宜之翰墨刻之，以置於堂，使宜之秀士游于斯，修于斯，景行於斯焉。祠前離支兩古樹，公所封植，名之曰萬紅。門前玻璃一方池，中有立石，形如半圭，其色正黑，名之曰墨池，宜人尚多能道之。始，公既羈于南樓，黎氏不忍以其居屬他姓，遂易之爲亭，請名於公，以環亭多美石，舊名寶華，乃題之曰寶華亭。黎氏又設公之像於亭，而嚴事之。故舊像藏之黎氏，舊扁藏之秦氏，一百一十年矣。余物色得之，復作亭以存其舊。又以舊扁、舊像函之閣，刻之石，以傳無窮，於是總名之曰龍溪書院。將成，屬余記之，故先述其所以作祠之意，又作迎享送神辭六章，章四句，使宜之人歌以享焉，而并刻之。初度地，有細民宅其傍未去，公使黄衣夢之云：『此非汝得居，不去且有害。』黎明遂去之。及鳩工，又一民夢曰：『汝輩勿汙此，坑坎屋陰數尺地有器焉，以錫汝。』民如言坎之，得一古磬。余既即工，恭奉安祠事，衣冠藹如，登降成禮。宜人來觀來瞻，起敬起畏，如公之臨其上也。乃歌以詞以享之，曰……」按，詩題「迎享送神辭六章」爲筆者所加。

宜之水兮龍藏，宜之山兮龍驤。德人兮天遊，炯秋月兮寒江。

來遊兮自東，騎赤驛兮乘剛風。左邛杖兮右白羽，挾烏兔兮雙童。

萬紅紛兮盈庭，露半圭兮澄泓。寶華舊兮扁亭，煥高閣兮摘辰星。蒸蕉兮荔嘗，桂酒奠兮蘭湯。來遊兮上下，鏘鏘佩玉兮琳瑯。刁斗兮沉沉，土膏動兮耕耨深。調錦瑟兮鳴琴，詠舞雩兮千古心。去歸兮蓬萊，覲鈞天兮泰階。宜人兮永懷，相斯文兮千歲偕。《全宋文》卷七〇四六，册 308，第 399—400 頁

迎享送神

馬光祖

長江兮淙淙，踞虎兮蟠龍。秀群英兮禮樂，覽千古兮焉窮。蹇誰留兮青溪，穆將愉兮壽宫。思至德兮肇蒼姬，避聖嗣兮興句吴。竟長干兮遊五湖，煒客星兮隱東廬。坐根石兮定吴都，懷仲父兮秦淮隅。燎赤壁兮偉北圖，憶尚書兮西明居。孝感兮冰魚，鹿苑兮儒書。起烏衣兮見夷吾，運百甓兮恢宏樵。忠孝兮父子，將相兮叔侄。登冶城兮想高世，酌貪泉兮徒西壁。興文兮雷劉，著書兮陶蕭。大節兮霜凛凛，謫仙兮風飄飄。雲龍上下兮東野，桃花流水兮致堯。肆榮陽兮忠憤，相先民兮迢迢。天昌宋兮將有曹，平江南兮斧不膏。德乖崖兮桑本衮，美中丞兮蓉幕高。神明兮待制，忠恕兮膚使。春風兮壽元氣，圖繪兮回天意。出師門兮道與南，建留都兮

垂萬世。仗征鉞兮江無波，死封疆兮人知義。采石兮功之奇，紫陽兮道之繼。佐乃翁兮南軒，開厥後兮壹是。澤斯民兮西山，儼元凱兮是似。庀管鑰兮北門，忠尚友兮古人。建芳馨兮堂廉，合荃芷兮盈庭。裊秋風兮桂枝，繚荷屋兮杜衡。薦菊兮寒泉，采藻兮落成。浴蘭湯兮沐華，望美人兮并迎。芳菲菲兮滿堂，靈之來兮如雲。聊逍遥兮容與，集琳琅兮鏘鳴。吉日兮辰良，蕙蒸兮椒漿。元勛兮鉅德，日月兮齊光。介民兮景福，昭昭兮未央。高山兮景行，千秋兮難忘。《全宋詩》卷三一六二，册 60，第 37934 頁

佽飛廟迎神引

謝翱

按，《全元詩》册一四亦收謝翱此詩，元代卷不復録。

劍歌兮擊筑，茭青兮蓼緑，夕濟甬兮沉玉。步巫兮禹孫，葺神藩兮楚軍，神之乘兮海雲。噀芳兮越咒，斬將兮神祐。秋零露兮爲酺，春集鴉兮神語。風蕭蕭兮滿旗，雲之車兮來思。《全宋詩》卷三六九〇，册 70，第 44307 頁

迎神

葛閎

符法千年人尚畏，神林三鼓酒盈杯。油囊爲取天河水，更折蟠桃海上來。《全宋詩》卷二六三，册5，第3352頁

送神

葛閎

丹霞縹緲海三峰，歸去瓊臺第幾重。仙驥一聲風馭遠，月明清露滴金松。《全宋詩》卷二六三，册5，第3352頁

祀神詞

李龏

食蘋兮崑崙，駕文鰩兮西海。登群玉之府兮白雲熊熊，祀司天兮毛采。占筵篿兮瑤池，怳余心兮飄厲。旋升兮軒丘，即平圃兮佇眙。颯晨風兮丹木，聞環玉兮泠泠。神來歸兮洋水，舞

青鳥兮都庭。陳桂尊兮藉白茅，申微詞兮再拜以傴。歆余誠兮神何私，惟怙終兮拙魯。《全宋詩》卷三一三〇，册 59，第 37416 頁

享神辭

陸　壑

山兮如慕，水兮如訴，問故宫兮莽何許。有翼其宇，有百其堵，中冕旒兮冠佩以序。邦伯維主，酒醴維醹，我民兮曰毋沴我土。《全宋詩》卷三二八四，册 61，第 39128 頁

賽神曲二首

陸　游

叢祠千歲臨江渚，拜貺今年那可數。須晴得晴雨得雨，人意所向神輒許。嘉禾九穗持上府，廟前女巫遞歌舞。嗚嗚歌謳坎坎鼓，香烟成雲神降語。大餅如盤牲腯肥，再拜獻神神不違。晚來人醉相扶歸，蟬聲滿廟鎖斜暉。《全宋詩》卷二一六九，册 39，第 24616 頁

擊鼓坎坎，吹笙嗚嗚。緑袍槐簡立老巫，紅衫綉裙舞小姑。烏桕燭明蠟不如，鯉魚糝美出神厨。老巫前致詞，小姑抱酒壺。願神來享常歡娱，使我嘉穀收連車。牛羊暮歸塞門閭，鷄鶩

一母生百雛。歲歲賜粟，年年蠲租。蒲鞭不施，圜土空虚。束草作官但形模，刻木爲吏無文書。淳風復還羲皇初，繩亦不結况其餘。神歸人散醉相扶，夜深歌舞官道隅。《全宋詩》卷二一八二，册39，第24848頁

卷三〇　宋燕射歌辭一

「燕」者，「宴」也。《詩》云：「魯侯燕喜，令妻壽母。」鄭玄箋：「燕，燕飲也。」①「燕」亦古禮之名也。《禮記・射義》曰：「燕禮者，所以明君臣之義也。」②射者，發矢以中遠也，亦古禮名。《周禮・春官》曰：「燕射，帥射夫以弓矢舞。」孫詒讓曰：「王與諸侯諸臣因燕而射。」③《禮記・射義》又曰：「以燕以射。」孔穎達疏曰：「先行燕禮，而後射也。」④燕射之禮，其流甚長。《魏書・前廢帝紀》曰：「夏四月癸卯，幸華林都亭燕射，班錫有差。」⑤《北齊書・神武帝紀》曰：「魏帝與神武讌射，神武降階稱賀，又辭渤海王及都督中外諸軍事，

---

① ［漢］鄭玄箋，［唐］孔穎達疏《毛詩正義》卷二〇，《十三經注疏》，第 617 頁。

② ［漢］戴聖撰，［漢］鄭玄注，［唐］孔穎達疏《禮記正義》卷六二，《十三經注疏》，第 1686 頁。

③ ［清］孫詒讓撰，王文錦、陳玉霞點校《周禮正義》卷四四，册 7，中華書局，1987 年版，第 1811 頁。

④ 《禮記正義》卷六二，《十三經注疏》，第 1687 頁。

⑤ ［北齊］魏收《魏書》卷一一，中華書局，1974 年版，第 276 頁。

詔不許。」①茂倩《樂府》燕射叙論博引《周禮》《儀禮》，稱饗燕大射，禮必有樂。《隋書·經籍志》載《魏宴樂歌辭》七卷、《晉宴樂歌辭》十卷，則樂亦有辭，且燕射歌辭，古有專集别録也。《樂府》輯燕射歌辭，凡朝會、上壽、食舉、宴饗、大射所用樂歌，悉以屬焉。又觀其辭，上自晉宋，下訖後周，中獨闕李唐。夫燕射者，賓嘉之禮也，稍次郊廟。李唐禮昌樂繁，燕饗賓會，不時而行，緣何《樂府》於此獨告闕如？今之學者，或以唐之燕射所用即燕樂。雅、清、燕三樂互替，燕樂者俗，非關禮儀，是以不録。是説爲惑更甚。有唐燕射，竟用何樂？歌辭何存？燕樂何指？凡此皆須廣求而深討之。

今案有唐一代，常行朝會、上壽、食舉、宴饗、大射諸禮。《舊唐書·音樂志》載：「十四年，有景雲見，河水清。張文收采古《朱雁》《天馬》之義，制《景雲河清歌》，名曰讌樂，奏之管弦，爲諸樂之首，元會第一奏者是也。」②是朝會之禮也。唐獨孤及《請降誕日置天興節

---

① [唐] 李百藥《北齊書》卷二一，中華書局，1972年版，第21頁。

② [後晉] 劉昫等《舊唐書》卷二八，中華書局，1975年版，第1046頁。《新唐書·禮樂志》亦載云：「自是元日、冬至朝會慶賀，與《九功舞》同奏。」(見[宋] 歐陽修、宋祁等《新唐書》卷二一，中華書局，1975年版，第466—468頁。)

表》云：「故玄宗生日命曰天長節，肅宗生日命曰天平地成節。并以飲食宴樂，布慶萬方……其王公士庶，上壽作樂，悉如開元、乾元故事。」①是上壽之禮也。《舊唐書·音樂志》曰：「皇帝食舉及飲酒，奏《休和》。」②是食舉之禮也。唐韋公肅曾上《忌月太常停習郊廟樂疏》，議太常以正月爲忌月「停習郊廟饗宴之音」③不合經典，是宴饗之禮也。唐孫樵《讀開元雜報》云：「某日百僚行大射禮于安福樓南。」④是大射之禮也。不惟其禮周備，其樂亦繁盛。唐杜佑《通典·樂六》曰：「武德初，未暇改作，每讌享，因隋舊制，奏九部樂。至貞觀十六年十一月，宴百寮，奏十部。……其後分爲立、坐二部。」⑤《舊唐書·音樂志》曰：「武德九年，始命孝孫修定雅樂，至貞觀二年六月奏之。……於是斟酌南北，考以古音，作爲大唐雅樂。以十二律各順其月，旋相爲宫。……故制十二和之樂，合三十一曲，八

① [唐] 獨孤及《請降誕日置天興節表》，[清] 董誥《全唐文》卷三八四，中華書局，1983 年版，第 3908 頁。
② 《舊唐書》卷二八，中華書局，1975 年版，第 1041 頁。
③ [唐] 韋公肅《忌月太常停習郊廟樂疏》，《全唐文》卷七一三，第 7328 頁。
④ [唐] 孫樵《讀開元雜報》，《全唐文》卷七九五，第 8336 頁。
⑤ [唐] 杜佑《通典》卷一四六，中華書局，1988 年版，第 3720 頁。

十四調。……五郊、朝賀、饗宴，則隨月用律爲宫。」①《新唐書·禮樂志》曰：「開元二十四年，升胡部於堂上。而天寶樂曲，皆以邊地名，若《凉州》《伊州》《甘州》之類。後又詔道調、法曲與胡部新聲合作。」②是則九部伎、十部伎、二部伎、雅樂部、胡部、法部，皆預燕射之禮。

唐之燕射曲目，各部多可確考。十部之燕樂伎有《景雲》《慶善樂》《破陣樂》《承天樂》。清樂伎武后時猶有六十三曲，至中唐杜佑作《通典》：「今其辭存者有……合三十七曲。……又七曲有聲無辭……通前爲四十四曲存焉。」③西凉伎有《楊澤新聲》《神白馬》《永世樂》《萬代豐》《于闐佛曲》。龜兹部有《萬歲樂》《藏鈎樂》《七夕相逢樂》《投壺樂》《舞席同心髻》《玉女行觴》《神仙留客》《擲磚續命》《鬥鷄子》《鬥百草》《泛龍舟》《還舊宫》《長樂花》《十二時》《五方獅子》《太平樂》《破陣樂》《萬斯年》。高麗伎有《芝棲》《歌芝棲》《高句麗》。天竺伎有《沙石疆》《天曲》。安國伎有《附薩單時》《末奚》《居和祇》。疏勒伎有《亢利

① 《舊唐書》卷二八，第1040—1041頁。
② 《新唐書》卷二二，第476—477頁。
③ 《通典》卷一四六，第3716—3717頁。

死讓樂》《遠服》《鹽曲》。高昌伎有《聖明樂》《善善摩尼》《婆伽兒》《小天》《疏勒鹽》。康國伎有《戢殿農和正》《賀蘭鉢鼻始》《末奚波地》《農惠鉢鼻始》《前拔地惠地》。立部伎有《安樂》《太平樂》《破陣樂》《慶善樂》《大定樂》《上元樂》《聖壽樂》《光聖樂》。坐部伎有《宴樂》《景雲》《慶善》《破陣》《承天》《長壽樂》《天授樂》《鳥歌萬壽樂》《龍池樂》《破陣樂》。十部、二部又有《中和樂》《南詔舞聖樂》《聖壽荷皇恩樂》《大定樂》《上元樂》《文武順聖樂》《勝蠻奴》《火鳳》《傾杯樂》。雅樂部有《太和》《舒和》《休和》《昭和》《采茨》《祴和》《騶虞》《狸首》《九功》《七德》《正和》《承和》《永和》《鹿鳴》《南陔》《嘉魚》《崇丘》《關雎》《雀巢》《采蘋》。胡部有《婆羅門》《凉州》《伊州》《甘州》《簇拍陸州》《石州》《胡渭州》《奉聖樂》。法部有《王昭君樂》《思歸樂》《傾杯樂》《破陳樂》《聖明樂》《五更轉樂》《玉樹後庭花樂》《泛龍舟樂》《萬歲長生樂》《飲酒樂》《鬥百草樂》《雲韶樂》《荔枝香》《一戎大定樂》《長生樂》《赤白桃李花》《堂堂》《望瀛》《霓裳羽衣》《獻仙音》《獻天花》。舞曲有《凉州》《緑腰》《蘇合香》《屈柘枝》《團亂旋》《甘州》《回波樂》《蘭陵王》《春鶯囀》《半社渠》《借席烏夜啼》《大祁》《阿連》《劍器》《胡旋》《胡騰》《阿遼》《柘枝》《黄麞》《拂菻》《大渭州》《達磨支》。

唐之燕射歌辭，見於《樂府》郊廟、相和、舞曲、清商、近代、雜曲、雜歌諸類，尤以近代所録最爲大宗，唯不見於燕射一類。其表裏原委，近代叙論言之甚詳。郭茂倩

《樂府》近代叙論亦曰：「僖、昭之亂，典章亡缺，其所存者，概可見矣。」①《舊唐書・音樂志》曰：「其五調法曲，詞多不經，不復載之。」②或以唐之燕射歌辭，郭氏曾見。然以其樂不古雅，辭不典正，故不專集著録，其可觀者，斟酌録於他類。是説或通。儒者論樂，多尚古雅。故漢武立樂府，孟堅有微言，彦和《文心》亦曰：「暨武帝崇禮，始立樂府，總趙代之音，撮齊楚之氣；延年以曼聲協律，朱馬以騷體制歌；《桂華》雜曲，麗而不經；《赤雁》群篇，靡而非典；河間薦雅而罕御，故汲黯致譏於《天馬》也。」③《破陣》《慶善》，貞觀新制樂舞，時人方之文、武二舞，且入雅樂，而茂倩《樂府》歸之雜舞，其嚴雅俗之辨，亦可見矣。

宴饗者，非唯飲食，亦以通政。王應麟《玉海・禮儀・燕饗》曰：「君臣之分，以嚴爲主；朝廷之禮，以敬爲主。然一於嚴敬，則情或不通，無以盡忠告之益，故制爲燕饗之禮，

---

① 《樂府詩集》卷七九，第 832 頁。
② 《舊唐書》卷三〇，第 1090 頁。
③ [南朝梁] 劉勰撰，范文瀾注《文心雕龍注》，卷二《樂府第七》，人民文學出版社，1958 年版，第 101 頁。

以通上下之情。」①《宋史・禮志》曰：「宴饗之設，所以訓恭儉、示惠慈也。」②故趙宋立國，亦頗重之。《宋史・禮志》又曰：「宋制，嘗以春秋之季仲及聖節、郊祀、籍田禮畢，巡幸還京，凡國有大慶皆大宴，遇大災、大札則罷。」③他如外使來朝、大赦、清明、重陽、冬至，帝幸苑囿、池御，觀稼、畋獵、釣魚諸事，亦皆有宴。南渡之後，禮樂淪闕，然乾道八年後，正旦、生辰、郊祀及金使見辭，仍各有宴。宴饗禮事，頗有可觀。大小宴饗，各有其地。儀仗排場，亦有其等。東楹北楹，朵殿兩廡，或有綉墩，或有蒲墩，群臣以品級列坐。侍者升殿，閣門通唱，殿上金器，其餘銀器，宰執率百僚進酒。各就坐，酒九行。君上舉酒，群臣立侍，次宰相、次百官；或傳旨命酹，即搢笏起飲，再拜。或上壽朝會，止令滿酌，不勸。中飲更衣，賜花有差。宴訖，蹈舞拜謝而退。④凡此種種，《宋史・樂志》記之頗詳。宴饗行之既久，禮事或至散漫，朝廷詔令，屢爲整飭。元豐元年，詔龍圖閣直學士、史館修撰宋敏求等詳定

---

① [宋] 王應麟《玉海》卷七三，景印文淵閣四庫全書，册945，臺灣商務印書館，1986年版，第92頁。

② 《宋史》卷一一三，第2683頁。

③ 《宋史》卷一一三，第2683頁。

④ 《宋史》卷一一三《禮志》，第2683—2684頁。

正殿御殿儀注，敏求遂上《朝會儀》二篇、《令式》四十篇，詔頒行之。大觀三年，儀禮局上《集英殿春秋大宴儀》《集英殿飲福大宴儀》《集英殿大宴儀注》。紹興十三年五月，閤門修立《集英殿大宴儀注》。

燕禮、射禮，初常一體。射禮五代廢罷，宋初復興。太祖一朝，頻行其事。爰至太宗，勘定儀注。真、神二朝，行禮更頻，其儀更周。《宋史·禮志》記政和宴射儀曰：「皇帝御射殿，侍宴官公服、繫鞵，射官窄衣，奏聖躬萬福，再拜升殿。酒三行，引射官降，皆執弓矢，謝恩再拜，三公以下在右，射官在左，不射者依坐次分立。皇帝初射中，舍人贊拜，凡左右祗應臣僚，除内侍外，并階上下再拜。行門、禁衛、諸班、親從、諸司祗應人并自贊再拜。招箭班殿上躬奏訖，跪進椀。射官先傳弓箭與殿侍，側立。内侍接椀訖，就拜，起，降階再拜。有司進御茶床，天武引進奉馬列射垛前，員僚奏聖躬萬福，東上閤門官詣御前，躬奏班首姓名以下進酒。班首以下横行立，贊再拜，班首奉酒進，樂作，飲畢，殿上臣僚再拜。舍人贊各賜酒，群官俱再拜，贊各就坐，群官皆立席後，引進司官臨階，宣進奉出，天武奉馬出，樂合，復贊就坐，飲訖，揖，興，諸司收坐物等。射官左側臨階，取弓箭侍立。皇帝再射中的或雙中，如上儀。臣僚射中，引降階再拜訖，殿下側立。御箭解中，招箭班進椀，如上儀。舍人再引射，中官當殿揖，躬宣『有敕，賜窄衣、金帶』。跪受，箱過再拜，過殿側服所賜訖，再引當殿再拜，更不射。臣僚射中，御箭不解，引降階再拜，立。招箭班殿上躬奏訖，下殿，舍人宣『有敕，賜銀椀』。跪受執椀并箭，就拜，起，再拜。如合賜散馬，即同宣賜，宣『有敕，賜銀椀，兼賜散馬若干匹』。射訖，進御茶床，諸司復陳坐物等，群官各立席後，贊就坐，群官俱坐。酒五行，宣示醆、宣勸如儀，皆作樂。宴畢，内侍舉御茶床，三公以下降階再拜，退。」①元豐二年(1079)，亦加整改。《宋史・樂志》記曰：「古之鄉射禮，三笙一和而成聲，謂三人吹笙，一人吹和。今朝會作樂，丹墀之上，巢笙、和笙各二人，其數相敵，非也。蓋鄉射乃列國大夫、士之禮，請增倍爲八人，丹墀東西各三巢一和。」②南渡以後，射禮仍存。乾道、淳熙，曾行射禮於玉津園。

隋唐燕射用樂，遺于宋者甚寡。宋之燕射，樂多新創，初則流麗，遂陷昵狎，南渡之後，多所更張，嚴恭簡略，表爲法式。《宋史・樂志》曰：「燕樂自周以來用之。唐貞觀增隋九部爲十部，以張文收所製歌名燕樂，而被之管弦。厥後至坐部伎琵琶曲，盛流于時，匪直漢氏上林樂府、縵樂不應經法而已。宋初置教坊，得江南樂，已汰其坐部不用。自後因舊曲創新聲，轉加流麗。政和間，詔以大晟雅樂施於燕饗，御殿按試，補徵、角二調，播之教坊，

① 《宋史》卷一一四，第2719—2720頁。
② 《宋史》卷一二七，第2976頁。

頒之天下。然當時樂府奏言：樂之諸宫調多不正，皆俚俗所傳。及命劉昺輯《燕樂新書》，亦惟以八十四調爲宗，非復雅音，而曲燕昵狎，至有援『君臣相説之樂』以藉口者。末俗漸靡之弊，愈不容言矣。紹興中，始蠲省教坊樂，凡燕禮，屏坐伎。乾道繼志述事，間用雜攢以充教坊之號，取具臨時，而廷紳祝頌，務在嚴恭，亦明以更不用女樂，頒旨子孫守之，以爲家法。於是中興燕樂，比前代猶簡，而有關乎君德者良多。」①是知樂雖數變，終不離燕射之用，其辭亦在燕射藩籬。

宋人樂書，見録于《宋史·藝文志》者，若劉昺《大晟樂書》《政和頒降樂曲樂章節次》《政和大晟樂府雅樂圖》、吴仁傑《樂舞新書》、蔡元定《律吕新書》諸種，于燕射用樂當有所及，惜其書多已不存。今之唐宋典籍，時見「燕樂」之稱，人或以「燕樂」即燕射用樂，斯則誤矣。唐之燕樂者，或《景雲河清歌》之異名也；或九、十、坐諸部之一種也，因常以佐宴，《通典》《會要》，皆以「燕樂」稱之；或宴饗用樂之總謂也。而宋之燕樂者，或謂十部伎樂，或謂非雅樂之他樂。故于「燕樂」一詞，學者宜稍留心焉。又唐之燕射用樂，學者常欲釐其雅俗，然亦各執一端，紛紜難定。

① 《宋史》卷一四二，第 3345—3346 頁。

宋之燕射用樂，可知者淹乎四類：一曰「安」系之雅樂。《永安》《和安》諸曲，不惟施於郊廟，亦曾施於食舉、朝會，《宋史・樂志》，時記其事。二曰即事頌祥瑞之曲。漢武《天馬》《朱雁》，唐宗《景雲河清》，宋人因襲，其《神龜》《甘露》《靈鶴》《瑞木》諸曲，各神新事，攀援典故，或嘉今世之治，或兆運勢之祥，用於宴享，亦夸飾自娱之道①。三曰隨用之舞曲。有宋之初，正殿朝賀，别殿上壽，舉教坊樂，後亦用登歌、二舞。章獻皇太后見群臣，作《厚德無疆》《四海會同》之舞。元祐四年，命大樂正葉防撰朝會二舞儀，武舞曰《威加四海》之舞，文舞曰《化成天下》之舞。是皆見於《樂志》。四曰應時之新制曲，建隆之《長春樂曲》，乾德之《萬歲升平樂曲》是也。太宗洞曉音律，親制大小曲及因舊曲創新聲，其數至於三百有九，所制《平晉普天樂》《萬國朝天樂》，「每宴享常用之」。② 徽宗宣和間，又作《黄河清曲》，

①《宋史》卷一二六，第 2942—2946 頁。

②《宋史》卷一四二《樂志》，第 3356 頁。祥符五年，真宗又取此二曲作郊廟祭祀舞曲，并親製歌辭。《宋史・樂志》載：「上又取太宗所撰《萬國朝天曲》曰《同和之舞》，《平晉曲》曰《定功之舞》，親作樂辭，奏於郊廟。」（見《宋史》，第 2947 頁）

亦常用於宴饗。①

燕射所行，多有詩作。或帝者所命，群臣下和。《宋史・禮志》曰：「太宗太平興國九年三月十五日，詔宰相、近臣賞花于後苑，帝曰：『春氣暄和，萬物暢茂，四方無事，朕以天下之樂爲樂，宜令侍從詞臣各賦詩。』帝習射于水心殿。雍熙二年四月二日，詔輔臣、三司使、翰林、樞密直學士、尚書省四品兩省五品以上、三館學士宴于後苑，賞花、釣魚，張樂賜飲，命群臣賦詩習射。賞花曲宴自此始。三年十二月一日，大雨雪，帝喜，御玉華殿，召宰臣及近臣謂曰：『春夏以來，未嘗飲酒，今得此嘉雪，思與卿等同醉。』又出御製《雪詩》，令侍臣屬和。」②或儀注程式，詩以和樂。《樂志》又記春秋聖節三大宴曰：「每春秋聖節三大宴：其第一、皇帝升坐，宰相進酒，庭中吹觱栗，以衆樂和之；賜群臣酒，皆就坐，宰相飲，

---

①［宋］趙彦衛撰，傅根清點校《雲麓漫鈔》卷一二，中華書局，1996 年版，第 214 頁。吴曾《能改齋漫録》載：政和癸巳(1113 年)大晟樂成，晁端禮受命赴都會禁中，效樂府體作《并蒂芙蓉》辭，除大晟府協律郎，「不克受而卒」。(見［宋］吴曾《能改齋漫録》卷一六，上海古籍出版社，1979 年版，第 479 頁。)《直齋書録解題》記爲「三閲月而卒」。(見［宋］陳振孫《直齋書録解題》卷二一，上海古籍出版社，1987 年版，第 618 頁。)晁氏之《黄河清慢》應即作於此時。

②《宋史》卷一一三，第 2691—2692 頁。

作《傾杯樂》；百官飲，作《三臺》。第二、皇帝再舉酒，群臣立于席後，樂以歌起。第三、皇帝舉酒，如第二之制，以次進食。第四、百戲皆作。第五、皇帝舉酒，如第二之制。第六、樂工致辭，繼以詩一章，謂之『口號』，皆述德美及中外蹈詠之情。初致辭，群臣皆起，聽辭畢，再拜。第七、合奏大曲。第八、皇帝舉酒，殿上獨彈琵琶。第九、小兒隊舞，亦致辭以述德美。第十、雜劇罷，皇帝起更衣。第十一、皇帝再坐，舉酒，殿上獨吹笙。第十二、蹴踘。第十三、皇帝舉酒，殿上獨彈箏。第十四、女弟子隊舞，亦致辭如小兒隊。第十五、雜劇。第十六、皇帝舉酒，如第二之制。第十七、奏鼓吹曲，或用法曲，或用《龜茲》。第十八、皇帝舉酒，如第二之制，食罷。第十九、用角觝，宴畢。」①蘇軾《集英殿春宴教坊詞致語口號》《集英殿秋宴教坊詞致語口號》《興龍節集英殿宴教坊詞致語口號》《紫宸殿正旦教坊詞致語口號(元祐四年)》、王珪《集英殿乾元節大燕教坊樂語》《集英殿秋燕教坊樂語》，皆此類也。

宋之燕射歌辭，皆係組詩，常以四言，三、五、七言恒少。本卷所輯歌辭，多出《宋史·樂志》所載朝會、上壽、食舉、大射、上册寶、上尊號、鄉飲酒、聞喜宴、鹿鳴宴諸禮之樂歌，于《全宋詩》《會要輯稿》及宋人別集，亦有采擷。至於取自教坊，因時而奏，多不恒常者，悉入

①《宋史》卷一四二，第3348頁。

新樂府辭。

建隆乾德朝會樂章二十八首

元脱脱《宋史·樂志》曰：「(乾德四年)和峴又上言：『郊廟殿庭通用《文德》《武功》之舞，然其綴兆未稱《武功》《文德》之形容。又依古義，以揖讓得天下者，先奏文舞；以征伐得天下者，先奏武舞。陛下以推讓受禪，宜先奏文舞。按《尚書》，舜受堯禪，玄德升聞，乃命以位。請改殿宇所用文舞爲《玄德升聞》之舞。其舞人，約唐太宗舞圖，用一百二十八人，以倍八佾之數，分爲八行，行十六人，皆著履，執拂，服袴褶，冠進賢冠。引舞二人，各執五采纛，其舞狀、文容、變數，聊更增改。又陛下以神武平一宇内，即當次奏武舞。按《尚書》，周武王一戎衣而天下大定，請改爲《天下大定》之舞，其舞人數、行列悉同文舞，其人皆被金甲、持戟。引舞二人，各執五采旗。其舞六變：一變象六師初舉，二變象上黨克平，三變象維揚底定，四變象荆湖歸復，五變象邛蜀納款，六變象兵還振旅。乃别撰舞典、樂章。其鐃、鐸、雅、相、金錞、鞀鼓并引二舞等工人冠服，即依樂令，而《文德》《武功》之舞，請於郊廟仍舊通用。又按，唐貞觀十四年，景雲見，河水清，張文收采古《朱雁》《天馬》之義，作《景雲河清歌》，名燕樂，元會第二奏者是也。伏見今年荆南進甘露，京兆、果州進嘉禾，黄州進紫芝，和州進緑毛龜，黄州進白兔。欲依月律，撰《神龜》《甘露》《紫芝》《嘉禾》《玉兔》五瑞各一曲，每朝會登歌，首奏之。』有詔：『二舞人數衣冠悉仍舊制，樂章如所請。』①

皇帝升坐，《隆安》

天臨有赫，上法乾元。鏗鏘六樂，儼恪千官。皇儀允肅，玉坐居尊。文明在御，禮備誠存。

公卿入門，《正安》

堯天協紀，舜日揚光。涉慎爾止，率由舊章。佩環濟濟，金石鏘鏘。威儀炳焕，至德昭彰。

上壽，《禧安》

乾健爲君，坤柔曰臣。惟其臣子，克奉君親。永御皇極，以綏兆民。稱觴獻壽，山嶽嶙峋。

---

①《宋史》卷一二六，第 2941 頁。

舜《韶》更奏，堯酒浮觴。皇情載懌，洪算無疆。基隆郟鄏，德茂陶唐。山巍日焕，地久天長。

皇帝舉酒，第一盞用《白龜》

聖德昭宣，神龜出焉。載白其色，或游于川。名符在沼，瑞應巢蓮。登歌丹陛，紀異靈篇。

第二盞，《甘露》

天德冥應，仁澤載濡。其甘如醴，其凝若珠。雲表潛結，顥英允敷。降于竹柏，永昭瑞圖。

第三盞，《紫芝》

煌煌茂英，不根而生。蒲茸奪色，銅池著名。晨敷表異，三秀分榮。書于瑞典，光我文明。

第四盞，《嘉禾》

嘉彼合穎，致貢升平。異標南畝，瑞應西成。德至于地，皇祇效靈。和同之象，焕發祥經。

第五盞,《玉兔》

盛德好生,網開三面。明視標奇,昌辰乃見。育質雪園,淪精月殿。著於樂章,色含江練。

群臣舉酒,《正安》

户牖嚴丹扆,鵷鷺簉紫庭。懇祈南嶽壽,勢拱北辰星。得士於兹盛,基邦固以寧。誠明一何至,金石與丹青。簪紱若雲屯,晨趨閶闔門。侁侁羅禹會,濟濟奉堯樽。周禮觀明備,天儀仰睟温。高卑陳表著,同拱帝王尊。待漏造王庭,威儀盛莫京。紛綸簪組列,清越佩環聲。禮飲終三爵,《韶》音畢九成。永同凫藻樂,千載奉升平。

群臣第一盞畢,作《玄德升聞》

治定資神武,功成顯睿文。貢輪庭實旅,朝會羽儀分。偃革千年運,垂衣萬乘君。孰知堯舜力,明德自升聞。約法皇綱正,崇文寶曆昌。遒人振木鐸,農器鑄干將。瑞日含王宇,卿雲藹帝鄉。萬邦成一統,鴻祚與天長。

六變

宸扆威容盛，聲明禮樂宣。九州臻禹會，萬國戴堯天。貢職輸琛賮。皇猷煥簡編。含和均暢茂，鴻慶結非烟。

朝會儼威儀，司常建九旗。舞容分綴兆，文物辨威蕤。運格桃林牧，祥開洛水龜。帝功潛日用，化俗自登熙。

螭階聊載筆，紀瑞軼唐、虞。丹鳳儀金奏，黄龍負寶圖。群材薪棫樸，仁政煦蒲盧。蕩蕩巍巍德，豚魚信自孚。

接聖宅神都，方來五達區。國賢熙帝載，靈命握乾符。至化當純被，斯文益誕敷。車書今混一，聖治奉三無。

聖皇臨大寶，八表湊才賢。經緯文天賦，剛柔德日宣。建邦隆柱石，造物運陶甄。共致升平業，綿長保億年。

神化妙無方，巍巍邁百王。鶴書搜隱逸，龍陛策賢良。拱揖朝群后，賓筵闢四方。洪圖基億載，淳曜德彌光。

第二盞畢，《天下大定》

皇猷敷八表，武誼肅三邊。蘭錡韜兵日，靈臺偃伯年。奉珍皆述職，削衽盡朝天。功德超前古，音徽播管弦。伐叛天威震，恢疆帝業多。削平侔肅殺，涵煦極陽和。蹈厲觀周舞，風雲入漢歌。功成推大定，歸馬偃琱戈。

六變

惕厲日乾乾，潛蟠或躍淵。伐謀參上策，受鉞總中堅。田訟歸周日，民謠戴舜年。風雲自冥感，嘉會翼飛天。

壺關方逆命，投袂起親征。虎旅聊攻伐，梟巢遽蕩平。天威清朔漠，仁澤被黎氓。按節皇興復，洋洋載頌聲。

蠢兹淮海帥，保據毒黎苗。不悟龍興漢，猶同犬吠堯。六師方雨施，孤壘自冰消。千載逢嘉運，華夷奉聖朝。

上游荆楚要，澤國洞庭深。自識同文世，皆回拱極心。一戎聊杖鉞，九土盡輸金。大定功成後，薰風入舜琴。

席卷定巴邛，西遐盡率從。岷峨難負阻，江漢自朝宗。述職方舟集，驅車九折通。粲然書國史，冠古耀豐功。

銳旅慶回旋，邊防盡晏然。鍵櫜方偃武，飛將亦韜弦。震曜資平壘，文明協麗天。洸洸成大業，赫奕在青編。《宋史》卷一三八《樂志》，第3245—3248頁

卷三一　宋燕射歌辭二

淳化中朝會二十三首

元脱脱《宋史·樂志》曰：「太宗太平興國二年，冬至上壽，復用教坊樂。九年，嵐州獻祥麟；雍熙中，蘇州貢白龜；端拱初，澶州河清，廣州鳳凰集；諸州麥兩穗、三穗者，連歲來上。有司請以此五瑞爲《祥麟》《丹鳳》《河清》《白龜》《瑞麥》之曲，薦於朝會，從之。淳化二年，太子中允、直集賢院和嶹上言：『兄峴嘗于乾德中約《唐志》故事，請改殿庭二舞之名，舞有六變之象，每變各有樂章，歌詠太祖功業。今睹來歲正會之儀，登歌五瑞之曲已從改制，則文武二舞亦當定其名。《周易》有「化成天下」之辭，謂文德也；漢史有「威加海内」之歌，謂武功也。望改殿庭舊用《玄德升聞》之舞爲《化成天下》之舞，《天下大定》之舞爲《威加海内》之舞。其舞六變：一變象登臺講武，二變象漳、泉奉土，三變象杭、越來朝，四變象克殄并、汾，五變象肅清銀、夏，六變象兵還振旅。每變樂章各一首。』詔可。三年，元日朝賀畢，再御朝元殿，群臣上壽，復用宫縣、二舞，登歌五瑞曲，自此遂爲定制。」①

上壽，《和安》

四序伊始，三陽肇開。條風入律，玉琯飛灰。望雲肅謁，鳴佩斯來。稱觴獻壽，瞻拱星回。一陽應候，萬國同文。天正紀節，太史書雲。凝旒在御，列叙爰分。壽觴斯薦，祝慶明君。

皇帝初舉酒，用《祥麟》

聖皇御寓，仁獸誕彰。在郊旅貢，游時呈祥。星辰是稟，草木無傷。紀異信史，登歌太常。

再舉酒，《丹鳳》

九苞薦瑞，戴德膺仁。藻翰爰奮，靈音載振。非時不見，有道則臻。降岐匪匹，儀舜爲鄰。

① 《宋史》卷一二六，第2943頁。

三舉酒，《河清》

沔彼涇濆，澄明鑒如。清應寶運，光涵帝居。洞分沈璧，徹見游魚。聖祚無極，神休偉與。

四舉酒，《白龜》

稽彼靈物，允昭聖皇。浮石可躡，巢蓮益光。金方正色，介族殊祥。信書永耀，帝德無疆。

五舉酒，《瑞麥》

芃芃嘉麥，擢秀分岐。甘露夕洒，惠風晨吹。良農告瑞，循吏稱奇。歸美英主，折而貢之。

群臣初舉酒畢，作《化成天下》

軒昊方同德，成康粗比肩。素風惟普暢，皇道本無偏。陰魄重輪滿，陽精五色圓。要荒咸率服，卓越聖功全。聖德比陶唐，千年祚運昌。茂功雖不宰，鴻業自無疆。極塞成清謐，齊民益阜康。文明同日月，遐邇仰輝光。

六變

蕩蕩無私世，巍巍至聖君。山河分國寶，日月耀人文。厭浥凝甘露，輪囷吐慶雲。正聲兼《大雅》，洋溢應南薰。

鴻範合彝倫，調元四序均。歲功天吏正，御苑物華新。底貢陳方物，來賓列遠人。奉常呈九奏，嘉貺動穹旻。

大君隆至化，興運契千齡。覲禮俄班瑞，夷賓盡實庭。成文調露樂，奉聖拱辰星。舞佾方更進，朝陽上楚萍。

禮樂昭王業，寰區致太平。革車停北狩，雲稼屢西成。國有詳延詔，鄉聞講誦聲。日華融五色，遐邇仰文明。

亭障戢干戈，人心浹太和。務農登寶穀，獵俊設雲羅。儀鳳書良史，祥麟載雅歌。嘉辰資宴喜，星拱弁峨峨。

冠古耀鴻徽，深仁及隱微。《二南》《江漢》詠，九奏鳳凰飛。設虡羅鐘律，盈庭列舞衣。文明資厚德，怡懌兆民歸。

再舉酒畢，《威加海内》

革輅征汾晉，隳城比燎毛。桓桓勖軍旅，將將御英豪。神武誠無敵，天威詎可逃。王師宣利澤，霈若沃春膏。振萬方明德，疾徐咸可觀。鏗鏘動金奏，蹈厲總朱干。夾進昭威武，申嚴警宴安。守方推猛士，當用鶡爲冠。

六變

宣榭始觀兵，桓桓稱鼓行。一戎期大定，載纘議徂征。善政從師律，神功冀《武成》。勖載勤誓衆，王業自經營。

聲教方柔遠，甌閩禮可招。獻圖連日際，歸國象江潮。撫運重熙盛，提封萬里遥。還同有虞氏，文德格三苗。

南暨宣皇化，東吴奉乃神。舞干方耀德，執玉自來賓。巢伯朝丹陛，韓侯覲紫宸。古今歸一揆，懷遠道彌新。

遺俗續陶唐，來蘇徯聖皇。布昭湯吊伐，恢復漢封疆。金鉞申戡翦，朱干示發揚。宜哉七德頌，千載播洋洋。

乃眷嘗西顧，偏師暫首征。靈旗方直指，獷俗自亡精。禹叙終馴致，堯封漸化成。不須嚴尉候，於廓海彌清。

干戚有司傳，威容著凱旋。象成王業盛，役輟武功全。兵寢西郊閱，書惟北闕縣。聖神膺景命，卜世萬斯年。《宋史》卷一三八《樂志》，第3248—3251頁

景德中朝會一十四首

《宋史·樂志》曰：「明年（謂景德三年）八月，上御崇政殿，張宮縣閱試，召宰執、親王臨觀，宗諤執樂譜立侍。……又爲朝會上壽之樂及文武二舞、鼓吹、導引、警夜之曲，頗爲精習。上甚悦。」①按，該組詩自《和安》至《正安》，及《隆安》八首，又見於楊億《武夷新集》卷五，題作《正冬御殿上壽樂章八首》，儀軌歌辭稍異，録此備考：「皇帝舉壽酒，宮懸奏《和安》之曲：『天威煌煌，山龍采章。庭實旅百，上公奉觴。拱揖群后，端委垂裳。永錫難老，萬壽無疆。』皇帝舉第二爵酒，登歌奏《祥麟》之曲：『帝圖會昌，仁獸效祥。雙觡共抵，示武不傷。四靈爲畜，玄枵耀芒。公族信厚，元元阜康。』賜群臣第一盞酒，宮懸奏《正安》之

① 《宋史》卷一二六，第2945頁。

曲：『思皇多士，靖恭著位。鳴玉飛綏，鏘鏘濟濟。宴有折俎，以示慈惠。罔敢不祗，福禄來墍。』皇帝舉第三爵酒，登歌奏《丹鳳》之曲：『矯矯長離，振羽來儀。和音中律，藻翰揚輝。珍符沓至，品物攸宜。至德玄感，受天之祺。』賜群臣第二盞酒，宫懸作《正安》之曲：『金奏在懸，有酒斯旨。顒顒卬卬，嚮明負扆。湛湛露斯，式宴以喜。佩玉爍兮，罔不由禮。』皇帝舉第四爵酒，登歌奏《河清》之曲：『德水湯湯，發源靈長。皎鑒澄澈，千年效祥。積厚流濕，資生阜昌。朝宗潤下，善利無疆。』賜群臣第三盞酒，宫懸作《正安》之曲：『酒以成禮，樂以侑食。露湛朝陽，星環紫極。淑慎爾容，既飽以德。進退周旋，威儀抑抑。』禮畢，降坐，宫懸奏《隆安》之曲：『被衮當陽，穆穆皇皇。擊石拊石，頌聲洋洋。和樂優洽，終然允臧。禮成而退，荷天百祥。』」①

皇帝升坐，《隆安》

金奏在庭，群后在位。天威煌煌，嚮明負扆。高拱穆清，弁冕端委。盛德日新，禮容有煒。

---

① 《武夷新集》卷五，景印文淵閣四庫全書，册 1086，第 409—410 頁。

公卿入門，《正安》

萬邦來同，九賓在位。奉璋薦紳，陟降庭止。文思安安，威儀棣棣。臣哉鄰哉，介爾蕃祉。

上壽，《和安》

天威煌煌，山龍采章。庭實旅百，上公奉觴。拱揖群后，端委垂裳。永錫難老，萬壽無疆。

皇帝初舉酒，《祥麟》

帝圖會昌，一獸效祥。雙角共觝，示武不傷。四靈爲畜，玄枵耀芒。公族信厚，元元阜康。

再舉酒，《丹鳳》

矯矯長離，振羽來儀。和音中律，藻翰揚輝。珍符沓至，品物攸宜。至德玄感，受天之祺。

三舉酒，《河清》

德水湯湯，發源靈長。皎鑒澄澈，千年效祥。積厚流濕，資生阜昌。朝宗潤下，善利無疆。

群臣舉酒，《正安》

思皇多士，靖恭著位。鳴玉飛緌，鏘鏘濟濟。宴有折俎，以示慈惠。罔敢不祇，福禄來曁。金奏在庭，有酒斯旨。顒顒卬卬，嚮明負扆。湛湛露斯，式宴以喜。佩玉蕊兮，罔不由禮。酒以成禮，樂以侑食。露湛朝陽，星環紫極。涉慎爾容，既飽以德。進退周旋，威儀抑抑。

初舉酒畢，《盛德升聞》

八佾具呈，萬舞有奕。既以象功，又以觀德。進旅退旅，執籥秉翟。至化懷柔，遠人來格。閶闔天開，群后在位。設業設虡，庭燎晣晣。斧扆當陽，虎賁夾陛。舞之蹈之，四隩來曁。

再舉酒畢，《天下大定》

武功既成，綴兆有翼。以節八音，以象七德。俁俁蹲蹲，朱干玉戚。發揚蹈厲，其儀不忒。偃伯靈臺，功成作樂。以昭德容，以清戎索。萬邦會同，邪慝銷鑠。盡善盡美，侔彼《韶箾》。

降坐,《隆安》

袚衮當陽,穆穆皇皇。擊石拊石,頌聲揚揚。和樂優洽,終然允臧。禮成而退,荷天百祥。

《宋史》卷一三八《樂志》,第3251—3252頁

大中祥符朝會五首

元脱脱《宋史·樂志》曰:「(大中祥符元年)九月……又作《醴泉》《神芝》《慶雲》《靈鶴》《瑞木》五曲,施於朝會、宴享,以紀瑞應。」①

皇帝舉酒,《醴泉》

觱沸檻泉,寒流清泚。地不愛寶,其旨如醴。上善至柔,靈休所啓。利澤無疆,允資岱禮。

① 《宋史》卷一二六,第2946頁。

再舉酒，《神芝》

彼茁者芝，茂英煌煌。敷秀喬嶽，寔繁其房。適符修貢，封巒允臧。永言登薦，抑惟舊章。

三舉酒，《慶雲》

惟帝佑德，卿雲發祥。紛紛郁郁，五色成章。奉日逾麗，回風載翔。歌薦郊廟，播厥無疆。

四舉酒，《靈鶴》

玄文申錫，嘉祥紹至。偉兹胎禽，羽族之異。翩翰來儀，徘徊嘹唳。祚聖儲休，聿昭天意。

五舉酒，《瑞木》

天生五材，木曰曲直。維帝順天，厚其生植。連理效祥，成文表德。總萃坤珍，永光祕刻。

《宋史》卷一三八《樂志》，第3252—3253頁

熙寧中朝會三首

熙寧朝會諸曲元豐間仍用。元脱脱《宋史·樂志》曰：「元豐二年，詳定所以朝會樂而有請者十……其二、今朝會儀：舉第一爵，宫縣奏《和安》之曲，第二、第三、第四，登歌作《慶雲》《嘉禾》《靈芝》之曲。則是合樂在前、登歌在後，有違古義。請：第一爵，登歌奏《和安》之曲，堂上之樂隨歌而發；第二爵，笙入奏《慶雲》之曲，止吹笙，餘樂不作；第三爵，堂上歌《嘉禾》之曲，堂下吹笙，《瑞木成文》之曲，一歌一吹相間；第四爵，合樂奏《靈芝》之曲，堂上下之樂交作。」①

皇帝初舉酒，《慶雲》

乾坤順夷，皇有嘉德。爰施慶雲，承日五色。輪囷下乘，萬物皆飾。惟天祚休，長彼無極。

① 《宋史》卷一二七，第2974頁。

再舉酒，《嘉禾》

彼美嘉禾，一莖九穗。農疇告祥，史牒書瑞。擊壤歡歌，如京委積。留獻春種，昭錫善類。

三舉酒，《靈芝》

皇仁溥博，品物蕃滋。慶祥回復，秀發神芝。靈華雙舉，連葉四施。披圖按牒，永享純禧。

《宋史》卷一三八《樂志》，第 3253—3254 頁

大慶殿樂章二首　王珪

按，此二首題與《熙寧中朝會三首》前二首同。其一題辭皆同，其二題同辭異。

《慶雲》之曲

乾坤順夷，皇有嘉德。爰施慶雲，承日五色。輪囷下垂，萬物皆飾。維天祚休，長被無極。

《嘉禾》之曲

太平之符，昭發衆瑞。爰有嘉禾，異隴合穗。大田如雲，既獲既刈。野人愉愉，不亦有歲。

［宋］王珪《華陽集》卷六，景印文淵閣四庫全書，臺灣商務印書館，1986年版，册1093，第43頁

元符大朝會三首

按，此三首又作蘇頌詩，見《蘇魏公文集》卷二八，題作《正月一日皇帝御大慶殿受文武百僚朝賀行上壽之儀樂章曲名》，辭同。《全宋詩》卷五三三亦録，題辭皆同。

皇帝初舉酒，《靈芝》

嘉瑞降臨，應我皇德。爗爗神芝，不根而植。春秋三秀，晝夜一色。物播詩歌，聲被金石。

再舉酒，《壽星》

倬彼星象，於昭于天。維南有極，離丙之躔。既明且大，應聖乘乾。誕受景福，億萬斯年。

三舉酒，《甘露》

泫泫零露，雲英醴溢。和氣凝津，流甘委白。飴泛泮林，珠聯竹柏。天不愛道，聖功允格。

《宋史》卷一三八《樂志》，第3254頁

哲宗傳受國寶三首，與大朝會兼用

元脱脱《宋史・哲宗本紀》曰：「元符元年春正月庚戌朔，不視朝。丙寅，咸陽民段義得玉印一紐。……三月壬子，令三省、樞密吏三歲一試刑法。……乙丑，詔翰林學士承旨蔡京等辯驗段義所獻玉璽，定議以聞。……夏四月庚辰，世開薨。……壬寅，學士院上《寶璽》《靈光》《翔鶴》樂章。……五月戊申朔，御大慶殿，受天授傳國受命寶，行朝會禮。己酉，班德音于天下，減囚罪一等，徒以下釋之。癸丑，受寶，恭謝景靈宮。戊午，宴紫宸殿。庚申，詔獻寶人段義爲右班殿直，賜絹二百匹。」①

① 《宋史》卷十八，第349頁。

永昌

於穆我王，繼序不忘。明昭上帝，上帝是皇。長發其祥，惠我無疆。受命于天，既壽永昌。

神光

惟皇上德，伊嘏我王。將受厥明，載錫之光。於昭于天，曄曄煌煌。緝熙欽止，其永無疆。

翔鶴

彼鳴在陰，亦白其羽。聲聞于天，來集斯所。勉勉我王，咸遂厥宇。播于異物，受天多祐。

《宋史》卷一三八《樂志》，第3254—3255頁

卷三二　宋燕射歌辭三

正旦大朝群臣第一盞正安之曲

趙鼎臣

開歲發春，錫茲純嘏。皇膺受之，惠及臣下。有俶茲觴，咸拜稽首。熏兮樂胥，如此春酒。

《竹隱畸士集》卷一五，景印文淵閣四庫全書，册1124，第231頁

冬至大朝會公卿入門正安之曲

趙鼎臣

帝乘新陽，受福無疆。有壬有林，執贄捧觴。造廷無嘩，同寅有莊。紛如葵傾，列此雁行。

《竹隱畸士集》卷一五，景印文淵閣四庫全書，册1124，第231頁

慈寧壽慶曲

劉才邵

《全宋詩》題注曰：「原案：《宋史·南宋本紀》及《韋賢妃傳》：紹興十二年八月壬午，皇太后還慈寧宫。十月甲申，皇太后生辰，上壽于慈寧宫。《宋史全文續通鑒》引何補《中興龜鑑》曰，慈寧居養，侍乙夜而忘疲。壽慶啓宴，稱觴舉儀。蓋當時有壽慶之宴，故才邵獻此曲以侑觴耳。附識於此。」

鳳凰山下瑞烟濃，湖海凝光秋正中。流星驛騎如飛電，來奏吉語聞天聰。龍舟移棹渡淮水，金車歸來長樂宫。詔書即日嚴法駕，出迎不憚勞清躬。曉鐘傳箭金門開，翠華赫奕從天來。綉旗拂雲勢偃蹇，彩仗照日光徘徊。漢宫威儀重烜赫，天宇披豁無氛埃。里閭縱觀萬人喜，秋城一變成春臺。高檣影轉龍負舟，平河清淺乘安流。臨平山色映雕輦，草木光榮佳氣浮。龍輿照耀金開鱗，御幄對起高連雲。歡聲喜氣傳萬里，盛事創見超前聞。煌煌儀衛回丹闕，萬騎千艘乘曉發。道傍觀者皆鼓舞，帝力難名但欣悦。由來孝弟能通神，聖主成功在得人。誰云高高難感格，一德協謀天所因。皇帝盛德動天地，丞相嘉謀無比倫。昭然獨斷納遠策，重見元愷承華勛。聖情孜孜天不倦，宮中預建慈寧殿。綉栱雲楣藏盛儀，廣庭層陛宜清宴。寶盛珍匣龍蟠拏，册寫鴻猷金煥爛。臣民觀聽盡傾聳，文物聲明信葱蒨。共知睿意已潛達，行見天心從宿願。果然悔禍荅清衷，信使交馳鄰好通。宮闈大慶得所欲，惟斷乃成全聖功。唐朝二聖雖重歡，纔自蜀道歸長安。當時歌頌中興事，已自矜夸稱至難。德宗念母亦云切，寧受百欺誠意殫。終然莫遇成永嘆，屢詔訪迎空百端。以今準古孰難易，相去正如霄壤間。殊方自與邦域異，一朝謀好鑾輿還。況復指期如素約，晬容克日瞻慈顏。信知卓絶冠千古，其間僅有安能攀。孝心錫類兆民賴，湛恩協氣充人寰。願聞備樂播金石，刺經作制垂不刊。扶桑曉色升紅輪，闕庭瑞氣朝朝新。如川方至無窮盡，聖壽同過一萬春。《全宋詩》卷一六八一，册29，第18841—18842頁

紹興朝會十三首

元脱脱《宋史・樂志》曰：「（紹興十五年）正旦朝會，始陳樂舞，公卿奉觴獻壽。據元豐朝會樂：第一爵，登歌奏《和安》之曲，堂上之樂隨歌而發；第二爵，笙入，乃奏瑞曲，惟吹笙而餘樂不作；第三爵，奏瑞曲，堂上歌，堂下笙，一歌一吹相間；第四爵，合樂仍奏瑞曲，而上下之樂交作。今悉仿舊典，首奏《和安》，次奏《嘉木成文》《滄海澄清》《瑞粟呈祥》

三曲，其樂專以太簇爲宫。太簇之律，生氣湊達萬物，於三統爲人正，于四時爲孟春，故元會用之。」①

皇帝升坐，《乾安》

鈎陳肅列，金奏充庭。顒卬南面，如日之升。垂衣拱手，治無能名。順履獻歲，大安大榮。

公卿入門，《正安》升降同

天子當陽，臣工率職。流水朝宗，衆星拱極。環佩鏘鏘，威儀抑抑。上下交欣，同心同德。

上公上壽，《和安》

八音克諧，萬舞有奕。上公奉觴，率兹百辟。聲效呼嵩，祝聖人壽。億載萬年，天長地久。

---

①《宋史》卷一三〇，第 3033 頁。

既醉。

皇帝初舉酒,《瑞木成文》

厚地效珍,嘉木紀瑞。匪刻匪雕,具文見意。三登太平,允協聖治。《詩·雅》詠歌,有光

再舉酒,《滄海澄清》

百谷王,符聖治。不揚波,效殊祉。德淪淵,滄海清。應千秋,叙五行。

三舉酒,《瑞粟呈祥》

至治發聞惟馨香,播厥百穀臻穰穰。農夫之慶歲其有,禾易長畝盈倉箱。時和物阜粟滋茂,嘉生駢穗來呈祥。自今以始大豐美,行旅不用齎餱糧。

群臣酒行,《正安》

群公卿士,咸造在庭。式燕以衎,思均露零。穆穆明明,於斯爲盛。歸美報上,一人有慶。明明天子,萬福來同。嘉賓式燕,曷不肅雍。燕以示慈,式禮莫愆。樂胥君子,容止可觀。

酒一行，文舞

帝德誕敷，銷爍群慝。近悦遠來，惟聖時克。玉振金聲，治功興起。《韶箾》象之，盡善盡美。文物以紀，藻色以明。禮備樂舉，遹觀厥成。睿知有臨，誕敷文德。教雨化風，洽此四國。

酒載行，武舞

用戒不虞，誰能去兵。師出以律，動必有名。折彼遐衝，布昭聖武。和衆安民，時惟多助。止戈曰武，惟聖爲能。御得其道，無敢不庭。整我六師，稽諸七德。不吴不揚，有嚴有翼。

皇帝降坐，《乾安》

帝坐熒煌，廷紳肅穆。對揚天休，各恭爾服。頌聲洋洋，彌文郁郁。禮備樂成，永膺多福。

《宋史》卷一三八《樂志》，第3255—3256頁

皇帝上尊號一首

册寶入門，《正安》

於穆元后，天臨紫宸。飛綏星拱，建羽林芬。徽册是奉，鴻名愈新。荷兹介祉，永永無垠。

《宋史》卷一三八《樂志》，第3259頁

明道元年章獻明肅皇太后朝會十五首

元脱脱《宋史·樂志》曰：「明道初，章獻皇太后御前殿，見群臣，作《玉芝》《壽星》《奇木連理》之曲，《厚德無疆》《四海會同》之舞。」①

① 《宋史》卷一二六，第2948頁。

皇太后升坐，《聖安》

聖母有子，重光纇禋。聖皇事母，感極天人。百辟在庭，九儀具陳。禮容之盛，萬國咸賓。

公卿入門，《禮安》

帝率四海，承顔盡恭。端闈肅設，群后來同。玉佩鏘鳴，衣冠有容。《英》《韶》節步，磬管雍雍。

皇帝上壽酒，《崇安》

天子之德，形于四方。尊親立愛，化洽風揚。聖母褘衣，明君黼裳。因時獻壽，克盛朝章。

上壽，《福安》

盛禮煌煌，六衣有光。千官在位，百福稱觴。坤德慈仁，邦斯淑祥。如山之壽，佑聖無疆。

皇太后初舉酒，《玉芝》

熚熚靈芝，生于殿闈。照映華拱，紛敷玉蕤。感召元和，光符聖期。祥篇協吉，百福咸宜。

再舉酒，《壽星》

現彼南極，昭然瑞文。騰光丙位，薦壽中宸。太史駢奏，升歌有聞。軒宫就養，億萬斯春。

三舉酒，《奇木連理》

王化無外，坤珍效靈。旁枝内附，直幹來并。群分非一，祺祥紹登。至誠攸感，海縣斯寧。

群臣酒行，《禮安》

肅肅臨下，有威有容。循循事上，惟信惟忠。盛禮興樂，示慈訓恭。君臣協吉，惟道之從。湛湛零露，晞于載陽。我有旨酒，群臣樂康。既飲以德，亦圖爾良。永言修輔，用協天常。禮均孝慈，樂合《韶》《武》。至德光矣，鴻恩亦溥。上下和濟，華夷樂胥。醆斝三行，盛儀斯舉。

酒一行畢，作《厚德無疆》之舞

堯母之聖，放勛爲子。同心協謀，柔遠能邇。以德康俗，以文興治。斯焉象功，罔不昭濟。至矣坤元，道符惟聖。就養宸極，助隆善政。翟籥紛舉，笙鏞協應。翱翔有容，表德之盛。

酒再行，《四海會同》之舞

七德之舞，四朝用康。有如姬姒，助集周邦。威克厥愛，居安不忘。風旋山立，濟濟皇皇。左秉朱干，右揮玉戚。以象武綴，以明皇德。天子榮養，群臣述職。四夷賓附，罔不承式。

降坐，《聖安》

長樂居尊，盛容有煒。文王事親，萬國歸美。朝會之則，邦家之紀。受福於天，克昭隆禮。

《宋史》卷一三八《樂志》，第3259—3261頁

治平皇太后、皇后册寶三首

皇帝升坐，《乾安》

王化之始，治繇内乎。時庸作命，玉簡金書。磬筦在庭，其縱繹如。天臨法扆，禮與誠俱。

太尉等奉册寶入門，《正安》

晬儀臨拱，丕命明敭。鸞回寶勢。鴻貫瑶光。禮成樂備，德裕名芳。肇基王化，永懋天祥。

皇帝降坐，《乾安》

衮衣綉裳，嚴威肅莊。八音具張，簨虡龍驤。玉簡瑶章，金書煌煌。壽千萬年，與天比長。

《宋史》卷一三八《樂志》，第3261頁

熙寧皇太后册寶三首

出入，《正安》

煌煌鳳字，玉氣宛延。天門崛岉，飛驂後先。龍簴四合，奏鼓淵淵。母儀天下，何千萬年。

升坐，《乾安》

峨峨綉扆，旋佩以登。如彼杲日，凌天而升。玉色下照，亹亹繩繩。猗歟大孝，四海其承。

降坐，《乾安》

皇帝降席，流雲四開。堯趨舜步，下躡天階。恭授寶册，翠旍裴回。明明純孝，鴻釐大來。

《宋史》卷一三八《樂志》，第 3261—3262 頁

哲宗上太皇太后册寶五首

皇帝升坐，《乾安》

大矣孝熙，帥民以躬。奉承寶册，欽明兩宫。萬樂具舉，一人肅雍。化繇上始，四海來同。

降坐，《乾安》

皇帝仁孝，總臨萬方。褒顯其親，日嚴以莊。龍衮翼翼，玉書煌煌。傳之億世，休有烈光。

太皇太后升坐，《乾安》

總裁庶政，擁佑嗣皇。金書玉簡，爛其文章。衆歌聱作，筦磬將將。保安四極，降福無疆。

降坐，《乾安》

塗山之德，渭涘之祥。圖徽寶册，玉色金相。管弦煒煜，鐘鼓喤喤。天之所啓，既壽而昌。

太尉等奉册寶出入門，《正安》

玉車臨御，鳳蓋棽麗。奉承寶册，彌文盛儀。抗聲極律，助我孝熙。天之所佑，萬壽無期。

《宋史》卷一三八《樂志》，第3262頁

紹興十年發皇太后册寶八首

《宋會要輯稿·樂七》注曰：「紹興十年學士院撰八曲。」①

皇帝隨册寶降殿，《聖安》

景祚有開，符天媲昊。誕毓聖神，是崇位號。星拱天隨，祗嚴册寶。還御慈寧，增光舜道。

① 《宋會要輯稿》，册1，第473頁。

中書令奉册詣皇帝褥位，《禮安》

聲樂備陳，禮容罔忒。相維辟公，虔奉玉册。皇則受之，慕形於色。即壽且康，與天無極。

侍中奉寶詣皇帝褥位，《禮安》

祖啓瑶光，誕生明聖。尊極母儀，帝康作命。寶章煌煌，導以笙磬。還燕慈寧，邦家傒慶。

太傅奉册寶出門，《聖安》

肅肅東朝，帝隆孝治。猗歟丕稱，寶册斯備。皇扉四闢，導迎慶瑞。德邁太任，有周卜世。

太傅奉册寶入門，《聖安》

静順坤儀，聖神是育。懿鑠昭陳，鏤文華玉。樂奏既備，禮儀不瀆。導迎善祥，翟車歸趣。

太傅奉册授提點官，《禮安》

孝奉天儀，信維休德。發越徽音，禮文靡忒。永保嘉祥，時萬時億。歸于東朝，含飴燕息。

太傅奉册授提點官，《禮安》

肅雍長樂，克篤其慶。河洲茂德，沙麓啓聖。是生睿哲，蚤隆丕運。欽稱鴻寶，永膺天命。

册寶升慈寧殿幄，《聖安》

禮行東朝，樂奏大吕。羽衛森陳，簪紳式序。雲幄邃嚴，宏典是舉。天子萬年，母儀寰宇。

《宋史》卷一三八《樂志》，第3262—3263頁

乾道七年恭上太上皇帝、太上皇后尊號十一首

册寶降殿，《正安》

元祀介福，孰綏孰將。歸于尊親，孝哉君王。載鏤斯牒，載琢斯章。得名得壽，如虞如唐。

中書令、侍中奉册寶詣殿下，《正安》

宗郊斯成，交舉典册。汝輔汝弼，威儀是力。陳于廣庭，迨此上日。巍巍煌煌，烏睹在昔。

皇帝奉太上皇帝册寶授太傅，用《禮安》奉太上皇后同

儀物陳矣，禮樂明矣。天子戾止，詒爾臣矣。陟降維則，恭且勤矣。茫茫四海，德教形矣。

册寶出門，《正安》

天門九重，蕩蕩開徹。金支秀華，垂紳佩玦，或導或陪，率履不越。注民耳目，四表胥悦。

册寶入德壽宮門，《正安》

禮神頌祇，福禄來下。不有榮名，孰緝伊嘏。千乘萬騎，魚魚雅雅。皇扉洞開，鞠躬如也。

太上皇帝升御坐降同

穆穆聖顔，安安天步。有縟者儀，以莫不舉。天人和同，恩澤洋普。億載萬年，爲衆父父。

太傅奉太上皇帝册寶升殿，用《聖安》

大哉堯乎，南嚮垂裳。君哉舜也，拜而奉觴。纚藉光華，鼓鐘鏗鏘。三事稽首，宋德無疆。

太傅奉太上皇后册寶升殿，用《聖安》

乾元資始，坤元資生。允也聖德，同實異名。春王三朝，典册并行。咨爾上公，相儀以登。

皇帝從太上皇后册寶詣宫中，用《正安》

維册伊何？鏤玉垂鴻。維寶伊何？范金鈕龍。翊以嘗御，間以笙鏞。誰敢不恭，天子寔從。

太上皇后出閤升御坐，《坤安》降同

帝膺永福，功靡專有。既尊聖父，亦燕壽母。怡怡在宫，大典時受。彤管紀之，天長地久。

内侍官舉太上皇后册詣讀册位，用《聖安》

斂福于郊，逢時之泰。揭名日月，侔德覆載。自我作古，域中有大。永言保之，眉壽無害。

《宋史》卷一三八《樂志》，第 3264—3265 頁

卷三三　宋燕射歌辭四

淳熙二年發太上皇帝、太上皇后册寶十一首

元脱脱《宋史·樂志》曰：「淳熙二年，詔以上皇加上尊號，立春日行慶壽禮。有司尋言：『乾道加尊號，用宫架三十六，樂工共一百一十三人。今來加號慶壽，事體尤重，合依大禮例，用四十八架，樂正、樂工用一百八十八人，庶得禮樂明備。』仍令分就太常寺、貢院前五日教習。前期，太常設宫架之樂於大慶殿，協律郎位於宫架西北，東向；押樂太常卿位於宫架之北，北向；皇太子及文武百僚，并位於宫架之北，東西相向，又設宫架于德壽殿門外，協律郎、太常卿位如之。及發册寶日，儀仗、鼓吹列於大慶殿門，樂正、師二人以次入。贊者引押樂太常卿、協律郎入，就位，奏中嚴外辦訖，禮儀使奏請皇帝恭行發册寶之禮，太常卿導册寶，《正安》之樂作。中書令奉寶、侍中奉册進行，《禮安》之樂作。發寶册畢，鼓吹振作，儀衛等以次從行。皇帝自祥曦殿輦至德壽宫行禮，册寶入殿門，作《正安》之樂。上皇出宫，作《乾安》之樂；升御坐，奉上册寶，作《聖安》之樂；降御坐，作《乾安》之

樂。太后册寶進行，用《正安》；出閤升坐，用《坤安》；降坐入閤，復作《坤安》之樂。禮部尚書趙雄等言：『國朝舊制，車駕出，奏樂。今慶典之行，亘古未有，自非禮儀詳備，無以副中外歡愉之心。請慶壽行禮日，聖駕往還并用樂及簪花。』詔從之。既而太常又言：『郊禋禮成，宜進胙慈闈，行上壽飲酒禮。所有上壽合辦仙樓仍用樂，某樂人照天申節禮例。』凡上詣德壽宫，或恭請上皇游幸，或至南内，或上皇命同宴游，或時序賞適、過宫侍宴，或聖節張樂、珥花、奉玉卮爲上皇壽，率從容竟日，隆養至樂，備極情文。」①

册寶降殿，《正安》

高明者乾，博厚者坤。以清以寧，資始資生。壽胡可度，德胡可評？願言從欲，誕受强名。

中書令、侍中奉册寶詣殿下，《正安》

受命既長，福禄即康。如日之升，如月之常。追琢其章，金玉其相。君子萬年，保其家邦。

---

① 《宋史》卷一三〇，第 3044—3045 頁。

皇帝奉太上皇帝册寶授太傅，《禮安》奉太上皇后同

翠華之旗，靈鼉之鼓。陳于廣宇，相我盛舉。來汝公傅，肅乃儀矩。毋忝于素，以篤多祐。

册寶出門，《正安》

蚴蟉青龍，婉嬗象輿。其載伊何？煌煌金書。乃由端門，乃行康衢。于以榮親，振古所無。

册寶入德壽宮門，《正安》

惟天爲大，其德曰誠。惟堯則之，其性曰仁。乃文乃武，得壽得名。於萬斯年，以莫不增。

太上皇帝升御坐，《乾安》降同

天行惟健，天步惟安。聖子中立，臣工四環。民無能名，威不違顔。宋德宜頌，漢儀可删。

太傅奉太上皇帝册升殿，《聖安》奉寶同

天畀遐福，允彰父慈。維昔曠典，我能舉之。徐爾陟降，敬爾威儀。申錫無疆，永言保之。

太傅奉太上皇后册寶升殿，《聖安》

乾健坤從，陽剛陰相。迨兹受祉，允也并况。虡業在下，儀物在上。洛時三公，執事無曠。

皇帝從太上皇后册寶詣宫中，用《正安》

丕顯文王，之德之純。亦有太姒，式揚徽音。維册維寶，乃玉乃金。伊誰從之？一人事親。

太上皇后出閤升御坐，《坤安》降同

重翟出房，褘衣被躬。委委佗佗，河潤山容。聖皇臨軒，聖母在宫。并受鴻名，與天無窮。

内侍官舉太上皇后册詣讀册位，用《聖安》舉寶同

珉玉玢豳，裹蹄精良。既刻厥文，亦鑄之章。象德維何？至静而方。輔我光堯，萬壽無疆。

《宋史》卷一三八《樂志》，第3265—3267頁

皇帝上太上皇帝壽樂曲

崔敦詩

升坐，用《聖安》之曲

簪纓列序，羽衛分行。雉扇爰徹，天威煒煌。清明在躬，顒顒昂昂。咸拜稽首，萬壽無疆。

公卿入門，用《禮安》之曲

端闈肅啓，金奏和聲。有來濟濟，燁其華纓。度中規矩，步協英莖。一人達孝，百辟丕承。

皇帝上太上皇壽酒，用《福安》之曲

笙鏞嗷繹，簨簴騰驤。奉觴介壽，龍衮黼裳。盛儀克舉，至德用章。刑于四海，化洽風揚。

上壽，用《崇安》之曲

凝旒肅穆，鳴佩舂容。有酒伊醑，管磬其從。典禮絢縟，威儀恪共。頌堯之壽，與天比隆。

太上皇帝初舉酒，用《蟠桃》之曲

結根閬苑，登實瑶池。紅雲騈艷，瑞露含滋。味參石髓，名配松脂。王母一笑，河水漣漪。

再舉酒，用《大椿》之曲

培植自古，質淳以全。凌傲霜雹，盤薄風烟。朝菌焉識，楚蓂詎肩。聳柯擢幹，終古蒼然。

三舉酒，用《瑞鶴》之曲

彼肅者羽，名紀仙經。芝田下啄，容止安停。引吭警露，響徹青冥。聖德格物，來儀帝庭。

四舉酒，用《祥龜》之曲

粤有靈物，負圖效祥。蓮棲蓍宿，錦文有章。天和發越，睿澤滂洋。泝于宫沼，美應昭彰。

五舉酒，用老人《星見》之曲

奕奕南極，應期曜靈。祥暉昭衍，次丙躔丁。事垂漢史，名著甘經。錫符祚聖，億萬斯齡。

降坐，用《福安》之曲

慶典具舉，皇慈溥將。禮光長樂，事掩未央。佩環濟濟，金石鏘鏘。天容有懌，言旋建章。

群臣酒三行，并用《正安》之曲

曉日啟天門，星環萃盍簪。明良賡舜日，富壽祝堯心。穿仗摇旗影，鳴珂混樂音。聖朝敦孝理，百辟盡丕欽。

縹緲殿中央，紅雲捧紫皇。香風飄彩仗，仙露滴霞觴。樂度儀凰曲，恩流振鷺行。萬年天下養，寶祚享靈長。

清漏滴彤壺，皇仁雨露濡。遥瞻天一笑，同效岳三呼。御醴傳觴速，宫花覆座敷。欲知歸美意，歌頌在康衢。

酒一行罷用《萬壽無疆》之舞

三紀御圖，道豐德盛。化洽兆民，功光列聖。畀托有歸，脱屣萬乘。優游法宫，頤神養性。岧岧具闕，豐麗靖淵。遊神象外，玩意物先。爲衆父父，尊榮配天。大福備禄，何千萬年。

酒再行罷用《聖德重光》之舞

於穆聖子，仁天智神。體剛立極，寶儉化民。美政畢舉，舊章聿遵。舞以象德，擬《韶》實倫。龍樓問寢，前殿奉卮。密承慈訓，不怠其祗。海宇豐阜，邊陲晏夷。于以養志，福禄來宜。

《全宋詩》卷二五六九，册48，第29835—29837頁

淳熙十二年加上太上皇帝、太上皇后尊號十一首

大慶殿發册寶降殿，《正安》

維天蓋高，維地克承。父尊母親，天地難名。彊名廣大，建號安榮。衍登壽嘏，闡繹皇明。

中書令、侍中奉太上皇帝册寶、太上皇后册寶詣殿下，用《正安》

二儀同尊，兩耀齊光。巍巍煌煌，不顯亦彰。實茂號榮，玉振金相。於萬斯年，既壽且昌。

皇帝奉太上皇帝册寶授太傅太上皇后册寶同

我尊我親，承天之祉。壽名兼美，家國咸喜。公傅秉禮，寶册有煒。惟千萬祀，令聞不已。

册寶出門，《正安》

羽衛有嚴，寶書有輝。昭衍尊名，鋪張上儀。出其端闈，由於康逵。比屋延瞻，歌之舞之。

德壽宫册寶入殿門，《正安》

南山之巩，皇壽無窮。太極之尊，皇名是崇。奉兹寶册，于皇之宫。皇則受之，於昭盛容。

太上皇帝出宫升御坐，《乾安》降坐同

聖明太上，天子有尊。玉坐高拱，慈顔睟温。震禁嘉承，朝弁肹分。盛禮縟典，邃古未聞。

太傅、中書令、侍中奉太上皇帝册寶升殿，用《聖安》

天錫伊嘏，地效其珍。誕作寶典，奉于尊親。爾公爾相，爾恭爾寅。協舉令儀，遹臻厥成。

太傅、中書令、侍中奉太上皇后册寶升殿，用《聖安》

坤載有元，乾行是順。施生萬彙，厥德彌盛。翼翼母道，贊我皇訓。相維群公，奉典斯敬。

皇帝從太上皇后册寶詣宫中，用《正安》

大矣母慈，德備且純。思古齊敬，佐我皇文。明章茂典，金玉其音。帝親奉之，以翼以欽。

太上皇后出閤升御坐，用《坤安》降坐同

天相慈皇，慶臻壺闈。徽柔内修，壽與天齊。既承皇歡，載覯母儀。懿典鴻名，永綏多祺。

内侍舉太上皇后册寶詣讀册寶位，用《聖安》

有美英瑶，於昭祥金。爲策爲章，并著徽音。德聖而尊，備舉彌文。億載萬年，永輔堯勛。

《宋史》卷一三八《樂志》，第 3267—3268 頁

紹熙元年恭上壽聖皇太后、至尊壽皇聖帝、壽成皇后尊號册寶十四首

元脱脱《宋史・光宗本紀》曰：「紹熙元年春正月丙辰朔，帝率群臣詣重華宫，奉上壽聖皇太后、至尊壽皇聖帝、壽成皇后册、寶。」①《宋史・樂志》曰：「光宗受禪，崇上壽皇聖帝、壽成皇后暨壽聖皇太后尊號，壽皇樂用《乾安》，壽聖、壽成樂用《坤安》，三殿慶禮，在當時侈爲盛儀。……紹熙元年，始行中宫册禮，發册于文德殿：皇帝升降御坐，用《乾安》之樂；持節展禮官出入殿門，用《正安》之樂。受册于穆清殿：皇后出就褥位，用《坤安》；至位，用《承安》；受册寶，用《成安》；受内外命婦賀，就坐，用《和安》；内命婦進行賀禮，用《惠安》；外命婦進行賀禮，用《咸安》；皇后降坐，用《徽安》；歸閤，用《泰安》；册寶入殿門，用《宜安》。宋初立后，自景祐始行册命之禮。元祐納后，典章彌盛，而六禮發制書日，樂備不作，惟皇后入宣德門，朝臣班迎，鳴鐘鼓而已。崇寧中，乃陳宫架，用女工，皇后升降行止，并以樂爲節。至紹興復製樂，以重褘翟，詔執色勿用女工，令太常止于門外設樂。隆

① 《宋史》卷三六，第 698 頁。

興册禮時，則國樂未舉，淳熙始遵用之，而紹熙敷賁舊典，於此特加詳備。紹興樂奏仲吕宫，仲吕爲陰；紹熙樂奏太簇宫，太簇爲陽：用樂同而揆律異焉。」①

大慶殿發册寶降殿，《正安》

帝受内禪，紀元紹熙。欽崇慈親，孝心肅祗。乃建顯號，乃蒧丕儀。發册廣庭，聲歌侑之。

中書令、侍中奉三宫册寶詣東階下，用《禮安》

鐘鼓交作，文物咸備。彤庭玉階，天子是莅。咨爾輔臣，展采錯事。輔臣稽首，敢不率禮！

册寶出門，《正安》

巍巍天宫，洞開閶闔。旗常葳蕤，劍佩雜遝。寶册啓行，法駕繼發。鑠哉盛典，快睹胥悦！

① 《宋史》卷一三一，第3047—3048頁。

册寶入重華宫,《正安》

仰止皇居,九門載闢,麗日重光,非烟五色。雷動萬乘,雲從百辟。咫尺重霄,鞠躬屏息。

至尊壽皇聖帝升坐,《乾安》降同

玉璽瑶編,禮容畢具。穆穆至尊,華殿是御。德配有虞,紹唐授禹。於萬斯年,受天之祜。

太傅、中書令奉至尊壽皇聖帝册升殿,用《聖安》

慈皇天臨,睟表怡怡。欽哉聖子,親奉玉卮。鼇抃嵩呼,歡浹華夷。邇臣捧册,是恪是祗。

太傅、侍中奉至尊壽皇聖帝寶升殿,用《聖安》

瑟彼華玉,篆魚鈕龍。與册并登,咨爾上公。詠以歌詩,協之鼓鐘。是陟是降,靡有弗恭。

太傅、中書令、侍中奉壽聖皇太后册寶升殿,用《聖安》

天祐皇家,慶集重闈。寶兮揚名,册兮流徽。金支秀華,盛容浸威。詔我近弼,相禮不違。

太傅、中書令、侍中奉壽成皇后册寶升殿，用《聖安》

大哉乾元，既極形容。坤元德至，實與比隆。寶册并登，勒崇垂鴻。相我縟儀，肅肅雍雍。

皇帝從壽聖皇太后册寶詣慈福宫，用《正安》

涓辰協吉，時維春元。上册三殿，曠古無前。思齊重闈，積慶有源。是尊是崇，帝心載虔。

壽聖皇太后出閤升坐，《坤安》降同

丕赫有宋，三聖授受。誰其助之？繄我太母。東朝受册，飲此春酒。聖子神孫，密侍左右。

内侍官舉壽聖皇太后册寶詣讀册寶位，用《聖安》

坤德益崇，天壽平格。慶流萬世，子孫千億。刻玉範金，鋪張赫奕。惟昔姜任，則莫我匹。

皇帝詣壽成殿，壽成皇后出閤升坐，《坤安》降同

鞠育保護，母道備矣。密贊親傳，德其至矣。彩服來朝，慈容有喜。既受鴻名，又多受祉。

内侍官舉壽成皇后册寶詣讀册寶位，用《聖安》

仰瞻慈闈，登進寶册。惟時暬御，祇率厥職。曰壽曰名，母兮兼得。儷我尊父，億載無極。

《宋史》卷一三九《樂志》，第3271—3273頁

紹熙四年加上壽聖皇太后尊號八首

元脱脱《宋史・光宗本紀》曰：「（紹熙四年）九月己巳，金遣董師中等來賀重明節。庚午，重明節，百官上壽。侍從、兩省請帝朝重華宫，不聽。己卯，上壽聖皇太后尊號曰壽聖隆慈備福皇太后。」①

大慶殿發册寶降殿，《正安》

德厚重闈，冲澹粹穆。何以名之？惟慈惟福。寶鏤精鏐，册鐫華玉。物盛禮崇，丕昭群目。

① 《宋史》卷三六，第706頁。

中書令、侍中奉壽聖皇太后册寶詣東階下，《禮安》

於皇帝室，休運貽孫。重熙疊慶，祇進號榮。爰授兹册，必躬必親。天子聖孝，萬邦儀刑。

册寶出門，《正安》

煌煌册寶，天子受之。言徐其行，肅展乃儀。其儀維何？劍佩黄麾。鑾駕清蹕，聳瞻九逵。

册寶入慈福宫殿門，《正安》

熙辰禮備，濟濟雍雍。言奉斯册，重親之宫。宫帷既敞，協氣感通。皇儀親展，壽祉無窮。

太傅、中書令、侍中奉壽聖皇太后册寶升殿，《聖安》

既肅琨庭，載升金戺。乃導乃陪，威儀濟濟。天步繼臨，孝誠備矣。聲容孔昭，中外悦喜。

册寶詣宫中，《正安》

琱輿彩仗，祇詣慈宫。寶册前奉，龍挾雲從。言備兹禮，于宫之中。惟天子孝，於昭祲容。

壽聖皇太后出閤升御坐，《坤安》降同

懿典大册，陳儀邃深。怡怡愉愉，寶坐是臨。重彩儼侍，冞展肅心。三宫協慶，永播徽音。

内侍官舉壽聖皇太后册寶詣讀册寶位，用《聖安》

寶册既奉，祗誦乃言。仁深慶衍，益顯益尊。和聲協氣，充溢乾坤。并受伊嘏，聖子神孫。

《宋史》卷一三九《樂志》，第3273—3274頁

卷三四　宋燕射歌辭五

慶元二年恭上太皇太后、皇太后、太上皇帝、太上皇后尊號二十四首

册寶降殿

天擁帝家，澤流子孫。三宫燕胥，四海崇尊。聲諧《韶》《濩》，輝燭瑶琨。維皇緝熙，耀德乾坤。

册寶授太傅，奉詣東階下

祖后重壽，親闈并崇。駢慶聯休，申景鋪鴻。疊璧交輝，多儀焕叢。億萬斯年，福禄攸同。

册寶出門

太任媚姜，塗山翼禹。慈祥曼衍，鴻儀迭舉。寶章奕奕，禮宫俣俣。帝用將之，于彼宫所。

慈福宮寶册入門

東朝層邃，端闈靖深。列仗節鑾，鏤玉繩金。來奉來崇，載祗載欽。曾孫之慶，世世徽音。

册寶升殿

純佑我宋，母儀四朝。擁翼孫謀，如虞承堯。仁覃函夏，喜浮慶霄。福禄萬年，金玉孔昭。

册寶詣宫中

神人和懌，天日淑清。王母來燕，必壽而名。琨庭璈音，五雲佩聲。勉勉我皇，遹昭厥成。

太皇太后出閤升坐

曾孫致養，五福駢臻。太極所運，兩儀三辰。輝光日新，啓佑後人。永翼瑶圖，億萬堯春。

册寶詣讀册寶位

徽光宣華，仁聲流文。曠儀合沓，泰和絪緼。慈顔有喜，祚我聖君。珠宫含飴，坐閲來雲。

太皇太后降坐歸閤

縟儀既登，寶册既膺。喜洽祥流，雲烝川增。天子萬年，鳴玉慈庭。惠我無疆，詵詵繩繩。

壽慈宫册寶入門

新庭靖安，祖后燕怡。有開聖謀，累崇天基。典章文明，聲容葳蕤。御于邦家，曰壽曰慈。

册寶升殿

三禮崇容，八鑾警衛。有來辰儀，闡徽嫣汭。璇宫肅雍，藻景澄霽。文子文孫，本支百世。

册寶詣宫門

堯門疊瑞，姒幄齊輝。重坤靖夷，麗册華徽。天子仁聖，禮文弗違。福壽康寧，同燕層闈。

皇太后出閤升坐

文母曼壽，載錫之光。總集瑞命，宜君宜王。惠以仁顯，慈以德彰。保佑子孫，受福無疆。

册寶詣讀册寶位

華鸞編玉，文螭液金。頌德摛英，揚徽嗣音。紫幄天開，翠華日臨。歲歲年年，如周太任。

皇太后降坐歸閤

宋有明德，天保佑之。以壽繼壽，以慈廣慈。聲文宣昭，福祉茂綏。神孫之休，燕及華夷。

壽康宫册寶入門，《正安》

大安耽耽，興慶崇崇。維皇之尊，與天比隆。非心閑燕，文命延鴻。欲報之恩，禮縟儀豐。

太上皇帝升御坐，《乾安》

上帝有赫，百靈效祥。儲祉垂恩，錫年降康。皇儀睟温，帝躬肅莊。三宫齊懽，地久天長。

太上皇帝册寶升殿，《聖安》

夏典稽瑞，禹玉含淳。追琢有章，温潤孔純。聖底于安，壽綿於仁。太上立德，自天其申。

太上皇后册寶升殿,《聖安》

父尊母親,天涵地育。燕我翼子,景命有僕。得名得壽,如金如玉。子孫千億,成其厚福。

太上皇帝降御坐,《乾安》

天地清寧,日月華光。歸尊慈極,嵩呼未央。慶函百嘉,壽躋八荒。上皇萬歲,俾熾俾昌。

册寶詣宫中,《正安》

晨趨慈幄,佳氣鬱葱。受帝之祉,配天其崇。璧華金精,禮敷樂充。天子是若,懽聲融融。

太上皇后出閤升坐,《坤安》

文物流彩,鑾輅靖陳。龜瑞薦祉,坤儀效珍。比皇之壽,翼帝以仁。和氣致祥,與物爲春。

讀册寶,《聖安》

黼黻其文,金玉其相。永壽於萬,合德無疆。福緒祥源,厥後克昌。天維格斯,祚我聖皇。

太上皇后降坐歸閤，《坤安》

榮懷之慶，莫盛於斯。三宮四册，五葉一時。德阜而豐，福大而滋。子子孫孫，于時保之。

《宋史》卷一三九《樂志》，第3274—3277頁

嘉泰二年恭上太皇太后尊號八首

册寶降殿

思齊太任，嬪于周京。至哉坤元，萬物資生。不可儀測，矧可强名。鏤玉繩金，昭哉號榮。

册寶詣東階

鼓鐘喤喤，儀物載陳。儀物陳矣，爛其瑶琨。咨爾上公，相予文孫。勿亟勿徐，奉我重親。

册寶出門

蕩蕩天門，金鋪玉户。采旄翠旌，流蘇葆羽。千官影從，乃導乃輔。都人縱觀，填道呼舞。

壽慈宮册寶入門

煌煌寶書，玉篆金縷。曷爲來哉？自天子所。自天子所，以燕文母。婉嬗祥雲，日正當午。

册寶升殿

文物備矣，三事其承。崇牙高張，樂充宫庭。耽耽廣殿，左墄右平。敬爾威儀，攝齊以登。

册寶詣宫中

維壽伊何？聖德日新。維慈伊何？祐于後人。乃范斯金，乃縷斯珉。皇舉玉趾，從于堯門。

太皇太后升御坐 降同

侍中版奏，辨外嚴中。出自玉房，褘褕被躬。我龍受之，祲威盛容。皇帝聖孝，其樂融融。

册寶詣讀册寶位

麟趾褭蹄，我寶斯刻。碝礝采致，載備斯册。眉壽萬年，詒謀燕翼。於赫湯孫，克綿永福。

《宋史》卷一三九《樂志》，第3278—3279頁

紹定三年壽明仁福慈睿皇太后册寶九首

元脱脱《宋史·理宗本紀》曰：「（紹定三年）癸未，上壽明仁福慈睿皇太后尊號册寶。」①《宋史·樂志》曰：「紹定三年，行中宫册禮，并用紹熙元年之典。及奉上壽明仁福慈睿皇太后册寶，始新製樂曲行事。」②《宋史·恭聖仁烈楊皇后傳》曰：「恭聖仁烈楊皇后……寶慶二年十一月戊寅，加尊號壽明。紹定元年正月丙子，復加慈睿。四年正月，后壽七十，帝率百官朝慈明殿，加尊號壽明仁福慈睿皇太后。十二月辛巳，后不豫，詔禱祠天

① 《宋史》卷四一，第793頁。
② 《宋史》卷一三一，第3050頁。

地、宗廟、社稷、宫觀，赦天下。五年十二月壬午，崩於慈明殿。壽七十有一，謚恭聖仁烈。」①

文德殿册寶降殿

思齊聖母，媲于周任。體乾履坤，博厚洪深。七表既啓，萬壽自今。昕庭發號，式昭德音。

册寶詣東階

煌煌儀物，繹繹鼓鐘。奉兹寶册，至于階東。上公相儀，列辟盡恭。拜手慈宸，福如華嵩。

册寶出門

帝闕肅開，天階坦履。霓旌羽蓋，導儀護衛。匪夸雕琢，匪矜繁麗。兹謂盛儀，億載千歲。

① 《宋史》卷二四三，第 8658 頁。

慈明殿册寶入門

金堅玉純，文郁禮縟。來從帝所，作瑞王國。天開地闢，日熙春燠。兹謂盛事，永燕茀禄。

册寶升殿

皇儀有煒，綵舁次升。沈沈邃殿，穆穆天廷。坤德豕隆，皇圖永寧。咨爾廷臣，攝齊以登。

册寶詣宫中

壽爲福先，明燭物表。仁沾動植，福齊穹昊。曰慈與睿，并崇丕號。演而申之，萬世永保。

皇太后升御坐

邇臣跪奏，嚴辦必恭。乃御褘褕，升于殿中。慈顔雍穆，和氣冲融。芳流清史，傳之無窮。

册寶詣讀册寶位

徽音孔昭，寶傳斯刻。金昭玉粹，有煒斯册。載祈載祝，以燕以翼。寶之萬年，與宋无極。

皇太后降御坐

皇文既舉，慶禮告虔。肇自宮闈，格于幅員。子稱母壽，母謂子賢。陟降在兹，隆名際天。

《宋史》卷一三九《樂志》，第 3279—3280 頁

哲宗發皇后册寶三首

皇帝升坐，《乾安》

既登乃依，如日之升。有嚴有翼，丕顯丕承。天作之合，家邦其興。朱芾斯皇，子孫繩繩。

降坐，《乾安》

我禮嘉成，我駕言旋。降坐而蹕，奏鼓淵淵。景命有僕，保佑自天。永錫祚嗣，何千萬年。

太尉等奉册寶出入，《正安》

宣哲維公，就位肅莊。册寶具舉，丕顯其光。出于宸闈，鼓鐘喤喤。母儀天下，萬壽無疆。

《宋史》卷一三九《樂志》，第 3280 頁

紹興十三年發皇后册寶十三首

宋王師心《言皇后受册命合用樂章奏》(紹興十三年正月)曰:「將來皇后受册令,其用樂節次曲名:皇帝發册:皇帝升御座《乾安》之樂,使副入門《正安》之樂,册寶出門《正安》之樂,皇帝降御座《乾安》之樂。皇后受册:皇后出閤《坤安》之樂,册寶入門《宜安》之樂,皇后降殿《承安》之樂,皇后受册《成安》之樂,皇后升座《和安》之樂,班首引内命婦入門《惠安》之樂,班首引外命婦入門《咸安》之樂,皇后降座《徽安》之樂,皇后歸閤《泰安》之樂。其合用樂章,乞先次降付學士院修撰。」①

元脱脱《宋史·禮志》曰:「紹興十三年閏四月十七日,册貴妃吴氏爲皇后。前期,於文德殿内設東西房、東西閣,凡香案、宫架、册寶幄次、舉麾位、押案位、權置册寶褥位、受制承制宣制位、奉節位、贊者位、奉册寶位、舉册舉寶官位及文武百僚、應行事官、執事官位,皆儀鸞司、太常典儀分設之,以俟臨軒發册。其日質明,皇帝服通天冠、絳紗袍出西閤,協

① 《全宋文》卷四一二〇,册187,第279—280頁。

律郎舉麾奏《乾安》之樂，皇帝降輦即御坐，樂止，册使、副以下應在位官皆再拜。侍中宣制曰：『册貴妃吴氏爲皇后，命公等持節展禮。』册使、副再拜，參知政事以節授册使，册使跪受，以授掌節者。中書令以册授册使，侍中以寶授副使，并權置於案，册使、副以下應在位官皆再拜。册使押册，副使押寶，持節者前導，《正安》之樂作，出文德殿門，樂止，至穆清殿門外幄次，權置以俟。皇后首飾、褘衣出閤，協律郎舉麾，《坤安》之樂作，皇后至殿上中間南向立定，樂止。册使、副就内給事前東向跪稱：『册使、副姓某奉制授皇后備禮典册。』内給事入詣皇后前，北向奏訖，册使舉册授内侍，内侍轉授内謁者監；副使舉寶授内侍，内侍轉授内謁者監；掌節者以節授掌節内侍，内侍持節前導，册寶并案進行入詣殿庭。册寶初入門，《宜安》之樂作，至位，樂止。皇后降自東階，至庭中北向位，初行，《承安》之樂作，至位，樂止。皇后再拜，舉册官搢笏跪舉册，讀册官搢笏跪宣册，内謁者監奉册進授皇后，皇后受以授司言，又奉寶進授皇后，皇后受以授司寶。司言、司寶置册寶於案，舉册寶官并舉案官俱搢笏舉册寶并案輿，詣東階之東，西向位置定。皇后初受册寶，《成安》之樂作，受訖，樂止。皇后再拜，禮畢。」①

① 《宋史》卷一一一，第 2661—2663 頁。

皇帝升坐，《乾安》

天地奠位，乾坤以分。夫婦有別，父子相親。聖王之治，禮重婚姻。端冕從事，是正大倫。

使副入門，《正安》

天子當陽，群工就列。册寶既陳，鐘鼓備設。上公奉事，容莊心協。克相盛禮，光昭玉牒。

册寶出門，《正安》

穆穆睟容，如天之臨。赫赫明命，如玉之音。虔恭出門，禮容兢兢。塗山生啓，夏道以興。

皇帝降坐，《乾安》

朝陽已升，薰風習至。樂奏既成，禮容亦備。玉佩鏘鳴，帝徐舉趾。壼政穆宣，以聽内治。

皇后出閤，《乾安》

猗歟賢后，德本性成。承天致順，遡日爲明。作配儷極，王化以行。萬有千歲，奉祀宗祊。

册寶入門，《宜安》

款承祇事，時惟肅雍。跪奉册寶，陳于法宫。以俯以仰，有儀有容。明神介之，福禄來崇。

皇后降殿，《承安》

温惠之德，褘翟之衣。行中《采薺》，禮無或違。降于丹陛，有容有儀。委委蛇蛇，誰其似之？

皇后受册寶，《成安》

鏤蒼玉兮，盛德載揚。鑄南金兮，作鎮椒房。虔受賜兮，有煒有光。宜室家兮，朱芾斯皇。

皇后升坐，《和安》

禮既行兮，厥位孔安。母儀正兮，容止所觀。奉東朝兮，常得其歡。求淑女兮，豈樂多般。

内命婦入門，《惠安》

素月澄輝，衆星顯列。炳爲天文，各有攸別。椒房既正，陰教斯設。《關雎》《麟趾》，應如響捷。

外命婦入門，《成安》

窈窕其容，淑嫕其姿。爛其如雲，瞻我母儀。曰天之妹，作合惟宜。粲然舞抃，疇不肅祗。

皇后降坐，《徽安》

寶字煌煌，册書粲粲。副笄加飾，褘褕有爛。祇若帝休，委蛇樂衎。億萬斯年，永膺宸翰。

皇帝歸閤，《泰安》

太任徽音，太姒是嗣。則百斯男，周室以熾。天子萬年，受兹女士。如姒事任，從以孫子。

《宋史》卷一三九《樂志》，第 3280—3282 頁

卷三五　宋燕射歌辭六

淳熙三年發皇后册寶十三首

元脱脱《宋史·成肅謝皇后傳》曰："成肅謝皇后，丹陽人。……淳熙三年，妃侍帝，過德壽宫，上皇諭以立后意。尋遣張去爲傳旨，立貴妃爲皇后，復姓謝氏。親屬推恩者十人。"①《宋史·樂志》記紹熙元年中宫册禮用樂及有宋立后禮樂嬗變曰："紹熙元年，始行中宫册禮，發册于文德殿：皇帝升降御坐，用《乾安》之樂；持節展禮官出入殿門，用《正安》之樂。受册于穆清殿：皇后出就褥位，用《坤安》；至位，用《承安》；受册寶，用《成安》；受内外命婦賀，就坐，用《和安》；内命婦進行賀禮，用《惠安》；外命婦進行賀禮，用《咸安》；皇后降坐，用《徽安》；歸閤，用《泰安》；册寶入殿門，用《宜安》。宋初立后，自景祐始行册命之禮。元祐納后，典章彌盛，而六禮發制書日，樂備不作，惟皇后入宣德門，朝

① 《宋史》卷二四三，第8652頁。

臣班迎，鳴鐘鼓而已。崇寧中，乃陳宮架，用女工，皇后升降行止，并以樂爲節。至紹興復製樂，以重禕翟，詔執色勿用女工，令太常止于門外設樂。隆興册禮時，則國樂未舉，淳熙始遵用之，而紹熙敷賁舊典，於此特加詳備。紹興樂奏仲吕宫，仲吕爲陰；紹熙樂奏太簇宫，太簇爲陽：用樂同而揆律異焉。」①所述紹熙元年中宫册禮樂曲至淳熙三年仍多沿用。

皇帝升坐，《乾安》

赫赫惟皇，如日之光。肅肅惟后，如月之常。禮行一時，明照無疆。天子莅止，疇敢不莊？

册寶入門，《正安》

卜月惟良，練辰斯臧。臣工在庭，劍佩瑲瑲。來汝疑丞，明命是將。有淑其儀，無或怠遑。

---

①《宋史》卷一三一，第3047—3048頁。

册寶出門，《正安》

刻簡以珉，鑄寶以金。持節伊誰？時惟四鄰。自我文德，達之穆清。委蛇委蛇，往迄于成。

皇帝降坐，《乾安》

册行何䢜？于門東偏。禮備樂成，合扇鳴鞭。皇舉玉趾，如天之旋。燕及家邦，億萬斯年。

皇后出閤，《坤安》

椒塗蘭馭，河潤山容。副笄在首，褘衣被躬。静女其姝，實翼實從。自彼西閤，聿來殿中。

册寶入門，《宜安》

德隆位尊，禮厚文縟。乃篆斯金，乃鏤斯玉。群公盈門，執事有肅。願言保之，永鎮坤軸。

皇后降殿，《承安》

規殿沉沉，叶氣旼旼。明章婦順，表正人倫。躡是左墄，暨于中庭。尚宫顯相，罔有弗欽。

皇后受册寶，《成安》

備物典册，樂之鼓鐘。拜而受之，極其肅雍。司言司寶，各以職從。行地有慶，與天無窮。

皇后升坐，《和安》

容典既膺，壼儀既正。羽衛外列，揚顔中映。如帝如天，以莊以靚。六宫承式，二《南》流詠。

内命婦入門，《惠安》

《葛覃》節用，《樛木》逮下。形爲嬪則，夙已心化。兹臨長秋，遂正諸夏。以慶以祈，百祥來迓。

外命婦入門，《咸安》

碩人其頎，公侯之妻。翟茀以朝，象服是宜。如星之共，遡月之輝。母儀既瞻，群心則夷。

皇后降坐，《徽安》

窈窕淑女，備六服兮。陟降多儀，聳群目兮。内治允備，陰教肅兮。宜君宜王，綏有福兮。

皇后歸閤，《泰安》

天監有周，是生太任。亦有太姒，嗣其徽音。孰如兩宫，慈愛相承。思齊之盛，復見于今。

《宋史》卷一三九《樂志》，第3282—3284頁

淳熙十六年皇后册寶十三首

皇帝升坐，《乾安》

乾位既正，坤斯順承。日麗于天，月斯遡明。惟帝受命，惟帝并登。黼扆尊臨，典册是行。

册寶入門，《正安》

乃協良辰，維春之宜。乃詔近弼，來汝相儀。九門洞開，文物華輝。聲詩載歌，于以侑之。

册寶出門，《正安》

有璽範金，有册鏤瓊。汝使汝介，持節以行。禮始文德，達于穆清，是恪是虔，依我和聲。

皇帝降坐，《乾安》

鼓鐘喤喤，磬筦鏘鏘。劍佩充庭，濟濟洋洋。禮典告備，皇心樂康。於萬斯年，受福無疆。

穆清殿受册寶，皇后出閤，《坤安》

懿範柔容，如月斯輝。駕厥翟輅，被以褘衣。九御從之，如雲祁祁。典册是承，心焉肅祗。

册寶入門，《宜安》

華榱璧璫，有馨椒殿。備物來陳，多儀式煥。曰册曰寶，是刻是瑑。并舉以行，皇矣懿典。

皇后降殿，《承安》

褘褕盛服，有恪其容。是陟是降，相以尚宫。金殿玉階，聿來于中。展詩應律，載詠肅雍。

皇后受册寶，《成安》

帝有顯命，稟于親慈。后德克承，拜而受之。人倫既正，王化是基。億載萬年，永祚坤儀。

皇后升坐，《和安》

帝慶三宫，膺受寶册。御于中闈，載欣載惕。乃敷陰教，乃明《内則》。翼翼魚貫，罔不承式。

内命婦入門，《惠安》

掖庭頒官，于位有四。嘒彼小星，撫以德惠。熙焉如春，育焉如地。慶禮聿成，靡弗咸喜。

外命婦入門，《咸安》

魚軒鼎來，象服是宜。班于内庭，率禮惟祇。化以婦道，時惟母儀。是慶是類，于胥樂兮。

皇后降坐，《徽安》

正位長秋，容典備矣。王假有家，人倫至矣。儷極俔天，多受祉矣。蟄蟄螽斯，宜孫子矣。

皇后歸閤，《泰安》

維天佑宋，盛事相仍。崇號三宫，甫兹浹辰。肇正中闈，縟禮載陳。邦家之慶，曠古無倫。

《宋史》卷一三九《樂志》，第3284—3286頁

慶元二年皇后册寶十三首

按，詩題原缺，據《宋史・寧宗本紀》酌補。

皇帝升坐，《乾安》

乾健坤順，群生首資。日常月升，四時叶熙。帝嗣天歷，后崇母儀，黼黻承暉，王化是基。

使副入門，《正安》

熛闕蟺蜎，璧門雲龍。烈文維輔，翊奉有容。典章煇明，彝度肅雍。蕆時縟儀，登于璿宫。

册寶出門，《正安》

金晶麗輝，璧葉含春。贊夏之翼，繹虞之嬪。樂序《韶》亮，禮文藻新。辟公相成，物采彬彬。

皇帝降坐，《乾安》

帟旒雲舒，金秀充庭。璇衛鑾華，蒨佩垂綎。皇容熙備，柔儀順承。三宫齊歡，萬福昭膺。

皇后出閤，《坤安》

翚翟崇容，褘鞠陳衣。戾止蘭殿，夙興椒闈。淑正宣華，粹明騰煇。欽若有承，嗣音之徽。

册寶入門，《宜安》

禕帟流光，沙祥增衍。編玉鏤德，螭金溢篆。粹猷藻黼，徽文華顯。二《南》聲詩，于時昭闡。

皇后降殿，《承安》

翬珩煥采，趨節風韶。陟降堿陛，奉將英瑶。辟道承薰，嬪儀揚翹。是敬是祇，德音孔昭。

皇后受册寶，《成安》

帝奉太室，后儀成之。帝養三宫，后志承之。德如《關雎》，盛如《螽斯》。宜君宜王，百世本支。

皇后升坐，《和安》

肅肅壼彝，雍雍陰教。險詖自防，警戒是效。中闈端委，列御胥告。其思輔順，永翼帝孝。

内命婦入門，《惠安》

天子九嬪，王宮六寢。有煒令儀，載秩華品。福履綏將，節用躬儉。矢其德音，于以來諗。

外命婦入門，《咸安》

象服之文，《鵲巢》之風。化以婦道，覲于内宫。采蘋澗濱，采藻澗中。夙夜在公，贊彼累功。

皇后降坐，《和安》

光佑晏寧，惠慈燕喜。壽仁并崇，家邦均祉。懿文交舉，壼册嗣美。維億萬年，愛敬惟似。

皇后歸閣，《泰安》

天心仁佑，坤德世昭。灼有慈範，著于累朝。儉以贊虞，勤以承堯。是用則效，共勵夙宵。

《宋史》卷一三九《樂志》，第 3286—3288 頁

嘉泰三年皇后册寶十三首

皇帝升坐，《乾安》

茂建坤極，容典聿新。天命所贊，慈訓是遵。肅涓穀旦，躬御紫宸。鴻禧累福，駢賚翕臻。

使副入門，《正安》

端門曉辟，瑞氣雲凝。有儼良輔，踵武造廷。肅肅王命，是將是承。登册穆清，萬歲永膺。

册寶出門，《正安》

瑶册玉寶，爛然瑞輝。旁翼絳節，上承紫微。璆鳴朝佩，徐出獸扉。登進坤極，益彰典徽。

皇帝降坐，《乾安》

天臨黼扆，雲集弁纓。金石遞奏，典禮備成。玉趾緩步，龍駕翼行。言旋北極，永燕西清。

皇后出閤，《乾安》

日薰椒屋，雲靄璧門。有華瑞節，來自帝閽。統天惟乾，合德者坤。我龍受之，福禄永繁。

册寶入門，《宜安》

虹輝燦爛，雲篆綢繆。絳節前導，瑞光上浮。瑶階玉扉，即集長秋。欽承天寵，永荷帝休。

皇后降殿，《承安》

瑶殿清閟，玉墄坦夷。褘衣副珈，陟降不遲。寶册聿至，載肅載祇。禮儀昭備，福履永綏。

皇后受册寶，《成安》

日月臨燭，乾坤覆持。明并二曜，德合兩儀。光媲宸極，共恢化基。膺受茂典，億載永宜。

皇后升坐，《和安》

寶璽瑶册，既祇既承。綉裀藻席，載躋載升。柔儀肅穆，瑞命端凝。永膺多福，如川方增。

内命婦入門,《惠安》

服焕盛儀,班分華致。九嬪婦職,六寢内治。參差荇菜,求勤寤寐。烝然來思,相禮贊祭。

外命婦入門,《咸安》

婦榮於室,通籍禁中。班列有次,車服有容。佐我《關雎》,《鵲巢》之風。被之僮僮,曷不肅雍?

皇后降坐,《徽安》

金石具舉,典禮茂明。淑慎其止,遹觀厥成。瓊琚微動,鳳輦翼行。儀光媲極,德邁嬪京。

皇后歸閤,《泰安》

寶坐既興,鳳輿戒行。奏解嚴辦,歸燕邃清。問安壽慈,奉齍宗祊。彌千萬年,内助聖明。

《宋史》卷一三九《樂志》,第3288—3289頁

嘉定十五年皇帝受恭膺天命之寶三首

元脱脱《宋史·樂志》曰：「嘉定二年，明堂大饗……至十四年，詔：『山東、河北連城慕義，殊俗效順，奉玉寶來獻，其文曰「皇帝恭膺天命之寶」，實惟我祖宗之舊。』乃明年元日，上御大慶殿受寶，用鼓吹導引，備陳宮架大樂，奏詩三章：一曰《恭膺天命》，二曰《舊疆來歸》，三曰《永清四海》，并奏以太簇宮。」①

《恭膺天命》之曲，太簇宮

我祖受命，恭膺于天。爰作玉寶，載祇載虔。申錫無疆，神聖有傳。昭兹興運，於萬斯年！

① 《宋史》卷一三一，第3049—3050頁。

《舊疆來歸》之曲，太簇宫

於穆我皇，之德之純。涵濡群生，矜我遺民。運齊跨晉，輪貢效珍。土宇日闢，一視同仁。

《永清四海》之曲，太簇宫

我祖我宗，德厚澤深。於皇繼序，益單厥心。天人協扶，一統有臨。乾坤清夷，振古斯今。

《宋史》卷一三九《樂志》，第3289—3290頁

卷三六　宋燕射歌辭七

至道元年册皇太子二首

元脱脱《宋史·禮樂志》曰:「至道元年八月壬辰,詔立皇太子,命有司草其册禮,以翰林學士宋白爲册皇太子禮儀使。有司言:『前代無太子執圭之文,請如王公之制執桓圭,餘如舊制。』九月丁卯,太宗御朝元殿,陳列如元會儀,帝衮冕,設黄麾仗及宫縣之樂於庭,百官就位。太子常服乘馬,就朝元門外幄次,易遠遊冠、朱明衣,所司贊引三師、三少導從至殿庭位,再拜起居畢,分班立。太常博士引攝中書令就西階解劍、履,升殿詣御坐前,俯伏,興,奏宣制,降就劍、履位,由東階至太子位東,南向稱『有制』,太子再拜。中書侍郎引册案就太子東,中書令北面跪讀册畢,太子再拜受册,以授右庶子;門下侍郎進寶授中書令,中書令授太子,太子以授左庶子,各置於案。由黄道出,太子隨案南行,樂奏《正安》之曲,至殿門,樂止,太尉升殿稱賀,侍中宣制,答如儀。」①

①《宋史》卷一一一,第2663頁。

太子出入，《正安》

主鬯之重，允屬賢明。承華肇啓，上嗣騰英。禮修樂舉，育德開榮。一人元良，萬邦以寧。

群臣稱賀，《正安》

皇儲既建，聖祚無疆。鸞旌列叙，鵷戟分行。前星有爛，瑞日重光。際天接聖，温文允臧。

《宋史》卷一三九《樂志》，第 3290 頁

天禧三年册皇太子一首

太子出入，《明安》

明離之象，少陽之位。固邦爲本，體天作貳。儀範克温，禮章斯備。丕宣令猷，恭守宗器。

《宋史》卷一三九《樂志》，第 3290 頁

乾道元年册皇太子四首

元脱脱《宋史·禮志》曰：「乾道元年八月十日，制立皇子鄧王愭爲皇太子。十月，詔以知樞密院洪适爲禮儀使，撰册文，簽書樞密院事葉顒書册，工部侍郎王弗篆寶。十六日，皇帝御大慶殿行册禮，皇太子服遠遊冠、朱明衣，執桓圭。前期，習儀禮官及有司并先一日入宿衛，展宫架樂，設太子次、册寶幄次、百官次，又設皇太子受册位、典寶褥位，應行禮等皆有位，列黄麾半仗於殿門内外。質明，百官就次，皇太子常服詣幕次，符寶郎陳八寶於御位之左右，有司奉册寶至幄次，百官朝服入班殿庭。有司自幄次奉册寶至褥位，參知政事、中書令導從，退各就位，侍中升殿俟宣制，皇太子易服執圭俟於殿門外。樂正撞黄鐘之鐘，《乾安》之樂作，皇帝即御坐，殿上侍臣起居，樂止。行禮官贊引皇太子入就殿庭，東宫官從，初入殿門，《明安》之樂作，樂止，皇太子起居，次百官起居，各拜舞如儀。皇太子詣受册位，侍中前承旨，降階宣制曰：『册鄧王愭爲皇太子。』皇太子拜舞如儀，侍中升殿復位。中書令詣讀册位，捧册官奉册至，中書令跪讀畢，興，皇太子再拜，有司奉册至皇太子位，中書令跪以册授皇太子，皇太子跪受，以授右庶子，置於案；次侍中以寶授皇太子，皇太子跪受，以授左庶子，如上儀。皇太子再拜。中書舍人押册、中允押寶以出，次皇太子出，如來儀。初行樂作，出殿門樂止。次百官稱賀，樂正撞蕤賓之鐘，《乾安》之樂作，皇帝降坐，樂止，放仗，在位官再拜以出。」①《宋史·樂志》曰：「至于建隆定樂，雖詔皇太子出入奏《良安》，至道始册皇太子，有司言：『太子受册，宜奏《正安》之樂。百年曠典，至是舉行，中外胥悦。至天禧册命，禮儀院復奏改《正安》之樂。乾道之用《明安》，實祖述天禧，而以姑洗爲宫，則唐東宫軒垂奏樂舊貫云。』」②

皇帝升坐，《乾安》

宋受天命，聖緒無疆。惟懷永圖，乃登元良。涓選休辰，册書是將。黼坐天臨，穆穆皇皇。

① 《宋史》卷一一一，第 2665—2666 頁。
② 《宋史》卷一三〇，第 3043 頁。

太子入門，《明安》

於維皇儲，玉潤金聲。體震之洊，重離之明。册寶具舉，環佩鏘鳴。守器承祧，惟邦之榮。

太子出門，《明安》

樂備既奏，和聲冲融。玉簡金書，翔鸞戲鴻。下拜登受，旋于青宫。儀辰作貳，垂休無窮。

皇帝降坐，《乾安》

我禮備成，我駕言旋。降坐而蹕，奏鼓淵淵。國本既定，保佑自天。克昌厥後，何千萬年。

《宋史》卷一三九《樂志》，第3290—3291頁

乾道七年册皇太子四首

元脱脱《宋史·樂志》曰：「乾道初元，詔立皇太子，命禮部、太常寺討論舊禮以聞。受册日，陳黄麾仗於大慶殿，設宫架樂於殿庭，皇帝升御坐，作《乾安》之樂，升，用黄鐘宫，降，

用蕤賓宫。皇太子入殿門，作《明安》之樂，受册出殿門亦如之，皆用應鍾宫。至七年，易應鍾而奏以姑洗。」①

皇帝升坐，《乾安》

建儲以賢，闢宫于東。典册既備，筮占既從。濟濟卿士，鏘鏘鼓鐘。天子戾止，盛哉禮容。

太子入門，《明安》

瑀琚瑳瑳，篆金煌煌。對揚于庭，是承是將。星重其暉，日重其光。觀瞻以懌，國有元良。

太子出門，《明安》

淵中象德，玉裕凝姿。進退周旋，有肅其儀。既定國本，益隆慶基。燕及兩宫，福禄如茨。

① 《宋史》卷一三〇，第 3042—3043 頁。

皇帝降坐，《乾安》

儲副豫定，器之公兮。册授孔時，禮之隆兮。天步遲遲，旋九重兮。壽祉萬年，德無窮兮。

《宋史》卷一三九《樂志》，第3291—3292頁

嘉定二年册皇太子四首

皇帝升坐

於皇我宋，受命于天。升儲主鬯，衍慶卜年。典册告備，庭工載虔。萬乘莅止，端冕邃延。

太子入門受册寶

太極端御，少陽肅祇。珉簡斯鏤，衮服孔宜。式奏備樂，乃陳盛儀。下拜登受，永言保之。

太子受册寶出門

明兩承曜，作貳宣猷。茂德金昭，令譽川流。豫定厥本，永貽乃謀。三朝致養，問寢龍樓。

皇帝降坐

震洊體象，我儲明兮。涣揚顯册，我禮成兮。大駕言旋，警蹕鳴兮。燕祉無疆，邦之榮兮。

《宋史》卷一三九《樂志》，第3292頁

寶祐二年皇子冠二十首

皇帝將出文德殿，《隆安》

於皇帝德，乃聖乃神。本支百世，立愛惟親。敬共冠事，以明人倫。承天右序，休命用申。

賓贊入門，《祇安》

豐芑詒謀，建爾元子。揆禮儀年，筮賓敬事。八音克諧，嘉賓至止。于以冠之，成其福履。

賓贊出門，《祇安》

禮國之本，冠禮之始。賓升自西，維賓之位。于著於阼，維子之義。厥惟欽哉，敬以從事。

皇帝降坐，《隆安》

路寢闢門，黼坐恭己。群公在庭，所重維禮。正心齊家，以燕翼子。於萬斯年，王心載喜。

皇子初行

有來振振，月重輪兮。瑜玉在佩，綦組明兮。左徵右羽，德結旌兮。步中《采薺》，矩矱循兮。

賓贊入門

我有嘉賓，直大以方。亦既至止，厥德用光。冠而字之，厥義孔彰。表裏純備，黄耇無疆。

皇子詣受制位

吉圭休成，其日南至。天子有詔，冠爾皇嗣。爲國之本，隆邦之禮。拜而受之，式共敬止。

皇子升東階

茲惟阼階，厥義有在。歷階而升，敬謹將冠。經訓昭昭，邦儀粲粲。正纚賓筵，壽考未艾。

皇子升筵

秩秩賓筵，籩豆孔嘉。帝子至止，衿纓振華。周旋陟降，禮行三加。成人有德，匪驕匪奢。

初加

帝子惟賢，懋昭厥德。跪冠于房，玄冠有特。鼓鐘喤喤，威儀抑抑。百禮既洽，祚我王國。

初醮

有賓在筵，有尊在户。磬管將將，醮禮時舉。跪觴祝辭，以永燕譽。寶祚萬年，磐石鞏固。

再冠

復爻肇祥，震維標德。乃共皮弁，其儀不忒。體正色齊，維民之則。璇霄眷佑，國壽箕翼。

再醮

冠醮之義，匪酬匪酌。于户之西，敬共以恪。金石相宣，冠醮相錯。帝祉之受，施及家國。

三加

善頌善禱，三加彌尊。爵弁峨峨，介珪温温。陽德方長，成德允存。燕及君親，厥祉孔蕃。

三醮

席于賓階，禮義以興。受爵執爵，多福以膺。匪惟服加，德加愈升。匪惟德加，壽加愈增。

皇子降

命服煌煌，跬步中度。慶輯皇闈，化行海宇。禮具樂成，惕若戒懼。寶璐厥躬，有秩斯祜。

朝謁皇帝將出

皇王烝哉，令聞不已。燕翼有謀，冠醮有禮。百僚在庭，遹相厥事。頌聲所同，嘉受帝祉。

皇子再拜

青社分封，前星啓焰。繁弱綏章，厥光莫揜。容稱其德，蓄學之驗。芳譽敷華，大圭無玷。

皇子退

玄衮黼裳，垂徽永世。勉勉成德，是在元子。胙土南賓，厥旨孔懿。充一忠字，作百無愧。

皇帝降坐

愛始於親，聖盡倫兮。元子冠字，邦禮成兮。天步舒徐，皇心寧兮。家人之吉，億萬春兮。

《宋史》卷一三九《樂志》，第 3292—3295 頁

卷三七　宋燕射歌辭八

淳化鄉飲酒三十三章

元脱脱《宋史·樂志》曰："鄉飲之禮有三：《周禮》，鄉大夫，三年大比，興賢者、能者，鄉老及鄉大夫帥其吏，與其衆寡，以禮賓之，一也；黨正，國索鬼神而祭祀，則禮屬民而飲酒于序，以正齒位，二也；州長，春秋習射于序，先行鄉飲禮，三也。後世臘蠟百神、春秋習射、序賓飲酒之儀，不行于郡國，唯貢士日設鹿鳴宴，猶古者賓興賢能，行鄉飲之遺禮也。然古禮有賓主、僎介，與今之禮不同。器以尊俎，與今之器不同。賓坐於西北，介坐於西南，主人坐東南，僎坐東北，與今之位不同。主人獻賓，賓酢主人，主人酬賓，次主人獻介，介酢主人，次主人獻衆賓，與今之儀不同。今制，州、軍貢士之月，以禮飲酒，且以知州、軍事爲主人，學事司所在，以提舉學事爲主人，其次本州官入行，上舍生當貢者，與州之群老爲衆賓，亦古者序賓、養老之意也。是月也，會凡學之士及武士習射，亦古者習射于序之意也。唐貞觀所頒禮，惟明州獨存，淳化中會例行之。」①

鹿鳴呦呦，命侶與儔。宴樂嘉賓，既獻且醻。獻醻有序，休祉無疆。展矣君子，邦家之光。
鹿鳴呦呦，在彼中林。宴樂嘉賓，式昭德音。德音愔愔，既樂且湛。允矣君子，賓慰我心。
鹿鳴呦呦，在彼高岡。宴樂嘉賓，吹笙鼓簧。幣帛戔戔，禮儀蹡蹡。樂只君子，利用賓王。
鹿鳴相呼，聚澤之蒲。我樂嘉賓，鼓瑟吹竽。我命旨酒，以燕以娛。何以贈之？玄纁粲如。
鹿鳴相邀，聚場之苗。我美嘉賓，令名孔昭。我命旨酒，以歌以謠。何以置之？大君之朝。
鹿鳴相應，聚山之荆。我燕嘉賓，鼓簧吹笙。我命旨酒，以逢以迎。何以薦之？揚于王庭。

右《鹿鳴》六章，章八句

瞻彼南陔，時物嘉良。有泉清泚，有蘭馨香。晨飲是汲，夕膳是嘗。慈顔未悦，我心靡遑。
嬉嬉南陔，眷眷慈顔。和氣怡色，奉甘與鮮。事親是宜，事君是思。虔勖忠孝，邦家之基。

右《南陔》二章，章八句

洋洋嘉魚，佇以美罛。君子有道，嘉賓式燕以娱。

---

① 《宋史》卷一一四，第2720—2721頁。

洋洋嘉魚，佇以芳罟。君子有德，嘉賓式歌且舞。
我有宮沼，鼁龍擾之。君子有禮，嘉賓式貴表之。
我有宮藪，麟鳳來思。君子有樂，嘉賓式慰勤思。
相彼嘉魚，爰縱之壑。我有旨酒，嘉賓式燕以樂。
相彼嘉魚，在漢之梁。我有旨酒，嘉賓式燕以康。
森森喬木，美蔓縈之。我有旨酒，嘉賓式燕宜之。
喈喈黄鳥，載飛載止。我有旨酒，嘉賓式燕且喜。

右《嘉魚》八章，章四句

崇丘峨峨，動植斯屬。高既自遂，大亦自足。和風斯扇，膏雨斯沐。我仁如天，以亭以育。
崇丘巍巍，動植其依。高大之性，各極爾宜。王道坦坦，皇猷熙熙。仁壽之域，烝民允躋。

右《崇丘》二章，章八句

關雎于飛，洲渚之湄。自家刑國，樂且有儀。
郁郁芳蘭，幽人擷之。温温恭人，哲后求之。
求之無斁，寤寐所屬。罄爾一心，受天百禄。
郁郁芳蘭，雨露滋之。温温恭人，圭組縻之。

郁郁芒蘭，佩服珍之。溫溫恭人，福履綏之。
關雎蹌蹌，集水之央。好求賢輔，同揚德光。
蘋蘩芳滋，同誰掇之。願言賢德，靡日不思。
偶其賢德，輔成已職。永配玉音，服之無斁。
潔其粢盛，中心匪寧。薦於宗廟，助君德馨。
賢淑來思，人之表儀。風化天下，何樂如之！

右《關雎》十章，章四句

彼鵲成巢，爾類攸處。之子有歸，瓊瑶是祖。
彼鵲成巢，爾類攸匹。之子有行，錦綉是飾。
彼鵲成巢，爾類攸共。之子有從，蘭蓀是奉。
伊鵲成巢，珍禽戾止。婉彼佳人，配于君子。
伊鵲營巢，珍禽攸處。内助賢侯，弼于明主。
伊鵲營巢，珍禽輯睦。均養嘉雛，致于蕃育。

右《鵲巢》六章，章四句。　《宋史》卷一三九《樂志》，第3295—3297頁

大觀聞喜宴六首

元脱脱《宋史·樂志》曰：「賜貢士宴，名曰『聞喜宴』。」①《宋史·選舉志》曰：「聞喜宴分爲兩日，宴進士，請丞郎、大兩省；宴諸科，請省郎、小兩省。」②大觀聞喜宴用樂，政和間仍在沿用，《政和新儀》載之甚詳。《宋史·樂志》曰：「《政和新儀》：押宴官以下及釋褐貢士班首初入門，《正安》之樂作，至庭中望闕位立，樂止。預宴官就位，再拜訖。押宴官西向立，中使宣曰『有敕』，在位者皆再拜，訖。中使宣曰：『賜卿等聞喜宴。』在位者皆再拜，搢笏，舞蹈，又再拜。次引押宴官稍前謝坐再拜，在位者皆再拜。若賜敕書，即引貢士班首稍前，中使宣曰：『有敕。』貢士再拜。中使宣曰：『賜卿等敕書。』班首稍前，搢笏，跪，中使授敕書，訖，少退，班首以敕書加笏上，俯伏，興，歸位再拜，在位者皆再拜。凡預宴官分東西升階就坐，貢士以齒。酒初行，《賓興賢能》之樂作，飲訖、食畢，樂止。酒再行，《於樂

---

① 《宋史》卷一一四，第 2711 頁。
② 《宋史》卷一五五，第 3608 頁。

辟雍》之樂作。酒三行，《樂育人材》之樂作。酒四行，《樂且有儀》之樂作。酒五行，《正安》之樂作。再坐，酒行、樂作，節次如上儀。皆飲訖、食畢，樂止。押宴官以下俱興，就次，賜花有差。少頃，戴花畢，次引押宴官以下并釋褐貢士詣庭中望闕位立，謝花再拜，復升就坐，酒行、樂作，飲訖、食畢，樂止。酒四行訖，退。次日，預宴官及釋褐貢士入謝如常儀。」①

狀元以下入門，《正安》

多士濟濟，于彼西雍。欽肅威儀，亦有斯容。烝然來思，自西自東。天畀爾禄，惟王其崇。

初舉酒，《賓興賢能》

明明天子，率由舊章。思樂泮水，光于四方。薄采其芹，用賓于王。我有好爵，寘彼周行。

① 《宋史》卷一一四，第 2711—2712 頁。

再酌，《于樂辟雍》

樂只君子，式燕又思。服其命服，攝以威儀。鐘鼓既設，一朝醻之。德音是茂，邦家之基。

三酌，《樂育英才》

聖謨洋洋，綱紀四方。烝我髦士，觀國之光。遐不作人，而邦其昌。以燕天子，萬壽無疆。

四酌，《樂且有儀》

我求懿德，烝然來思。籩豆静嘉，式燕綏之。温温其恭，莫不令儀。追琢其章，髦士攸宜。

五酌，《正安》

思皇多士，揚于王庭。鐘鼓樂之，肅雝和鳴。威儀抑抑，既安且寧。天子萬壽，永觀厥成。

《宋史》卷一三九《樂志》，第3298頁

政和鹿鳴宴五首

初酌酒，《正安》

思樂泮水，承流辟雍。思皇多士，賁然來從。雝雝濟濟，四方攸同。登于天府，維王是崇。

再酌，《樂育人才》

鐘鼓皇皇，磬筦鏘鏘。登降維時，利用賓王。髦士攸宜，邦家之光。媚于天子，事舉言揚。

三酌，《賢賢好德》

鳴鹿呦呦，載弁俅俅。烝然來思，旨酒思柔。之子言邁，泮渙爾遊。于彼西雍，對揚王休。

四酌，《烝我髦士》

首善京師，灼于四方。烝我髦士，金玉其相。飲酒樂曲，吹笙鼓簧。勉戒徒御，觀國之光。

五酌，《利用賓王》

遐不作人，天下喜樂。何以況之？鳶飛魚躍。既勸之駕，獻酬交錯。利用賓王，縻以好爵。

《宋史》卷一三九《樂志》，第3299頁

朝會

《全宋詩》題注曰：「天聖七年，諸臣撰三曲，題原缺。」

皇帝初舉酒，用《甘露》之曲

湛湛露斯，其甘如飴。清寧鑒德，和氣應之。神雲播液，冰玉凝姿。是爲仁瑞，萬壽維祺。

再舉酒，用《瑞木成仁》之曲

爰有嘉禾，含章自天。宛城洛畫，粲若奎躔。珍符顯著，靈意昭宣。永告洪業，時萬萬斯年。

三舉酒用《嘉禾》之曲

地效珍物，時維兹禾。秀標四穎，祥掩并柯。嘉生絶擬，善應爲多。光溢圖諜，宣用登歌。

《全宋詩》卷三七三五，册71，第45033頁

御樓

皇帝還内，用《采茨》紹興二十八年，中書舍人洪遵撰三曲。按：其中二曲已見《宋史・樂志》一三。

五輅鳴鑾，八神警蹕。天官景從，莫不祗栗。浸威盛容，昭哉祖述。祚我無疆，叶氣充溢。

采茨明道元年，有司撰三曲。

青壇帝籍，在國之東。薦籩執耜，率禮和容。鳴鑾回蹕，瑞氣凝空。萬方瞻仰，百順來同。

升座

重城春滿，雙闕雲浮。將披雉扇，載儼珠旒。叶風應律，文德懷柔。溥天率土，惠澤咸周。

降座

恩覃春煦，令布風馳。聲名昭晰，文物葳蕤。重森寶扇，將降端闈。永光國典，翕受天祺。

《全宋詩》卷三七三五，册71，第45034頁

祫饗回升樓

題注曰：「嘉祐四年，有司撰三曲。」

乘輿至樓前，用《采茨》

饗于宗祧，維聖之孝。駿騰素虬，還歸自廟。端闈百常，聳環七校。萬邦傾瞻，天若覆燾。

升座，用《聖安》

端闈壯麗，羽衛驍騰。天儀畢嘩，如日之升。千官景從，萬宇仰承。輝光四充，介福其膺。

降座，用《聖安》

涣號爰發，皇敷至仁。幽隱盡達，洪德日新。國容肅穆，天宇晏温。惠浹四遠，富壽無垠。

《全宋詩》卷三七三五，册71，第45034頁

朝會

題注曰：「治平四年，諸臣撰三曲，題原缺。」

皇帝初舉酒，用《靈芝曲》

華滋凝氣，靈粹發祥。紫蓋輪囷，金跗煒煌。陽蓼三秀，甘泉九房。瑞圖休證，君王壽昌。

再舉酒，用《嘉禾》之曲

太平之符，昭發衆瑞。爰有嘉禾，異壟合穗。大田如雲，既獲既刈。野人愉愉，不亦有歲。

三舉酒，用《慶雲》之曲

毓粹乾坤，儲休陰陽。氤氳馥郁，紛煒煌煌。融爲和氣，發爲祥光。瑞牒昭紀，萬壽無疆。

《全宋詩》卷三七三五，册71，第45034—45035頁

卷三八　宋鼓吹曲辭一

鼓者，革音之器。宋李昉《太平御覽》引《五經要義》曰：「鼓所以檢樂，爲群音之長也。」①吹者，管奏之樂，竽篪等是也。二者皆出遠古，至漢合爲一部，稍雜軍中之樂，兼采北方之音，謂之鼓吹。亦謂短簫鐃歌、横吹、黄門鼓吹。清沈雄《古今詞話・詞話》「水調河傳」條引《古今樂録》及《建初録》，謂樂府鼓吹曲有鼓吹、雲吹、騎吹之别：「列於殿庭者名鼓吹。列於行駕者名騎吹，又名鼓吹。陸則樓車，水則樓船，是名雲吹。《朱鷺》《臨高臺》諸篇，鼓吹曲也……謝脁詩：『鳴笳翼高蓋，疊鼓送華輈。』言《騎吹》也；梁簡文帝詩：『廣水浮雲吹，江風引夜衣。』言雲吹也。」②則其適用頗廣，稱謂亦多。

鼓吹常以壯行蹕、伴宴饗、叙軍功、頌聖德，多日常之禮用，自漢以後皆然。故有宋立國，諸樂未備，先復鼓吹。乾德元年，即選樂工教習，且因唐制，置鼓吹署。景德二年，詔李

---

① [宋] 李昉等編《太平御覽》卷五八二，中華書局，1960 年版，第 2624 頁。

② [清] 沈雄撰，孫克强、劉軍政校注導讀《古今詞話》「詞話」上卷，上海古籍出版社，2009 年版，第 4—5 頁。

宗謂判太常寺，整修樂器。復以戚綸同判，汰黜濫工，裁定試補條例，編次樂物，修明程課，所作規制，名之《樂纂》。① 後以鼓吹煩擾，有失恭靖，數欲罷之，竟未施行。

鼓吹常列於鹵簿。鹵簿者，蔡邕謂天子出行，車駕次第之謂。② 唐封演《聞見記》考其名出秦漢，且曰：「『鹵，大楯也。』字亦作『櫓』……音義皆同。鹵以甲爲之，所以扞敵。……甲楯有先後部伍之次，皆著之簿籍，天子出則案次導從，故謂之『鹵簿』耳。」③ 宋鹵簿初因唐制，乾元四年始建。常備大、法、小駕三等。大駕最盛，馬步儀仗凡萬一千二百二十二人，後以國勢漸厚，此數即增，仁宗時竟至于三萬，其後稍減，然其數亦常在二萬有奇。靖康南渡，皆毀於兵。高宗警蹕，權用軍鼓，後旋復萬數。孝宗以爲勞民，止用六千八百八十九人，終宋之世，大抵皆如此數。另有殿庭立仗鹵簿，大、法、小、黄麾仗四等，郊祀大饗，明堂籍田，朝陵封祀，親征省方，各有其用。南渡之後，亦爲簡省。此其大概也，《宋

① 《宋史》卷一二六《樂志》，第 2945 頁。
② ［漢］蔡邕《獨斷》卷下，景印文淵閣四庫全書，册 850，臺灣商務印書館，1986 年版，第 91 頁。
③ ［唐］封演撰，趙貞信校注《封氏聞見記》卷五，中華書局，2005 年版，第 38 頁。

史・儀衛志》録之。① 鼓吹乃鹵簿一部，其數亦隨鹵簿增減，初立至政和間，大駕鹵簿前部鼓吹樂器九百三十八門，歌工四十八人，後部鼓吹樂器三百八十四門，歌工四十八人；紹興間，大駕鹵簿前部鼓吹樂器四百六十九門，歌工二十四人，後部鼓吹樂器二百零八門，歌工二十四人；孝宗後，大駕鹵簿前部鼓吹樂器二百四十門，歌工九人，後部鼓吹樂器一百六十五門，歌工十八人。鹵簿用曲，隨時更製。鹵簿樂器，亦隨用增減。常用棡鼓、金鉦、大鼓、小鼓、鐃鼓、節鼓、羽葆鼓、拱宸管、中鳴、大橫吹、小橫吹、觱栗、桃皮觱栗、簫、笳、笛等。天子鹵簿之外，王公親貴亦用儀仗，其數比鹵簿絶少。

宋另有鼓吹十二案，因襲唐之熊羆部，太祖乾德四年設，隸教坊。春、秋、聖節三大宴，御樓賜酺及崇德殿宴契丹使用之，崇寧四年罷。其制：設氈床十二，爲熊羆騰倚之狀，以承其下。每案設大鼓、羽葆鼓、金錞各一，歌、簫、笳各二，凡九人，其冠服同引舞之制。另有拱辰管，乃宋代獨有。乾德四年，和峴以樂人兩手持笛有拱揖狀，請於十二案、十二編磬及登歌兩架各設其一，編於令式。至道二年，太常寺音律官田琮請廢之。景祐二年，李照等定雅樂、製樂器，修飾鼓吹及十二案，奏請竽、琴、瑟、笛、篳篥等器皆不可施用，詔存大

①《宋史》卷一四五《儀衛志》，第3407—3408頁。

笙、大竽。

唐人鼓吹，曲目繁多，然經大亂，至宋不傳。元馬端臨《文獻通考·樂考》述之曰：「凡大樂充庭，則鼓吹局設熊羆十二案于宮縣之外。凡大角三曲，警嚴用之。鼓吹五曲，其餘大小鼓、横吹曲，悉不傳。唐末大亂，舊聲皆盡。」①今考警嚴儀衛諸曲，實爲宋人新作，唐曲垂遺于宋者，惟大角曲三，即大、小《梅花》耳。宋人創製甚少，今考其源流如次：建隆四年，南郊有祀，作《導引》《六州》《十二時》。景祐二年，復因南郊，導引減二曲，增製《奉禋歌》。大享明堂，增《黄宫歌》。山陵導靈，兩后正平調，仁宗黄鐘羽，增《昭陵歌》。神主還宫，用大石調，增《虞神歌》。熙寧十年，復事南郊，增《降仙臺》。政和年間，欲彰修德，遂改樂名。《六州》改《崇明祀》、《十二時》改《稱吉禮》、《導引》改《熙事備成》。其餘六引内者，設而不作。紹定三年，姜夔議樂，仿魏晉故事，進曲十有四篇，褒頌開國休烈。曲名甚美：宋受命曰《上帝命》，平上黨曰《河之表》，定維揚曰《淮海濁》，取湖南曰《沅之上》，得荆州曰《皇威暢》，取蜀曰《蜀山邃》，取廣南曰《時雨霈》，下江南曰《望鍾山》，吴越獻國曰《大哉仁》，漳、泉獻土曰《謳歌歸》，克河東曰《伐功繼》，征澶淵曰《帝臨墉》，美仁治曰《維四葉》，

①《文獻通考》卷一四七，第4429—4430頁。

歌中興曰《炎精复》。《宋史》曾記其事，《白石詞》著其曲。綜核以上，宋鼓吹曲載於典籍者，僅《導引》《六州》《十二時》《奉禋歌》《降仙臺》《合宫歌》《昭陵歌》《虞神歌》數曲耳。

宋之鼓吹，雖曲調創製甚少，然曲辭之作，可稱宏富。《宋史・樂志》《宋會要輯稿》全宋《詩》《詞》，均有所載，本卷悉輯之。《導引》係詞，均爲短調。《六州》《十二時》諸調，其辭較長，鋪陳渲染，務爲繁富。曲辭之作，或爲帝者親製，若仁宗之倣《奉梗》，或出太常寺員，《宋史》間録其名。學士院員、儒臣詞客，若王珪、王禹偁、司馬光、王安石、蘇軾、范祖禹、周紫芝、曹勛諸輩，皆有鼓吹曲辭傳世。漢之鐃歌，擬者尤衆。其《石留》一曲，漢後已無流傳，至宋趙文，方能賡續其脈。宋末謝翱，作《鼓吹鐃歌》十二首，備述功德，又作《宋騎吹》十首，其旨亦同，然終以氣數難振，徒爲詩客絶唱。

宋之鼓吹有單曲，亦有套曲，其用唯因於事體。其曲調寡而曲辭富者，蓋宋人常因舊調而填新辭。上謚、上尊號、奉册寶、祔廟、迎聖像諸事，恒用單曲《導引》，其辭則依事而製。南郊、明堂、籍田、大祫太廟、帝后靈駕發引、虞主還宫諸事，多用套曲。有三曲套、四曲套、五曲套。三曲若《開寶元年南郊三首》《奉祀太清宫三首》，四曲若《真宗封禪四首》《親耕籍田四首》，五曲若《高宗郊祀大禮五首》《孝宗郊祀大禮五首》。套曲諸式，曲則同宫調數曲套綴，辭亦各因其事，王國維《宋元戲曲史》曰：「至合數曲而成一樂者，唯宋鼓吹曲中有之。……合曲之體例,始于鼓吹見之。」①此體於後世影響甚巨,宋金纏令、纏達、唱賺、諸宫調,元之套數、雜劇,皆其流裔。當時詞牌《六州歌頭》,即本鼓吹《六州》。宋程大昌《演繁露》即曰:「《六州歌頭》,本鼓吹曲也。近世好事者倚其聲爲吊古……音調悲壯,又以古興亡事實之,聞其歌,使人悵慨。」②昔時儀衛用樂,竟入敷粉唱班,雅俗之互轉,原無涇渭之嚴。

本卷所録鼓吹曲辭,多出《全宋詩》及《宋史·樂志》,亦及《全宋詞》及宋人别集。

漢鐃歌

明徐獻忠《樂府原》「漢鐃歌總原」曰:「鐃歌者,漢鼓吹部也。鼓吹本非正樂,不過優伶進奏之音。但漢世猶采民間風謡及臣民諷誦,猶有《三百篇》遺意。至魏晉以後,張大其

① 王國維撰,葉長海導讀《宋元戲曲史》,上海古籍出版社,1998年版,第40頁。
② [宋]程大昌《演繁露》卷一六,景印文淵閣四庫全書,册852,臺灣商務印書館,1986年版,第199—200頁。

功業，自侈其殺伐，古人采詩之意略無有存者，雖唐代盛王，其所制《破陣樂》《應聖期》《賀聖歡》《君臣同樂》之辭，皆異于漢人采詩之意，甚者雜以吴歌艷曲與朔狄偏音，復戾于漢人之聲調，安得復以樂府名之？六朝有唐諸學士，無不擬鐃歌鼓吹之作，以爲能繼樂府，至其所爲詩者，各出機杼，組織繁詩，既失命題之意，其詞雖工，亦何取焉？今兹探究鐃歌之原，以示敏學之士，使知漢人采詩之意，自魏晉而後，雖無所述作可也。」①清費錫璜《漢詩説》曰：「漢詩多不署作者之名，故不能次其時代。」②又曰：「惟《鐃歌》在可解不可解之間，似不純是聲詞雜寫。」③清陳本禮《漢詩統箋》曰：「按今所傳《鐃歌十八曲》，不盡軍中樂，其詩有諷有頌，有祭祀樂章，其名不見於《史記》，亦不見於《漢書》，惟《宋書・樂志》有之，似漢雜曲，歷魏晉傳訛，《宋書》搜羅遺佚，遂統名之曰《鐃歌》耳。」④

---

① [明] 徐獻忠《樂府原》卷三，四庫全書存目叢書，集部册 303，齊魯書社，1997 年版，第 739 頁。

② [清] 沈用濟、費錫璜《漢詩説》，四庫全書存目叢書，集部册 409，齊魯書社，1997 年版，第 1 頁。

③ 《漢詩説》，四庫全書存目叢書，集部册 409，第 6 頁。

④ [清] 陳本禮《漢詩統箋》卷一，叢書集成三編，册 34，新文豐出版公司，1997 年版，第 298 頁。

艾如張

曹勛

宋嚴羽《滄浪詩話》曰：「又《朱鷺》《雉子班》《艾如張》《思悲翁》《上之回》等，只二三句可解。豈非歲久文字舛訛而然耶？」①宋王楙《野客叢書》曰：「唐子西曰：『古樂府命題，皆有主意，後人用樂府爲題者，當代其人而措辭。如《公無渡河》，須作妻止其夫之詞，太白輩或失之。』僕謂後人之作，失古詞之意甚多，不止此也。如《漢鐃歌十八曲》中，有《朱鷺》《艾如張》《巫山高》等詞，後之作者，往往失其本意。《朱鷺》者，據《樂志》，建鼓殷所作，棲鷺於其上，取其聲揚。或曰：鷺，鼓精也。或曰：《詩》曰『振振鷺，鷺于飛，鼓咽咽』。古之君子，悲周之衰，頌聲息，飾鼓以存鷺。雖所説不一，然『鷺』則『鷺鷥』之『鷺』。至宋何承天作《朱路曲》，乃謂『路車』之『路』，失其意矣。又如《巫山高》詞，解題曰：『古詞言江淮水深，無梁可度，臨水遠望，思歸而已。』至齊王融之徒《巫山高》詞，乃雜以陽臺神女之事，無復故意。《艾如張》，『艾』與『刈』同如訓，而古詞之意謂刈而張羅。至陳蘇子卿詞，則曰『張

① [宋] 嚴羽撰，郭紹虞校釋《滄浪詩話校釋》，人民文學出版社，1983 年版，第 213 頁。

機蓬艾側』，是以『艾』爲『蓬艾』之『艾』矣。此類不一。」①

鴻鵠遠罾繳，燕雀戀藩籬。争食蓬蒿下，觸網罹禍機。黄雀老且黠，黄口小且癡。黄雀戒黄口，輒莫貪腥肥。《全宋詩》卷一八八一，册33，第21068頁

同前

陸　游

錦膺綉羽名山鷄，清泉可飲林可棲。稻粱滿野棄不啄，雖有奇禍無階梯。東村西村烟雨晚，蕭艾離離林薄淺。翩然一下駭機發，汝雖知悔安能免。漢家天子南山下，萬騎合圍窮日夜。犬牙鷹爪死不辭，觸機折頸吁可悲。《全宋詩》卷二一八四，册40，第24885頁

---

①［宋］王楙撰，王文錦點校《野客叢書》卷一九，中華書局，1987年版，第213頁。

上之回

周紫芝

宋周必大《書譚該樂府後》曰：「世謂樂府起于漢魏，蓋由惠帝有樂府令，武帝立樂府采詩夜誦也。唐元稹則以仲尼《文王操》、伯牙《水仙操》、齊犢牧《雉朝飛》、衛女《思歸引》爲樂府之始。以予考之，乃賡載歌『熏兮解愠』，在虞舜時此體固已萌芽，豈止三代遺韻而已！新喻譚該居之舉業餘暇，作《上之回》等十四篇，因舊題而衍其辭，用意深遠。至於《擬古》《詠史》《詠懷》《感遇》諸詩，多有佳句，進而不止，前輩可以企及。爲題卷末而勉之。慶元己未五月戊戌。韓文公云，《雉朝飛》牧犢子作。《吴兢集·雉朝飛樂府古題要解》以爲處士犢木子。劉次莊《樂府集序》又作『牘沐』。未知孰是。」①知宋人譚該亦作《上之回》，惜辭已不存。元劉玉汝《詩纘緒》曰：「《詩》有《揚之水》凡三篇，其辭雖有同異，而皆以此起詞。竊意詩爲樂篇章，《國風》用其詩之篇名，亦必用其樂之音調，而乃一其篇名者，所以標其篇名音調之同，使歌是篇者即知其爲此音調也。後來歷代樂府，其詞事不同，而猶有用舊篇名，或亦用其首句者，雖或悉

① 《全宋文》卷五一三三，册230，第434—435頁。

改，而亦必曰即某代之某曲也。其所以然者，欲原篇章之目，以明音調之一也，如《上之回》《公無渡河》《遠别離》之類多。」①明《徐渭詩話》曰：「《上之回》借『回』字當『歸』字，蓋指克復兩京事耶，與『武帝之回中』之『回字』不同。」②清朱嘉徵《樂府廣序》曰：「《廣題》：漢曲皆美當時之事。……《上之回》，美武帝之經武也。」③清朱乾《樂府正義》曰：「按《綱目》，秦始皇二十七年，巡隴西北地，至鷄頭山，過回中矣。漢孝文十四年冬，匈奴入朝那蕭關，殺北地都尉卬，燒回中宫矣，而武帝于是焉出蕭關，通回中道，以爲可以跨越秦皇，雪耻文帝也。未幾，匈奴寇邊，遣郭昌將兵屯朔方，自冬徂夏，纔數月事耳。」④《樂府正義》注引陶穀記曰：「帝幸朝那，立飛廉之館，望元圃，樂府有《上之回》曲。」⑤按，《上之回》爲《漢鼓吹鐃歌十八曲》第四曲，後代注家斷解不一。史籍所載「回中」有回中道、回中宫、回中城三

① [元] 劉玉汝《詩纘緒》卷五，《詩集傳名物鈔　詩纘緒》，北京師範大學出版社，2012 年版，第 391 頁。

② [明] 徐渭撰，焦雨石編纂《徐渭詩話》，吴文治《明詩話全編》，册 4，江蘇古籍出版社，1997 年版，第 4119 頁。

③ 《樂府廣序》卷一五，四庫全書存目叢書，集部册 385，第 749 頁。

④ 《樂府正義》卷三，第 7—8 頁。

⑤ 《樂府正義》卷三，第 7 頁。

説,回中宮復有秦漢之别。漢回中宮地處汧縣,回中道則通連汧縣與安定。

漢宮三十六,複道高崔嵬。皇情極遊豫,驚蹕北之回。蒼螭挾龍輈,風伯清路埃。羽衛森戛擊,玉輿久徘徊。青娥絶望幸,故宮秋葉催。舉頭望霄漢,白露零玉階。《全宋詩》卷一四九六,册26,第17085頁

同前

曹勛

衛騎絶沙漠,前驅過玉門。雲旗梢月窟,輦道屬烏孫。萬國森環衛,三靈駭駿奔。聲容同日月,威德被乾坤。巡狩知無外,鑾戎識至尊。何當鳴警蹕,高會宴崑崙。《全宋詩》卷一八八一,册33,第21067頁

同前

陸游

咸陽宮闕天下壯,五更衛士傳鷄唱。重門洞開鑾駕出,回中更在雲霄上。雲霄一路蟠青

冥，車聲隱轔馳雷霆。宓妃穿仗王母下，何必軒皇居大庭。君王游幸無終極，萬年盡是歡娱日。文成已死方不讎，茂陵松柏秋蕭瑟。《全宋詩》卷二一八四，册 40，第 24885—24886 頁

同前

劉克莊

遠出回中道，寒山玉輦通。關雲連野色，宫樹起秋風。旗影清塵外，車聲流水中。省方非宴樂，直爲服羌戎。影印《詩淵》書目文獻出版社，1993 年版，册 6，第 4085 頁

同前

趙　文

明章潢《圖書編》曰：「樂府之體，有行，有曲，有引，有操，有吟，有弄，而皆可列之樂部，然而去《三百篇》風旨則遠矣。述通志者病之風、頌不分，二雅淆雜，乃取而彙之。君子之作，如《上之回》《聖人出》者，歸乎雅；野人之作，如《艾如張》《雉子班》者，歸乎風。」①詩

---

① ［明］章潢《圖書編》卷一一五，景印文淵閣四庫全書，册 972，臺灣商務印書館，1986 年版，第 485 頁。

序曰：「武帝元封初因之雍，遂通回中道，後數遊幸焉。」按，《全元詩》册九亦收趙文此詩，元代卷不復録。

動皇輿，回中道。龍爲驅，虎爲導。樂蕃釐，祠雍後。息甘泉，飫天酒。澹穆清，冰熱惱。四夷服，咸稽首。臣三祝。皇萬壽。《全宋詩》卷三六一一，册68，第43234頁

同前

王　諶

蠲吉辰，薦明廷。祇中壇，賓萬靈。醮祠壽宫禮太一，東祀天孫西太室。靈芝寶鼎胙元封，親郊雍畤回中峰。中峰絶嶮天所劃，百神驅道平如席。雲髾秀革高拂空，翠輂玉鸞鳴霹靂。試憑蕭關望朔方，月支稽首樓蘭降。復朝獨鹿狩鳴澤，芬樹羽林歸建章。建章壁門春晝永，井幹泰液多遊幸。千秋萬歲奈樂何，幾度鸞旗出安定。《全宋詩》卷三二五三，册62，第38806頁

戰城南

王禹偁

邊城草樹春無花，秦骸漢骨埋黃沙。陣雲凝着不肯散，胡雛夜夜空吹笳。我聞秦築萬里城，疊尸壘土愁雲平。又聞漢發五道兵，祁連澤北夸橫行。破除璽綬因胡亥，始知禍起蕭墻內。耗蠹中原過太半，黃金買酎諸侯叛。直饒侵到木葉山，争似垂衣施廟算。大漠由來生醜虜，見日設拜尊中土。自古控御全在仁，何必窮兵兼黷武。戰城南，年來春草何纖纖。窮荒近日恩信沾，寒巖凍岫青如藍。方知中國有聖人，塞垣自爾除妖氛。河湟父老何忻忻，受降城外重耕耘。

《全宋詩》卷六九，册 2，第 786 頁

同前

曹勛

胡騎方侵掠，臨淮厲虎兵。三麾俱至地，一戰破思明。令下秋霜肅，威行草木驚。豈但全孤壘，能令復舊京。吾君方用武，宵旰念儀刑。《全宋詩》卷一八八二，册 33，第 21074 頁

同前

陸游

王師出城南，塵頭暗城北。五軍戰馬如錯綉，出入變化不可測。逆胡欺天負中國，虎狼雖猛那勝德。馬前嘔啼争乞降，滿地縱横投劍戟。將軍駐坡擁黄旗，遣騎傳令勿自疑。詔書許汝以不死，股栗何爲汗如洗。《全宋詩》卷二一六一，册39，第24414頁

同前

宋无

按，《全元詩》册一九亦收宋无此詩，元代卷不復録。

漢兵鏖戰城南窟，雪深馬僵漢城没。凍指控弦指斷折，寒膚著鐵膚皸裂。軍中七日不火食，手殺降人吞熱血。漢懸千金購首級，將士銜枚夜深入。天愁地黑聲啾啾，鞍下髑髏相對泣。偏裨背負八十創，破旗裹尸横道旁。殘卒忍死哭空城，露布獨有都護名。《全宋詩》卷三七二三，册71，第44742頁

卷三九　宋鼓吹曲辭二

巫山高

文彦博

明曹學佺《蜀中廣記》曰：「《巫山高》本起于漢樂府。吴韋昭、宋何承天相沿此題，但叙其山水之險阻而張侈其國家之功伐也。齊王融、劉繪始以陽臺雲雨入詠。梁武帝沈約之倡和，則竟爲《朝雲曲》矣。已後作者無慮數百家，皆指《朝雲》。」①明董逢元《詞名徵》曰：「漢短簫鐃歌有《巫山高》，爲思歸詞，後人擬之，多賦楚王神女事，此其流變也。」②清李因篤《漢詩音注》曰：「高帝初定天下，將士皆渡淮而西，其留屯關中者，久旅思歸，托言爲淮水所阻也。《巫山高》借興淮水之深。故下俱承淮水説。」③清朱嘉徵《樂府廣序》曰：

---

① [明] 曹學佺《蜀中廣記》卷一〇一，景印文淵閣四庫全書，册 592，臺灣商務印書館，1986 年版，第 625 頁。
② [明] 董逢元《詞名徵》，四庫全書存目叢書，集部册 422，齊魯書社，1997 年版，第 603 頁。
③ [清] 李因篤《漢詩音注》卷五，四庫全書存目叢書，集部册 401，齊魯書社，1997 年版，第 736 頁。

「秦以前，少入蜀者。惟沛公入蜀，其將士思歸山東，故韓信因而定三秦，下齊楚，王業實始於此。」①清李重華《貞一齋詩説》曰：「樂府題有吟、有歌、有行、有詞、有謡、有引、有曲，分類既多，其餘就事命題，如《巫山高》《折楊柳》者，不可枚舉。總之不離歌謡體制，遂得指名樂府。」②清朱乾《樂府正義》曰：「按《史記·高祖紀》，沛公爲漢王，王巴蜀漢中至南鄭，諸將及士卒多道亡歸，士卒皆歌思東歸。此其事也。不言石門劍閣，而言巫山者，其時棧道輒已燒絶，而《水經注》稱巴東三峽七百里中，兩岸連山，實爲全蜀之口，據荆楚上游，故臨水而有思歸之嘆也。」③清陳本禮《漢詩統箋》曰：「高帝至孝武時年代久遠，豈有高帝戍卒至此日尚有未歸者耶？當是七國之變防守之卒，七國雖平，其子若孫猶有守藩封者，故戍卒未撤，久而思歸也。」④清譚儀《漢鐃歌十八曲集解》引莊述祖語曰：「《巫山高》，閔周也。

① 《樂府廣序》卷一五，四庫全書存目叢書，集部册 385，第 750 頁。
② [清] 李重華《貞一齋詩説》，丁福保《清詩話》下册，上海古籍出版社，1978 年版，第 928 頁。
③ 《樂府正義》卷三，第 9 頁。
④ 《漢詩統箋》卷一，叢書集成三編，册 34，第 301 頁。

楚頃襄王約齊、韓伐秦，而欲圖周，國人疾其不能自强，而棄其主，且閔周之將亡，故作是詩。」①清沈雄《古今詞話・詞辨》曰：「《樂府解題》曰：漢鐃歌《巫山高》爲思婦詞，一曰《狀巫峽》。按《太平廣記》，王母第二十三女名瑶姬，號雲華夫人，居巫山，詩家所謂神女也。峽下有神女祠，過此爲無我灘矣。詞盛於花間李珣、毛文錫諸人。又唐昭宗宫人題於寶鷄驛壁者，换頭用六字句，叶仄韻，與柳郎中之《詠游仙》相類。」②宋人又有《後巫山高》《巫山曲》，當出於此，亦予收録。

巫山高不極，高與碧穹齊。朝雲常藹藹，暮雨復凄凄。髣髴聞珠佩，依稀認綉袿。無能留彼美，徒使夢魂迷。《全宋詩》卷二七三，册 6，第 3475 頁

---

① ［清］譚儀《漢鐃歌十八曲集解》，叢書集成初編，册 1671，商務印書館，1937 年版，第 4 頁。
② 《古今詞話》「詞辨」上卷，第 206 頁。

同前

文同

巫山高，高凝烟。十二碧簪寒插天。危巖絶壁已飛動，況復下壓萬丈之蒼淵。波衝浪激作深井，虎眼徹底時一漩。長風頫涌發灧澦，惡色怒勢因誰然。我欲截中流，虹梁莫得施蝭蝀。東西相遠望不到，兩目欲斷心將穿。回看高唐廟下灑靈雨，遣我歸意常翩翩。《全宋詩》卷四三二，册8，第5302頁

同前

周行己

誰謂巫山高，朝言暮可期。而我有所思，邂逅藐無時。誰能心似石，見此月如眉。款款琴上聲，此意人詎知。《全宋詩》卷一二七三，册22，第14382頁

同前

曹勛

巫山高，望不極。飛鴻欲度愁無力，我欲絶之乏羽翼。峽江水急荆門遠，魚龍游之不能轉。下無舟檝上無梁，我欲濟之憂力尠。《全宋詩》卷一八八一，册 33，第 21072 頁

同前

王銍

十二危峰隱寒霧，旁連三巴下三楚。斷崖青黄聳天壁，秀色蒼茫接天路。鼓瑟玉京嬉帝傍，下鎮九淵稱帝女。冥心可見類相求，夢裏襄王契神遇。鏘然玉佩似可期，倏爾霓旌去無所。天風浩蕩吹太清，萬里憑虚送飛步。行雲行雨終不來，歲月人間幾朝暮。那知一戲疑萬古，至今不知高唐處。仙兮神兮非與是，流傳只有蘭臺賦。山藏虎兕争怒號，峽東江水翻波濤。舟檝寄命輕鴻毛，猶起羡慕成譏嘲。行人所見日卑淺，仰首彌覺巫山高。《全宋詩》卷一九〇五，册 34，第 21285—21286 頁

同前

范成大

詩序曰：「余舊嘗用韓無咎韻題陳季陵《巫山圖》，考宋玉賦意，辨高唐之事甚詳。今過陽臺之下，復賦樂府一首。世傳瑶姬爲西王母女，嘗佐禹治水，廟中石刻在焉。」

濕雲不收烟雨霏，峽船作灘梢廟磯。杜鵑無聲猿叫斷，惟有飢鴉迎客飛。西真功高佐禹迹，斧鑿鱗皴倚天壁。上有瑶簪十二尖，下有黄湍三百尺。蔓花虯木風烟昏，薜珮翠帷香火寒。靈旂飄忽定何許，時有行人開廟門。楚客詞章元是諷，紛紛餘子空嘲弄。玉色頩顔不可干，人間錯説高唐夢。《全宋詩》卷二二五七，册 41，第 25894 頁

同前

釋居簡

陽臺晴霞暖生纈，削玉六雙雲嵂崒。白鹽赤甲秋未零，側樹欹巖妥鱗鬣。霧轂烟軿兩朱鳳，紫瓊銀鐺碧瑶鞚。轍飛不點九地泥，泥滓各諧螻蟻夢。蘭臺詞客詞詭奇，諷微勸廣胡不思。

更欲張儀聘燕趙，却嫌鄭袖黄金少。《全宋詩》卷二七九六，册53，第33204頁

同前

鄒登龍

巫山巃嵸巫峽曲，一十二峰淺凝緑。老猿化石懸巔崖，矗矗陵雲掃壇竹。九靈少女列仙從，佩玉鳴鑾乘彩鳳。飛魂走魄歸瑶宫，紫簫吹斷荆王夢。《全宋詩》卷二九三八，册56，第35016—35017頁

葛藴作巫山高愛其飄逸因亦作兩篇

王安石

巫山高，十二峰。上有往來飄忽之猿狖，下有出没瀺灂之蛟龍，中有倚薄縹緲之神宫。神人處子冰雪容，吸風飲露虚無中。千歲寂寞無人逢，邂逅乃與襄王通。丹崖碧嶂深重重，白月如日明房櫳。象床玉几來自從，錦屏翠幔金芙蓉。陽臺美人多楚語，衹有纖腰能楚舞，争吹鳳管鳴鼉鼓。那知襄王夢時事，但見朝朝暮暮長雲雨。

巫山高，偃薄江水之滔滔。水於天下實至險，山亦起伏爲波濤。其巔冥冥不可見，崖岸斗絶悲猿猱。赤楓青櫟生滿谷，山鬼白日樵人遭。窈窕陽臺彼神女，朝朝暮暮能雲雨。以雲爲衣

月爲褚，乘光服暗無留阻。崑崙曾城道可取，方丈蓬萊多伴侶。塊獨守此嗟何求，况乃低徊夢中語。《全宋詩》卷五四四，册10，第6520—6521頁

介甫作巫山高命光屬和勉率成篇真不知量

司馬光

巫山高，巫山之高高不極。寒江西來曳練長，群峰森羅十二戟。清狖悲號裂翠崖，老蛟怒鬥摧丹壁。輕生重利三巴客，一葉直冲高浪白。船頭吟嘯坐自如，仰視長天不盈尺。叢祠象設儼山椒，巫祝紛紛非一朝。云是高唐神女之所處，至今暮雨常蕭蕭。我聞神理明且直，興亡唯觀惡與德。安肯來從楚國君，憑依夢寐爲淫昏。襄王之心自荒惑，引領日望陽臺雲。獨不思懷王西行不復返，甲光照地屯秦軍。蠶食黔中下荆門，陵園宗廟皆燒焚。社稷飄零不復存，嗟嗟若敖蚡冒將，篳路藍縷皆辛勤。《全宋詩》卷五〇〇，册9，第6051頁

後巫山高一首

范成大

詩序曰：「余前年入峽，嘗賦《巫山高》，今復作一篇。十二峰中，東西各一峰最奇，不

可繪畫。左右前後，餘峰之可觀者尚多，不止十二峰也。不問陰晴，雲物常相映帶，尤爲勝絕。但以漲江湍怒難艤泊，鼓棹而過，不復登廟。前余以水暴漲，得下瞿唐至巫山，縣人云：『却須水退，始可入巫峽。』一夜水落十餘丈，遂不復滯留。」

凝真宮前十二峰，兩峰娟妙翠插空。餘峰競秀尚多有，白壁蒼崖無數重。秋江漱石半山腹，倚天削鐵荒行踪。造化鍾奇矗瑶巘，真靈擇勝深珠宮。朝雲未罷暮雲起，陰晴竟日長冥濛。瑶姬作意送歸客，一夜收潦仍回風。仰看館御飛楫過，回首已在虚無中。惟餘烏鴉作使者，迎船送船西復東。《全宋詩》卷二二六〇，册 41，第 25933 頁

巫山曲

周紫芝

按，周紫芝《太倉稊米集》置此詩於「樂府」類。

楚宮夜半旌旗動，曉逐君王獵雲夢。君王醉挽金僕姑，笑射雙雕落飛鞚。霜風獵獵吹白羽，狨鞍下時日未午。天上臺高翠被寒，雨濕烟霏夢神女。行雲飛去不可留，却望陽臺無處所。

魂凝睇遠烟凄迷，猿啼巫峽東復西。江邊獵火一萬炬，貂裘醉擁君王歸。章華千門復萬户，侍女焚香迎輦步。君心誰能念舊恩，忍泪悲啼不成語。願壽君王一萬年，常向陽臺夢雲雨。《全宋詩》卷一四九六，册26，第17082頁

巫山

冉居常

朝雲夕雨自虛無，玉笈親傳昏墊初。夏后已通三峽水，巴人誰省九天書。烟巒杳杳藏荆杖，江月沉沉想佩裾。千古文章愁宋玉，可無一字及其魚。《全宋詩訂補》册72，大象出版社，2005年版，第730頁

同前

無名氏

按，《全宋詞》亦有收録，詩後有「千里，楚江水。明月樓高愁獨倚，井梧宮殿生秋意。望斷巫山十二，雪肌花貌參差是。朱閣五雲仙子」①。

①《全宋詞》册5，第3647頁。

巫山高高十二峰，雲想衣裳花想容。欲往從之不憚遠，丹峰碧障深重重。樓閣玲瓏五雲起，美人娟娟隔秋水。江天一望楚天長，滿懷明月人千里。[宋] 曾慥輯，陸三强校點《樂府雅詞》卷上，遼寧教育出版社，1997 年版，第 1 頁

上陵

趙　文

詩序曰：「漢章帝元和三年自作，爲上陵食舉。」郭茂倩《樂府詩集》之《上陵》解題按曰：「古詞大略言神仙事。」①宋陳暘《樂書》曰：「漢因秦上陵，皆有園寢。寢殿起居衣服，象生人之具，古寢之意也。後漢都洛陽，于正月上丁，祀郊廟畢，講上陵之禮。」②明朱承爵《存餘堂詩話》曰：「古樂府命題，俱有主意，後之作者，直當因其事用其題始得。往往借名，不求其原，則失之矣。如劉猛、李餘輩，賦《出門行》不言離別，《將進酒》乃敘烈女事，至於太白名家，亦不能免此病。鄭樵作《樂略》敘云：『然使得其聲，則義之同異又不足道。』

---

① 《樂府詩集》卷一六，第 199 頁。

② [宋] 陳暘《樂書》卷一九七，景印文淵閣四庫全書，册 211，臺灣商務印書館，1986 年版，第 920 頁。

樵謬矣。」①清朱嘉徵《樂府廣序》曰：「上陵食舉，侑食之雅也。御飯七曲中，有《上陵》一曲……初武帝得白雁上林苑中，承露池中生芝，孝宣帝時，有神雀、甘露之異，并用改元，以瑞應頗作歌詩。」②清朱乾《樂府正義》曰：「神仙祥瑞，其受欺罔一也。」③此題《全元詩》册九亦收，元代卷兹不復録。

上古陵，古陵無可上。苔雨綉澀，草烟悽愴。鴟鴞鳴荒林，狐狸穴空壙。豐碑去梁何處津，塱周作竈誰家煬。不如東鄰一抔土，樵牧侵陵白宫府。《全宋詩》卷三六一一，册 68，第 43236 頁

將進酒

李　新

按，宋人又有《將進酒歌》《進酒行》，當出於此，故予收録。

---

① [明] 朱承爵《存餘堂詩話》，[清] 何文焕《歷代詩話》下，中華書局，1981 年版，第 786 頁。

② 《樂府廣序》卷一五，四庫全書存目叢書，集部册 385，第 750 頁。

③ 《樂府正義》卷三，第 11 頁。

君不見青青河畔草，秋死嚴霜春滿道。又不見天邊日，薄暮入虞泉，曉來復更出。匆匆年光不相待，桑海由來有遷改。人生荏苒百年間，世上誰能駐光彩。秦皇漢武希長生，區區烟霧求蓬瀛。驪山茂陵皆蔓草，悠悠千載空含情。榮枯自有主，富貴不可求。正值百花飛似雪，如何不飲令心憂。《全宋詩》卷一二五四，册21，第14160頁

同前

曹　勛

君唐虞兮臣皋夔，將衛霍兮恢邊陲。時文景兮民雍熙，獄無冤人兮野無蒿藜。玉燭亘天流離以昭兮，其惟百姓日用而不知。歌鹿鳴與既醉兮，而頌聲洋溢乎康逵。顧吾君之清静躬儉以寂默兮，而猶薄滋味與游嬉。臣願得連四海以爲席兮，酌北斗而爲酒巵。使五老奉觴上壽以申祝兮，令夫八元夾侍而正儀。願聖壽上齊於箕翼兮，其光容充塞於四維。醉大道與仁義兮，而淳風浹洽於華夷。期億萬斯年兮，民皆陶陶而化之。慶君臣之嘉會，陋酆鎬與瑶池。《全宋詩》卷一八八一，册33，第21067—21068頁

同前

陸　游

我欲挽住北斗杓，常指蒼龍無動摇。春風日夜吹草木，只有榮盛無時凋。我欲剗斷日行道，陽烏當空月杲杲。非惟四海常不夜，亦使人生失衰老。如山積麴高崔嵬，大江釀作蒲萄醅。頽然一醉三千杯，借問白髮何從來。《全宋詩》卷二一八九，册 40，第 24970 頁

同前

白玉蟾

秋山蒼蒼秋雲黄，鵶浴咸池忽扶桑。一月二十九日醉，百年三萬六千場。嗟君千丈擎天手，而有萬卷懸河口。亂花飛絮心擾擾，不如中山千日酒。黄鬐落，赤叵羅。廣寒仙子行金波。玉蛆初泛松花露，瓊螺再薦椒花雨。米大功名何足數，鴻毛利害奚自苦。醉則已，睡則休。水浩浩，天悠悠。君知否，昔在甲辰堯嗣位，迄今嘉定之辛巳。其中三千六百年，幾度寒楓逐逝川。《全宋詩》卷三一三七，册 60，第 37563—37564 頁

同前

周密

莫舞《鬱輪袍》，莫酌金叵羅。四坐一時静，聽我感慨歌。君不見滔滔易水咸陽路，漸離擊筑荆卿舞。酒杯在手醉不成，八創空繞秦宫柱。又不見睢陽夜戰城欲摧，孤臣罵賊聲如雷。酒不下咽指流血，白羽空射浮圖回。古來志士輕一死，意氣相期每如此。獨醒自古欲何爲，空留遺恨隨流水。長歌感慨多愴神，不須聞此眉雙顰。直須痛飲烏程酒，輿君醉倒蘋華春。《全宋詩》卷三五五六，册67，第42501頁

同前

劉克莊

君不見聖賢有高趣，寓酒全其真。歷覽千載間，自謂羲皇人。衣懸鶉，甑生塵，富貴於我如浮雲。緩歌沉飲迷要津，不顧理亂終隱淪。又不見遊俠驕，青春使酒如有神。默笑章句儒，規規一何淳。五陵暮三秦，燕姬趙女充下陳。銀笙翠管長夜新，一醉千日猶逡巡。將進酒，古來得失皆等倫。何不餔糟與啜醨，澤畔悠悠空獨醒。影印《詩淵》，册1，第137頁

赴刁景純招作將進酒呈同會

梅堯臣

日光如鎔金，涌上滄海流。一朝復一朝，鑄出萬古愁。大爐石破碎，世事安得休。明月只照夜，時時如屈鈎。常娥與玉兔，搗藥何所瘳。大患不自治，更被蝦蟆偷。我思天地間，二物最取尤。措置尚若此，細故曷用憂。著書欲傳道，未必如孔丘。當時及後代，見薄彼耽周。功名信難立，德行徒自脩。勞勞於我生，蔕挂同贅疣。不如聽鄰笛，就其舉杯甌。笛不煩教養，酒不煩取求。從今醉至春，從夏醉至秋。勿禁鷄豘魚，間薦鶉雁鳩。况多南方物，鹹腥美咽喉。計較無以過，試共阮籍謀。《全宋詩》卷二五四，册 5，第 3084 頁

將進酒歌

蕭介夫

勸君莫累黑山土，累得黑山竟何補。勸君莫勒燕然石，勒得燕然又何益。百年歲月能幾何，螢燭光中都瞬息。我今安得萬丈梯，騰騰直上天街墀。剪拆金烏翅，戳下玉兔蹄，使玉兔不能走，金烏不得飛。然後舉泰山爲肉林，東海爲酒池。君不見吴王臺下秋風悲，金谷園中春草

衰。不如相逢且飲酒，齊聲拍掌大唱《金縷衣》。《全宋詩》卷七八〇，册13，第9039頁

進酒行

趙崇嶓

玉槽夜壓葡萄碧，石溜寒泉響凌歷。水精壺中瀲琥珀，醉呼酒星下瑶席。小鬟春風花滿頭，《堂堂》一曲真珠喉。六國三朝春江流，眼花落井消千愁。《全宋詩》卷三一七一，册60，第38077頁

君馬黄

張舜民

唐吴兢《樂府古題要解》曰：「又有《朱鷺》《思悲翁》《艾如張》《擁離》《戰城南》《巫山高》《上陵》《將進酒》《君馬黄》《芳樹》《有所思》《雉子斑》《聖人出》《上邪》《臨高臺》《遠如期》《石留》等十八曲，字多紕繆不可曉。」①明陸深《儼山外集》曰：「漢世樂府如《朱鷺》《君馬黄》《雉子斑》等曲，其辭皆存而不可讀，想當時自有節拍、短長、高下，故可合于律吕。後來擬作者但詠其名物，詞雖有倫，恐非樂府之全也。」②明郝敬《郝敬詩話》曰：「詩亡，禮樂崩壞。漢興，郊廟之歌盡變三代猗那清廟之舊。漢武好奇，以宦者李延年爲協律都尉，官非其人，胡以正樂？乃創爲新聲詭調，艱深隱語，雜教坊方言，演爲樂府，如鐃歌十八章。

① [唐] 吴兢《樂府古題要解》卷上，丁福保《歷代詩話續編》上，中華書局，1983 年版，第 38—39 頁。
② [明] 陸深《儼山外集》卷一五，景印文淵閣四庫全書，册 885，臺灣商務印書館，1986 年版，第 77 頁。

惟《戰城南》《君馬黃》《臨高臺》數首中，一二語可解。」①明吳應箕《樓山堂集》曰：「往楚人江菉蘿論詩，謂：『古詩所命題，如《君馬黃》《雉子班》《艾如張》《自君之出矣》之類，皆就其時事搆詞，因以命篇，自然妙絶。』」②宋人又有《君乘黃》，當出於此，亦予收録。

君馬良，乘乘黃。僕臣御，守法度。乍可三驅失前禽，不可一朝爲詭遇。假使四牡，項領無害。六轡如組，周旋中規，折旋中矩。聽和鑾之聲，遵康莊之路。馬不駭輿，君子安處。如欲登九折之險，走羊腸之阻，蒙犯霜露，跌踢風雨，雖使造父再生，王良復出，予亦未知其如何爾。《全宋詩》卷八三三，册 14，第 9663—9664 頁

同前

曹　勛

君馬黃，臣馬蒼。君馬短，臣馬長。馳驅不敢先騰驤，左右先後惟其良。臣馬勞悴君馬康。君馬康，無相忘。一勞一逸固所當，君馬無逐臣馬强。《全宋詩》卷一八七九，册 33，第 21048—21049 頁

---

① [明]郝敬撰，田南池編纂《郝敬詩話》，《明詩話全編》，册 6，第 5902 頁。

② [明]吳應箕《樓山堂集》卷一六，叢書集成初編，册 2169，中華書局，1985 年版，第 187 頁。

同前

劉克莊

穆滿乘渠黄，侵尋八荒境。王母稱瑶池，造父躡雲影。殊方異中原，萬里試一騁。願君垂衣裳，歸馬風塵静。影印《詩淵》，册4，第2787頁

君乘黄

鄭　起

君乘黄，臣乘青，二乘先後如流星。君乘黄金漆照鏡，臣乘青竹織作欞。道逢相揖失恭敬，君乃傴僂莊其形。世人多認車與笠，交道如此今猶馨。《全宋詩》卷三一八九，册61，第38258頁

芳樹

文同

清朱乾《樂府正義》論《芳樹》曰：「刺讒也，入宫見妒，入朝見嫉，其事一也。」①

庭前有芳樹，穠陰滿軒碧。莫惜更携酒，醉此青春色。朝來見鵾鳩，飛鳴繞其側。光景不可留，徒遣君嘆息。《全宋詩》卷四三二，册8，第5303頁

同前

劉克莊

美人對奇樹，攀條玩芳色。不忍花葉稀，看成緑蔭積。愁來思華年，夢去尋春迹。天涯人不歸，泪濕烟草碧。影印《詩淵》，册2，第1142頁

① 《樂府正義》卷三，第14頁。

有所思

李　新

唐吴兢《樂府古題要解》曰："今但據後人所擬，采其意而注之。……《有所思》爲《嗟佳人》……《泰山梁父吟》爲《八方》等篇。"①宋鄭樵《通志二十略·樂略一》"漢短簫鐃歌二十二曲"曰："《有所思》，亦曰《嗟佳人》。"②清朱乾《樂府正義》論《有所思》曰："前半爲决絶之詞，後半爲自矢之詞。蓋變而不失其正者。《白頭吟》之類也。"③按，宋人又有《山中有所思》《春日有所思》，當出於此，亦予收録。

洞庭始波秋風起，舟人怨遥心在水。晬寒不見瀟湘雲，天碧江沉一千里。西洲蓮老誰愁紅，蘭橈欲采悲秋容。采得秋容咽無語，白日長安在何處。《全宋詩》卷一二五四，册21，第14160頁

① 《樂府古題要解》卷下，《歷代詩話續編》上，第54頁。
② [宋] 鄭樵撰，王樹民點校《通志二十略》，中華書局，1995年版，第890頁。
③ 《樂府正義》卷三，第15頁。

同前

周行己

春風應應至，寸草亦知時。人生非木石，誰能無所思。桃花亂愁眼，柳葉憶蛾眉。所思良不遂，願言何可期。《全宋詩》卷一二七三，册22，第14382頁

同前二首

曹勛

有所思兮天一涯，彼美人兮安得知。江皋送日下洲渚，心遥目斷征鴻飛。蘭嗟蕙怨芳草歇，春歸猶見霏霏雪。文姬著破去時衣，寂寞愁看漢家月。南箕北斗苦相望，綿綿此恨無時絶。

有所思，藐何許，乃在洞庭之陽，瀟湘之浦。我欲訪之限重阻。水有吞舟之巨魚兮，山有食人之猛虎。有所思，藐何許，沉沉静夜愁風雨。《全宋詩》卷一八八〇，册33，第21063—21064頁

同前

李龏

白蘋洲前風似刀，白頭有客披苧袍。芙蓉鬱紅墮芳沼，楊柳擯緑摇空壕。搗衣砧歇蛩無語，美人清宵隔湘浦。獨掩高樓聽遠更，不禁老樹鳴秋雨。《全宋詩》卷三一三〇，册 59，第 37420 頁

同前

白玉蟾

蒼官無禄花有封，花王開國胙春風。不念蒼官秦大夫，竹君亦嗤梅兄聾。夜寒愁吟正無思，青燈唤人補殘睡。夢爲蝴蝶宿花回，畫角吹香蒸素被。《全宋詩》卷三一三七，册 60，第 37575—37576 頁

同前

高吉

上山采芳桂，不盈一掬金。金色容易變，零落傷我心。欲以遺所思，山遥水沈沈。微物豈

足貴，但感歲月深。《全宋詩》卷三一七六，册 61，第 38124 頁

同前　葉　茵

仰天有所思，心遠目苦短。西風驅殘雲，千里月華滿。《全宋詩》卷三一八五，册 61，第 38218 頁

同前　釋行海

又見春風草色肥，鳳樓塵鎖燕飛飛。洛陽近日無花柳，猶恨多年不得歸。《全宋詩》卷三四七五，册 66，第 41365 頁

同前　陳允平

按，此詩《全宋詩》卷二七八三又作劉學箕詩，張如安《〈全宋詩〉疏失分類偶舉》考當作陳允平詩，故列陳允平名下。

憶昔美人初別時，長亭兩岸柳依依。今日美人天之涯，美人美人胡不歸。憶昔君別妾，分破青鸞鏡，破鏡如破心。與妾表相憶，相憶圖久深。憶昔妾別君，剪斷金鳳釵，斷釵如斷腸。贈君表相思，相思圖久長。一日一日復一日，青鏡鸞孤釵鳳隻。未必君相思，能如妾相憶。寒衣剪就欲寄君，長安門外無行人。雁聲半夜西風惡，窗前一片梧桐落。《全宋詩》卷三五一六，册 67，第 41992—41993 頁

同前

何應龍

曾倚空屏唱《柳枝》，一聲嬌逐暮雲低。重來只見流鶯在，立盡斜陽不肯啼。《全宋詩》卷三五一八，册 67，第 42014 頁

同前

趙　文

題注曰：「古樂府《有所思》後半篇，殊不可解，略改正之。」按，《全元詩》册九亦收趙文此詩，元代卷不復録。

有所思，乃在大海南。何用贈遺君，雙珠瑇瑁簪。聞君有他心，當風燒之揚其灰。從今已往，勿復相思。勿相思，又相思。秋風動薄帷，心思君兮君不知。《全宋詩輯補》，册6，第2650頁

同前

于石

按，《全元詩》册一三亦收于石此詩，元代卷不復録。

君在南山南，水闊雲漫漫。我在北山北，木落天地寬。所思不可見，孤峰碧巑岏。片雲遥相望，脈脈一水間。水流渺何許，撫松獨盤桓。人生有離合，把酒欲問天。何以寄所思，取琴倚風彈。一彈不成調，再彈誰與言。抱琴耿無寐，月落空山寒。《全宋詩》卷三六七五，册70，第44120頁

同前

趙茗嶼

淅淅寒城一笛秋，天風吹透青貂裘。魚素不來雁無足，黄葉摇碎遊客愁。倚劍悲歌還起舞，江漢迢迢渺如許。彼美人兮天一方，獨抱琵琶憾秋雨。［宋］趙茗嶼《東甌詩續集》卷三，四庫全書存目

叢書，集部册297，齊魯書社，1997年版，第104頁

同前

潘音

按，《全元詩》册二三亦收潘音此詩，元代卷不復録。

中心有所思，蹙損雙蛾眉。美人竟長往，使我嘆離居。寂寞就孤枕，强眠誰得知。夜深清露重，飛夢欲何之？·覺來日遲遲，分照上羅幃。妝臺理雲鬟，種種盡成絲。［清］厲鶚編纂《宋詩紀事》卷八一，上海古籍出版社，1983年版，第1967頁

有所思寄二琴友

武衍

懷伊人兮在帝鄉，山月白兮秋夜長。流泉響絶横秋床，感而不寐摧我腸。美人遺我正始音，何以報之百煉金。相睽相離兮歲月深，欲往從之兮夢難尋。

懷伊人兮在東粤，山月出兮寒照雪。匣塵不拂朱絲折，感而不寐心悁結。美人贈我璠璵

樂，何以報之和氏璞。相思相望兮天一角，欲往從之兮雲路邈。［宋］陳起《江湖後集》卷二二，景印文淵閣四庫全書，臺灣商務印書館，1986 年版，册 1357，第 992 頁

賦得有所思

徐鉉

所思何在杳難尋，路遠山長水復深。衰草滿庭空佇立，清風吹袂更長吟。忘情好醉青田酒，寄恨宜調緑綺琴。落日鮮雲偏聚散，可能知我獨傷心。《全宋詩》卷四，册 1，第 65 頁

山中有所思

王喦

零零夜雨漬愁根，觸物傷離好斷魂。莫怪杜鵑飛去盡，紫微花裏有啼猿。《全宋詩》卷二一，册 1，第 302 頁

春日有所思

曹　勛

按，曹勛《松隱集》置此詩于「古樂府」類。

陽春被華旦，草木蒙恩私。沉沉幽谷蘭，不得同其施。女蘿托喬松，光彩紛葳蕤。游塵薄雄風，光景低鬱儀。巖花落深澗，甘爲井底泥。升沉固難量，寧復論高卑。佳人去已遠，良遇安可期。流年易凋落，榮盛能幾時。促席具樽酒，不醉夫何爲？《全宋詩》卷一八八〇，册33，第21063頁

有所思行

張方平

有所思，在斗墟之東華。我欲從之路阻賒，寸心坐馳天南涯。彼美一人騫且都，明月環佩雲霞裾。蹇于翔兮不我留，登高杳視令人愁，褰裳欲涉江湖修。江湖修，不可過。不可過兮奈若何，私自憐兮長嘯歌。《全宋詩》卷三〇八，册6，第3878頁

唐劉雲有所思云玉井蒼苔古院深桐花落地無人掃因用其語集古句次韻

楊冠卿

西征登隴首，薄暮有所思。所思鬱不見，殘雲傍馬飛。逢迎少壯非吾道，百壺且試開懷抱。黄帽青鞋歸去來，桐花落地無人掃。《全宋詩》卷二五五五，册 47，第 29631 頁

和林肅翁有所思韻

劉克莊

老厭人間事遠遊，弃州西畔比台州。須彌身大安知痛，雲夢胸寬不貯愁。舊友惟君真管鮑，諸生若個是程仇。跳丸去速還舟晚，獨立空山兩鬢秋。

少豪曾挾一筇遊，晚似龐公怕入州。橡栗尚煩天賦粟，茅柴如以水澆愁。何妨范史書鈎党，不願歐碑説解仇。自古放臣多感慨，吾評《哀郢》勝悲秋。《全宋詩》卷三〇五五，册 58，第 36640 頁

三和友人有所思韻

劉克莊

某邱某水晚重遊，絶勝才翁在許州。懶學少年絛痛楚，且同騷客賦牢愁。懸知五鬼爲渠祟，不曉三彭有底仇。兀坐蓬窗無意緒，凍蛩唧唧更鳴秋。《全宋詩》卷三〇六一，册58，第36515頁

古有所思

吴　澤

我思至人，游心唐虞之帝廷。上下數千載，迥如雲霄疇與京。皋夔禮樂表世則，克紹周孔流芳聲。斯文在兹幸不墜，亘古永懷惟六經。《全宋詩》卷三六六二，册70，第43977頁

雉子斑

劉克莊

宋鄭樵《通志二十略·樂略一》「漢短簫鐃歌二十二曲」釋《雉子斑》曰：「然樂府之題亦如古詩題，所謂《關雎》《葛覃》之類，只取篇中一二字以命詩，初無義也，後人即物即事而

賦，故於題有義。據此古詞無『雉子班』之語，往往『雉子班』之作復在此古辭之前，吴兢未之見也。」①宋王楙《野客叢書》「東坡用如皋事」條曰：「僕觀古樂府，張正見、毛處約、江總等《雉子斑》詩，皆以如皋爲地名用，知此誤非始於坡。僕得此詩後，檢諸家詩注，見趙次公亦引其間一詩，乃知暗合孫吴。又觀《宋書》，明帝射雉無所得，謂侍臣曰：吾旦來如皋，空行可笑。陳蕭有《射雉》詩：『今日如皋路，能將巧笑回。』」②明唐順之《荆川稗編》曰：「他若《朱鷺》《雉子班》等曲，古者以爲標題下則皆述别事，今反形容二禽之美以爲辭，果論其聲，則已不及乎漢世兒童巷陌之相和者矣，尚何以樂府爲哉？傳有之：『興於詩，立于禮，成于樂。』蓋詩之與樂，固爲二事：詩以其辭言者也，樂府以其聲言者也。今則欲毁樂府而盡爲古詩，以謂既不能歌，徒與古詩均耳，殆不可令樂府從此而遂廢也。」③

芳郊春婉娩，角角雊嬌雉。冠緌炫朱丹，羽毛輝錦綺。陳倉霸已空，如皋笑徒美。誠不如黄鵠，高飛日千里。影印《詩淵》，册4，第2792頁

① 《通志二十略》，第891頁。
② 《野客叢書》卷二三，第304頁。
③ [明] 唐順之《荆川稗編》卷三七，景印文淵閣四庫全書，册953，臺灣商務印書館，1986年版，第728頁。

卷四一 宋鼓吹曲辭四

聖人出

曹 勛

詩序曰：「古樂府有題無詞，因新而補之。」

升太微，法璇璣。闢紫宮，清九圍。甄符命以膺曆，廓氛祲而建靈旗。同車書之文軌兮，納民物於雍熙。噫嘻，惟仁惟義，則吾知其能所以保持。《全宋詩》卷一八七九，册33，第21048頁

臨高臺

文 同

臨高臺，望故鄉。地千里，天一方。極目外，空茫茫。孤雲飛，不我將。安得羽翼西南翔。《全宋詩》卷四三二，册8，第5300頁

同前

許彦國

按，《全宋詩》卷一九七〇又作許志仁詩、卷二〇六一又作吴沆詩，兹不復録。「千里在跬步」，吴沆詩作「十里在跬步」。

高臺跨崇岡，檐宇鎖空霧。新晴洗雙目，千里在跬步。霏霏漁浦烟，冉冉富春樹。風花不我私，何以理愁緒。誰疏白玉窗，中有浮雲度。浮雲吹不開，不見行人去。《全宋詩》卷一〇九三，册18，第12400頁

同前

沈濬

上臺意悲傷，下臺夢顛倒。不緣臺高下，心腸自草草。臺下東西水，水繞南北道。一水一重山，紅顔望中老。《全宋詩》卷一九〇二，册33，第21245頁

同前二首

吴沆

按，吴沆《臨高臺》原共三首，其三與前載許彦國詩同，兹不復録。

高高軒楹門照東，扶桑柱植西崑崙。上有明真紫霞客，厮征伯僑役羨門。月馭叱前驅，風駟殿後奔。靈衣披披淰晻靄，玉斧斷斷除煩寃。虚皇下兩耳，授以金簡文。相觀峻極不容步，擬軼清氣排重閽。咽日誦《黄庭》，滴露抄韋編。羊岐之亡罔象得，蠻觸之角醯鷄天，臨臺一笑俱超然。

高築黄金貯俊才，雲關玉鎖問誰開。若非倚賴東風力，安得憑虚直上來。《全宋詩》卷二〇六一，册37，第23246頁

遠如期

曹勛

宋鄭樵《通志二十略·樂略一》「漢短簫鐃歌二十二曲」曰：「《遠如期》，亦曰《遠

期》。」①清朱乾《樂府正義》曰：「『如期』猶『如幾』，言福禄如期而至也。」②清莊述祖《漢鏡歌句解》釋漢樂府《遠如期》曰：「《遠如期》，紀呼韓邪單于來朝也。」③

約指金環瘦不持，羅衣寬盡減腰圍。紅芳坐消歇，王孫歸不歸。《全宋詩》卷一八八一，册 33，第 21068 頁

同前

趙文

遠如期，近可知。如何咫尺間，朝之所約夕背之。千言萬語托死生，轉眼已若行路人。問之何遽至如許，往往或起秋毫争。財利誠已重，仁義誠已輕。昨日弟與兄，今日胡與秦。遠如

---

①《通志二十略》，第 891 頁。

②《樂府正義》卷三，第 20 頁。

③［清］莊述祖《漢鏡歌句解》，賈貴榮、張忱石輯《稀見清代民國叢書五十種》，國家圖書館出版社，2014 年版，册 60，第 187 頁。

期，古來惟是山陽范巨卿。《全宋詩》卷三六一一，册68，第43235頁

石留

趙　文

詩序曰：「古樂府，無解題。」按，《全元詩》册九亦收趙文此詩，元代卷不復録。

江流湯湯，日夜不休。瞿塘灩澦，屹然不流。人心人心，反覆難任。昨日朱絲琴，今日《白頭吟》。望夫石，留到今。《全宋詩》卷三六一一，册68，第43234頁

鼓吹曲

曹　勛

按節臨瀚海，舒軍耀朔方。幕中延揖客，馬首繫降王。封君行負弩，天子賜干將。後乘騰沙漠，前驅過渭陽。簫鼓通平樂，旌旗屬建章。明堂獻捷罷，甲矛自生光。《全宋詩》卷一八八〇，册33，第21058頁

聖宋鐃歌鼓吹曲十四首

姜　夔

詩序曰：「慶元五年，青龍在己亥，鄱陽民姜夔頓首上尚書：臣聞鐃歌者，漢樂也。殿前謂之鼓吹，軍中謂之騎吹。其曲有《朱鷺》等二十二篇，由漢逮隋，承用不替，雖名數不同，而樂紀罔墜，各以咏歌祖宗功業。唐亡鐃部，有柳宗元作十二篇，亦棄弗録。神宋受命，帝績皇烈，光耀震動，而逸典未舉。乃政和七年，臣工以請，上詔製用；中更否擾，聲文罔傳；中興文儒，蔫有擬述，不麗於樂，厥誼不昭。臣今製曲辭十四首，昧死以獻。臣若稽前代鐃歌，咸叙威武，屻人之軍，屠人之國，以得土疆，乃矜厥能；惟我太祖、太宗、真、仁、高宗，或取或守，罔匪仁術，討者弗戮，執者弗劉，仁融義安，歷數彌永。故臣斯文，特倡盛德，其辭舒和，與前作异。臣又惟宋因唐度，古曲墜逸，鼓吹所録，惟存三篇，譜文乖訛，因事製辭，曰導引曲、十二時、六州歌頭，皆用羽調，音節悲促；而登封岱宗、郊祀天地、見廟、耕耤、帝后册寶、發引、升祔，五禮殊情，樂不异曲，義理未究。乞詔有司取臣之詩，協其清濁，被之簫管，俾聲暢辭達，感藏人心，永念宋德，無有紀極，海内稱幸。臣夔頓首上尚書。」夏承燾箋曰：「《鐃歌鼓吹曲》與《越九歌》皆非詞體，白石以爲詞集壓卷，其意殆欲推尊詞體，以上承古樂府。」①

上帝命

上帝命，太祖受命也。五季亂極，人心戴宋，太祖無心而得天下也。

上帝命，惟皇皇。俶作宋祚，五王不綱。陳橋之夕，帝服自黄。惟帝念民，惟民念靖；八紘一春，不曰予聖。璇題玉除，龍路孔蓋，得之非心，遜亦云易。有弟聖賢，我祚萬年，十世之後，乃復其天。

河之表

河之表，破澤州也。李筠不知天命，自憑其勇，不能降心，以至於叛而死也。

河之表，曰上黨。彼眈眈，踞奥壤。交韔百斤，不如一仁；撥汗千里，莫能脱身。帝整其旅，疇曰汝武；心飛太行，膽落戰鼓。

① ［宋］姜夔撰，夏承燾箋校《姜白石詞編年箋校》外編，上海古籍出版社，1981 年版，第 107—108 頁。

淮海濁

淮海濁，定維揚也。李重進自謂周大臣，不屈於太祖。作鐵券以安之，猶據鎮叛。

淮海濁，老將戾。帝心堯舜，信在券外。汝胡弗思，與越豨輩。皇威壓之，燕壘自碎。維宋佐命，維周碩臣。汝獨狐疑，用殲厥身。

沅之上

沅之上，取湖南也。湖南有難，乞援於我，至則拒焉，我師取之。

沅之上，故王都。今焉在，空雲蕪。勢危則呼，勢謐則叛。背予德心，緊爾作難。東届巴邱，西盡九疑。蠻師委伏，願還耕犂。岧岧鎮山，火德之紀。真人方興，百神仰止。

皇威暢

皇威暢，得荆州也。我師救湖南，道荆州，高繼冲懼，歸其土。

皇威暢，附庸讋。渚宫三月青草發，漢家旌旗繞城堞。小臣不敢煩天威，再拜敢以荆州歸。帝得荆州不爲喜，百萬愁鱗濯春水。

蜀山邃

蜀山邃，取蜀也。孟昶恃其國險，且結河東以拒命，兵加國除。

蜀山邃，蜀主肆，謂當萬年，不亮天意。帝曰：「全斌，汝征自秦。」關門不守，吏啼白雲。帝曰：「光誼，汝征自峽。」瞿唐反波，助我肆伐。蜀人號呼，乞生于師，蜀囚素衣，天子憐之。

時雨霈

時雨霈，取廣南也。劉鋹淫虐，我師吊其民，俘鋹以歸。

時雨霈，旱火絶。聖人出，虐政滅。五嶺之君，盲風怪雲。毒蛇蓁蓁，相其不仁。南兵象陳，自謂孔武。有獻在廟，僞臣僞主。降者榮之，叛者生之。將不若是，彼死争之。十僞之夷，一用此道。天祐烈祖，仁以易暴。

望鍾山

望鍾山，下江南也。李煜乍臣乍叛，勢窮乃降，而我師未嘗戮一人也。

望鍾山，睇揚子。波湯湯，雲靡靡。主歌臣謡樂未已，詔書屢噂不爲起。釣絲夜緯匪魴鯉，長虹西徠波可履。嗚呼憑陵果何恃？辯士疾馳拜前陛，曰：「臣有罪當萬死。」帝曰：「盍歸予宥爾。」我師入其都，矢不踐螻蟻。至今鍾山雲，猶帶仁義氣。

大哉仁

大哉仁，吴越錢俶獻其國也。

大哉仁，萬世輔，后皇明明監于下。俶若曰：「亶爲民，封壇一姓吁不仁。」瞻彼日月，爝火敢出。震震皇皇，帝命是式。吏其税租，府其版圖。爾豈固負，俾民作俘。維宋之仁，中天建國，吴山越濤，衛我帝宅。維俶之仁，世世麗澤，子孫來朝，車馬玉帛。

謳歌歸

謳歌歸，陳洪進以漳泉來獻也。

謳歌歸兮四海一，强國潰兮弱國入，彼無諸兮計將安出？天不震兮民不荼，象齒貢兮沈水輸，保室家兮長娭娱。

伐功繼

伐功繼，克河東也。始太祖之伐河東，誓不殺一人，又哀劉氏之不祀，故緩取之，至太宗始得其地。

伐功繼，吁以時，烈祖有造，太宗濟之。河東雖微，方命再世；河東雖强，卒奪其帥。惟漢之葉，保于此都，烈祖念汝，乃貸未鉏。一夫殘生，帝也不取；雨露既洽，河東自舉。河東既平，九有以寧。嗚呼太宗，繼伐有聲。

帝臨墉

帝臨墉，親征契丹於澶淵也。

帝臨墉，六師厲。胡如雲，暗九地。帝曰：「吁，胡儆予。」準曰：「帝，毋庸虞。晉之謝，胡宅夏，驕弗懲，薄兹野。我謀臧，我武揚，帝在兹，胡且亡。」椎虞機，激流矢，一酋仆，萬胡靡。勝不戰，惟唐虞；魄斯褫，焚穹廬。帝曰：「吁，棄汝過。」粤明年，使來賀。

維四葉

維四葉，美致治也。

維四葉，聖承烈，群生熙，德施浹。吁嗟仁兮！帝垂衣，澹無爲，日月出，照玉墀。吁嗟仁兮！帝乘輅，六龍儛，神示下，繹鐘鼓。吁嗟仁兮！周八區，耆以醇，稼如海，桑如雲。吁嗟仁兮！

炎精復

炎精復，歌中興也。

炎精復，天馬度，人漢思，狄爲懼。洛水深深，漠雲陰陰，維帝傷心。帝心激烈，將蹀胡血，天地動色。惟哀盡劉，馳使之輈，包將之矛。皇基再峙，有統有紀，施于孫子。天醻帝仁，遹符夢靈，遹臻太平。［宋］姜夔撰，夏承燾箋校《姜白石詞編年箋校》外編，上海古籍出版社，1981年版，第110—119頁

卷四二　宋鼓吹曲辭五

宋鐃歌鼓吹曲

謝　翺

按，謝翺承魏晉鼓吹，作《宋鐃歌鼓吹曲》十二首代漢鐃歌，述趙宋功業。各題皆有序，似述本事，今仍之。元貫雲石《今樂府序》曰：「昔饒州布衣姜夔，獻《鐃歌鼓吹曲》，賜免解出身。」①姜夔《作鼓吹曲以歌祖宗功德議》曰：「古者，祖宗有功德，必有詩歌，《七月》之陳王業是也。歌于軍中，周之愷樂、愷歌是也。漢有短簫鐃歌之曲，凡二十二篇，軍中謂之騎吹，其曲曰《戰城南》《聖人出》之類是也。魏因其聲，製爲《克官渡》等曲十有二篇；晉亦製爲《征遼東》等曲二十篇；唐柳宗元亦嘗作爲鐃歌十有二篇，述高祖、太宗功烈。我朝太祖、太宗平僭僞，一區宇；真宗一戎衣而却契丹；仁宗海涵春育，德如堯、舜；高宗再造大功，上儷祖宗。願詔文學之臣，追述功業之盛，作爲歌詩，使知樂者協以音律，領之太常，以

---

① 李修生《全元文》卷一一四四，江蘇古籍出版社，1998 年版，第 192 頁。

播于天下。」①宋韓元吉《應詔舉所知狀》曰：「具位某準尚書省劄子節文，詔臺諫侍從，各舉所知一二人，疏其事實，可以充是何職任，八月二十三日，三省同奉聖旨依奏者，今具如後。……一、左文林郎兩浙路轉運司幹辦公事崔敦詩，服勤州縣，不廢古文，所撰《國朝鐃歌鼓吹曲》，筆力雄健，有唐柳宗元風。」②其《中書舍人兼侍講直學士院崔公墓志銘》亦曰：「上乾道九年，思得文學之臣以視草、司詔令，惟翰林學士，品秩甚崇，雖或假攝，亦必侍從，將擇庶僚之俊異者，寓職玉堂，以作古貽後世。于是詔左宣教郎秘書省正字崔公敦詩，首爲翰林權直。……公博覽强記，爲文敏贍。嘗仿漢魏至唐，爲《鐃歌鼓吹曲》十二篇，以述祖宗功德之盛，見稱于時。」③宋樓鑰《朝奉郎主管雲臺觀趙公墓志銘》曰：「公諱善譽，字静之，一字德廣，系出太宗皇帝後。……又有《論語説》《鐃歌鼓吹曲》《祝堯文》等。」④知崔敦詩、趙善譽均曾作《鐃歌鼓吹曲》，惜辭已不存。

---

① 《全宋文》卷六六一一，册 290，第 454—455 頁。
② [宋] 韓元吉《南澗甲乙稿》卷九，叢書集成初編，册 1980，中華書局，1985 年版，第 168—169 頁。
③ 《南澗甲乙稿》卷二一，叢書集成初編，册 1984，第 431—434 頁。
④ 《全宋文》卷五九九六，册 266，第 44—49 頁。

日離海

太祖嘗微時，歌日出，其後卒平僭亂證於日。爲《日離海》第一。

日離海，青曈曨。沃以積水，涵蒼穹。神光隱，豹霧空。氣呼吸，爲蛇龍。赤雲衣，紫霓從。吹白衆宿，歌大風。天昊遁，清海宫。

右《日離海》十四句，十二句句三字，二句句四字。

天馬黄

宋既受天命，爲下所推戴，懲五季亂，誓將整師，秋毫無所犯。爲《天馬黄》第二。

天馬黄，産異方。龍爲馬，白照夜。氣汗雲，聲箠野。備法衣，引宸駕。騰天垠，倏變化。閏之餘，劘以霸。閲八姓，瞬代謝。驅祥靈，入罟擭。皇上帝，監于下。誓無嘩，出既禡。市日中，不易賈。坐明堂，朝諸夏。賚萬方，錫純嘏。

右《天馬黄》二十六句，句三字。

征黎

宋既有天下，李筠懷不軌，據壺關以叛，王師討平之。爲《征黎》第三。

黎之野，彌蒼莽。迤壺關，屬上黨。有雄矯健，曰餘宿將。于故之思，泣示厥像。倚孽狐，勢方張。辨臣獻議，勸下太行。趨懷孟虎牢，計之上。争洛邑，以東鄉。王師奄至，扼其吭。帝授方略，中厥狀。獸窮駭突，死卒以煬。脅從已逮，孥肆放。凱歌回，皇威暢。自注：太行，依吴棫讀如輩行之行。

右《征黎》二十六句，十四句句三字。十一句句四字，一句句五字。

上臨墉

上親征李重進，至廣陵，臨其城，拔之。爲《上臨墉》第四。

上臨墉，戈耀日。韎韋指顧，流電疾。罪止其魁，不及卒。其魁則頑，曰予號自出。坐于轅門，斧以率歸。子往諭，泣股栗。語中其肝，至畢述。侍不及屏，沮回遹鞠。投于燎，甘所即。皇仁閔下，焉自注：如字。止蹕。貔貅徹竈，歸數實。獲其棘矢，納世室。

右《上臨墉》二十四句：十二句，句三字；十一句，句四字；一句，句五字。

軍澧南

湖湘亂，命將拯之，至江陵，周保權已平。賊出軍澧南以拒，卒取滅亡。爲《軍澧南》第五。

軍澧南，潰飛鳥。鷹隼北來，龍蛇夭矯。帝有初命，奉致討。臨於荆，妖孽既掃。胡驅而孕雉，入蒼莽以保。王旅長驅，颯振槁。以仁易暴，戒擊剽。惟荆衡及郴，士如林，磔其節蝨。春葩秋陰，我有造于南。自注：尼心切。式敷德音。

右《軍澧南》二十句：七句，句三字；九句，句四字；四句，句五字。

鄰之震

王師拯湖湘，道渚宫，高繼冲懼，出迎，悉以其版籍來上。爲《鄰之震》第六。

鄰之震，震于户。戒登陴，徹守御。神威掩至，不及拒。沿楚以南，菁茅宿莽。獻于王吏，奉厥土。天子有詔，侯西楚。自南北東，皆我疆。龍旗虎節，拜降王。秦戈鞏甲，期韜藏。冕旒當中，垂衣裳。

右《鄰之震》二十句：十一句，句三字；九句，句四字。

母思悲

蜀主昶懼，陰結太原，獲其諜，六師征之。昶至，以母託，上許歸母。數日，昶卒，母以酒酹地，因不食亦卒。爲《母思悲》第七。

母思悲，母于歸。母聞帝語，妾歸無所。妾生并土，蜀野芒芒，奄失其疆。初帝謂母，子昶來，小者侯，大者王。有痍其肌，載粟於創。畢有下土，方歸母于鄉。天不女奪，朕言不忘。

右《母思悲》十六句：五句，句三字；十句，句四字；一句，句五字。

象之奔

劉鋹亂嶺南，爲象陳以拒王師，象奔蹼反踐，俘鋹以獻。爲《象之奔》第八。

象之奔斯，惟迹蹶蹶。魚麗駕空，雲鳥潰。南草浮浮，順於貔貅。焚其帑，實棄厥陬。皇風播，平聲沓。星辰起，皆北走。唐季以來，逆雛來咮。嶺海肅清，無留後。于汴獻囚，凱歌奏。

自注：播協畢后反，走音奏。

右《象之奔》十八句：八句，句三字；十句，句四字。

征誓

上命將平南唐，誓城陷毋得輒戮一人，衆咸聽命。爲《征誓》第九。

帝命將臣，誓師于征。伯自注：禡同。牙于庭，曰無劉我人。曲阿惟唐，以及豫章。孽于南國，楚粤是疆。我師孔武，聿禽其王。始怒頟頟，將臣不懌。曰如上命，即起予疾。弓韜於衣，刃以不血。收其石程，焚其侈淫。視于丁寧，箬羽不飲自注：平聲。取其鎛磬自注：平聲，以獻于京。于廟告成，垓埏既平。

右《征誓》二十四句：二十三句，句四字；一句，句五字。

版圖歸

錢氏奄有吴越，朝會貢獻，不絶于道，至是以版圖歸職方。爲《版圖歸》第十。

版圖歸，歸職方。昔服踋注，備戎行。帝錫之旆，龍鳥章。酬獻命與胥，今上及秦王。外臣拜稽首，笑頷帝色康。畢同軌，來於梁。曄靈奕奕，敷重光。願止劍履，覲帶裳。四海臣妾，配虞唐。

右《版圖歸》十八句：九句，句三字；五句，句四字；四句，句五字。

附庸畢

陳洪進初隸南唐，崎嶇得達于天子，至是籍其國封略來獻。爲《附庸畢》第十一。

清源無諸邦，力弱臣秣陵。間道遣進表，九門望日旌。願齒鄒與郳，自達天子庭。四鄰彫霸業，國除洗天兵。皇靈暢遐外，蜑俗邇聲明。歸其所隸州，乞身奉朝請自注：音青。帝命得陪祀，湯沐在王城。從兹附庸畢，歌以頌河清。

右《附庸畢》十六句，句五字。

上之回

太祖征河東，班師，以伐功遺太宗，卒成其志。爲《上之回》第十二。

上之回，舞干戚。鳴鑾在鑣，士飽力。桴鼓轟騰，罕山北。餘刃恢恢，軍容肅穆。王畿主辰，參後服神。繼聖伐功，卒扼以偏師，斷北狄。矢菆鳴房，蝟集的。質子援絶，親銜璧。并俗嚬嚬，附于化，以安得。其屈産，歸帝閑。四夷君長，來稱藩。籥節夷樂，示子孫。

右《上之回》二十六句：十三句，句三字；十二句，句四字；一句，句五字。　《全宋詩》卷三六八七，册 70，第 44283—44286 頁

宋騎吹曲

謝翱

按，列於庭殿者名鼓吹，從行鼓吹爲騎吹。然鼓吹、騎吹實則區分未嚴，典籍中亦未見專列騎吹曲者。謝翺所作未必付諸樂府。元吴萊《宋鐃歌騎吹曲序》曰：「自宋之南遷，説者常欲復中原地。蓋謂大江之南，東至滄海，西兼巴蜀，而北以淮河爲外屏。然而禹迹所及，但自蜀江而下。文王之化，亦且止行江漢汝墳之域，不及江南。春秋列國無慮百數，江南惟吴、越、楚三國。楚之始封，畢路藍縷，以啓山林。吴越亦斷髮文身，披草萊以立國。大江以南，半爲山海險阻無人之地。此天地之氣化，所以極衰於古，而并盛於今也。嗚呼，世之迂者，果不諳國勢、達時務哉？春秋之世，吴最强，越乘其弊，而蹙吴。越王勾踐，乃能無事於霸，而自安於蠻夷。及王無疆，方聽戰國遊士之説，而欲霸。楚遂擊越而走之，東盡吴故地，北接齊、韓、魏之邊，西壓巫、黔中，固大國也。曾不旋踵，又一折而盡輸於秦，子女玉帛，犀兕材木，終不足以抗秦人天府陸海之饒矣。當漢氏盛時，江西一境，人民户口，不滿六萬。唐之中世，江淮遂爲財賦之淵，歲奉朝廷，而度支經費猶不能給。自今觀之，魚鹽米粟，漕運牧養，灌溉之利，過於古乎？抑不及也？謀不審，力不蓄，兵不練，財不阜，欲以空言復中原地，不亦難乎？蓋昔景德澶淵之變，上方以北兵深入，兩河震動，而不以歲幣講和爲虞。是固欲捐銀絹數十萬匹兩而棄之，苟安而已。宣和京城受圍，未暇一戰，已請和而納幣。紹興再造，不思其禍之已成，復踵而行之，馴至完顔氏之大壞，可以監矣。開慶鄂渚之虞，且欲遵其覆轍，卒以不及踐言而致滅宋之禍。自祖宗之世，兵弱而不修於內，財匱而復割於外，此其實已久敝矣。當完顔氏大壞，人孰不曰：時可爲，機可乘。大河東北，彼已委而去之。關輔以西，隨以陷没。山東十數郡奄爲盗，有宋之設施號令，幾若可行於青、齊。然彼以既衰就盡之國，猶能遣使來督歲幣，遣兵直窺江淮，且不得以必勝之也，况欲以是當西北方王之氣哉。當東都盛時，每以天下貢賦之全而憂不足。三司條例青苗、保甲，害民蠹國，曾不之恤。紹興以後，國愈蹙，財愈匱。山林原隰陂澤之所出，一切毫計而縷數之，至不足自給。東南民物之凋弊者極矣。買公田，造關子，亦猶三司條例之遺也。雖然，亦何補哉？此蓋自守不能，難與言戰。宋亦不復知有中原地矣。故老云：理宗在宫中，嘗被酒上芙蓉閣，見淮上有黑祲，十有餘年不散，南偪江，凄然泪下。已而彗星竟天。災異若此，徒論春秋戰國時事以鼓其説，何世之迂也？是豈國勢之不諳，時務之不達者歟，非邪？武夷謝翱皋羽，故廬陵文公客也。於是本其造基立極，親征遣將，東討西伐，作爲《鐃歌》

《騎吹》等曲，文句炫煌，音韻雄壯，如使人親在短簫鼓吹間，斯亦足以盡孤臣孽子之心已。嗚呼，尚何言哉！初《漢曲》二十二篇，魏晉又更造《新曲》十二篇，但頌國家功德，不言别事，大樂氏失職。唐柳宗元崎嶇龍城山谷之間，亦擬魏晉，未及肄樂府。今翱又擬夫宗元者也。《鐃歌》自《日出》至《上之回》，凡十二篇。《騎吹曲》自《親征》至《邸吏謁故主》，凡十篇云。」①

親征曲第一

雲屯列竈驅貔貅，殿前殺馬祭蚩尤。勾陳蒼蒼太白濕，賊帳夢驚繞營日。軍呼萬歲摧太行，華留東抹流電光。重華繼堯坐垂拱，并土再駕無葛疆。

回鑾曲第二

建隆親征回鑾二之一

徂暑黎陽車駕歸，掃清氛翳兵更衣。江都朔雲車駕出，凱歌消冰供尚食。都人引領望翠

---

①《全元文》卷一三六六，第53—55頁。

華，征人一月俱還家。

開寶親征回鑾二之二

長堤夜幸士素飽，孤城沈竈無飛鳥。從征鹵簿拜上恩，太常朝上回鑾表。

太平興國回鑾二之三

都人望氣歸瑶闕，星掃茸頭落參伐。西人冉冉留紫雲，六飛擁日歌回車。

遣將曲第三

平荆湖遣將三之一

天門雷動開風雲，内前盡給羽林軍。聖人神武授方略，斬將搴旗各駿奔。王師所過如時雨，洗濯焦枯嚮荆楚。重宣德意吊遺黎，素服車前釋俘虜。全家到闕拜上恩，詔書爲築先臣墓。

下劍門遣將三之二

神風流霆驅偃草，天兵夜下西南道。虎賁長戟來鳳州，歸峽銜枚疾如掃。廟謨萬里諗諸將，山川曲折圖形狀。天同鬼授契若符，坐滅罘罳虜供帳。歸來論功授節鎮，鐃鼓殿前歌破陣。

歸朝曲第四

南平王歸朝四之一

荆南萬里朝天道，巫女雲荒産芳草。錦韉道賜帶盤雕，方物南來進龍腦。願陪郊祀依日光，供張歸朝親奉表。勛階邑食及隸人，移鎮徐戎作家廟。人生富貴侯與王，四海爲家皆故鄉。

吴越王妃歸朝四之二

勾吴月令牽牛中，自注：妃以開寶九年三月隨王入朝。翟茀乘風來閟宫。隨王劍履朝上殿，黄門夜趣長春宴。昭容引班入内朝，龍衮當中開雉扇。宴罷朝辭生局促，詔賜離宫作湯沐。先王烝嘗澤有差，上恩許歌陌上花。

諭歸朝曲第五

淮南草濕綱蟲露，家在先朝父尚主。真人御極四海歸，偃蹇不朝稱節度。夜持鐵券爲爾賜，上恩特遣儀鑾使。神離魄奪取族夷，功臣效命錫龍旂。

李侍中妾歌第六

李筠愛將唯儋珪，美人姓劉筠侍兒。城危搶撥不得力，雨損鉛華帳下啼。擁髻前言馬有幾，猶説閨中那問此。赤龍從東乘日車，火繞城門内蛇死。英雄際會風雲奔，婦人思報羅裳恩。

孟蜀李夫人詞第七

春荒曲薄蠶叢土，屈狄歸朝辭廟主。官家呼母恩許歸，劍閣并門無處所。故衣升屋棺四繞，出門哭子汴州道。回腸酹酒三致辭，巴蜀如歸化啼鳥。老身不食追爾魂，鹵簿臨門拜上恩。

南唐奉使曲第八

孤城圍中拜右史，侍書猶對重瞳子。請行忼慨期緩師，奉命日馳三百里。河流溯風車北首，便殿蒙恩引天袖。臣肝有血不濺衣，寸舌欲存建王後。奇胸如江涌崔嵬，慟哭不得天顔回。

伎女洗藍曲第九

後庭朱黄作衣裹，伎女帳帷青曳地。碧緑夜挂寒不收，緣此洗藍渟露水。外間學染因得名，不省歸朝爲國氏。他年寄生産鴟尾，空憶宫中烏銜子。

邸吏謁故主曲第十

嶺南使鶴日教戰，巫女才人詎相見。南橈欲載遠遊冠，衛士盜船去不還。夢見隨俘上江邸，道謁淒凉唯故吏。自言置邸本先王，方物入朝緣此至。聞言含咽涕灑江，况乃園人舊姓龐。泪辭嶺海無歸處，蒙恩祇向江陵住。《全宋詩》卷三六八八，册70，第44287—44289頁

卷四三　宋鼓吹曲辭六

黄雀

曹勛

按，《樂府詩集·鼓吹曲辭》有《黄雀行》，曹勛《松隱集》置此詩于「古樂府」類，且所詠與《黄雀行》同，而宋人未見有作《黄雀行》者，故本卷置其于《黄雀行》處。

群聚群飛畏行止，飲啄驚鳴顧無已。多虞多事足機張，獨宿蓬蒿信爲美。《全宋詩》卷一八八二，册33，第21081頁

釣竿

文同

霜刀裁緑筠，桂餌挂輕緡。斂迹天地間，側身江海濱。悠悠寶帳夜，寂寂烟波春。何時投竿歸，再與君子親。《全宋詩》卷四三二，册8，第5301頁

釣竿行并引

曹　勛

宋郭茂倩《樂府詩集》鼓吹曲辭有《釣竿》，相和歌辭瑟調曲有《釣竿行》。鼓吹曲辭《釣竿》解題引崔豹《古今注》曰：「《釣竿》者，伯常子避仇河濱爲漁者，其妻思之而作也。每至河側輒歌之。後司馬相如作《釣竿詩》，遂傳爲樂曲。」①相和歌辭瑟調曲小序引《古今樂録》曰：「王僧虔《技録》，瑟調曲有《善哉行》《隴西行》《折楊柳行》《西門行》《東門行》《東西門行》《却東西門行》《順東西門行》《飲門行》《上留田行》《新成安樂宫行》《婦病行》《孤子生行》《放歌行》《大墻上蒿行》《野田黄爵行》《釣竿行》《臨高臺行》《長安城西行》《武舍之中行》《雁門太守行》《艷歌何嘗行》《艷歌福鍾行》《艷歌雙鴻行》《煌煌京洛行》《帝王所居行》《門有車馬客行》《墻上難用趨行》《日重光行》《蜀道難行》《櫂歌行》《有所思行》《蒲阪行》《采梨橘行》《白楊行》《胡無人行》《青龍行》《公無渡河行》。」②曹勛《松隱集》置此詩于「古

---

① 《樂府詩集》卷一八，第 223 頁。
② 《樂府詩集》卷三六，第 421 頁。

樂府」類，題名與相和歌辭瑟調曲《釣竿行》同，然其詩引曰：「昔有伯常子，避仇河濱。其妻思之，爲《釣竿歌》，每至河側輒歌之。今補而續之云。」①知其本事與崔豹《古今注》所載《釣竿》同，故本卷置於《釣竿》題下。

臨北阪，望南山，山長水遠心慱慱。鈎有餌兮緡有竿，魚深潛兮秋水寒，念王孫兮何時還。

《全宋詩》卷一八七九，册33，第21052頁

唐堯　王十朋

按，《樂府詩集·鼓吹曲辭》有傅玄《晉鼓吹曲》，解題引《晉書·樂志》稱武帝令傅玄製鼓吹曲二十二篇以代魏曲，凡二十二曲，十九曰《唐堯》。②

---

① [宋] 曹勛《松隱集》卷三，清文淵閣四庫全書，册1129，臺灣商務印書館，1986年版，第340頁。
② 《樂府詩集》卷一九，第233頁。

仁德如天帝業隆，四凶不去付重瞳。當時黄屋如傳子，千古那知揖遜風。《全宋詩》卷二〇二四，册36，第22679頁

鈞天曲

薛季宣

清都太皇居，窈在冥冥間。神光貫中極，希微炯非烟。紫宸邃以虚，絳闕高于天。受職徠百靈，肅雍朝九寰。大饗通明殿，張樂玉京山。九奏感人心，萬舞形物先。谷神靄清唱，黔嬴撫鳴彈。緬彼世間音，下里何嬋娟。闐闐響雷鼓，蹁躚舉雲鬟。彗孛小垂手，日月兩彈丸。陽春假優裝，投霓忽高弦。壺矢一笑電，歌風發三嘆。呼吸成千塵，神仙詎長年。峨峨帝王都，積蘇浮九埏。簫韶間猗那，鬥蟻蚊雷喧。蟲沙與猿鶴，等細不足言。遺音寄五柳，海山學成連。《全宋詩》卷二四七五，册46，第28702頁

同前

董嗣杲

按，《全元詩》册十亦收董嗣杲此詩，元代卷不復録。

圓丘崇且高，廣漢清且淺。元祀播鼓鐘，嚴禘列瑚璉。天酒瀉琪花，遵此奉常典。恩流昭感通，報稱示豐腆。鶴鳴集霞臺，鳳曳翔雲輦。已際天人和，八表清塵卷。《全宋詩》卷三五七〇，冊68，第42673頁

送遠曲

李　新

按，宋人又有《送遠》，當出於此，亦予收録。

紫騮蕭蕭車轆轆，爲君掩泪歌別曲。城頭月墮鐘鼓殘，安得輪方馬無足。離燈熒熒向人冷，便是歸來照孤影。與君從此永相望，星在青天泉在井。《全宋詩》卷一二五四，冊21，第14161頁

送遠曲別葦航

蒲壽宬

按，《全元詩》冊九亦收蒲壽宬此詩，元代卷不復録。

驅車晨出門，薄酒持送君。離心一寸鐵，修嶺千重雲。遥憐風雨夜，應念霜雪群。猿鶴豈敢怨，所期在斯文。《全宋詩》卷三五七六，册68，第42750頁

送遠

釋文珦

離情不可説，握手更躊躇。爲客三秋盡，還家千里餘。山程楓葉赤，水驛柳條疏。日夕空林下，何人伴索居。《全宋詩》卷三三二〇，册63，第39578頁

登山曲并序

曹勛

詩序曰：「非叙離别，夸逸豫，蓋欲見天下之廣，思積累之勤，而致功烈之盛也。」

禮崇丘，陟重巘。省風俗，綿宇縣。集紛埃，鬱葱倩。顧秦雍，審伊洛。惟前人，肇經度。保鴻名兮隆德聲，陋崇高於群岳。《全宋詩》卷一八八〇，册33，第21059—21060頁

泛水曲

曹勛

春服僅能試，荷小未成蓮。畫舫維青幄，平波幂素烟。暖日薰花氣，新萍點翠鈿。歌吹浮天上，旌旗轉座前。促妝留晚景，續酒載歸船。前驅戒津吏，除道候江壖。《全宋詩》卷一八八〇，册33，第21059頁

桐柏山

胡融

清曉騎白鹿，直上桐柏山。山環若城郭，琪樹鬱參天。青猿導我路，如入崆峒巔。瑶草被阪緑，瓊蕊凌霜繁。旁瞰老子宫，玲瓏隱林間。巠棟天馬出，絳柱雕龍盤。歆與冥寂士，共談《秋水》篇。散髪松下嘯，拂霞石上眠。贈我玄玉膏，相期凌紫烟。《全宋詩》卷二五二〇，册47，第29118頁

獸之窮

吴 泳

獸之窮，逼我墻，韓盧走兔無窟藏。江麇假息尚撲朔，穴鼠無技猶張皇。我餌豈不甘，我繆豈不長。貍步張侯虎爲落，豜未及獻弓先亡。獸之窮，莫抵當，澤虞不戒專諸忙。春蒐猶禁塞榆白，秋戰不耐涇水黄。昔聞養鷹志在逐，無使飽食棲平岡。《全宋詩》卷二九四一，册 56，第 35047—35048 頁

凱歌一首

劉 壎

詩序曰："「省報：兵至黄河，潰敗。奏捷。」晉崔豹《古今注》曰："「《周禮》所謂王大捷，則令凱樂；軍大獻，則令凱歌者也。」①後晉劉昫《舊唐書·音樂志》曰："「謹按凱樂，鼓吹之歌曲也。……魏、晉已來鼓吹曲章，多述當時戰功。是則歷代獻捷，必有凱歌。太宗平

---

① ［晉］崔豹《古今注》卷中，叢書集成初編，册 274，中華書局，1985 年版，第 11 頁。

東都，破宋金剛，其後蘇定方執賀魯，李勣平高麗，皆備軍容凱歌入京師。謹檢《貞觀》《顯慶》《開元禮》書，并無儀注。今參酌今古，備其陳設及奏歌曲之儀如後。凡命將征討，有大功獻俘馘者，其日備神策兵衛於東門外，如獻俘常儀。其凱樂用鐃吹二部，笛、篳篥、簫、笳、鐃、鼓，每色二人，歌工二十四人。樂工等乘馬執樂器，次第陳列，如鹵簿之式。鼓吹令丞前導，分行於兵馬俘馘之前。將入都門，鼓吹振作，迭奏《破陣樂》等四曲。」①又，宋郭茂倩《樂府詩集》鼓吹曲辭叙論釋「凱歌」曰：「《周禮・大司樂》曰：『王師大獻，則令奏愷樂。』《大司馬》曰：『師有功，則愷樂獻于社。』鄭康成云：『兵樂曰愷，獻功之樂也。』《春秋》曰：『晉文公敗楚於城濮。』《左傳》曰：『振旅愷以入。』《司馬法》曰：『得意則愷樂、愷歌，以示喜也。』」②則凱歌之出也甚早。元脱脱《宋史・樂志》引姜夔《議作鼓吹曲以歌祖宗功德》曰：「古者，祖宗有功德，必有詩歌，《七月》之陳王業是也。歌于軍中，周之愷樂、愷歌是也。」③《宋史・樂志》又曰：「昔黃帝涿鹿有功，命岐伯作凱歌，以建威武、揚德風、厲士

---

① 《舊唐書》卷二八《音樂志》，第 1053 頁。
② 《樂府詩集》卷一六，第 195 頁。
③ 《宋史》卷一三一，第 3054 頁。

諷敵。其曲有《靈夔競》《鵰鶚争》《石墜崖》《壯士怒》之名，《周官》所謂『師有功則凱歌』者也。」①則凱歌爲軍中獻捷之樂，以頌軍功，建威武，揚德風，厲士諷敵也。前代凱歌至宋仍有傳唱。《全元詩》册九亦收劉壎此詩，元代卷不復録。

神器寧容小智窺，黄河河上集王師。六龍南面皇威振，萬馬西征□捷馳。幽朔有神扶寶祚，岐豐無地着金枝。太微光粲參旗伏，寬詔看看下玉墀。《全宋詩輯補》册6，第2736頁

同前

項安世

今年三月三，樂事今古稀。嘉陵江列武昌口，此時此日同清夷。北人不敢恃鞍馬，西人不敢憑山溪。德安有高悦，匹馬穿重圍。入城助守膽如斗，出城決戰身如飛。城中扶出王與季，城外逐出信與隨。襄陽有趙淳，默坐誰得窺。一日熏盡西山狐，二日網盡東津鯢。三日開門看江北，一人一騎無殘遺。興安有安丙，談笑戮吴曦。僞王亂領出深谷，長史捷布登前墀。銅梁

①《宋史》卷一四〇，第3301頁。

玉壘見天日，瞿塘灩澦無蛟螭。鄂川有老守，頭白尚能詩。上言吾君善委任，下言吾相能指麾。國家九九八十一萬歲，璘雛褒孽休狂癡。《全宋詩》卷二三七七，册44，第27373頁

同前十首呈賈樞使

劉克莊

孔明籌筆即天威，謝傅圍棋亦事機。武騎散群望洋退，佛貍忍渴飲溲歸。

翦稱名將豈其然，汲汲惟求宅與田。見説淮兵殊死戰，相公噶犒是私錢。

活俘萬户虜無酋，拔寨宵奔黑祲收。不用偏師追出塞，殺胡林只在揚州。

東南立國惟王謝，西北籌邊只范韓。公不衮衣假黄鉞，吾能右衽更巍冠。

君親一念與天通，麾下人人可即戎。豈敢全軀顧妻子，相公將母在軍中。

將謂長淮已蕩平，豈知什塹又顛坑。從今莫近他城子，怕有南人夜斫營。

清野都無寸草留，暴師塞下欲何求。東風借便天亡敵，春水方生早去休。

羽檄聯翩趣募兵，單槍一劍覓功名。健兒争欲趨淮閫，宣相相看若父兄。

殘黨分兵盡撲除，遊魂多不返穹廬。肅清執至龍顔喜，又奏淮西有捷書。

自古勛名勒鼎彝，老於文學即今誰。腐儒尚可軍馬司，試作平淮第二碑。《全宋詩》卷三〇六二，

冊58，第36522—36523頁

鄜延凱歌五首

沈　括

沈括曾作《凱歌》十曲，今存五曲。其《夢溪筆談》記歌辭本事曰：「邊兵每得勝回，則連隊抗聲凱歌，乃古之遺音也。凱歌詞甚多，皆市井鄙俚之語。予在鄜延時製數十曲，令士卒歌之，今粗記得數篇……」①按，《夢溪筆談》所載末二首次序與《全宋詩》所據《兩宋名賢小集》略異。又，《宋史·藝文志》有張文伯《江南凱歌》二十卷，②惜已不存。

先取山西十二州，别分牙將打衙頭。回看秦塞低如馬，漸見黄河直北流。

天威略地過黄河，萬里羌人盡漢歌。莫堰横山倒流水，從教西去作恩波。

① ［宋］沈括撰，金良年點校《夢溪筆談》卷五，中華書局，2015年版，第43頁。

② 《宋史》卷二〇八《藝文志》，第5385頁。

馬尾胡琴隨漢車，曲聲猶自怨單于。彎弓莫射雲中雁，歸雁如今不寄書。

靈武西涼不用圍，番家總待納王師。城中半是關西種，猶有當時軋吃兒。

旗隊渾如錦綉堆，銀裝劍背打回回。先教净掃安西路，待向河源飲馬來。《全宋詩》卷六八六，册12，第8012頁

政和二年三月廿四日鄜延帥府大閲即席呈獻帥座賈公凱歌十首

楊　景

旌旗風暖颺春暉，的皪寒光照鐵衣。壯士銜枚聽傳令，邊鴻敢傍陣雲飛。

奏罷清笳聽凱歌，行啓細柳拂雕戈。征人盡道從軍樂，城上黄雲喜氣多。

天兵十萬擁貔貅，紫塞年年大有秋。不是頡羌求款附，爲君唾手取靈州。

正塞從來豫虜謀，好將忠赤報衙頭。速修朝覲趨丹鳳，乞汝河西十二州。

王畿諸將戍沙場，亦有家書寄雁行。不説邊庭征戰苦，侍郎恩意似汾陽。

丈八蛇矛錦甲新，虬鬚虎頭漢將軍。彎弓盤馬當牙帳，雙發鳴髇入塞雲。

控弦十萬漢蕃兵，行鼓分屯細柳營。白面元戎心似鐵，不教羌騎近長城。

崆峒猛士射雕還，三石雕弓月樣彎。爲問轅門何似勇，剗騎生馬注南山。

招馬紅旗綉浪開，戰鼙百面打春雷。南山萬仞陰崖險，似箭紅塵一溜來。

宿麥斜桑滿塞垣，彎弓不復射遊魂。華戎説罷干戈事，萬歲山呼荷至尊。《全宋詩》卷一五三七，

册27，第17449—17450頁

破賊凱歌八章

李正民

兩宮北狩未能歸，歲歲愁看塞雁飛。馬上勤勞天子詔，莫教霜霰拂龍衣。

淮南千里少遺民，萬頃膏腴變棘榛。闢地營田真上策，稻粱已見滿倉囷。

萬幕如雲振鼓鼙，角聲嗚咽馬驚嘶。亞夫持重惟堅壁，應爲桑榆太白低。

聞道淮西遏賊鋒，捷書半夜到行宫。投戈盡是三齊士，不用鯨鯢志武功。

簽軍五萬立降旗，虜將倉皇去莫追。已出壽春三百里，將軍旋旆整歸師。

君王聖武自臨戎，諸將歡呼戰必躬。不是江頭旗鼓出，退師安得却成功。

再歲吴門賦《出車》，廟堂謀斷兩相符。中興功業休嗟晚，收復關河是壯圖。

皇朝德澤浸寰瀛，僞虜乘時敢抗衡。南北生民皆赤子，自然不戰屈人兵。《全宋詩》卷一五四一，册27，第17501—17502頁

破虜凱歌二十首并序

周麟之

後二十四首詩序曰：「紹興辛巳冬，虜大舉入寇，蹂兩淮諸郡，欲自采石濟江。王師邀擊，大破之。遂趨瓜州謀南渡甚急。十一月二十八日大雪，馳次維揚，夜半虜營變起，戕其主完顔亮。衆胡瓦解，奔潰北去，軍民歡賀。予頃在樞廷，諜知北事甚悉，固策其必敗。至是，因追述所聞作《破虜凱歌》二十四首，於以見聖天子威德茂邕，上帝助順，逆胡狂暴，自取滅亡云。」

夜半江風金鼓聲，拔營初起石頭城。虜情不料諸軍渡，一戰淮西唾手平。
莫怕南來生女真，皂旛罽馬漫如雲。黄頭碧眼驚相語，切勿前逢八字軍。
山川千里戰塵清，不負當初釁指盟。從此胡兒敢欺我，江淮草木已知名。
將軍羽扇自臨戎，帳下健兒争立功。鐵馬莫來淮上牧，漢家旗纛半天紅。
江花閒隊曉霏開，争看官軍打賊回。十萬羌胡今已破，不煩天子六飛來。
捷書日日到甘泉，使者聯翩出勞旋。將士歡呼拜君賜，雕銜寶帶鵲袍鮮。《全宋詩》卷二〇八九，册38，第23558頁可笑狂胡到死狂，欲投馬箠渡長江。始知人語符天意，東向南朝作鬼降。自注：完顏亮決策南來，群臣諫止，不聽，曰：「天若不令我得志，甘向南朝作鬼。」

采石江頭萬鼓鼙，祭天臺上手揮旗。坐驅朔馬爲魚鱉，笑殺江南踏浪兒。自注：虜營采石，晝夜擊鼓歡噪，聲震天地，隔江數十里皆聞之。又築臺，刑白馬祭天，亮坐於臺上，督發舟師，手揮旗以爲鼓檝之助。

雲航飛下北通州，弭檝膠西一戰收。千七百艘同日盡，始知飛將有奇謀。自注：北通州，燕山府潞縣也，地濱海。虜累年於此造海船，因改爲州。近盡發所造戰船至密州膠西寨閱習聚會，爲南下之計。李寶自海道出奇兵攻膠西，縱火焚大小戰艦一千七百餘隻，至是無舟可用。

一從犬吠瞰西山，便報車輪不得還。自詭長驅如破竹，不知先衄劍門關。自注：今年春，有羅浮山得道者土木道人，嘗以讖語聞於上，其略曰：「山西犬吠，東海人鬧，巨木塞門，交攻不少。」至是，虜人稱兵東先犯蜀，吳璘與戰，大破之，橫尸數千里，已先失意矣。李寶相繼取東海。後亮爲木毒大總管大懷忠所殺，皆如其言。又謂虜酋來不待冬，死不及臘，亦驗云。

虜餓曾無一月糧，煮弦燒箭莫充腸。南來本恃清河粟，不意偏師夜絕綱。自注：虜人齎糧不過一月，因糧而已。今破兩淮，無所得食，俟山東之自清河而下。一夕爲李貴以偏師絕糧道。綱運不至，餓死者甚衆。虜退，淮人於野竈中得箭鏃不計其數。

胡人不識九車船，笑理輕舠狎大川。莫道老胡曾得濟，猶傳折箭誓青天。自注：建炎間，兀术南渡，橫行江浙。其歸也，爲韓世忠所阨，幾不得免。幸而脱身，至江岸，即折箭指天，誓終身不復過江。今亮之來，既失素備之艦，伐木造舟，皆輕舠不可用。王師以九車船當之，所向無前，群虜相顧失色。亮猶悒然，怒曰：「四太子尚能過江，我何爲不可渡？」

淝河席捲苻堅陣，赤壁灰飛孟德舟。二虜猶能脱身去，汝來斷送郅支頭。

自古御行用衆難，况圖深入冒多艱。五百萬人存者幾，淮南白骨委如山。自注：亮之南來，號五百萬，其死也，餓殍滿野。

燕山臺殿壓阿房，又欲移巢占大樑。起就漢宫三十六，固知無德衹爲殃。自注：亮都燕山，宫闕壯麗，窮極土木。今年徙汴，以宣德門爲隘而毁之，别行增創，其餘宫殿，輪奂一新。頃在樞廷，内中出汴京圖宣示宰執，大略如漢制而侈過之。

七寶爲床坐殿衙，金猊雙立噴飛霞。自緣積惡難安享，不得全軀作帝羓。自注：予奉使至燕山，朝見之日，見虜主儀衛華整，過於中國。其御榻以七寶爲飾，夾坐有金狻猊二，高丈餘，飛香紛郁。不能安享而南來以死，復不得全首領而回，蓋積惡所致也。

只憑信誓晝山河，二十餘年兩國和。解道渝盟甘踣國，若爲輕信馬韓哥。自注：講和之初，畫疆已定，金亮無故請割兩淮之地。元有誓書與本朝，其末云：「皎如日月之可鑒，堅若金石之不渝。有棄好之背盟，甘墜命而踣國。」其語如此，今日之禍，蓋其自取焉。韓哥者，燕人，名欽，亮之謀主也。

自聞三策日垂涎，急趁西風一舉鞭。狼子不知天數盡，據鞍猶説馬兒年。自注：馬欽嘗爲本朝□□□□□□差遣。和議之初，虜乘取去，遂歸用事。數年前獻三策於亮，皆取江南之策，亮喜之，用爲謀主，其南來也，欽有力焉。諜云：「亮與欽每并轡謀，亮問欽曰：南征之期，當此蛇兒年，或在馬兒年？欽曰：在蛇馬之間。」蛇馬乃巳午也。韓哥，欽小字，胡俗稱呼多以小字行。

黧面長鬚桀黠兒，一生渾事殺人嬉。莫將遺像欺群目，曾向貞元殿裏窺。自注：虜主面黧黑，目下視，長鬚，一胡人耳。頃奉使日，見於貞元殿，見其狀甚熟。今好事者傳其像，乃作獰惡瞑目可畏之狀，與向來所見不相同。

何事圖形到九墀，豈容鬼質近神奎。君王欲作諸戎戒，不惜雲章手自題。自注：近傳御製御書題完顏亮之像曰：「金虜曰亮，獨夫自大。弑君殺母，叛盟犯塞。殘虐兩國，屢遷必敗。皇天降罰，爲夷狄戒。」

也學賦詩橫槊公，浪拋狂語倡群凶。由來立馬元無地，空指吴山第一峰。自注：虜亮離中都日，賦有「立馬吴山第一峰」之句。

每率群胡共打圍，防奸惟許屬鞬隨。一朝醉卧隋堤曲，衆箭攢胸死不知。自注：虜主每打圍，隨行騎士只許屬鞬櫜以從，緘封甚嚴，不得擅自施放。至虜軍之變，謀逆者乘其醉卧，引弓射之。

向來燒飯起中都，已覺胡星墮玉除。罪惡貫盈天不赦，區區猶欲禱醫閭。自注：亮離燕京，嘗詣諸陵祭告。胡俗相傳謂之燒飯。又遣使祭禱北嶽、醫閭諸山。

曾爲兵卜溷神聽，不信名山事火攻。今日汝魂遊岱去，不知何面向靈宮。自注：亮欲南向，先遣金牌天使詣東嶽禱之，不吉，大怒，遣使焚帝廟。火之不□燃，僅燒東廡數椽而已。其侮慢神明如此。

似聞虜帳啓行初，盡擁青氈入故都。便好乘機收赤縣，長纓更縛北單于。自注：予奉使日，聞虜中有北元帥者，擁重兵在嶺北，不受詔命，亮已不能制。亮之南也，有葛王自立於北方，入據燕京，遣使廢亮爲王，改元大定。所謂葛王，豈非向之北元帥乎？初亮遷都於汴，凡汴之乘輿服御人物種種皆□以自隨，復歸於汴。王師若不疾驅，則汴之所有皆歸葛王矣。

昨從北邙山下過，旋移狼纛駐鷄籠。此身已是鄰尸冢，又欲飛投鼎鑊中。自注：亮先過西京，於北邙山起御寨，乃在尸冢之間。嘗掘地得石，刻不祥語，大怒，撻其主事者内侍梁大使。及到淮西，又居鷄籠山。必死之兆，已見於此。

勝負端從曲直分，我軍屢捷氣凌雲。坐聽笳鼓傳新曲，不怕蕃家鐵塔軍。自注：虜人驅吾中原遺民，被以重鎧，乘介以巨木聯頭數千群，號爲鐵塔軍，以爲前軍。頃年，我師屢敗，望風奔潰，良以此也。近諸軍皆識其機，不復畏之矣。

中興天子漢宣光，自有深仁合彼蒼。天遣百靈爭助順，神兵遍野拂雲長。自注：胡人被捉者皆言，每與王師接戰，見吾陣前猛士長丈，執器械甚異，若神人然，多或滿野。蓋百神助順之效。

此日君王自撫師，列營爭望翠華旗。不失一矢戎酋斃，又勝澶淵却敵時。

江上春風鳳蓋旋，鬱葱佳氣靄中天。從今四海歸圖籍，金殿垂衣億萬年。《全宋詩》卷二〇八九，册38，第23565—23568頁

濠梁凱歌

胡　榘

宋周密《齊東野語》「李全」條曰：「李全，淄州人，第三，以販牛馬來青州。有北永州牛

客張介引至漣水。時金國多盜，道梗難行，財本寖耗，遂投充漣水尉司弓卒。因結群不逞爲義兄弟，任俠狂暴，剽掠民財，党與日盛，莫敢誰何，號爲『李三統轄』。後復還淄業屠，嘗就河洗刷牛馬，于游土中蹴得鐵槍桿，長七八尺。於是就上打成槍頭，重可四十五斤。日習擊刺，技日以精，爲衆推服，因呼爲『李鐵槍』。遂挾其徒横行淄、青間，出没抄掠。……時金人方困于敵，張介又從而招之，授以兵馬，衣以紅袍，號『紅襖軍』。嘉定十一年間，金人愈窮蹙。全因南附。乃與石珪、沈鐸輩結黨以來，知楚州應之純遂納之，累戰功至副總管。明年，金主珣下詔招之，全復書有云：『寧作江淮之鬼，不爲金國之臣。』遂以輕兵往濰州，遷其父母兄嫂之骨葬於淮南，以誓不復北向。時山東已爲韃所破，金不能有，全遂下益都，張林出降，遂并獻濟、莒、滄、濱、淄、密等凡二府九州四十縣，降頭目千人，戰馬千五百匹，中勇軍十五萬人。聞於朝，遂以全爲左武衛大將軍、廣州觀察使、京東忠義軍都統制、馬步軍副總管，特賜銀、絹、緡錢等。……先是，權尚書胡榘，嘗言全狼子野心不可倚仗。及全獲捷于曹家莊，擒金人僞駙馬，乃作《濠梁凱歌》以諛之云。」①

① ［宋］周密撰，張茂鵬點校《齊東野語》卷九，中華書局，1983 年版，第 157—159 頁。

春殘天氣何佳哉，捷書夜自濠梁來。將軍生擒僞駙馬，虜兵十萬冰山摧。何物輕猥挑胡羯，萬里烟塵暗邊徼。邊臣玩寇不却攘，三月淮堧驚蹀血。廟謨密遣山東兵，李將軍者推忠精。鐵槍匹馬首破陣，喑嗚叱吒風雲生。摧殺群妖天與力，虜醜成擒不容逸。失聲走透虜鼓槌，猶截騰驤三百匹。防圍健使催賜金，曹家莊畔殺胡林。遊魂欲反定懸膽，將軍豈知關塞深。君不見往日蘄王邀兀术，圍合狐跳追不得。夫人明日拜函封，乞罪將軍縱狂逸。豈知李侯心膽粗，捕縛猘子纔須臾。金牛走敵猛將有，泗州斬賊儒生無。宗社威靈人制勝，養鋭圖全無輕進。會須入汴縛酆王，笳鼓歸來取金印。《全宋詩》卷二七七一，册 52，第 32791—32792 頁

却敵凱歌

趙萬年

吁嗟黠虜何猖狂，引弓百萬侵吾疆。首屠棗陽搗神馬，窺伺長江欲葦航。隆冬久晴江水涸，直揭小樊厲源漳。馬沈人溺相枕藉，霜刃逼脅狼驅羊。連營立栅三十里，旌旗蔽野塵埃黃。元戎忠赤過張許，隔江獨對虜酋語。剖析大義面折之，自比關西偉男子。虜酋聞風雖縮頸，業謂渡江無我禦。四山列騎意洋洋，擬欲一鼓下襄陽。城頭四隅密分布，整飭器具嚴隄防。火油金汁羅炮座，托叉擂木森旗槍。睥睨樓櫓排萬弩，鞞車剋敵皆蹶張。一朝步馳如雲集，前摧草

牛負土囊。雲梯飛橋對樓聳，虎炮鵝車數里長。裹以犀革如帆幔，木楯皮屋翼兩旁。鐵騎後擁千百隊，矢如蝟集攢鋒鋩。楊柳陰中浮梁就，三千敢勇忽推墻。層幾列弩下如雨，霹靂巨炮落穹蒼。盡將攻械付烈焰，如燬蛇豕燎豺狼。騎者顛仆步者走，傷者號叫立者僵。虜酋蒲察與葛札，或貫其腦斧其吭。生擒首領數百人，斃馬橫尸盈戰場。未幾采木空林藪，旬月運土成高岡。噪聲裂地屋爲震，火焰燭天星無光。誰知壯士中夜出，人持炬馬列前行。强弩叉鐮迭相衛，長鍬大钁聲琅琅。黎明炬堙爲平地，虜酋喪氣若有亡。因風縱火烟焰猛，拱手坐視摩痍瘡。犬羊震讋心膽碎，却携金印來投降。從兹虜勢大沮摧，自焚攻具燒營房。甫逾江北復連營，放牧盈野何駉駉。脱鞍解甲馬下睡，胡鼻齁齁輥雷鳴。豈知戰艦輕移岸，急雨狂風亂櫓聲。百鼓忽鳴萬弩發，繼以飛炮欻流星。人馬驚亂相蹂踐，肉填溪谷厭膻腥。穹廬遁去無遺迹，捷書排日風飆急。九重北顧正宵衣，覽奏龍顔增喜色。顧嗟李勣賢長城，不假援兵却胡羯。天書沓至賞元功，渠渠温語褒忠烈。方除戎團追徽省，行且齋壇授節鉞。命珪相印一時來，聞道殿巖已虚席。誰知帷幄運奇計，裨贊尤多玉季力。弟兄携手上凌烟，卓冠古今真殊絶。我從武科備戎行，先生置我賓僚列。雖無涓埃裨海鎮，同此死生冒矢石。自愧文墨非所長，妄意欲泚磨崖筆。《全宋詩》卷二八三八，册54，第33792—33794頁

壽城圍解制參向君玉貺以凱歌和韻二首

李曾伯

誰知匕筯落轟雷，三月新城兩月圍。吉語雖傳淮鶴捷，驚心幾動海鷗機。公毋夸伐稱全璧，我爲憂疑已佩韋。何處無魚堪薦飯，不須跕跕看鳶飛。

中流岌岌此舟同，對越皇天只寸衷。今夜千艘趨險進，明朝萬馬舉群空。將軍争上平戎捷，老子慚無守塞功。局面莫貪邊用利，共思穩著待西風。《全宋詩》卷三二四八，册62，第38743頁

東西正陽獻捷和傅山父凱歌韻

李曾伯

一從授鉞俾來旬，却敵無謀效不神。士用命焉何有力，臣今老矣不如人。誰能河北平三晉，猶慮關中啓一秦。留取功名待來者，歸歟抗疏告嚴宸。《全宋詩》卷三二四八，册62，第38744頁

復瀘凱歌

梅應春

重壁山前瑞色開，浮環夜渡捷騎來。一旗金鼓轅門曉，喚得滿城生意回。

休訝朝家奏報遲，平生忠孝鬼神知。但留一片丹心在，會有天回地轉時。《全宋詩》卷三五四三，冊 67，第 42382 頁

水仙廟鼓吹曲四首

周文璞

水奫淪兮不揚，山嶔岑兮多巨石。神來下獨春，仰昂神遠適。王孫的咳，神無亟兮。

倚碧爐，款銅鋪，德星在南烏尾逋。兩峰隱天，花深草蕍。錢唐十餘萬户，皆看史君歡娯。雖涉流沙歷炎都，入醫無閭不如東吴。

龍飛天門，鷄鳴日觀。湖州有鶴知夜半。端冕結纓，鋒車施幰。瞻彼孤山，男呼女怨。欲裂冕毀車，春榮秋枯，無翁愁予。

雲冥冥，雷闐闐。橫玉轉，流珠乾。靈龜入我夢，謂君當旋。既窮海壖之炎天，當飲山中之流泉。《全宋詩》卷二八三四，冊 54，第 33754 頁

卷四五　宋鼓吹曲辭八

開寶元年南郊三首

按，乾德六年和峴奏請撰《六州》《十二時》《導引》樂章，其《請撰六州等樂章奏》（乾德六年十月）曰：「郊祀有夜警晨嚴，《六州》《十二時》及鼓吹回仗時駕前《導引》三曲，見闕樂章，望差官撰進，下寺教習應奉。」①開寶元年所用三曲樂章或即此。又，此三首《全宋詞》作和峴詞，題作《開寶元年南郊鼓吹歌曲三首》，辭同於此，惟《導引》「垂象泰階平」、《六州》「盛德服蠻夷」、《十二時》「神降享精誠」後均有「和聲」二字。《宋會要輯稿・樂八》題中「開寶元年」作「建隆二年」。②

① 《全宋文》卷五五，册 3，第 314 頁。
② 《宋會要輯稿》，册 1，第 475 頁。

導引

氣和玉燭，睿化著鴻明，緹管一陽生。郊禋盛禮燔柴畢，旋軫鳳凰城。森羅儀衛振華纓，載路溢歡聲。皇圖大業超前古，垂象泰階平。歲時豐衍，九土樂升平，睹寰海澄清。道高堯舜垂衣治，日月并文明。《嘉禾》《甘露》登歌薦，雲物焕祥經。兢兢惕惕持謙德，未許禪云、亭。

六州

嚴夜警，銅蓮漏遲遲。清禁肅，森陛戟，羽衛儼皇闈。角聲勵，鉦鼓攸宜。金管成雅奏，逐吹逶迤。薦蒼璧，郊祀神祇，屬景運純禧。京坻豐衍，群材樂育，諸侯述職，盛德服蠻夷。殊祥萃，九苞丹鳳來儀。膏露降，和氣洽，三秀焕靈芝。鴻猷播，史册相輝。張四維，卜世永固丕基。敷玄化，蕩蕩無爲，合堯、舜文思。混并寰宇，休牛歸馬，銷金偃革，蹈詠慶昌期。

十二時

承寶運，馴致隆平，鴻慶被寰瀛。時清俗阜，治定功成，遐邇詠《由庚》。嚴郊祀，文物聲明。會天正，星拱奏嚴更，布羽儀簪纓。宸心虔潔，明德播惟馨。動蒼冥，神降享精誠。燔柴半，萬乘移天仗，肅鑾輅旋衡。千官雲擁，群后葵傾，玉帛旅明庭。《韶》《濩》薦，金奏諧聲，集休亨。皇澤浹黎庶，普率洽恩榮。仰欽元后，睿聖貫三靈。萬邦寧，景貺福千齡。《宋史》卷一四〇《樂志》，第3305—3306頁

真宗封禪四首

元脱脱《宋史·禮志》曰：「真宗大中祥符元年，兖州父老吕良等千二百八十七人及諸道貢舉之士八百四十六人詣闕陳請，而宰臣王旦等又率百官、諸軍將校、州縣官吏、蕃夷、僧道、父老二萬四千三百七十人五上表請，始詔今年十月有事于泰山。遣官告天地、宗廟、社稷、太一宫及在京祠廟、嶽瀆，命翰林、太常禮院詳定儀注，知樞密院王欽若、參知政事趙安仁爲封禪經度制置使并判兖州，三司使丁謂計度糧草，引進使曹利用、宣政使李神福修行宫道路，皇城使劉承珪等計度發運。詔禁緣路采捕及車騎蹂踐田稼，以行宫側官舍、佛寺爲百官宿頓之所，調兖、鄆兵充山下丁役。行宫除前後殿外，并張幕爲屋，覆以油帊。仍增自京至泰山驛馬，令三司沿汴、蔡、御河入廣濟河運儀仗什物赴兖州，發上供木，由黄河浮筏至鄆州，給置頓費用，省輦送之役。以王旦爲大禮使，王欽若爲禮儀使，參知政事馮拯

爲儀仗使，知樞密院陳堯叟爲鹵簿使，趙安仁爲橋道頓遞使，仍鑄五使印及經度制置使印給之。……詳定所言：『朝覲壇在行宮南，方九丈六尺，高九尺，四陛。陛，南面兩陛，餘三面各一陛。一壝，二分在南，一分在北。又按唐封禪，備法駕。準故事，乘輿出京，并用法駕，所過州縣不備儀仗。其圜臺上設登歌、鐘、磬各一虡，封祀壇宮架二十虡，四隅立建鼓、二舞。社首壇設登歌如圜臺，壇下宮架、二舞如封祀壇。朝覲壇宮架二十虡，不用熊羆十二案。又按《六典》，南郊合祀天地，服衮冕，垂白珠十有二，黝衣纁裳十二章。欲望封禪日依南郊例。洎禮畢，御朝覲壇。諸州所貢方物，陳列如元正儀。令尚書户部告示，并先集泰山下。』仍詔出京日，具小駕儀仗：太常寺三百二十五人，兵部五百六十六人，殿中省九十一人，太僕寺二百九十九人，六軍諸衛四百六十八人，左右金吾仗各一百七十六人，司天監三十七人。」①又曰：「真宗封禪畢，加號泰山爲仁聖天齊王，遣職方郎中沈維宗致告。又封威雄將軍爲炳靈公，通泉廟爲靈派侯，亭山神廟爲廣禪侯，嶧山神廟爲靈巖侯，各遣官致告。……及祀汾陰，命陳堯叟祭西海，曹利用祭汾河。車駕至潼關，遣官祠西嶽及河瀆，并用太牢，備三獻禮。庚午，親謁華陰西嶽廟，群臣陪位，廟垣内外列黄麾仗，遣官分奠廟

① 《宋史》卷一〇四《禮志》，第2527—2530頁。

内諸神，加號嶽神爲順聖金天王。還至河中，親謁奠河瀆廟及西海望祭壇。」①《宋史・樂志》曰：「（大中祥符元年）十月，真宗親習封禪儀於崇德殿，睹亞獻、終獻皆不作樂，因令檢討故事以聞。有司按《開寶通禮》，親郊，壇上設登歌，皇帝升降、奠獻、飲福則作樂；壇下設宫縣，降神、迎俎、退文舞、引武舞、迎送皇帝則作。亞獻、終獻、升降在退文舞引武舞之間。有司攝事，不設宫架、二舞，故三獻、升降并用登歌。今山上設登歌，山下設宫縣、二舞，其山上圜臺亞獻、終獻準親祠例，無用樂之文。於是特詔亞、終獻并用登歌。」②《宋史・藝文志》著録丁謂等《大中祥符封禪記》《大中祥符祀汾陰記》各五十卷。③

導引

民康俗阜，萬國樂升平，慶海晏河清。唐堯虞舜垂衣化，詎比我皇明？九天寶命垂丕貺，雲物效祥英。星羅羽衛登喬嶽，親告禪云亭。我皇垂拱，惠化洽文明，盛禮慶重行。登封降禪燔

---

① 《宋史》卷一〇二《禮志》，第 2486 頁。
② 《宋史》卷一二六《樂志》，第 2947 頁。
③ 《宋史》卷二〇四《藝文志》，第 5132 頁。

柴畢，天仗入神京。雲雷布澤遍寰瀛，遐邇振歡聲。巍巍聖壽南山固，千載賀承平。

六州

良夜永，玉漏正遲遲。丹禁肅，周廬列，羽衛繞皇闈。嚴鼓動，畫角聲齊。金管飄雅韻，遠逐輕飔。薦嘉玉，躬祀神祇，祈福爲黔黎。升中盛禮，增高益厚，登封檢玉，《時邁》合《周詩》。玄文錫，慶雲五色相隨。甘露降，醴泉涌，三秀發靈芝。皇猷播，史册光輝。受鴻禧，萬年永固丕基。吾君德，蕩蕩巍巍，邁堯舜文思。從今寰宇，休牛歸馬，耕田鑿井，鼓腹樂昌期。

十二時

聖明代，海縣澄清，惠化洽寰瀛。時康歲足，治定武成，遐邇賀升平。嘉壇上，昭事神靈。薦明誠，報本禪云亭，俎豆列犧牲。宸心蠲潔，明德薦惟馨。紀鴻名，千載播天聲。燔柴畢，雲罕回仙仗，慶鑾輅還京。八神戹蹕，四隩來庭，嘉氣覆重城。殊常禮，曠古難行，遇文明。仁恩蘇品彙，沛澤被簪纓。祥符錫祚，武庫永銷兵。育群生，景運保千齡。

告廟導引

明明我后，至德合高穹，祇翼勵精衷。上真紫殿回飆馭，示聖胄延鴻。躬承寶訓表欽崇，慶澤布寰中。告虔備物朝清廟，荷景福來同。《宋史》卷一四〇《樂志》，第3306—3307頁

奉祀太清宮三首

元脱脱《宋史·禮志》曰：「大中祥符六年，亳州父老、道釋、舉人三千三百十六人詣闕，請車駕朝謁太清宮，宰臣帥百官表請。詔以明年春親行朝謁禮。命參知政事丁謂爲奉祀經度制置使、判亳州，翰林學士陳彭年副之，權三司使林特計度糧草。……以王旦爲奉祀大禮使，向敏中爲儀仗使，王欽若爲禮儀使，陳堯叟爲鹵簿使，丁謂爲橋道頓遞使。又以王旦爲天書儀衛使，王欽若同儀衛使，丁謂副之，兵部侍郎趙安仁爲扶侍使，入内副都知張繼能爲扶侍都監。帝朝謁玉清昭應宫，賜亳州真源縣行宫名曰奉元，殿曰迎禧。七年正月十五日，發京師。十九日，至奉元宫，齋于迎禧殿。二十一日，帝服通天冠、絳紗袍，奉上太上老君混元上德皇帝加號册寶。夜漏上五刻，天書扶侍使奉天書赴太清宫。二鼓，帝乘玉

輅，駐大次。三鼓，奉天書升殿，改服衮冕，行朝謁之禮，相王元偓爲亞獻，榮王元儼爲終獻。帝還大次，太尉奉册寶於玉匱，纏以金繩，封以金泥，印以受命之寶，納于醮壇石匱，將作監加石蓋其上。群臣稱賀於大次。分命輔臣薦獻諸殿，改奉元宫曰明道宫，奉安玉皇大帝像，改真源曰衛真縣。車駕次亳州城西，詣新立聖祖殿朝拜。至應天府朝拜聖祖殿，詔號曰鴻慶宫，仍奉安太祖、太宗像。駕至自亳州，百官迎對于太一宫西之幄殿，有司以衛真靈芝二百輿洎白鹿前導天書而入。帝服鞾袍，乘大輦，備儀衛還宫。」①《宋史・真宗本紀》曰：「（大中祥符）七年春正月辛丑，慮囚。壬寅，車駕奉天書發京師。丙午，次奉元宫，判亳州丁謂獻白鹿一，芝九萬五千本。戊申，王旦上混元上德皇帝册寶。己酉，朝謁太清宫。」②

導引

穹旻錫祐，盛德日章明，見地平天成。垂衣恭己干戈偃，億載祐黎氓。羽旄飾駕當春候，款

---

① 《宋史》卷一〇四，第 2537—2538 頁。

② 《宋史》卷八，第 155 頁。

謁届殊庭。精衷昭感膺多福，夷夏保咸寧。聖君御宇，祇翼奉三靈，已偃革休兵。區中海外鴻禧浹，恭館勵虔誠。九斿七萃著聲明，徯后徇輿情。丕圖寶緒承繁祉，率土仰隆平。

六州

千載運，寶業正遐昌。欽至道，崇明祀，盛禮邁前王。鑾輅動，萬騎騰驤。馳道紛彩仗，瑞日煌煌。奉秘檢，玉羽群翔，非霧滿康莊。躬朝真館，齊心繹思，順風俯拜，奠酒爇蕭薌。精衷達，飆輪降格昭彰。回羽旆，駐琱輦，舊地訪睢陽。享清廟，孝德輝光。届靈場，星羅萬國珪璋。陳牲幣，金石鏘洋，景福降穰穰。垂衣法坐，恩覃群品，慶均海寓，聖壽保無疆。

十二時

乾坤泰，帝壽遐昌，寓縣樂平康。真遊降格，寶誨昭彰，宸蹕造仙鄉。崇妙道，精意齊莊。款靈場，潔豆薦芬芳，備樂奏鏗鏘。猶龍垂裕，千古播休光。極褒揚，明號洽徽章。朝修展，春豫諧民望，睹文物煌煌。言旋羽衛，肅設壇場，報本達蕭薌。申嚴祀，禮備烝嘗，答穹蒼。純禧沾品彙，慶賚浹窮荒。封人獻壽，德化掩陶唐。保綿長，錫祐永無疆。《宋史》卷一四〇《樂志》，第3307—3308頁

亳州回詣玉清昭應宮一首

導引

秘文鏤玉，金閣奉安時，旌蓋儼仙儀。珠旒俯拜陳章奏，精意達希夷。卿雲郁郁曜晨曦，玉羽拂華枝。靈心報貺垂繁祉，寶祚永隆熙。《宋史》卷一四〇《樂志》，第3308—3309頁

親享太廟一首

導引

躬朝太室，列聖大功宣，彩仗耀甘泉。秘文升輅空歌發，一路覆祥烟。珠旒薦獻極精虔，列侍儼貂蟬。穰穰降福均寰宇，垂拱萬斯年。《宋史》卷一四〇《樂志》，第3309頁

南郊恭謝三首

宋李燾《續資治通鑒長編》曰：「（大中祥符七年二月）己巳，上宿齋於玉清昭應宫之集禧殿。庚午，行薦獻之禮。遂赴太廟。辛未，饗六室。……壬申，恭謝天地於東郊。」①元脱脱《宋史·真宗本紀》曰：「（大中祥符七年二月）辛酉，至自亳州。……辛未，饗太廟。壬申，恭謝天地，大赦天下。」②

導引

重熙累盛，睿化暢真風，尊祖奉高穹。林莽彩仗明初日，瑞氣滿晴空。玉鑾徐動出環宫，虔鞏罄宸衷。禮成均慶人神悦，聖壽保無窮。

① ［宋］李燾撰，上海師範大學古籍整理研究所、華東師範大學古籍整理研究所點校《續資治通鑒長編》卷八二，中華書局，2004 年版，第 1865 頁。

② 《宋史》卷八，第 155 頁。

六州

承天統，聖主應昌辰。寶籙降，飆游至，瑞命慶惟新。崇大號，仰奉高真。獻歲當初吉，天下皆春。謁秘宇，藻衛星陳，薌靄極紛綸。瓊編焜耀，仙衣綷縩，垂旒俯拜，薦獻禮惟寅。芬芳備，精衷上達穹旻。尊道祖，享清廟，助祭萬方臻。升泰畤，縟典彌文。侍群臣，漢庭儒雅彬彬。烟飛火舉，畢嚴禋，天地降氤氲。高臨華闕，恩覃動植，慶延宗社，聖壽比靈椿。

十二時

亨嘉會，萬宇歡康，聖化邁陶唐。元符錫命，天鑒昭彰，徽號奉琳房。陳縟禮，獻歲惟良。耀旂章，翠輦駐仙鄉，睿意極齊莊。仙衣渥彩，玉册共熒煌。薦芬芳，飆馭降靈場。回雲罕，尊祖趨仙宇，金石韻鏘洋。聿朝清廟，躬奠瑶觴，報本國之陽。執籩豆，列侍貂璫，對穹蒼。洪恩霈夷夏，大慶浹家邦。垂衣紫極，聖壽保遐昌。集祺祥，地久與天長。《宋史》卷一四〇《樂志》，第3309—3310頁

天書導引七首

宋咸綸《上真宗論受天書》(大中祥符元年正月)曰：「臣伏覩詔書受天書者。臣謹按稽載籍，歷考秘文，仰惟帝德之厖鴻，握乾符而臨御，見天人之相接，驗靈鑒之垂祥，然未覩昭晰炳焕，若今之明著者也。伏惟陛下道掩百王，功高三古。躅二聖之丕業，啓萬世之鴻基。烝烝之孝日躋，翼翼之心無怠。勤行企道，恭默思玄。寬仁爲布政之規，慈儉示固身之寶。巍巍盛德，不可形容；亹亹令猷，固難擬議。武王齋戒，思見丹書之言；漢武虔祈，遥啓竹宫之拜。繇是上天即鑑，瑞牒爰臻。遐垂奕葉之祥，昭示臨民之戒。於鑠景命，奚九齡之足稱；赫矣鴻休，伊七百之何算。臣叨逢景運，獲睹嘉祥。爲太平之民，已知大幸；遇希世之事，實繫前聞。敢載伸言，誠由過慮。萬一有補，是爲愛君。竊以流俗之人，古今一揆，恐托國朝之嘉瑞，寖生幻惑之狂圖。或詐托于神靈，或僞形于木石，妄陳符瑞，廣述禨祥，以人鬼之妖詞，亂天書之真旨。少君、樂大之事，往往有之。伏望陛下端守元符，凝神正道。參内境修身之要，資五千致治之言，建皇極以御人寰，寶太和而延聖算，仰答天貺，俯惠蒸黎。」①《全宋文》另有孫奭《上真宗論天書》（天禧三年正月）及魯宗道《言天書之妄奏》（天禧三年四月）。丁謂《乞編排祥瑞并各撰讚頌奏》（大中祥符元年十一月）曰：「自天書降後，凡有祥瑞，欲望編排，各撰贊、頌兼序，仍于昭應宫圖寫。」②宋真宗《別製天書樂章詔》（大中祥符元年十二月二十三日）曰：「朕祇受元符，率遵令典，式備禋燔之禮，俾揚金石之音。宜令太常寺別製天書樂章，俟親饗圜丘日，以奉禋祀；取天書降及議封禪以來祥瑞尤異者，別撰樂曲樂章，以備朝會宴饗。」③元脱脱《宋史・禮志》曰：「大中祥符元年正月乙丑，帝謂輔臣曰：『朕去年十一月二十七日夜將半，方就寢，忽室中光曜，見神人星冠、絳衣，告曰：『來月三日，宜於正殿建黄籙道場一月，將降天書《大中祥符》三篇。』朕竦然起對，已復無見，命筆識之。自十二月朔，即齋戒於朝元殿，建道場以佇神貺。適皇城司奏，左承天門屋南角有黄帛曳鴟尾上，帛長二丈許，緘物如書卷，纏以青縷三道，封處有字隱隱，蓋神人所謂天降之書也。』……四月辛卯朔，天書再降内中功德閣。六月八

①《全宋文》卷一四〇，册7，第216—217頁。
②《全宋文》卷二〇八，册10，第257頁。
③《全宋文》卷二三五，册11，第410頁。

日，封祀制置使王欽若言：『泰山西南垂刀山上，有紅紫雲氣，漸成華蓋，至地而散。其日，木工董祚于靈液亭北，見黄素書曳林木之上，有字不能識，言於皇城使王居正，居正睹上有御名，馳告欽若，遂迎至官舍，授中使捧詣闕。』帝御崇正殿，趣召輔臣曰：『朕五月丙子夜，復夢鄉者神人言：「來月上旬，當賜天書于泰山，宜齋戒祗受。」朕雖荷降告，未敢宣露，惟密諭王欽若等，凡有祥異即上聞。朕今得其奏，果與夢協。上天眷佑，惟懼不稱。』」①又曰：「七年正月十五日，發京師。十九日，至奉元宫，齋于迎禧殿。二十一日，帝服通天冠、絳紗袍，奉上太上老君混元上德皇帝加號册寶。夜漏上五刻，天書扶侍使奉天書赴太清宫。」②又曰：「天禧元年正月，詔以十五日行宣讀天書之禮。前二日，齋于長春殿，以王欽若爲宣讀天書禮儀使。有司設次天安殿，中位玉皇像，置録本天書於東，聖祖板位於西，建金籙道場三晝夜。其日三鼓，帝服通天冠、絳紗袍，詣道場焚香再拜，西向立，百官朝服升殿。攝中書令任中正跪奏：『嗣天子臣某，謹與宰臣等宣讀天書，講求聖意，虔思睿訓，撫育生民。』儀衛使王旦跪取左承天門天書置案上，攝殿中監張景宗、張繼能捧案，攝司徒王

① 《宋史》卷一〇四《禮志》，第2539—2540頁。
② 《宋史》卷一〇四《禮志》，第2538頁。

曾、攝司空張知白跪展天書，攝太尉向敏中宣讀，每句已，即詳繹其旨，言上天訓諭之意，攝中書令王欽若録之。宣讀畢，攝侍中張旻跪奏：『嗣天子臣某，敢不虔遵天命。』儀衛使受天書，跪納匣中。又取功德閣天書、泰山天書宣讀如上儀。王欽若跪進所録天書，帝跪受之，登歌酌獻。禮畢，奉天書還内。」①按，元馬端臨《文獻通考·樂考》亦收，七首分别題作《詣泰山二首》《詣太清宫二首》《詣玉清昭應宫二首》《詣南郊一首》。②

詣泰山

我皇纘位，覆燾合穹旻，秘籙示靈文。齊居紫殿膺玄貺，降寶命氤氲。奉符讓德事嚴禋，檢玉陟天孫。垂鴻紀號光前古，邁八九爲君。

靈臺偃武，書軌慶同文，奄六合居尊。圓穹錫命垂真籙，清曉降金門。升中報本禪云云，汾陰云：「方丘報本務精勤。」嚴祀事惟寅。無爲致治臻清浄，見反朴還淳。

① 《宋史》卷一〇四《禮志》，第2540—2541頁。
② 《文獻通考》卷一四三，第4331頁。

詣太清宮

寶圖熙盛，登格聖功全，瑞命集靈篇。欽修祀典成明察，道祖降雲輧。賴鄉真館宅真仙，朝謁帝心虔。尊崇教父膺鴻福，綿亘萬斯年。

猶龍勝境，真宇儼靈姿，肅謁展皇儀。寶符先路，嘉祥應，雲物焕金枝。紛紜紫節間黄麾，藻衛極葳蕤。高穹報貺延休祉，仁壽協昌期。

詣玉清昭應宮

紫霄金闕，重疊降元符，億兆祚皇圖。雲章焜耀傳温玉，寶閣起清都。奉迎彩仗溢天衢，觀者競歡呼。明君欽翼承鴻蔭，億載御中區。

寶符錫祚，慶壽命惟新，俄降格飆輪。巍巍帝德增虔奉，懿號薦穹旻。精齊秘館奉嚴禋，文物耀昌辰。升烟太一修郊報，鴻祉介烝民。

詣南郊

聖神纘緒，赫奕帝圖昌，寶録降穹蒼。宸心勵翼修郊報，彩仗列康莊。祥烟瑞靄雜天香，筦磬發聲長。升壇禮畢膺繁祉，睿算保無疆。《宋史》卷一四〇《樂志》，第3310—3311頁

卷四六　宋鼓吹曲辭九

建安軍迎奉聖像導引四首

元脱脱《宋史·真宗本紀》曰："(大中祥符六年三月)乙卯，建安軍鑄玉皇、聖祖、太祖、太宗尊像成，以丁謂爲迎奉使。……(五月)甲辰，聖像至。……乙卯，謁聖像，奉安于玉清宫。"①

玉皇大帝

太霄玉帝，總御冠靈真，威德聳天人。寶文瑞命符皇運，綿遠慶維新。洞開霞館法虚晨，八景降飆輪。含生普洽平鴻福，聖壽比仙椿。

① 《宋史》卷八《真宗本紀》，第153頁。

聖祖天尊

至真降鑒，飆馭下皇闈，清漏正依依。範金肖像申嚴奉，仙館壯翬飛。萬靈拱衛瑞烟披，岸柳映黄麾。九清祚聖鴻基永，堯德更巍巍。

太祖皇帝

元符錫命，祇受慶誠明，恭館法三清。開基盛烈垂無極，金像儼天成。奉迎霞布甘泉仗，簫瑟振和聲。靈辰協吉鴻儀畢，萬國保隆平。

太宗皇帝

膺乾撫運，垂慶洽重熙，元聖嗣鴻基。發揮寶緒靈仙降，感吉夢先期。良金璀璨範真儀，精意答蕃釐。閟宫神館崇嚴配，萬祀播葳蕤。《宋史》卷一四〇《樂志》，第3311頁

聖像赴玉清昭應宫導引四首

元脱脱《宋史・禮志》曰：「(大中祥符)八年正月朔，駕詣玉清昭應宫奉表奏告，上玉皇大帝聖號曰太上開天執符御歷含真體道玉皇大天帝，奉刻玉天書安于寶符閣，以帝御容侍立於側，升閣酌獻。復朝拜明慶二聖殿。禮畢還宫，易常服，御崇德殿，百官稱賀。九年，詔以來年正月朔詣玉清昭應宫上玉皇聖號寶册，二日詣景靈宫上聖祖天尊大帝徽號。十二月己亥，奉寶册、仙衣安于文德殿，乃齋于天安殿後室。四鼓，帝詣天安殿酌獻天書畢，大駕赴玉清昭應宫，衮冕升太初殿，奉册訖，奠玉幣，薦饌三獻，飲福，登歌，二舞，望燎，如祀昊天上帝儀。……二日，帝服衮冕，詣天興殿奉上聖祖天尊大帝册寶、仙衣，薦獻如上儀。乃改服詣保寧閣焚香，還宫，群臣入賀於崇德殿。命諸州設羅天大醮，先建道場二十七日。命王旦爲兖州太極觀奉上寶册使，趙安仁副之，遣官攝中書侍郎、殿中監，押當册寶、仙衣。二月丁亥，帝齋于長春殿。翼日，有司設聖母板位文德殿，行酌獻禮，拜授册寶于王旦、仙衣于趙安仁，以升殿。

金輅，具鹵簿儀衛，所過禁屠宰。」①宋真宗《來年正月一日上玉皇聖號有事南郊恭謝之禮詔》（大中祥符九年五月甲辰）曰：「朕以菲德，獲紹慶基。法前王昭事之心，荷元昊惟新之命。秘圖申錫，靈祲鴻均，封祀紹修，誠明合答。遘僊宗之降格，示寶系之綿長。錫祚蕃滋，輸祥紛遝，爰于前歲，特發精衷。式瞻霄極之尊，虔上帝真之號，仍期奉册，别擇吉年。屬明律之再更，果揆辰而有得。今以來歲元月，適叶上辛，願同億兆之誠，共薦穹崇之稱。信辭真迹，匪懈於躬親；金簡玉文，庶垂于永久。舉冠絶未行之事，報高明洪覆之恩。謹以來年正月一日詣玉清昭應宫，與天下臣庶恭上玉皇大天帝聖號寶册。重念獲契隆平，薦臻豐楙，慶歡樂之普洽，膺眷祐以殊深。爰稽禋祀之儀，仰答顧懷之貺。又謹以正月十一日有事于南郊，行恭謝之禮。諸軍賞賜，并以内藏物充，三司勿催促諸路錢帛；諸州軍監，無得以修貢助祭爲名，輒有率斂，務從簡約，無至煩勞。凡百有司，各供其職。」②

①《宋史》卷一〇四《禮志》，第2542—2543頁。
②《全宋文》卷二五二，册12，第358頁。

玉皇大帝

先天氣祖，魄寶郁中宸，列位冠高真。緑符錫瑞昭元聖，寶曆亘千春。琳宮壯麗從嚴閫，璇碧照龍津。珍金鑄像靈儀睟，集福庇烝民。

聖祖天尊

仙宗靈祖，郁氣降中宸，孚宥慶惟新。國工鎔範成金像，儀炳動威神。玉虚聖境絶纖塵，歡抃洽群倫。導迎雲駕歸琳館，恭肅奉高真。

太祖皇帝

石文應瑞，真主御寰瀛，慈儉撫群生。巍巍威德超千古，大業保盈成。神皋福地開恭館，靈貺日昭明。鑄金九牧天儀睟，紺殿矗千楹。

太宗皇帝

乘雲英聖，千載仰皇靈，垂法藹朝經。禹金鎔範肖儀刑，日角焕珠庭。琳宮翠殿鳳文屏，迎

奉慶安寧。孝思瞻謁薦惟馨，誠慤貫青冥。《宋史》卷一四〇《樂志》，第3311—3312頁

奉寶册導引三首

宋章安世《北嶽題名》（天禧元年正月）曰：「大宋天禧元年歲次丁巳正月一日辛丑，皇帝詣玉清昭應宫，恭上玉皇寶册衮服，及詣景靈宫上聖祖寶册仙衣。至十一日辛亥，朝饗太廟。南郊恭謝禮畢，奉聖旨差朝奉郎、行太常博士章安世祭告北嶽聖祠。終獻官，定州觀察支使、宣德郎、試大理評事、兼監察御史茂先。亞獻官，左班殿直、知曲陽縣事、兼兵馬監押、沿邊山□寨鋪巡檢張禹吉。初獻官，朝奉郎、行太常博士、輕車都尉章安世。」①元脱脱《宋史·真宗本紀》曰：「天禧元年春正月辛丑朔，改元。詣玉清昭應宫薦獻，上玉皇大帝寶册、衮服。壬寅，上聖祖寶册。乙酉，上太廟謚册。」②

① 《全宋文》卷三一八，册15，第359—360頁。
② 《宋史》卷八《真宗本紀》，第161頁。

玉清昭應宮

太霄垂佑，綿宇洽祺祥，祕檢焕雲章。宸心虔奉崇徽號，茂典邁前王。霞明藻衛列通莊，寶册奉琳房。都人震抃騰謡頌，億載保歡康。

景靈宫

明明道祖，金闕冠仙真，清禁降飆輪。遥源始悟垂鴻慶，億兆聳群倫。虔崇徽號盛儀陳，寶册奉良辰。邦家億載蒙繁祉，聖壽保無垠。

太廟

祖宗垂佑，亨會協重熙，德澤被烝黎。虔崇尊謚陳徽册，藻衛列葳蕤。宸心致孝極孜孜，展禮詔台司。祥烟瑞靄浮清廟，綿寓被純禧。《宋史》卷一四〇《樂志》，第3312頁

天禧三年三曲

元脱脱《宋史·真宗本紀》曰：「（天禧三年）冬十一月己巳，謁景靈宫。庚午，饗太廟。辛未，祀天地于圜丘，大赦天下。」①

導引

皇穹錫瑞，帝業愈蕃昌。會萬玉來王。名山珍館神遊接，實信降雲房。卜兹顯位嚴壇墠，奕奕睹輝光。精衷昭格靈心荅，天曆保無疆。和聲。皇家立極，炎德赫中區。執契應蘿圖。文章焕爛垂星斗，威略定方隅。丹扉翠巘錫靈符。瑞物紀神輸。紫壇大報陳昭配，福慶降清都。

① 《宋史》卷八《真宗本紀》，第167頁。

六州

齊天寓，四海洽淳風。接寶冑，垂真檢，景祚無窮。成玉牒、日觀歸功。冀野升方鼎，脽上由崇。欽檜井、雲蹕巡東。國本震爲宫。乾文焕炳，真祠曲密，重祥疊瑞，瓊蘊降高穹。和聲。膺丕烈，虔心建顯垂鴻。詢吉土，卜郊兆，執玉薦清衷。鐘律應、雲物迎空。樂和同，輪囷嘉氣葱葱。天神來降發冲融。玉燭四時通。星回金輅，雷聲作解，昆蚑被惠，億載帝基隆。

十二時

雕戈偃，玉塞清明。道德洽和平。龜疇鳳柙，騰實飛英。岱畎讓功成。汾水上、寅輅鑾聲。薦精誠。仙宇玉爲京。圭潔奉高明。瑶山銀牓，固國本丕閎。詔公卿，綿蕝狗輿情。和聲。稽陽位，報本郊壇畤，助祭儼簪纓。祖宗配侑，朱燎晶熒。百禮備豐盈。答天地、用厚懷生。泰黎氓。千畿先潤澤，萬寶盡開榮。龍沙日窟，文軌永來并。保嘉亨，史册焕鴻名。《宋會要輯稿・樂八》，册1，第475—476頁

天聖二年三曲

元脱脱《宋史·仁宗本紀》曰：「(天聖二年)十一月甲午，加上真宗謚。乙未，朝饗玉清昭應、景靈宫。丙申，饗太廟。丁酉，祀天地于圜丘，大赦。」①

導引

真人臨御，(實)〔寶〕瑞集豐融，萬國仰天聰。嘉禋盛禮文章焕，齊潔致清衷。笙鏞六變三神格，喜備盛儀容。乾穹上達昭靈饗，慶緒藹丕隆。和聲。陽郊報本，嗣聖肇恭禋，太一下威神。天臨兩觀推三赦，慶祉被臣民。徽名薦册縟儀陳。盛節焕書筠。塗歌邑誦揚徽懿，鼎命協惟新。

① 《宋史》卷九《仁宗本紀》，第180頁。

六州

承皇統，天地洽清寧。熙帝載，建民極，百度惟明。崇讓肆，博考儒經。遊豫騰謠誦，星躔天行。留紺宇，順拜金庭，兆庶動歡聲。靈心上達，卿雲成蓋，祥風襲物，瑞日耀圜清。和聲。列聖孝，德被寰瀛。就陽位，協吉周正，儼簪纓，交歡對越群靈。皇威赫奕盛儀成，徽册受鴻名。鷄竿肆赦，鴛行均慶，翾飛浸澤，斯萬保升平。

十二時

嘉亨運，璿曆均調，光烈遇唐堯。珍圖緣錯，垂錫乾霄，封岱順車杓。修合答，萬玉來朝，瑞丕昭。構宇結瑛瑶，虛氣下仙飆。欽崇道祖，輿駕動臨譙。整鑾鑣，郊報厚黎苗。和聲。均純貺，滲漉咸滋液，能事播歡謠。繼明纘緒，緩賦輕徭，京庾比豐饒。勤中昃，采善詢蕘，五風飄。授人時吏正，休馬橐兵銷。良肱隆棟，助化率皇僚。德聲遥，懿鑠簡書標。《宋會要輯稿・樂八》，册1，第476頁

籍田導引

題注曰：「明道二年四曲。」元脱脱《宋史·仁宗本紀》曰：「（明道二年）二月戊戌，含譽星見東北方。……丁未，祀先農於東郊，躬耕籍田，大赦。」①《宋史·樂志》曰：「自天聖已來，帝郊祀、躬耕籍田，皇太后恭謝宗廟，悉用正宫《降仙臺》《導引》《六州》《十二時》，凡四曲。……初，李照等撰警嚴曲，請以《振容》爲名，帝以其義無取，故更曰《奉禋》。」②

導引

綿區浹寓，三萬里封疆，躬稼穡重光。神宗昔舉殊尤禮，今復睹吾皇。先農祀罷東郊曉，玉趾染遊場。三推初畢公卿遍，從此萬斯箱。務農敦本，自古屬明王，方册布彝章。吾皇睿聖躬

① 《宋史》卷十《仁宗本紀》，第 194—195 頁。
② 《宋史》卷一四〇《樂志》，第 3302 頁。

千畞，將欲積神倉。去年宿雪田膏極，黛耜應農祥。堯郊擊壤迎歸輅，解雨遍遐荒。

六州

寰宇定，四海奉文思。書軌混，梯航湊，共載昌期。稽古典，方詠京坻。耕籍豐民稼，敦本農時。陳羽衛，日月旌旂。衮冕次壇壝，帷宫宿設，梐枑相差。穆清端拱，星畢照罘罳。和聲。良宵永，爲民廣洽厖褫。奏行漏，昭庭燎，鐃吹鼓曾飈。百神擁衛斗東移，明發儼皇儀，手攬洪縻。豐年萬億與千斯，德澤遍華夷。回旋輅，天臨雙闕，四方在宥，永保鴻基。

十二時

君天下，萬國來王，玉帛湊梯航。五風十雨，品物蕃昌，棲（瓏）〔壠〕有餘糧。躬千畞、天步龍翔。化重光，舉祖彝章，驗晨正農祥。東郊如砥，黛耜御游場。薦芬芳，稼穡佇豐穰。和聲。成縟禮，三事并卿尹，執耒有經常。此儀曠絶，行自吾皇，玉振復金相。觀九扈，流衍倉箱，洽歡康。蟲魚皆茂育，戈殺永韜藏。兩闈至聖，輔以股肱良。祚延長，壽嶽保無疆。

奉禋歌

六龍承馭紫壇平，瑞靄葱蘢擁神都。肅環衛，嚴（貌）〔貔〕虎，鷄人行漏傳呼。靈景霽，星斗臨帝居。曠天宇，微風來，翠幄繞相烏，對越方初。笳鼓震，鐃簫舉，陽律纔動協氣舒，氛祲交祛。和聲。物昭蘇，撫瑶圖。柴類精誠，當契唐虞。思前古，泰平承多祐。包戈偃革，柔遠詠皇謨。稱文武，四表覆盂。端冕出，從路車，兵帥謹儲胥。唯奏凱，樂康衢，朝野歡娛。歌帝烈，揚盛節，圜丘禮大洽，霈澤綿區。《宋會要輯稿・樂八》，册1，第486—487頁

莊獻明肅皇后恭謝太廟導引

題注曰：「明道二年，三曲。」元脱脱《宋史・章獻明肅劉皇后傳》曰：「章獻明肅劉皇后，其先家太原，後徙益州，爲華陽人。……后年十五入襄邸，王乳母秦國夫人性嚴整，因爲太宗言之，令王斥去。王不得已，置之王宫指使張耆家。太宗崩，真宗即位，入爲美人。以其無宗族，乃更以美爲兄弟，改姓劉。大中祥符中，爲修儀，進德妃。……真宗崩，遺詔尊后爲皇太后，軍國重事，權取處分。……明年（明道二年），帝親耕籍田，太后亦謁太廟，

乘玉輅，服褘衣、九龍花釵冠，齋於廟。質明，服衮衣，十章，減宗彝、藻，去劍，冠儀天，前後垂珠翠十旒。薦獻七室，皇太妃亞獻，皇后終獻。加上尊號曰應天齊聖顯功崇德慈仁保壽太后。是歲崩，年六十五。謚曰章獻明肅，葬於永定陵之西北。舊制皇后皆二謚，稱制，加四謚自后始。」①《宋史·仁宗本紀》曰：「（明道二年二月）乙巳，皇太后服衮衣、儀天冠饗太廟，皇太妃亞獻，皇后終獻。」②按，詩題中「莊獻」當作「章獻」，「皇后」當作「皇太后」。

導引

母儀天下，聖祚保延長，聲教被遐方。嚴恭孝饗來清廟，鸞輅歷康莊。簫韶九奏鳳來翔，褘翟焕祥光。惟馨蕊醴奠瑶觴，萬壽永無疆。親承先顧，保祐助吾皇，億載正乾綱。宗文祖武尊邦社，天下錫蕃昌。六宫扈從親重翟，清廟薦蕭薌。禮行樂備神祇饗，四海永來王。

① 《宋史》卷二四二《章獻明肅劉皇后傳》，第 8612—8614 頁。
② 《宋史》卷十《仁宗本紀》，第 194—195 頁。

六州

炎靈永，長樂助文明。居靖懿，敷皇化，四海升平。慈是寶，萬物懷生。耀德不觀兵，大洽歡聲。金輅飭，藻衛天行，春色滿皇京。登歌《清廟》，神祇顧饗，瑄玉純精，億萬載持盈。和聲。膺天況，尤祥紛委來呈。木連〔理〕，芝三秀，玉燭協和平。仲春月，萬杏初榮。整羽衛，蔥衡親欵神明。九韶疊奏磬簫笙，上以繼《咸》《英》。黄流玉瓚，殊庭肸蠁，宸儀回復，景祐遍寰瀛。

十二時

母儀下，國祚和平，玉帛湊寰瀛。尤祥極瑞，茂實英聲，兩耀比皇明。昭孝饗，躬薦精誠。萬祥并，保佑洽《由庚》，和樂遍懷生。柔遠能邇，海寓永澄清。復曾城，寶册受鴻名。和聲。綿龍緒，十治同齊聖。至治播歡聲。止戈爲武，頓綱搜英，察萬物人情。損服御，不尚瑛瓊，俗懷生。動循文考制，噸法上天明。地不愛寶，人不愛其誠。帝圖宏，壽嶽永嶢峥。《宋會要輯稿·樂八》，册1，第491—492頁

章獻明肅皇后、章懿皇后升祔導引

題注曰：「慶曆五年，二曲。」元脱脱《宋史・仁宗本紀》曰：「（慶曆五年）冬十月乙卯……辛酉，祔章獻明肅皇后、章懿皇后神主于太廟，大赦。」①宋歐陽修《賀章獻明肅章懿二皇后祔廟表》（慶曆五年十月）曰：「臣修言：伏覩十月九日赦書，章獻明肅皇后、章懿皇后祔廟禮畢者。大孝發于宸衷，刑于四海；休氣蒸乎美澤，賚及萬方。華夏歡呼，人祇咸悦。臣某中賀。恭惟尊號皇帝陛下，自天生德，繼聖垂衣，率勤儉以在躬，推仁恩而浹物。動稽先訓，謙弗自專。奉二后之慈靈，永懷罔極；詢百執之公議，所據有經。然後肅清廟以載嚴，由閟宫而升祔。上儀交舉，大慶咸均。孝思永奉於烝嘗，懿範有光於典策。臣守藩地近，受國恩深，欣盛事之親逢，與蒼生而共樂。」②

① 《宋史》卷一一《仁宗本紀》，第221頁。
② 《全宋文》卷六七三，册31，第356頁。

受遺仍几，負扆擁文明。勤翼助持盈。徽音不獨流筦管，青册更峥嶸。羽軿上、漢玉衣輕。隙駟去無程。宸心追遠嚴成配，億世鄉粢盛。

受天明命，作漢發靈長。龍日夢休祥。真人承體應圖籙，慶祚啓無疆。望舒未滿殞清光。舜慕極旻蒼。禰宫崇祔申追養，禘祫復烝嘗。《宋會要輯稿·樂八》，册1，第490頁

卷四七　宋鼓吹曲辭一〇

三聖御容赴南京鴻慶宫導引

題注曰：「慶曆七年。」元脱脱《宋史·仁宗本紀》曰：「(慶曆七年)秋七月癸未，奉安太祖、太宗、真宗御容于南京鴻慶宫。」①《宋史·樂志》曰：「《兩朝志》云：『大駕千七百九十三人，法駕千三百五人，小駕千三十四人，人數多於前。鑾駕九百二十五人。迎奉祖宗御容或神主祔廟，用小鑾駕三百二十五人，上宗廟謚册二百人，其曲即隨時更製。』」②

炎精鑿乾，正統膺瑶曆。萬宇歸神德。以聖繼聖三后光，聲明揚典則。天清日潤瑩玉澤，華殿輝金碧。宸心思孝仙馭妥，靈休綏萬億。《宋會要輯稿·樂八》，册1，第490頁

---

①《宋史》卷一一《仁宗本紀》，第223頁。

②《宋史》卷一四〇《樂志》，第3302頁。

真宗加上謚號册寶導引

題注曰：「慶曆七年。」元脱脱《宋史·禮志》曰：「慶曆七年十一月二十五日，加上真宗謚曰膺符稽古成功讓德文明武定章聖元孝皇帝。」①

聖真下武，淳烈緝丕隆，絶瑞與天通。封山育穀聲名舉，仙馭邈軒龍。騰金篆玉顯成功，業業承垂鴻。惟皇孝述光前志，保祐福來同。《宋會要輯稿·樂八》，册1，第490頁

明堂導引

題注曰：「皇祐二年，四曲。」宋祁《明堂典禮奏》（皇祐二年三月十七日）曰：「戊子詔書，今年九月有事於明堂。檢詳典禮，謹具條請，凡十一事。一、明堂者，古天子布政朝諸

① 《宋史》卷一〇八《禮志》，第2606頁。

侯之所，而前代諸儒以爲在國之陽。國朝以來未遑修建，每季秋大饗，即有司攝事，沿隋唐舊制寓祭南郊壇。今皇帝既親祀，不容寓禮，宜即大慶殿以爲明堂，其體一也。仿古便今，於儀爲允，况明道初已曾就此殿恭謝天地。二、據明堂制有五室，當大饗之時，即設昊天上帝座於太室中央，南向。配帝位于上帝東南，西向。青帝室在東，西向。赤帝室在南，北向。黄帝在太室内少西，南北向。白帝室在西，東向。黑帝室在北，南向。今大慶殿初無五室，欲權爲幔室以準古制。每室爲四户八牖。或不爲幔室，即止依方設版位，於禮亦不至妨闕。其五神位即設于庭中東南。三、《通禮》，昊天配帝用蒼牲二，五方帝、五人帝各依方色用牲十。緣國朝每南郊，雖神位至多，亦止用犢四，羊、豕各十六。今明堂欲用犢七，以薦上帝、配帝、五方帝；羊豕各五，薦五人帝。四、燎壇設于殿庭東南隅，如《通禮》之制。五、禮，郊用辛，取王者齋戒自新之義。《通禮》，大饗明堂用辛。今欲擇用辛日。六、明堂古制，南面三階，三面各二階。今大慶殿唯南向一面有兩階，其三面之制即難備設。欲于南面權設午階，以備乘輿登降。七、大次於大慶殿門外少東南向，小次設于大慶殿下少東西向，悉如舊制。八、皇帝致齋，請就文德殿，如南郊大慶殿齋宿之儀。百官致齋，兩省以上官宿於朝堂，文官設次左升龍門外，武官設次右升龍門外。京官仍舊不宿齋，大饗前一日令就百官幕次止宿，至日陪位。九、明堂大饗，唯真宗崇配，據禮合止告一室。

伏緣乘輿入廟，仰對列聖，若專饗一室，禮未厭情。今欲罷有司今年孟秋時饗，請皇帝親行朝饗之禮，即七室皆徧，可盡恭虔，於禮爲便。其真宗室祝册，兼告崇配之意。自餘齋宿，如南郊之儀。禮畢，服通天冠、絳紗袍，乘玉輅還文德殿齋次。如乘輿不親行，即遣官告真宗一室，如常禮。其景靈宫舊禮不著，若依南郊，即乘輿親行酌獻。十、《通禮》，明堂大饗，用大駕，本緣明堂在外行禮。今乘輿前一日親饗七室，不緣前禮，當改用法駕。况太宗端拱二年將饗太廟，有司曾請用法駕，有詔從之。十一、南郊禮畢，自大次輦還帷宫，鈞容鼓吹導引。自帷宫還内，諸營兵夾路鼓吹奉迎。今明堂禮畢，還文德殿，以須旦明，登樓肆赦。緣宫禁近地，難用鈞容鼓吹，其鈞容合在宣德門外排列，營兵鼓吹合在馳道左右排列。欲俟禮成，乘輿離大次還文德殿時，自内傳呼出外，許鈞容及諸營鼓吹一時振作。俟乘輿至文德殿御幄，即傳呼令罷。所參詳舊禮有或未便，合行修正。伏緣祖宗著定大典，有司不得輒更，伏俟裁可。」①《宋史·儀衛志》曰：「皇祐二年，將享明堂，鹵簿使奏：『法駕減大駕三分之一，而兵部亡字圖故本，且文牘散逸，雖粗有名數，較之禮令，未有以裁其中。』

① 《全宋文》卷四九四，册23，第322—324頁。

詔禮官與兵部加考正，爲圖以奏。及上圖，法駕鹵簿用萬有一千八十八人。」①《宋史·仁宗本紀》曰：「(皇祐二年)己酉，朝饗景靈宫。庚戌，饗太廟。辛亥，大饗天地于明堂，以太祖、太宗、真宗配，如圜丘。」②《宋史·樂志》曰：「自天聖已來，帝郊祀、躬耕籍田，皇太后恭謝宗廟，悉用正宫《降仙臺》《導引》《六州》《十二時》，凡四曲。……大享明堂用黄鐘宫，增《合宫歌》。」③

導引

膺乾興運，辰火正心房，宗祀繼文王。典容希闊咸昭備，彬郁亹暉光。因心崇孝申郊侑，内外罄齋莊。神靈驩喜昌綿瓞，受福介無疆。

①《宋史》卷一四五《儀衛志》，第3403—3404頁。
②《宋史》卷一二《仁宗本紀》，第230頁。
③《宋史》卷一四〇《樂志》，第3302頁。

合宫歌

纘重明，端拱保凝命。廣大孝休德，永錫四海有慶。觚壇寓禮正典名，幔室雅奏，彩仗崇制定。五位仿古甚盛。蒿宫光符辰星，高秋嘉時欸（芎）〔穹〕靈，交累聖。上下來顧，寅畏歆純誠。三階平，金氣肅，轉和景。翠葆御雙觀，巽風兑澤布令。脂荼剗蕩墨索清，遠邇嚮附，動植咸遂性。表裏悦穆，庶政醇醲，熙然胥庭。唐堯華封，祝如南山壽永。願今廣懷寧，延昌基扃。

六州

崇嚴配，衢室饗中宸。尋漢禮，崇唐典，襲映情文。方寶輅羽衛星陳，藻綉填馳路，昭爛如雲。靈顧諟，德升聞，曠瑞集紛綸。承平嘉靖，收成穌熟，萬方歌舞，喜氣滿青旻。成熙事，宣和輿物惟新。展宫寢，欸廟室，饗帝極尊親。罄宸慮，四海駢（臻）〔臻〕，肅簪紳。齋明際，浹人神。乾元盛則屬兹辰，皇業協華勛。房心正位，端居報政，三年美薦，廣孝福吾民。

十二時

恢皇統，宵旰勤，攷正朔，亶同規。留談經幄，來諫書帷，稽古極文思。尊耀魄寶秩神祇，禮從宜，顯相協欽祇。顥氣結華滋，西成獻瑞，百穀滿京坻。化無爲，斯萬卜年期。隆昌運，大報同姬。成文武，紹重熙。歷朝缺典，自我親祠，容采炳葳蕤。嘉能事，秀錯多儀。太和時，清風涵溥惠，浩露浹深慈。群方昭泰，保定宅華夷。擁靈禧，萬葉累鴻基。《宋會要輯稿·樂八》，册1，第484—485頁

三聖御容萬壽觀奉安導引

題注曰：「皇祐五年。」宋李燾《續資治通鑑長編》曰：「（皇祐五年二月丙子）初，殿中丞、通判滁州王靖言，太祖擒皇甫暉於滁州，太宗下劉繼元於并州，真宗禦契丹於澶州，是三州皆宜立廟以昭遺烈。於是即芳林園命工寫三聖御容，宰相龐籍爲奉安使，權奉安于萬壽觀。庚辰，車駕詣觀，行酌獻之禮。」①

萬靈昭瑞，天地贊昌期，寶運協開基。巍巍列聖無疆德，神化洽重熙。虔思出蹕馨彰施，歲

① 《續資治通鑑長編》卷一七四「仁宗皇祐五年」，第4197頁。

暮儼神宜。雲輿迎奉依珍館，塞外焕朝儀。《宋會要輯稿·樂八》，册1，第490頁

三聖御容赴滁并澶州奉安導引

題注曰：「皇祐五年。」元脱脱《宋史·仁宗本紀》曰：「（皇祐五年）三月癸亥，遣使奉安太祖御容于滁州，太宗御容于并州，真宗御容于澶州。」①

穆清冲境，金闕秘寥陽，二后侍虚皇。真人恭默欽先烈，肖象啓琳房。巋然神物護靈光，玉色粹逾彰。虎旌龍節輝前後，館御鎮無疆。《宋會要輯稿·樂八》，册1，第491頁

太祖孝明皇后御容赴太平興國寺開先殿奉安導引

題注曰：「至和二年。」宋李燾《續資治通鑑長編》曰：「（至和二年秋七月）己卯，奉安

① 《宋史》卷一二，第234頁。

太祖皇帝、孝明皇后御容于太平興國寺開先殿。乙酉，奉安太宗皇帝、元德皇后御容于啓聖禪院永隆殿。先是，重修開先及永隆殿，迎御容權置天章閣。及是殿成，乃復奉安於本殿。」①

剗除霸軌，穆穆照皇明。大統一寰瀛。窮湖絶塞人安業，武庫遂銷兵。仙遊昔日上三清。極望紫雲平。珠宫寶坐嚴崇奉，聖祚永綏寧。《宋會要輯稿・樂八》，册1，第491頁

太宗元德皇后御容赴啓聖院奉安導引

題注曰：「至和二年。」

寶圖全盛，端拱信巍巍，聲教暨華夷。辰髦盡入英雄彀，齊築太平基。仙輿前指玉霄歸，夾道九鸞飛。真宫秘殿嚴崇奉，聖治永無爲。《宋會要輯稿・樂八》，册1，第491頁

---

①《續資治通鑒長編》卷一八〇「仁宗 至和二年」，第4360頁。

恭謝導引

題注曰：「嘉祐元年，四曲。」元脱脱《宋史・仁宗本紀》曰：「(嘉祐元年)九月庚寅，命宰臣攝事于太廟。辛卯，恭謝天地于大慶殿，大赦，改元。」①

導引

六龍馳駕，玉輅儼宸威，天仗下端闈。華旌翠羽籠黄道，赫奕照晨暉。大哉仁孝踰堯舜，圭瓚磬虔祇。神靈肸蠁來歆荅，萬壽保純禧。

合宫歌

泰階平，勛業屬全盛。旰昃焦勞訪道，纘三朝仁政。大庭蕆事欵上靈。服冕執圭，侑饗尊累聖。豆籩奕奕，嘉靖神光，四照百禮成。回御天門，講丕彝，敷大慶。蒙被草木，萬國仰聲明。和聲。

---

①《宋史》卷一二，第240頁。

六州

嚴(太)〔大〕寢，容禮繹前經。仰蒼粹，欽厚順，式報生成。至信洽，上格神靈。太和凝氣象，霄宇澄清。圭幣列，鼓鐘鏗。群品薦豐盈。熙事既備，大儀交舉，百嘉允集，萬福來迎。和聲。

十二時

金徒箭，曉漏延長，霄極爛星芒。珠旒絢采，黼衮交章，宸表寢顒昂。上交合，奠鬯流香，燎揚光。神錫以百祥，壽延于無疆。三時告稔，萬億滿倉箱。息邊防，蠻貊盡來王。和聲。《宋會要輯稿・樂八》，册 1，第 480—481 頁

祫享太廟導引

題注曰：「嘉祐四年，四曲。」元脱脱《宋史・仁宗本紀》曰：「(嘉祐四年)冬十月壬申，朝饗景靈宫。癸酉，大祫於太廟，大赦。」①《宋史・禮志》曰：「嘉祐四年十月，仁宗親詣太

---

①《宋史》卷一二，第 245 頁。

廟行祫享禮，以宰臣富弼爲祫享大禮使，韓琦爲禮儀使，樞密使宋庠爲儀仗使，參知政事曾公亮爲橋道頓遞使，樞密副使程戡爲鹵簿使。……有司言：『諸司奉禮，攝廩犧令省牲，依《通禮》改正祀儀。散齋四日於别殿，致齋二日於大慶殿，一日於太廟。尚舍直殿下，設小次，御坐不設黄道褥位。七室各用一太牢，每坐簠簋二，㽅鉶三，籩豆爲後，無黼扆、席几。出三閣瑞石、篆書玉璽印、青玉環、金山陳於庭。别廟四后合食，牲樂奠拜無異儀。故事，七祀、功臣無牲，止於廟牲肉分割，知廟卿行事。請依《續曲臺禮》，共料一羊，而獻官三員，功臣單席，如大中祥符加褥。』十月二日，命樞密副使張昇望告昊天上帝、皇地祇。帝齋大慶殿。十一日，服通天冠、絳紗袍，執圭，乘輿，至大慶殿門外降輿，乘大輦，至天興殿，薦享畢，齋於太廟。明日，帝常服至大次，改衮冕，行禮畢，質明乘大輦還宫，更服鞾袍，御紫宸殿，宰臣百官賀，升宣德門肆赦。二十一日，詣諸觀寺行恭謝禮。二十六日，御集英殿爲飲福宴。」①

導引

天儀安豫，至治洽無爲，九域被雍熙。鸞刀親割升圭瓚，清廟展孝思。簫韶九變皇靈格，嘏

① 《宋史》卷一〇七《禮志》，第2580—2582頁。

告顯深慈。精誠動感歸能饗，福祚衍金枝。

奉禋歌

皇澤均普群生遂，萬宇和附。講天津合祭，聖宗神祖。八音鈞奏諧節，堂上薦鳴球琴瑟，擊越布濩。霜空静，月華凝，光景藹藹，紛紛曉霞披。和鈴作，鸞輿回，天人共睹，慶無疆祚，崇明祀。五輅駕，騰黄純駟，旂常扈蹕嚴環衛。公卿奉引，虚徐弛道，祲容藿靡。葱葱鬱鬱，祥風瑞靄發，天光旖旎。錫羨豐融，漏泉該浹，上恩遐被。群心豫，頌聲作，皇德至。侔乾貺，浩浩霈。

六州

深仁化，穹厚格成平。徇誠慮，托皇統，萬宇光亨。中孝致潔饗宗祊。金駕徐徐動，容禮輝明。躬道祖，謁款殊庭，列聖固純誠。靈心底豫，休祥充塞，端闈肆眚，愛日燦然明。和聲。

十二時

明昌世，乾統彌文，皇德揆華勛。三辰順晷，慶靄輪囷，潛寶耀坤珍。躬祫饗，肅薦犧尊。孝儀申，助祭儼纓紳，大樂奏韶鈞。陽開陰閉，幽顯盡欣欣。慶霄文，思結在黎民。和聲。《宋

會要輯稿·樂八》，册1，第491頁

宣祖昭憲皇后御容赴奉先禪院奉安導引

題注曰：「嘉祐五年。」宋李燾《續資治通鑑長編》曰：「（嘉祐五年春正月）己酉，奉安宣祖皇帝、昭憲皇后御容于奉先資福禪院慶基殿。初，慶基殿繪宣祖像具韡袍，而昭憲皇后具冠帔。至是，別繪衮冕及后服二像，而舊像入禁中。庚戌，酌獻于慶基殿。」①

於皇祖烈，大宋啓鴻名，駿命屬炎靈。閟宫厚德太陰精，重華誕聖明。軒臺百世護基扃，龍駕在清冥。漢家原廟崇新飾，鼎業永安寧。《宋會要輯稿·樂八》，册1，第491頁

明德章穆皇后御容赴普安禪院奉安導引

題注曰：「嘉祐六年。」宋李燾《續資治通鑑長編》曰：「（嘉祐二年十二月）己未，觀文

---

①《續資治通鑑長編》卷一九一「仁宗 嘉祐五年」，第4611頁。

殿學士、翰林侍讀學士、禮部尚書王舉正爲奉安明德、章穆皇后神御禮儀使。二后神御皆在普安院，爲大水所壞，徙于啓聖院，既修完，故還奉安於本殿也。」①又曰：「(嘉祐六年二月)辛酉，奉安明德章穆皇后御容于普安禪院之重徽殿。」②元脱脱《宋史・禮志》曰：「神御殿，古原廟也，以奉安先朝之御容。……明德、章穆二后於普安院重徽殿，章惠太后於萬壽觀廣慶殿。」③

母儀天寓，彤史藹遺芳。紓餘慶氣固靈長，基祚寖明昌。重華大孝奉蒸嘗，原廟閟靈光。采章褕翟嚴新飾，歆顧福穰穰。《宋會要輯稿・樂八》，册1，第491頁

① 《續資治通鑒長編》卷一八六「仁宗　嘉祐二年」，第4497頁。
② 《續資治通鑒長編》卷一九三「仁宗　嘉祐六年」，第4662頁。
③ 《宋史》卷一〇九《禮志》，第2624—2625頁。

真宗御容赴壽星觀奉安導引

題注曰：「嘉祐七年。」元脱脱《宋史·仁宗本紀》曰：「(嘉祐七年)丁亥，奉安真宗御容于壽星觀。」①

憶玉清景，繁盛極當時，千古事難追。漢家别廟秋風起，空出奉宸衣。三山曉海日暉暉，羽蓋共雲飛。靈宫舊是棲真處，還望玉輿歸。《宋會要輯稿·樂八》，册1，第491頁

① 《宋史》卷一二，第249頁。

奉安真宗皇帝御容于壽星觀永崇殿導引歌詞

王珪

元脱脱《宋史・禮志》曰：「真宗神御之殿十有四：景靈宫奉真殿、玉清昭應宫安聖殿、洪福院、壽寧堂、福聖殿、崇先觀永崇殿、萬壽觀延聖殿、澶州信武殿、西京崇福宫保祥殿、華州雲臺觀集真殿及西院、鴻慶宫、會聖宫、鳳翔太平宫。」①

憶玉清景，繁盛極當時。千古事難追。漢家别廟秋風起，空出奉宸衣。三山浮海日暉暉。羽蓋共雲飛。靈宫舊是棲真處，還望玉輿歸。《全宋詞》，册1，第201—202頁

① 《宋史》卷一〇九，第2625頁。

（明堂）導引

題注曰：「嘉祐七年，四曲。」元脱脱《宋史・仁宗本紀》曰：「壬子，詔季秋有事于明堂。八月乙亥朔，出明堂樂章，肄于太常。……辛亥，大饗明堂，奉真宗配，大赦。」①

導引

帝皇盛烈，教孝謹民常。嚴父位明堂。管絲金石含天韻，籩豆薦芬芳。肅然音響靈來下，容與動祥光。四方内外交欣喜，飲福萬年觴。

合宫歌

太平時，寶殿垂衣治。馭左右賢俊，萬國執玉助祭。凉秋九月霜華飛，感發純孝，五室配上

① 《宋史》卷一二，第249頁。

帝。紫漢入夜凝霽。房心下泛華芝，大田棲糧歲功成，農歌沸。複道躬拜，肅迎神嬉。漏聲遲，玉磬響，遞清吹。嘉薦升雕俎，柘漿屢酌幾醉。雲扶靈駕欻若歸，天意留顧，萬福如山委。便御丹闕，布爲皇澤，與民熙熙。遠觀唐虞，未有如兹盛禮。願常遇鳴鑾，三歲親祠。

六州

承景運，天子奉明堂。玉燭應，金飆動，萬寶盈箱。嚴法駕，天路龍驤。采仗迎祥，日色動扶桑。欵清廟，我誠將，回御八鸞鏘。於皇仁孝，祖宗來顧，熙于四極，令問載無疆。躬嚴配，笙鏞奏，鳳來翔。瑞烟起，浮帝衮，玉步聞天香。升重宇，璧玉華光，桂流觴。神虞夕照熉黃，九霄鳴佩下清厢，齊拱太微傍。群心同願，長臨路寢，三年講禮，顯祀文王。

十二時

承平世，嘉祐壬寅，九月上旬辛。酒醪香旨，穀實豐珍，宗祀敞中宸。賓延上帝五方神，以嚴親。誠心通杳杳，文物盛彬彬。金聲玉色，和奏翕鏗。純藹無垠，天地一洪鈞。明天子，至化深仁，壹意奉精禋。感時怵惕，即事恭寅，用孝教斯民。多儀舉，大恩淪，福來臻。清風動閶闔，皓氣下天津。幣誠玉腆，朱燎焜槱薪。積歡欣，皇曆萬斯春。《宋會要輯稿・樂八》，冊 1，第 485 頁

平調發引二曲

王　珪

按，此二首均見宋張師正《倦遊雜録》，其一又見《詞律拾遺》卷一，作王禹偁詞。《倦遊雜録》曰：「神文將葬永昭陵，大行梓宫初發引，王禹玉時爲翰林學士，作《平調發引二曲》。」①禹玉，王珪字。昭陵即永昭陵，仁宗陵寢。元脱脱《宋史·英宗本紀》曰：「（嘉祐八年）冬十月甲午，葬仁宗於永昭陵。」②宋制，鼓吹曲辭例由學士院撰。據《宋史·王禹偁傳》，王禹偁至道元年召爲翰林學士，旋因孝章皇后崩事，坐謗訕，罷知滁州，真宗即位復召還，咸平四年卒於蘄州。仁宗崩時，王禹偁未在翰院，無由與其事。又據《宋史·王珪傳》，珪典内外制近二十年，歷仁宗、英宗、神宗三帝之崩，可與其事。唐圭璋《全宋詞》將此二首

---

① [宋] 張師正撰，李裕民輯校《倦遊雜録》，《楊文公談苑　倦遊雜録》，上海古籍出版社，1993 年版，第 16 頁。

② 《宋史》卷一三，第 255 頁。

其一列入王禹偁存目詞，并于王珪詞下按曰：「此首别又誤作王禹偁詞，見《詞律拾遺》卷一。」①極是。

玉宸朝晚，忽掩赭黄衣。愁霧鎖金扉。蓬萊待得仙丹至，人世已成非。龍軒天仗轉西畿。旌旆入雲飛。望陵宫女垂紅泪，不見翠輿歸。

上林春晚，曾是奉宸遊。水殿戲龍舟。玉簫吹斷催仙馭，一去隔千秋。遊人重到曲江頭。事往涕難收。空餘御幄傳觴處，依舊水東流。《全宋詞》，册1，第202頁

仁宗神主祔廟導引

題注曰：「嘉祐八年。」元脱脱《宋史・英宗本紀》曰：「(嘉祐八年)冬十月甲午，葬仁宗於永昭陵。十一月丙午，祔於太廟。」②

① 唐圭璋《全宋詞》，中華書局，1965年版，第202頁。
② 《宋史》卷一三，第255頁。

九虞初畢，黼座掩瑶觴，羽衛盛煌煌。數聲清蹕來天上，想像赭袍光。新成清廟冐雲堂，孝饗奉蒸嘗。子孫千載承丕緒，景福介無疆。《宋會要輯稿·樂八》，册1，第491頁

仁宗御容赴景靈宫奉安導引

題注曰：「治平二年。」元脱脱《宋史·英宗本紀》曰：「（治平二年夏四月）丙午，奉安仁宗御容于景靈宫。」①《宋史·樂志》曰：「凡迎奉祖宗御容赴宫觀、寺院并神主祔廟，悉用正宫，惟仁宗御容赴景靈宫改用道調，皆止一曲。」②

彤霞縹緲，海上隱三山，仙去莫能攀。琳宫本是神靈宅，飆馭此來還。雲邊天日望威顔，不似在人間。當時齊魯嗚鑾處，稽首泪潺湲。《宋會要輯稿·樂八》，册1，第491頁

① 《宋史》卷一三，第257頁。

② 《宋史》卷一四〇，第3303頁。

導引

題注曰：「治平二年，四曲。」

治平天子，景至肇嚴禋，華玉禮威神。六龍齊捧鑾輿動，采仗轉鈎陳。歸來瑞氣滿清晨，金石舜韶新。樓前山鶴銜書下，天地已爲春。

六州

垂炎運，真主嗣瑶圖。海波晏，卿雲爛，日月麗皇都。年屢稔，萬寶山儲。廣莫風生律，一氣潛嘘。陳法駕，翠羽裝輿，清蹕下天衢。金匏六變，欻然靈顧，來如風馬，拜貺紫壇初。和聲。奉神娱，嘉籩薦，美玉奠，照熒烛。星彩動，霜華薄，禁閣漏聲疏。回龍馭，寶瑞紛敷。衆心愉，鈞天别奏簫竽。仙人樓上捧赦書，舞鶴更躊躕。丹徼北窮，沙漠涵皇澤，盛德邁唐虞。

十二時

千年運，五葉升平，法扆坐中楹。天高日潤，雷動風行，三萬里聲明。靈臺偃伯仆邊兵，事農耕。一氣重滋萌，萬寶迄登成。天生嘉穀，博碩又芳馨。馨齊精，謁欸謝嘉生。和聲。神明地，當陽定天位，來助見人情。璧珪葱璪，金石鏗鈜，儀禮盛西京。靈祇喜，福禄來盈。詠《夷庚》。幔城班上笏，鑾路趣還衡。觚棱雙闕，赭案切三清。動歡聲，恩澤遍寰瀛。

奉禋歌

皇天眷命集珍符，上聖膺期起天衢。環紫極，握鴻樞。此時朝野歡娱，樂于于，人似住華胥。和氣至，嘉生遂，豆實正芬敷。禮與誠俱，風飄洒，靈來下，喜怡愉。斗隨車轉，月上壇觚，奉禋初。至誠孚，如山嶽，福委祥儲。車旋軌，雲間雙闕峙，百尺朱繩到地，兩行雉扇排虚。仙鶴銜書，珍袍上笏相趨。共歡呼，號令崇朝，遍滿寰區，陽動春噓。躬盛事，受多祉，千萬祀，天長地久皇圖。《宋會要輯稿·樂八》，册1，第477頁

治平四年英宗祔廟一首

元脱脱《宋史·神宗本紀》曰：「(治平四年八月)癸酉，葬英宗於永厚陵。九月……乙酉，祔英宗神主于太廟，樂曰《大英之舞》。」①

導引

壽原初掩，歸蹕九虞終，仙馭更無踪。思皇攀慕追來孝，作廟繼三宗。旌旗居外擁千重，延望想威容。寶輿迎引歸新殿，奏享備欽崇。《宋史》卷一四〇《樂志》，第3312—3313頁

大行皇帝靈駕發引挽歌辭治平四年

歐陽修

享國年雖近，斯民澤已深。儉勤成禹聖，仁孝本虞心。方慶逢千載，俄驚遏八音。天愁嵩

① 《宋史》卷一四，第266頁。

嶺外，雲慘洛川潯。仗動千官衛，神行萬象陰。孤臣恩未報，清血但盈襟。

文景孜孜儉與恭，慨然思就太平功。興隆學校皇家盛，放斥嬪嬙永巷空。威懾黠羌方問罪，丹成仙鼎忽遺弓。霜清日薄簫笳咽，萬國悲號慘澹中。

千齡應運叶天人，四海方欣政日新。忽見九門陳羽衛，猶疑五載欲時巡。觚棱月暗翔金鳳，輦道霜清卧石麟。白首舊臣瞻畫翣，秋風泪灑屬車塵。《全宋詩》卷二九五，册6，第3715頁

四年英宗御容赴景靈宫奉安導引一首

元脱脱《宋史·神宗本紀》曰：「（熙寧）二年春正月甲午，奉安英宗神御于景靈宫英德殿」①《宋史·禮志》曰：「熙寧二年，奉安英宗御容于景靈宫，帝親行酌獻，仍詔歲以十月望朝享，有期以上喪或災異，則命輔臣攝事。」②按，此詩《宋會要輯稿補編》作《英宗御容赴

① 《宋史》卷一四《神宗本紀》，第270頁。
② 《宋史》卷一〇九《禮志》，第2626頁。

景靈宮奉安導引》，題下小注曰：「熙寧二年。」①則此詩詩題應作「二年英宗御容赴景靈宮奉安導引一首」。

鼎湖龍去，仙仗隔蓬萊，輦路已蒼苔。漢家原廟臨清渭，還泣玉衣來。鳳簫鑾扇共徘徊，帳殿倚雲開。春風不向天袍動，空繞翠輿回。《宋史》卷一四〇《樂志》，第 3313 頁

熙寧二年仁宗、英宗御容赴西京會聖宮應天禪院奉安導引一首

元脱脱《宋史・神宗本紀》曰：「（熙寧二年夏四月）癸丑，命曾公亮爲西京奉安仁宗、英宗御容禮儀使。……（五月）丁亥，奉安仁宗、英宗御容于會聖宮及應天院。」②

---

① ［清］徐松輯，陳智超整理《宋會要輯稿補編》卷一一一八六，全國圖書館文獻縮微複製中心，1988 年版，第 379 頁。

② 《宋史》卷一四《神宗本紀》，第 270—271 頁。

九清三境，飆馭杳難追，功烈并巍巍。洛都不及西巡到，猶識晬容歸。三條馳道隱金椎，仙仗共逶迤。珠宫紺宇申嚴奉，億載固皇基。《宋史》卷一四〇《樂志》，第3313頁

章惠皇太后神主赴西京導引一首

祥符盛際，二鄗正休兵，瑞應滿寰瀛。東封西祀鳴鑾輅，從幸見升平。仙遊一去上三清，廟食享隆名。寢園松柏秋風起，簫吹想平生。《宋史》卷一四〇《樂志》，第3313頁

中太一宫奉安神像導引一首

宋李燾《續資治通鑒長編》曰：「（熙寧六年十一月）癸丑，冬至，奉安中太一神象。」①元脱脱《宋史·樂志》曰：「熙寧中……諸后告遷、升祔，上仁宗、英宗徽號，迎太一宫神像，

---

①《續資治通鑒長編》卷二四八「神宗 熙寧六年」，第6045頁。

亦以一曲導引，率因事隨時定所屬宮調，以律和之。」①

九霄仙馭，四紀樂西清，游衍遍黃庭。雲駢萬里歸真室，上應泰階平。金輿玉像下瑤京，彩仗擁霓旌。天人感會千年運，福祚永昌明。《宋史》卷一四〇《樂志》，第3313頁

熙寧十年南郊皇帝歸青城導引一首

元脱脱《宋史·神宗本紀》曰：「(熙寧十年十一月)甲戌，祀天地于圜丘，赦天下。」②

《宋史·樂志》曰：「熙寧中，親祠南郊，曲五奏，正宮《導引》《奉禋》《降仙臺》；祠明堂，曲四奏，黃鐘宮《導引》《合宮歌》：皆以《六州》《十二時》。」③

---

① 《宋史》卷一四〇，第3303頁。

② 《宋史》卷一五《神宗本紀》，第294頁。

③ 《宋史》卷一四〇《樂志》，第3303頁。

降仙臺

清都未曉，萬乘并駕，煌煌擁天行。祥風散瑞靄，華蓋聳旂常，建耀層城。四列兵衛，爟火映金支翠旌。衆樂警作充宫廷，噭繹成。紺幄掀，衮冕明。妥帖壇陛，霄升振珩璜，神格至誠。雲車下冥冥，儲祥降嘏莫可名。御端闕，肹號敷榮。澤翔施溥，茂祉均被含生。《宋史》卷一四〇《樂志》，第3313—3314頁

元豐二年慈聖光獻皇后發引四首

元脱脱《宋史·禮志》曰：「仁宗慈聖光獻皇后曹氏。神宗元豐二年十月二十日，太皇太后崩于慶壽宫。是日，文武百官入宫，宰臣王珪升西階，宣遺誥已，内外舉哭盡哀而出。二十六日大斂，命韓縝爲山陵按行使。二十九日，皇帝成服。……三年正月十四日，上謚。太常禮院言：『大行太皇太后雖已有謚，然山陵未畢，俟掩皇堂，去「大行」，稱慈聖光獻太皇太后；祔廟題神主，仍去二「太」字。』……太常禮院又言：『慈聖光獻皇后祔廟，前二日，告天地、社稷、太廟、皇后廟如故事。至日，奉神主先詣僖祖室，次翼祖、宣祖、太祖、太祖

后。太宗皇帝、懿德皇后、明德皇后同一祝，次饗元德皇后。慈聖光獻皇后，異饌、異祝，行祔廟之禮。次真宗、仁宗、英宗室。禮畢，奉神主歸仁宗室。如此，則古者祔謁之禮及近代偏饗故事，并行不廢。』從之。三月十日，葬永昭陵。二十二日，祔於太廟。」①又曰：「熙寧中，親祠南郊，曲五奏，正宮《導引》《奉禋》《降仙臺》；祠明堂，曲四奏，黃鐘宮《導引》《合宮歌》：皆以《六州》《十二時》。永厚陵導引、警場及神主還宮，皆四曲，虞主祔廟、奉安慈聖光獻皇后山陵亦如之。」②

儀仗内《導引》一首

駕斑龍，忽催金母，轉仙仗，去瑶宮。絳闕深沉杳無踪，漸塵空。絲綱瓊林，花似怨東風，垂清露啼紅。猶想舊春中，獻萬壽，寶船空。

---

①《宋史》卷一二三，第2872—2873頁。

②《宋史》卷一四〇，第3303頁。

警場内三曲

六州

九龍輿，記春暮，幸蓬壺。瓊囿敞，綉仗趨，年華與逝水俱。瑶京遠，信息斷無。寶津池面落花鋪，愁晚容車來禁途。鳳簫鑾翣，西指昭陵去。舊賞蟠桃熟，又見漲海枯。應共靈真母，曳霞裾。宴清都，恨滿山隅，春城翠柏藏烏。扃户劍，照燈魚，人間一夢覺餘。泉宫窈窕鎖夜龍，銀江澄澹浴仙鳧，烟冷金爐玉殿虚。緑苔新長，雕輦曾行處。夜夜東朝月，似舊照錦疏，侍女盈盈泪珠。

十二時

治平時，暫垂簾，佑聖子，解危疑。坐安天下，逾歲厭避萬機，退處宸闈。殿開慶，養志入希夷。扶皓日，浴咸池。看神孫撫御，千載重雍累熙，四方欽仰洪慈。陰德遠，仁功積，歡養罄九域，禮無違。事難期，乘霞去，乍睹升仙，誥下九圍。泣血漣如，更鸞車動，春晚霧暗翠旂，路指嵩伊。薤歌鳳吹，悠颺逐風悲。珠殿悄，綱塵垂。空坐濕。罔極吾皇孝思，鏤玉寫音徽。彤管煒，青編紀，寧更羡周《雅》播聲詩。

祔陵歌

真人地，瑞應待聖時。鞏原西，滎河會，澗洛與瀍伊，衆水縈回。嵩高映抱，幾疊屏幃。秀嶺參差，遥山群鳳隨。共瞻陵寢浮佳氣，非烟朝暮飛，龜筮告前期。奠收玉斝，筵卷時衣。鑾輅曉駕載龍旂，路逶遲。鈴歌怨，畫翣引華芝，霧薄風微。真遊遠，閉寶閣金扉，侍女悲啼。玉階春草滋，露桃結子靈椿翠，青車何日歸！銜恨望西畿。便一房鎖，夜臺曉無期。《宋史》卷一四〇《樂志》，第3314—3315頁

虞主回京四首

儀仗内《導引》一曲

龍輿春晚，曉日轉三川，鼓吹慘寒烟。清明過後落花天，望池館依然。東風百寶泛樓船，共薦壽當年。如今又到苑西邊，但魂斷香軿。

警場内三曲

六州

慶深恩，寶曆正乾坤。前帝子，後聖孫，援立兩儀軒。西宮大母朝寢門，望椒闈常温。芳時媚景，有三千宮女，相將奉玉輦金根。上林紅英繁，縹緲鈞天奏梨園。望絶瑶池，影斷桃源。恨難論，開禁闥，春風丹旐翩翩。飛翠蓋，駕琱輼，容衛入西原。管簫動地清喧，陵上柏烟昏。殘霞弄影，孤蟾浮天外，行人觸目是消魂。問蒼天，塵世光陰去如奔。河洛潺湲，此恨長存。

十二時

望嵩邙，永昭陵畔，王氣壓龍岡。鞏、洛靈光，鬱鬱起嘉祥。虛彩斾，轉哀仗，閟幽堂。嘆仙鄉路長，景霞飛松上。珠襦宵掩，細扇晨歸，崑閬茫茫。滿目東郊好，紅葩門芳，韶景空駘蕩。對春色，倍凄凉，最情傷。從輦嬪嬙，指瑶津路，泪雨泣千行。翠珥明璫，曾憶薦瓊觴。春又至，人何往，事難忘，向斜陽斷腸。聽鈞天嘹亮，清都風細，朱欄花滿，誰奏清商？紫幄重簾外，時飄寶香。環佩珊珊響，問何日，反璚房？

虞主歌

轉紫芝，指東都帝畿。愁霧裏，簫聲宛轉，輦路逶迤。那堪見，郊原芳菲，日遲遲。對列鳳翣龍旗，輕陰黯四垂。樓臺緑瓦沍琉璃，仙仗歸。壽原清夜，寒月掩褕褘。翠幰璚輪，空反靈螭。憩長岐，嵩峰遠，伊川渺瀰。此時還帝里，旌幡上下，葆羽葳蕤。天街回，垂楊依依。過端闈，閶闔正闢金扉，觚棱射暖暉。虞神寶篆散輕絲，空涕洟。望陵宫女，嗟物是人非。萬古千秋，烟慘風悲。《宋史》卷一四〇《樂志》，第 3315—3316 頁

虞主祔廟儀仗内導引一首

輕輿小輦，曾宴玉欄秋，慶賞殿宸遊。傷心處，獸香散盡，一夜入丹丘。翠簾人静月光浮，但半卷銀鈎。誰知道，桂華今夜，却照鵲臺幽。《宋史》卷一四〇《樂志》，第3316頁

五年景靈宫神御殿成，奉迎導引一首

新宫翼翼，鉅麗冠神京，金虬蟠綉楹，都人瞻望洪紛處，陸海涌蓬瀛。仙輿縹緲下圓清，彩仗擁天行。熉黄珠幄承靈德，錫羡永升平。《宋史》卷一四〇《樂志》，第3316—3317頁

慈孝寺彰德殿遷章獻明肅皇后御容赴景靈宫衍慶殿奉安導引一首

九清雲杳，飆馭邈難追，功化盛當時。保扶仁聖成嘉靖，彤管載音徽。天都左界抗華榱，仙仗下逶迤。寶楹黼帳承神貺，萬壽永無期。《宋史》卷一四〇《樂志》，第3317頁

八年神宗靈駕發引四首

導引

金殿晚，注目望宫車，忽聽受遺書。白雲縹緲帝鄉去，抱弓空慕龍湖。瑶津風物勝蓬壺，春色至，望琱輿。花飛人寂寂，凄凉一夢清都。

六州

炎圖盛，六葉正協重光。膺寶瑞，更法度，智勇軼超成湯。昭回雲漢爛文章，震揚威武懾多方，生民帖泰擁殊祥。封人祝頌，萬壽與天長。豈知丹鼎就，龍下五雲旁。飄然真馭，游衍仙鄉。泣彤裳，伊洛洋洋，嵩峰少室相望。藏弓劍，游衣冠，雋功盛德難忘。泉臺寂，魚燭熒煌。銀海深，鳧雁翱翔。想像平居，謾焚香。望陵人散，翠柏忽成行。獨餘嵩峰月，夜夜照幽堂，千秋陳迹凄凉。

十二時

珍符錫，佑啓真人，儲思在斯民。勤勞日升，萬物皆入陶鈞。收威柄，更法令，鼎從新。東風吹百卉，上苑正青春。流虹節近，衣冠玉帛，交奏嚴宸，萬壽祝堯仁。忽聽宮車晚出，但號慕，瞻雲路，企龍鱗。窮天英冠古精神。杳然上儤，人空望屬車巡。虛仗星陳，晝翣環擁龍輴。泉宮掩，帝鄉遠，邈難親。反坰輪，飛羽蓋，還渡天津。霧迷朱服，風摇細扇，觸目悲辛。列嬪嬙，垂紅泪，浥行塵。相將問，何日下青旻？

永裕陵歌

升龍德，當位富春秋。受天球，膺駿命，玉帛走諸侯。寶閣珠樓臨上苑，百卉弄春柔。隱約瀛洲，旦旦想宸遊。那知羽駕忽難留，八馬入丹丘，哀仗出神州。笳聲凝咽，旌旆去悠悠。碧山頭，真人地，龜洛奥，鳳臺幽。繞伊流，嵩峰岡勢結蛟虯。皇堂一閉威顔杳，寒霧帶天愁。守陵嬪御，想像奉龍輈。牙盤赭案肅神休，何日覲雲裘！紅泪滴衣褠，那堪風點綴柏城秋。《宋史》卷一四〇《樂志》，第3317—3318頁

虞主回京四首

導引

上林寒早，仙仗轉郊圻，笳鼓入雲悲。逶迤輦路過西池，樓閣鎖參差。都人瞻望意如疑，猶想翠華歸。玉京傳信杳無期，空掩赭黄衣。

六州

承聖緒，垂意在升平。驅貔虎，策豪英，號令肅天兵。四方無復羽書征，德澤浸群生。睿謀雄雋，絀漢高狹陋，慕三皇二帝登閎，緝樂綴文明。將升岱嶽告功成，玉牒金繩，勝寶飛聲。事難評。軒鼎就，清都一夢俄頃。飛霞佩，乘龍馭，羽衛入高清。祥光浮動五色，迎鸞鳳，雜簫笙。因山功就，同軌人至，銘旌畫翣，行背重城。楚笳凝咽，漢儀雄盛，攀慕傷情。惟餘内傳，知向蓬瀛。

十二時

太平時，御華夷。躬聽斷，破危疑。春秋鼎盛，紬聲樂遊嬉，日升繁機。長駕遠馭，垂意在軒羲。恢六典，斥三垂。有殊尤絶迹，盛德旁魄周施，方將綴緝聲詩。擴皇綱，明帝典，紹累聖重熙，高拱無爲，事難知。春色盛，逼千秋嘉節，忽聞憑玉几，頒命彤闈，厭世御雲歸。翊翠鳳，駕文螭，縹緲難追。侍臣宮女，但攀慕號悲。玉輪動，指嵩伊。龍鑣日益遠，空遊漢廟冠衣。惟盛德巍巍，鏤玉册，傳青史，昭示無期。

虞神

復土初，明旌下儲胥。回虛仗，簫笳互奏，旌旆隨驅。豈知飆御在蓬壺，道縈紆。風日慘，六馬躊躇，留恨滿山隅。不堪回首，翠柏已扶疏。帝城漸邇。愁霧鏁天衢。公卿百辟，鱗集雲敷，迓龍輿。端門闢，金碧凌虛，此時還帝都。嚴清廟，入空畤，升文物，燦爛極嘉娛。配三宗，號稱神古所無。帝德協唐虞，《九歌》畢奏斐然殊，會軒朱。神具燕喜，錫福集皇居。更千萬祀，佑啓邦圖。《宋史》卷一四〇《樂志》第 3318—3319 頁

神主祔廟導引一首

元脱脱《宋史・哲宗本紀》：「(元豐八年三月)戊戌，神宗崩，太子即皇帝位。……九月戊戌，以神宗英文烈武聖孝皇帝之謚告于天地、宗廟、社稷。……(冬十月)乙酉，葬神宗皇帝于永裕陵。……(十一月)丁酉，祧翼祖，祔神宗於太廟，廟樂曰《大明之舞》。」①

歲華婉娩，侍宴玉皇宫，琱輦出房中。豈知軒后丹成去，望絶鼎湖龍。壽原初掩九虞終，歸蹕五雲重。惟餘寶册書鴻烈，清廟配三宗。《宋史》卷一四〇《樂志》，第3319頁

奉安神宗皇帝御容赴景靈宫導引歌詞

蘇　軾

元脱脱《宋史・哲宗本紀》曰：「(元祐二年三月)癸酉，奉安神宗神御于景靈宫宣光

① 《宋史》卷一七，第318—320頁。

殿。……(八月)乙酉,命吕大防爲西京安奉神宗御容禮儀使。……冬十月壬午,奉安神宗御容于會聖宫及應天院。」①

迎奉神宗皇帝御容赴西京會聖宫應天禪院奉安導引歌詞

蘇軾

帝城父老,三歲望堯心。天遠玉樓深。龍顔髣髴笙簫遠,腸斷屬車音。離宫春色瑣瑶林。雲闕海沉沉。遺居猶唱當時曲,秋雁起汾陰。《全宋詞》,册1,第331頁

經文緯武,十有九年中。遺烈震羌戎。渭橋夾道千君長,猶是建元功。西瞻温洛與神崧。蓮宇照瓊宫。人間俯仰成今古,流澤自無窮。《全宋詞》,册1,第331頁

① 《宋史》卷一七,第324—325頁。

虞主回京雙調四曲

范祖禹

導引一曲

思齊文母，盛烈對皇天。演寶祚千年。卿雲復旦治功全。厭人世登仙。龍輿忽掩三川。彩仗屬車旋。維清象舞告英宣。入詩頌歌弦。

六州一曲

太平功。擁佑帝堯聰。歌九德，偃五戎。寰海被祥風。車書萬里文軌同。自南北西東。耕田鑿井，戲垂髫華髮，躋仁壽域變時雍。大明方天中。棄養東朝苦匆匆。玉座如存，永隔慈容。恨難窮。崇慶空。飆輪仙馭無踪。超宇宙，駕雲龍。褘翟掩軒宫。柏城王氣長鬱葱。温洛照寒崧。光靈在上，徽音流千古，昭如日月麗層穹。太任家邦隆。彤史青編永垂鴻。清廟笙鏞。奏假欽崇。

十二時一曲

轉招摇。厚陵回望，雙闕起岧嶢。曉日麗譙。金爵上干霄。風雨闃，夜宫閉，不重朝。奉鑾鑣漸遥。玉京知何處，飛英銜恤，亂絮纏悲，春路迢迢。縹緲哀音，發龍笳鳳簫。光景同，慘淡度巖邑，指河橋。馬蕭蕭。絡繹星軺。拂天容衛，江海上寒潮。萬國魂銷。追昔御東朝。開鈿扇，垂珠箔，侍璫貂。寶香燒。散飄。開仁壽域，神孫高拱，崑崙渤澥，玉燭方調。一旦宫車晚，旋歸泬寥。九載初，如夢次，功得瓊瑶。

虞神歌一曲

駕玉龍。設初虞祭終。前旌舉，天回洛水，路轉崧峰。瞻寥廓，烟霏冲融。窅無踪。震地鼓吹悲雄。誰何羽衛重。拂雲旗幟昡青紅。來漸東。清塵灑道，修職百神恭。回首蒼茫，霧雨吹風。掩泉宫。□□□□□□□寰畿入，山川改容。鼓鐘臨近次，千官望拜，涕泪衡從。人如堵，晨光葱蘢。闕穹隆。馳道禁水相通。當年遊幸空。皇儀事畢泣重瞳。哀未窮。巍巍餘烈，輝映簡編中。億萬斯年，覆載同功。《全宋詞》，册1，第367—368頁

虞主祔廟日中呂導引一曲

范祖禹

延和幄座，臨御九年中，往事已成空。皇基固覆盂四海，本自太任功。九虞初畢下西宫。廟祏與天崇。周家盛，卜年卜世，萬祀永無窮。《全宋詞》，册 1，第 368 頁

景靈西宫坤元殿奉安欽成皇后御容導引一首

元脱脱《宋史・禮志》曰：「崇寧三年，奉安欽成皇后神御坤元殿欽聖憲肅皇后之次，欽慈皇后又次之。」①

雲軿芝蓋，仙路去難攀，海浪濺三山。重迎遺像臨馳道，還似在人間。西宫瑶殿指坤元，璇榜聳飛鸞。移升寶殿從新詔，盛典永流傳。《宋史》卷一四〇《樂志》，第 3320 頁

---

①《宋史》卷一〇九，第 2623 頁。

政和三年追册明達皇后導引一首

元脱脱《宋史·徽宗本紀》曰：「(政和三年秋七月)庚子，貴妃劉氏薨。……(九月)戊戌，追册貴妃劉氏爲皇后，謚曰明達。」①按，近人曹元忠輯《宋徽宗詞》收此首。

來嬪初載，令德冠層城，柔範藹徽聲。熊羆夢應芳蘭郁，佳氣擁雕楹。珠宫縹緲泛蓬瀛，脱屣世緣輕。空餘寶册光瓊玖，千古仰鴻名。《宋史》卷一四〇《樂志》，第3319—3320頁

神主祔别廟導引一首

元脱脱《宋史·禮志》曰：「政和四年，有司言：『政和元年孟冬祫享，奉惠恭神主入太廟，祔于祖姑之下。今歲當祫，而明達皇后神主奉安陵祠，緣在城外。三代之制，未有即陵

① 《宋史》卷二一，第392頁。

以爲廟者。今明達皇后追正典册，歲時薦享，并同諸后，宜就惠恭别廟增建殿室，迎奉神主以祔。』」①《宋史・劉貴妃傳》曰：「先是，妃手植芭蕉於庭曰：『是物長，吾不及見矣！』已而果然。左右奔告帝，帝初以其微疾，不經意，趣幸之，已薨矣，始大悲惻。特加四字謚曰明達懿文。叙其平生，弦諸樂府。又欲踵温成故事追崇，使皇后表請，因册贈爲后，而以明達謚焉。」②據詩中「春來只有芭蕉葉，依舊倚晴暉」語，知神主即劉貴妃。又，曹元忠輯《宋徽宗詞》收作徽宗詞。

柔容懿範，蚤歲藹層闈，蘭夢結芳時。秋風一夜驚羅幕。鸞扇影空回。榮追褘翟盛威儀，遺像掩瑶扉。春來只有芭蕉葉，依舊倚晴暉。《宋史》卷一四〇《樂志》，第3320頁

① 《宋史》卷一〇九，第2620頁。
② 《宋史》卷二四三，第8644頁。

別廟導引一首

按，此首曹元忠輯《宋徽宗詞》亦收作徽宗詞。據「秋風又見芭蕉長，遺迹在人寰」及《宋史·劉貴妃傳》，知此別廟即劉貴妃別廟。

蓬萊邃館，金碧照三山，真境勝人間。秋風又見芭蕉長，遺迹在人寰。雲軒一去杳難攀，(班)〔斑〕竹彩輿還。深宮舊監聞簫鼓，悵望慘朱顔。《宋史》卷一四〇《樂志》，第3320頁

高宗郊祀大禮五首

元脱脱《宋史·禮志》曰：「高宗紹興十二年，臣僚言：『自南巡以來，三歲之祀，獨於明堂，而郊天之禮未舉，來歲乞行大禮。』詔建圜壇于臨安府行宫東城之外，自是凡六郊焉。」①《宋史·

①《宋史》卷九九，第2445頁。

高宗本紀》曰：「（紹興十三年）十一月庚申，日南至，合祀天地于圜丘，太祖、太宗并配，大赦。」①《宋史·樂志》曰：「尋又内出御製郊祀大禮天地、宗廟樂章，及詔宰執、學士院、兩省官删修郊祀大禮樂章，付太常肄習。」②

導引

聖皇巡狩，清蹕駐三吴，十世嗣瑶圖。邊塵不動干戈戢，文德溥天敷。灰飛緹室氣潛嘘，郊見紫壇初。歸來赦令樓前下，喜氣溢寰區。

六州

雙鳳落，佳氣藹龍山。澄江左，清湖右，日夜海潮翻。因吉地，卜築圜壇。宏基隆陛級，神位周環。邊陲静，挂起櫜鞬，奠枕海隅安。三年親祀，一陽初動，虔修大報，高處紫烟燔。看鳴鑾，鈎陳肅，天仗轉，朔風寒。孤竹管，雲和瑟，樂奏徹天關。嘉籩薦，玉奠璵璠。奉神懽。九霄

①《宋史》卷三〇，第559頁。
②《宋史》卷一三〇，第3035頁。

瑞氣起祥烟，來如風馬欻然還，留福已滋繁。回龍馭，升丹闕，布皇澤，春色滿人間。

十二時

日將旦，陰曀潛消，天宇扇祥飆。邊陲静謐，夜熄鳴刁，文教普旁昭。興太學，多士舒翹。奉宗祧，新廟榜宸毫，配侑享於郊。慈寧萬壽，四海仰東朝。男女正，中壼致桃夭。年屢稔，漕舟銜尾夥，高廩接楹饒。廟堂自有擎天一柱，功比漢庭蕭。多少群工同德，俊乂旁招。吉祥諸福集，燮理四時調。三年郊見，六變奏《咸》《韶》。望雲霄，降福與唐堯。

奉禋歌

蒼蒼天色是還非，視下應疑亦若斯。統元氣，覆無私。四時寒暑推移，物蕃滋，造化有誰知？嚴大報，反本始，禮重祀神祇。律管灰吹，黄宫動，陽來復，景長時。車陳法駕，仗列黄麾，帝心祇。紫霄霽，霜華薄，星爛明垂。祥烟起，紛敷浮衮冕，六變笙鏞迭奏，一誠幣玉交持。宫漏聲遲，千官顯相多儀。百神嬉，風馬雲車，來止來綏，誕降純禧。受神策，萬年無極，歌頌《昊天成命》周詩。

降仙臺

升烟既罷，良夜未曉，天步下神丘。鏘鏘鳴玉佩，煒煒照金蓮，杳靄雲裘。彩仗初轉，回龍馭，旌旆悠悠。星影疏動與天流，漏盡五更籌。大明升，東海頭。杲杲靈曜，倒影射旗旒。輦路具修，鬱葱瑞光浮。歸來雙闕，看御樓，有仙鶴銜書赦囚。萬方喜氣，均祉福，播歌謳。《宋史》卷一四一《樂志》，第3323—3324頁

卷五〇　宋鼓吹曲辭一三

親耕籍田四首

元脱脱《宋史·高宗本紀》曰："（紹興十五年春正月）辛酉，初置籍田。……（十六年春正月）壬辰，親饗先農于東郊，行籍田禮，執耒耜九推，詔告郡縣。"①《宋史·禮志》曰："紹興七年，始舉享先農之禮，以立春後亥日行一獻禮。十六年，皇帝親耕籍田，并如舊制。"②

導引

春融日暖，四野瑞烟浮，柳菀更桑柔。土膏脈起條風扇，宿雪潤田疇。金根轂轉如雷動，羽

① 《宋史》卷三〇，第562—564頁。
② 《宋史》卷一〇二，第2493頁。

銜擁貔貅。扶携老稚康衢滿，延跂望凝旒。斗移星轉，一氣又環周，六府要時修。務農重穀人胥勸，耕籍禮殊尤。壇壝嶽峙文明地，黛耜駕青牛。雍容南畝三推了，玉趾更遲留。

六州

昭聖武，不戰屈人兵。干戈戢，烽燧息，海宇清寧。民豐業，歌詠升平。願咸歸畎畝，力穡爲氓。經界正，東作西成。農務軫皇情，躬親耒耜，相勸深耕。人心感悦，擊壤沸歡聲。乘鑾輅，羽旗彩仗鮮明。傳清蹕，行黄道，緹騎出重城。仰瞻日表映朱紘，環佩更鏘鳴。百執公卿，不辭染屨意專精，準擬奉粢盛。田多稼，風行遐邇，家家給足，胥慶三登。

十二時

臨寰宇，恭己巖廊，屬意在耕桑。愛民利物，德邁陶唐，躋俗盡淳庬。開千畝，帝籍神倉。舉彝章，祇祓壇場，爲農事祈祥。涓辰行禮，節物值春陽。罄齊莊，明德薦馨香。宫禁邃，嬪妃并御侍，穜稑獻君王。中闈表率，陰教逾光。帳殿靄熀黄，梐枑設，翠幕高張，慶雲翔。罇罍陳酒醴，金石奏宫商。神靈感格，歲歲富倉箱。慶明昌，行旅不齎糧。

奉禋歌

吾皇端立太平基，奉祀肅雍格神祇。撫御耦，降嘉種，何辭手攬洪縻。命太史視日，祗告前期。驗穹象，天田入望更光輝。掌禮陳儀，蒐鉅典，迎春令，頒宣温詔，遍九圍，人盡熙熙。仰明時，儼垂衣，佳氣氤氲表厖禧。豐年屢，大田生異粟，含滋吐秀，九種傳圖，盡來丹闕，瑞應昌時。亨運正當攝提，佇見詠京坻。躬稼穡，重耘耔。盛禮興行先百姓，崇本業，憂勤如禹稷，播在聲詩。《宋史》卷一四一《樂志》，第3330—3331頁

景靈宮奉安神御三首

宋李心傳《建炎以來繫年要録》曰：「(紹興二十二年六月)乙酉。奉安祖宗帝后神位于景靈宫。太師尚書左僕射秦檜爲禮儀使。」①元脱脱《宋史·高宗本紀》曰：「(二十一年

① [宋] 李心傳《建炎以來繫年要録》卷一六三，中華書局，1988年版，第2660頁。

九月)丁巳，增築景靈宮。」①

徽宗皇帝導引

中興復古，孝治日昭鴻，原廟飾瑰宮。金璧千門磻萬碣，楹桷競穹崇。亭童芝蓋擁旌龍，列聖儼相從。共錫神孫千萬壽，龜鼎亘衡嵩。

顯仁皇后導引

坤儀厚載，遺德滿寰中，歸御廣寒宮。玉容如在飆輿遠，長樂起悲風。霓旌絳節下層空，雲闕曉曈曨。真游千載安原廟，聖孝與天通。

欽宗皇帝導引

深仁厚德，流澤自無窮，仙馭倏賓空。衣冠未返蒼梧遠，遥望鼎湖龍。人間髣髴認天容，縹緲五雲中。帝城猶有遺民在，垂泪向西風。《宋史》卷一四一《樂志》，第3332—3333頁

---

①《宋史》卷三〇《高宗本紀》，第573頁。

顯仁皇后上仙發引三首

導引

長樂晚，彩戲萊衣，奄忽夢報仙期。帝鄉渺渺乘鸞去，啼紅嬪御不勝悲，蒼梧烟水杳難追。腸斷處，過江時。銀濤千萬疊，不知何處是瑶池。

六州

中興運，孝治格升平。回䡖馭，弭鳳駕，册寶初上鴻名。龍樓問寢候鷄鳴，更翻來戲彩衣輕。坤躔夜照老人星，金觴上壽，長願燕慈寧。乘雲何處去？愁斷紫簫聲。追思金殿，椒壁丹楹。又誰知勤儉仁明，風行化被宫庭。佑聖主，底明時，陰功暗及生靈。離宫晚，花卉娉婷。甲觀高，潮海峥嶸。往事回頭，忽飄零。空留嬪御，掩泣望霓旌。會稽山翠，永祐陵高，而今便是蓬瀛。

十二時

炎圖景運正延鴻，文思坐深宫。慈寧大養，樂事時奏宸聰。皇齡永，恩霈下遍寰中。君王垂彩服，嬪御上瑶鍾。年年誕節，就盈吉月，交慶流虹。歡洽意方濃，不覺仙遊渺邈，但號泣蒼穹。追慕念音容，詩書慈儉，配古追踪。躬行四德，誰知繼《二南》風。移昞俄空，寶鑑脂澤塵封。清都遠，帝鄉遥，杳難通。想雲軿還上瀛蓬。稽山何在？當年禹宅，萬古葱葱。最難堪，潮頭定，海波融。《宋史》卷一四一《樂志》，第3331—3332頁

顯仁皇后神主祔太廟導引一首

元脱脱《宋史・高宗本紀》曰：「（紹興二十九年）庚子，皇太后韋氏崩。……（冬十月）戊寅，册謚皇太后曰顯仁。……（十一月）丙午，權欑顯仁皇后于永祐陵。……（十二月）甲子，祔顯仁皇后神主于太廟。」①

① 《宋史》卷三一，第593頁。

返虞長樂，猶是億賓天，何事駕仙軿。簫笳儀衛辭宮闕，移仗入雲烟。於皇清廟敞華筵，昭穆謹承先。千秋長奉烝嘗孝，永享中興年。《宋史》卷一四一《樂志》，第3332頁

欽宗皇帝導引一首

元脱脱《宋史·欽宗本紀》曰：「紹興三十一年五月辛卯，帝崩問至。七月己丑，上尊謚曰恭文順德仁孝皇帝，廟號欽宗。三十二年閏二月戊寅，祔於太廟。」①

鼎湖龍遠，九祭畢嘉觴，遥望白雲鄉。簫笳凄咽離天闕，千仗儼成行。聖神昭穆盛重光，寶室萬年藏。皇心追慕思無極，孝饗奉烝嘗。《宋史》卷一四一《樂志》，第3332頁

加上太上皇帝、太上皇后册寶導引一首

皇家多慶，親壽與天長，德業播輝光。焜煌寶册來清禁，玉篆映金相。庭闈尊奉會明昌，佳

① 《宋史》卷二三，第436頁。

氣溢康莊。洪禧申輯名增衍，億載頌無疆。《宋史》卷一四一《樂志》，第3329頁

安穆皇后導引一首

元脱脱《宋史·孝宗本紀》曰：「（紹興三十二年八月庚寅）追册故妃郭氏爲皇后。……（九月）庚戌，謚皇后郭氏曰恭懷。……（冬十月戊寅）改謚皇后郭氏曰『安穆』。」①《宋史·樂志》曰：「孝宗初踐大位，立班設仗於紫宸殿，備陳雅樂。禮官尋請車駕親行朝饗，用登歌、金玉大樂及彩繪宫架、樂舞；仗内鼓吹，以欽宗喪制不用。迨安穆皇后祔廟，禮部侍郎黄中首言：『國朝故事，神主升祔，係用鼓吹導引，前至太廟，乃用樂舞行事。宗廟薦享雖可用樂，鼓吹施于道路，情所未安，請備而不作。』續下給、舍詳議，謂：『薦享宗廟，爲祖宗也，故以大包小，則别廟不嫌于用樂。今祔廟之禮爲安穆而行，豈可與薦享同日語？將來祔禮，謁祖宗諸室，當用樂舞；至别廟奉安，宜停而不用。蓋用樂於前殿，是不以欽宗而廢祖宗之禮；停樂於别廟，是安穆爲欽宗喪禮而屈也。如此，則於禮順，於義

① 《宋史》卷三三，第619—620頁。

允。』遂俞其請。既而右正言周操上言：『祖宗前殿，尊無二上，其于用樂，無復有嫌。然用之享廟行禮之日則可，而用於今日之祔則不可。蓋祔禮爲安穆而設，則其所用樂是爲安穆而用，雖曰停於别廟，而爲祔后用樂之名猶在也。孰若前後殿樂俱不作爲無可議哉？』詔從之。」①

孝宗郊祀大禮五首

鳳簫聲斷，縹緲溯丹丘，猶是憶河洲。熒煌寶册來天上，何處訪仙遊？葱葱鬱鬱瑞光浮，嘉酌侑芳羞。璚輿綉幰歸新廟，百世與千秋。《宋史》卷一四一《樂志》，第3332頁

元脱脱《宋史·孝宗本紀》曰：「（隆興二年十一月）戊子，以金人侵擾，詔郊祀改用明年。……乾道元年春正月辛亥朔，合祀天地于圜丘，大赦，改元。」②

① 《宋史》卷一三〇，第3038頁。
② 《宋史》卷三三，第628—630頁。

導引

重華天子，長至奉神虞，九奏會軒朱。星暉雲潤東方曉，拜貺竹宮初。歸來千乘護皇輿，瑞景集金鋪。鷄竿高唱恩書下，惠露匝中區。

六州

嚴更永，今夕是何年？玉衡正，鉤陳粲，天宇起祥烟。協風應，江海安瀾。重規仍疊矩，聖主乘乾。舜授禹，盛事光前，稱壽玉巵邊。三年親祀，一陽回律，八鄉承宇，觚陛紫爲壇。仰天顔，齋居寂，誠心肅，禮容專。鳴鐘石，擁輿衛，五輅列駢闐。聽金鑰，虎旅無眠。儼千官，須期顯相嘉籩。一人儉德動天淵，費減大農錢。神示格，宗祧燕，人民悦，祉福正綿綿。

十二時

庭有燎，疊鼓鳴鼉，更問夜如何？信星彪列，天象森羅。虞旦閟宫，畢觴清廟，漿柘樽犧繼猗那，嘉頌可同科。扈聖萬肩摩。飭躬三宿，泰畤縟儀多，丘澤合，嶽瀆從羲和。神光燭，雲車風馬，芝作蓋，玉爲珂。奉瑄成禮，燔柴竣事，休嘉砰隱，丹闕湛恩波。共願乾坤隤祉，邊鄙投戈。覆盂連瀚海，洗甲挽天河。欣欣喜色，長遇六龍過。奏雲和，三春薦嘉禾。

奉禋歌

吹葭緹籥氣潛分，雲采宜書壤效珍。長日至，一陽新。四時玉燭和均，物欣欣，化轉洪鈞。郊之祭，孤竹管，六變舞《雲門》。自古嚴禋，犧牲具，粢盛潔，豆籩陳。衮龍陟降，幣玉紛綸，徹高閶。靈之斿，神哉沛，排歷崑崙。《九歌》畢，盈郊瞻檦燎，斗轉參横將旦，天開地闢如春。清蹕移輪，闐然鼓吹相聞。籥祥雲，驩臚八陛，鼇逆三神。聖矣吾君，華封祝，慈宫萬壽，椒掖多男，六合同文。

降仙臺

漏殘柝静，鷄聲遠到，高燎入層霄。雲裘蟠瑞靄，天步下嘉壇，旗旆飄摇。黄麾列仗貔貅整，氣壓江潮。導前從後盛官僚，玉佩間金貂。望扶桑，日漸高，陰霾霜雪，底處不潛消？輦路祥飆，披拂絳紗袍。雲間端闕仰岧嶢，挾春澤，喜浹黎苗。禮成大慶鼇三抃，受昕朝。《宋史》卷一四一《樂志》第3324—3326頁

安恭皇后上仙發引一首

元脱脱《宋史・孝宗本紀》曰：「(乾道三年)癸酉，權欑安恭皇后于臨安修吉寺。」①《宋史・禮志》曰：「乾道三年閏七月，安恭皇后神主祔於别廟，爲三室。」②

金殿晚，愁結坤寧。天下母，忽仙升。雲山浩浩歸何處？但聞空際綵鸞聲。紫簫斷後無踪迹，烟靄夜澄澄。曉夢到瑶城，當時花木正冥冥。《宋史》卷一四一《樂志》，第3333頁

① 《宋史》卷三四，第641頁。
② 《宋史》卷一〇九，第2621頁。

卷五一　宋鼓吹曲辭一四

鼓吹警場挽歌

清徐松《中興禮書》曰："乾道三年七月九日，禮部太常寺言：將來大行皇后梓宫發引并前夕依禮例，合用挽詞唱和，執色挽歌，并發引前夕，沿路至櫕宫陵所，并合排設警場鼓吹，修撰詞典，今檢照懿節皇后禮例，申請下項。一、合用挽詞，係翰林學士中書舍人共撰二十首。一、挽歌人數，今比附用三十六人，今乞勒挽歌節級踏逐會解唱和之人，拘收赴寺教習。一、挽歌合用服著青襴衣、油畫冠等，并執色鈴鐸事件，乞下文思院製造。一、今來所撰挽詞才候降下，依例合閱習一月，至期呈拽前夕唱和，及發引前導引至櫕宫至掩櫕，一切了畢放散。一、依國朝故事，靈駕發引合用導引，六州十二時詞典，今乞依例具腔譜，申學士院修撰，降下教習。一、警場合用金鉦十二人，鼓角手各六十人，逐色教頭五人，管押人員三人，部押使臣一員，乞令殿前司就差金鼓鳴角，并合用武嚴指揮教頭三人，依例于太常寺見管人内差撥。一、鼓吹合用鼓吹，令丞職掌府典史，引樂官一十人，内除見管令丞外，依例差太常寺人吏，充攝歌色一十六人，篳篥色三十人，笛色三十人，簫色八人，大鼓一十六人，小鼓一十六人，節級一名，金鉦四人，共用一百二十一人。其所差鼓吹鼓色人，昨紹興十二年係借差鈞容直，今乞依例于殿前馬步三司均差，會解樂藝識字之人充攝，事畢發遣。一、所有警場鼓吹挽歌，欲乞定日，總護使、頓遞使、都大主管、葬事所管官，并禮部太常寺官按習。係與鐘鼓院金吾街仗司同日按習，乞于貢院。詔依。」①按，《六州》前原有《黄鐘羽導引》一首，辭同前列《安恭皇后上仙發引一首》，兹不復録。

挽詞

其一

上主《周南》化，真同《麟趾》詩。來符柔順德，有助太平基。穜稑當年美，褘褕此日悲。六宫思婦則，遺訓有餘師。

①《中興禮書》卷二八五，續修四庫全書，册823，第386頁。

其二

帝遺皇英女，來濱虞汭門。鈞陳元自近，天極有常尊。寶册彌文在，徽名古制敦。所嗟弓韣祝，曾不報姜嫄。

其三

未植長生木，先開白柰花。風流繅蘭館，腸斷濯龍車。蘭殿成陳迹，蓬壺有舊家。悠悠赤山道，烟月送悲笳。

（淑德膺天眷）其四『淑德膺天眷』疑衍文。

淑德膺天眷，坤寧敞殿闈。未聞留玉瑱，俄已掩金扉。禮意存椒壁，功勤見鞠衣。南山孤月在，澮澮不成輝。

其五

儷極身方貴，乘雲質已仙。定從金母燕，不數月娥賢。彤管傳新史，清詩藹舊篇。豈知生是夢，惟有泪如川。

其六

壁月循黄道，軒星映紫闈。六宫師儉節，八表詠音徽。翟茀前驅是，龍帷去路非。柏城無白日，揮泪掩容衣。

其七

德配塗山氏，人言夏后孫。二《南》風化盡，一《旅》典刑存。蘭殿秋聲早，椒房曉日昏。傷心五雲畔，悲憤擾乾坤。

其八

漠漠乾坤大，寥寥族望雄。神謨夏后氏，隱德漢黄公，貴女開邦媛，徽音嗣《國風》，若爲天不弔，一旦玉繩空。

其九

早預虞嬪降，親承代邸恩。潛龍見真玉，褕翟儷天閽。蘭殿音容盛，椒塗禮數尊。西風今夜月，忍自照黄昏。

其十

儉德光千載，仁聲浹四方。游龍戒車馬，吐鳳有文章。絺綌有朝御，房櫳漫夕香。猶堪付彤管，椽筆寫遺芳。

其十一

不見朝黄道，猶疑閟紫闈，坤儀方厚載，月魄竟淪輝。玉座悲歡異，金輿寂寞歸，梁間雙燕語。似説故時非。

其十二

穰穰都門道，遺儀感路人。龍輁成永訣，鷖鷺儼横陳。西極仙游遠，南山吉兆新。蕭森柏城路，何以夜臺春。

其十三

皇以中天運，居然内治修。龍樓朝望朔，繭館奉春秋。水殿人何在，雲軿輓莫留。西風湖上路，笳吹擁行輈。

其十四

魚貫承恩日，鷄鳴問寢時。聖傅仍翰墨，能事更聲詩。共擬《周南》應，翻成楚些悲，昭文琴不鼓，那忍問成虧。

其十五

玉勝題祥兆，瓘衣媲至尊。柔儀高馬鄧，懿德邁娥嫄。鸞掖空陳迹，寬軒即異恩。傷心踰七夕，素奈不勝繁。

其十六

圖史懷規鑒，篇章妙剪裁。承顔記金屋，委化勿泉臺。幽壤湖山秀，清笳道路哀。玉繩秋既望，猶化翟車來。

其十七

鬱鬱南山路，空瞻鳳翣紅。薤歌淒曉露，蘭殿慘秋風。故劍恩仍在，中璫事已空。祇應彤史筆，能爲記陰功。

其十八

時節家人禮，從容父子歡。母儀天下順，婦道四方觀。玉冷衣銷鳳，塵昏鏡掩鸞。前春動蠶事，無復上桑壇。

其十九

儆戒言猶在，尊榮事已非。秋高天雨泣，仙去月沈輝。椽筆空遐想，椒塗定不歸。可堪聞邮典，華夏涕沾衣。

其二十

儀天初作合，遡日自同休。身有憂勤志，家無恩澤侯。月方沉厚夜，春不返長秋。典策哀榮備，難紓萬國愁。

鼓吹

六州

娟娟月，初未闕，忽沉西。桂枝殘，寒兔下，惟見露脚斜飛。六宮歌未奉瑶墀。一朝寂寞掩禕衣。夜星不動玉鑾嘶。沉沉何處，愁霧鏁金扉。群僊瞻道範，肅駕到蓬池。紫清逸轡，飛雹奔馳，又誰知？（世一）〔一世〕柔儀，椒塗玉鈿金螭。贊聖主，膺天命，功勤曾佐雍熙。三天隔、玉闥低迷，五雲高、絳府參差。往事如今好尋思。留得香箋縷管，寫新詩。但看芳猷美，寶册傳徽，隆名萬古昭垂。

十二時

皇家景運合無疆，天子坐明堂。豐年多黍，四方争報時康。酒常清，花易好，壽君王。天公見玉女，大笑億千埸。不知椒塗暗淡，瑶殿淒凉，寶鏡玉臺光。可奈畫眉人去，脂澤散餘芳。極目望瀟湘，波遥草遠，只見殘陽。南山古阜，松柏茂，蔚蒼蒼。（香）〔杳〕靄宫商，風過金玉琳琅。導歌繁，嚴鼓近，慘悲傷。水凝愁，山攢恨，烟暗雲黄。神山河在，蟠桃已遠，若木何長，最難堪，回翟雉，返鸞凰。音容遠，殿别諠焚香。《中興禮書》卷二八五，續修四庫全書，册823，2002年版，第386—388頁

神主祔廟導引一首

中興四葉，休德繼昭清，王度日熙平。氣調玉燭金穰應，八表頌聲騰。中原圖籍入宸廷，列聖慰真靈。衮龍登廟游仙闕，億萬載尊承。《宋史》卷一四一《樂志》，第3336頁

莊文太子薨導引一首

元脱脱《宋史・莊文太子愭傳》曰：「（乾道）三年秋，太子病暍，醫誤投藥，病劇。上皇與帝親視疾，爲赦天下。越三日薨，年二十四，謚莊文。」①《宋史・禮志》曰：「莊文太子喪禮。乾道三年七月九日，皇太子薨。設素幄于太子宫正廳之東。皇帝自内常服至幄，俟時至，易服皂襆頭、白羅衫、黑銀帶、絲鞋，就幄發哀。是日，皇后服素詣宫，隨時發哀，如宫中之禮。合赴陪位官并常服、吉帶入麗正門，詣宫幕次，俟時至，常服、黑帶立班。俟發哀畢，易吉服，退。自發哀至釋服日，皇帝不視事，權禁行在音樂，仍命諸寺院聲鐘。其小斂、大斂合祭告，以本宫主管春坊官一員行禮；其餘祭告，以諸司官行禮。差護喪葬事一員，左藏庫出錢二萬貫、銀五千兩、絹五千匹。成服日，皇帝服期，次粗布襆頭、襴衫、腰絰、絹襯衫、白羅鞵……六宫人不從服。皇太子妃及本宫人并斬衰三年。文武百官成服一日而除。其文武合赴官及御史臺、閤門、太常寺引班祗應人并服布襆頭、襴衫，腰繫布帶。本宫官僚

---

①《宋史》卷二四六《莊文太子愭傳》，第 8732 頁。

并服齊衰三日服，臨七日而除，釋衰服後藏其服，至葬日服，葬畢而除。十二日，詔故皇太子欑所，就安穆皇后欑宫側近擇地。繼而都大主管所言：『太史局官等選到寶林院法堂堪充皇太子欑所。』從之。十三日，以皇太子薨告天地、宗廟、社稷、宫觀。十八日，賜謚莊文。閏七月一日，遣攝中書令、尚書右僕射魏杞奉謚册、寶于皇太子靈柩前，百官常服入次，易黑帶，行禮畢，常服赴後殿門外，進名奉慰。是夕，皇帝詣東宫行燒香之禮，如宫中之儀。二日，出葬，宰臣葉顒等詣靈柩前行燒香之禮。輿靈訖，行事官陪位，親王、南班宗室、東宫官僚入班廳下，再拜，宰臣升詣香案前，上香、酹茶、奠酒訖，舉册官舉哀册，讀册官跪讀，讀訖，宰臣再拜，各降階立。在位官皆再拜。靈柩進行，文武百僚奉辭於城外，親王、宗室并騎從至葬所。掩壙畢，辭訖，退。是日，百僚進名奉慰。」①

秋月冷，秋鶴無聲。清禁曉，動皇情。玉笙忽斷今何在？不知誰報玉樓成。七星授轡驂鸞種，人不見，恨難平。何以返霓旌？一天風露苦淒清。《宋史》卷一四一《樂志》，第3337頁

---

①《宋史》卷一二三，第2879—2880頁。

乾道發太上皇帝、太上皇后册寶導引一首

元脱脱《宋史·孝宗本紀》曰：「（乾道六年十一月）丁酉，加上光堯壽聖太上皇帝尊號曰『光堯壽聖憲天體道太上皇帝』、壽聖太上皇后尊號曰『壽聖明慈太上皇后』。……七年春正月丙子，率群臣奉上太上皇、太上皇后册寶于德壽宫。」①按，《宋史·樂志》此詩無作者，《全宋詞》作周必大詞，題作《加上太上皇帝太上皇后尊號册寶樂章》（乾道六年　奉上册寶導引曲），辭同。

重華真主，晨夕奉庭闈，禋祀慶成時。乾元坤載同歸美，寶册兩光輝。斑衣何似赭黄衣，此事古今稀。都人歡樂嵩呼震，聖壽總天齊。《宋史》卷一四一《樂志》，第3328—3329頁

① 《宋史》卷三四，第650頁。

淳熙發太上皇帝、太上皇后册寶導引一首

元脱脱《宋史·孝宗本紀》曰：「（淳熙二年冬十月）壬午，詣德壽宫，加上光堯壽聖憲天體道太上皇帝尊號曰『光堯壽聖憲天體道性仁誠德經武緯文太上皇帝』，壽聖明慈太上皇后尊號曰『壽聖齊明廣慈太上皇后』。……十一月戊申朔，奉上太上皇、太上皇后册寶于德壽宫。」①按，《宋史·樂志》此詩無作者，《全宋詞》作周必大詞，題作《加上太上皇帝太上皇后尊號册寶樂章》（淳熙二年　奉上册寶導引曲）。「家來慶東皇壽」《全宋詞》作「帝家來慶東皇壽」。清徐松輯《中興禮書》卷一六〇《淳熙二年加上光壽堯聖憲天體道性仁誠德經武緯文太上皇帝壽聖齊明廣慈太上皇后册寶畢慶壽》亦有此曲，題作「正宫導引」，辭自「新陽初應」至「一歲一回增」與此首同，後又有「惟天爲大，其德曰誠。惟堯則之，具性曰仁。乃文乃武，得壽得名。於萬斯年，以莫不增。」②

① 《宋史》卷三四，第660頁。

② 《中興禮書》卷一六〇，續修四庫全書，册822，第548頁。

新陽初應，樂事起彤庭，和氣滿吴京。帝家來慶東皇壽，西母共長生。金書玉篆粲龍文，前導沸歡聲。修齡無極名無盡，一歲一回增。《宋史》卷一四一《樂志》，第3329頁

明堂大禮四首

宋周必大《修潤製撰明堂樂章并鼓吹導引奏劄》（淳熙六年七月）曰：「先據太常寺申，依已降指揮，修潤製撰將來明堂大禮前二日朝獻景靈宫、前一日朝獻太廟、至日明堂行禮樂章并鼓吹導引。臣某等今逐一看詳，除别無牴牾去處即合從舊外，將合修潤者修潤訖。其明堂所有别當製撰者，已重别製撰，并于逐項聲説。如得允當，乞賜批，降付本院施行。候頒降酌獻昊天上帝、皇地祇、太祖皇帝、太宗皇帝樂章四首，已曾奏請，乞依典故御製。候頒降日却除去今來所具四章。伏取進止。」①元脱脱《宋史・禮志》曰：「孝宗淳熙六年，以群臣議，復合祭天地，并侑祖宗、從祀百神，如南郊。」②《宋史・孝宗本紀》曰：「（淳熙六年）九

① 《全宋文》卷五〇四四，册227，第213頁。
② 《宋史》卷一〇一，第2478頁。

月辛未，合祭天地於明堂，大赦。」①按，此四首《宋史·樂志》無作者，唐圭璋《全宋詞》據《玉堂類稿》卷一九録首末兩首，前者題作《合宫歌》，後者題作《明堂大禮樂章》（淳熙六年明堂大禮鼓吹無射宫導引舊黄鐘宫）。異文録此備考：前者中「燎烟噓」，《全宋詞》作「燎烟噓呼」；「萬姓齊祝，壽同天地」，《全宋詞》作「獻胙宸極，壽同箕翼」。② 後者僅一異文：「函蒙祉福歲常豐」，《全宋詞》作「亟蒙祉福歲常豐」。

合宫歌

聖明朝，曠典乘秋舉，大饗本仁祖。九室八牖四户，敕躬齊戒格堪輿。盛牲實俎，并侑總稽古。玉露乍肅天宇，冰輪下照金鋪。燎烟噓，鬱尊香，《雲門》舞。髣髴翔坐，靈心咸嘉娱。衆星俞，美光屬，照熉珠。清曉御丹鳳，湛恩遍浹率溥，歡聲雷動嶽鎮呼。徐命法駕，萬騎花盈路。萬姓齊祝，壽同天地，事超唐虞。看平燕雲，從此興文偃武，待重會諸侯舊東都。

---

① 《宋史》卷三五，第 671 頁。

② 《全宋詞》，册 3，第 1610 頁。

六州

商秋肅，嘉會協中辛。涓路寢，修禋祀，聖德昭清。端志慮，罄竭齋精。錦綉排天仗，羽衛繽紛。朝太室，返中宸，被衮接神明。時平天地俱清晏，兼金行萬寶，物盛藹清馨。瞻煟座，春容娭燕三靈。奠瑶爵，薦量幣，清思窈冥冥。望崑崙，輸嘉祥，塞絪緼。誠殫禮洽慶休成，潤澤被生民。端門肆眚，昕庭稱賀，俱將戩穀萬壽祝明君。

十二時

炎圖鞏，天祚昌期，聖德茂重離。英明經遠，濬哲昭微。寶儉更深慈。觀萬國累洽重熙。對時報禮秩神祇，玉帛湊華夷。肅雍顯相，百辟盡欽祇。奄嘉虞，英璧奠華滋。神安坐，景氣澄虚極，光焰燭長麗。展詩應律，萬舞逶遲，三獻洽皇儀。垂靈祲，慶祐來宜，禮無違。鳴鑾臨帝闕，飛鳳下天倪。清和寰宇，霈澤一朝馳。醇化無爲，萬祀鞏丕基。

導引

合宫親饗，青女肅長空，精意與天通。后皇臨顧誰爲侑？文祖暨神功。函蒙祉福歲常豐，聲教被華戎。兩宫眉壽同榮樂，戩穀永來崇。《宋史》卷一四一《樂志》，第3327—3328頁

高宗梓宮發引三首

宋宇文價《梓宮發引導引宜肅静狀》(淳熙十五年三月十七日)曰:「勘會今來聖神武文憲孝皇帝梓宮發引,沿路至攢宫導引前連後次,執擎儀物禁衛等,臣取索合排辦去處編排次□圖本外,乞行下應合屬去處,至日導引,不得攙先喧鬧。」①洪邁《容齋隨筆》之「冥靈社首鳳」條曰:「光堯上仙,于梓宫發引前夕,合用警場導引鼓吹詞。邁在翰苑製撰,其《六州歌頭》內一句云:『春秋不説楚冥靈。』常時進入文字,立待報者,則貼黄批急速,未嘗停滯。是時,首尾越三日,又入奏,趣請付出。太常吏欲習熟歌唱,守院門伺候,適有表弟沈日新在軍將橋客邸,一士人乃上庠舊識,忽問『楚冥靈』出處,沈亦不能知,來扣予,因以《莊子》語告之,急走報,此士大喜。初,孝宗以付巨璫霍汝弼,使釋其意。此士,霍客也。故宛

① 《全宋文》卷四八九七,册 221,第 141 頁。

轉費日如此。又面奉旨令代作挽詩五章。其四云：『鼎湖龍去遠，社首鳳來遲。』當時不敢宣洩，而帶御器械謝純孝密以爲問，乃爲舉王子年《拾遺記》，蓋周成王事也。禁苑文書，周悉乃爾。」①

導引

寒日短，草露朝晞。仙鶴下，夢雲歸。大椿亭畔蒼蒼柳，悵無由挽住天衣。昭陽深，暝鴉飛。愁帶箭，戀恩棲。笳簫三疊奏，都人悲泪袂成帷。

六州

堯傳舜，盛事千古難并。回龍馭，辭鳳掖，北内別有蓬瀛。爲天子父，册鴻名，萬年千歲福康寧，春秋不説楚冥靈。萊衣彩戲，漢殿玉卮輕。宸遊今不見，烟外落霞明。前回丁未，霧塞神京。正同符光武中興，擎天獨力扶傾。定宗廟，保河山，乾坤整頓庚庚。功成了，脱屣遺榮。訪

---

①［宋］洪邁撰，孔凡禮點校《容齋隨筆》五筆卷五，中華書局，2005年版，第886頁。

崆峒，容與丹庭。笑挹塵寰，不留行。吾皇哀戀，泪血灑神旌。腸斷濤江渡，明日稽山，暮雲東望元陵。

十二時

璧門雙闕轉蒼龍，德壽儼祇宫。軒屏正坐，天子親拜天公，儀紳笏，羅鵷鷺，粲庭中。仙家歡不盡，人世壽無窮。誰知雲路，玉京成就，催返璇穹，轉手萬緣空。見説烟霄好處，不與下方同。塵合霧迷濛，笙簫寥亮，樓閣玲瓏。中興大業，巍巍稽古成功。事去孤鴻，忍聽宵柝晨鐘！靈轝駕，素幃低，杳厖茸。浙江潮，萬神護，川后滋恭。因山祇事，崔嵬禹穴，此日重逢。柏城封，愁長夜，起悲風。歌《清廟》，千古誦高宗。《宋史》卷一四一《樂志》，第 3333—3334 頁

虞主赴德壽宫導引一首

上皇天大，華旦焕堯文，鴻福浩無垠。羽龍俄駕靈輴去，空鎖鼎湖雲。稽山翠擁浙江濆，歸旆卷繽紛。仙游指日嚴升祔，萬載頌高勛。《宋史》卷一四一《樂志》，第 3334 頁

祔廟導引一首

元脱脱《宋史·孝宗本紀》曰：「(淳熙十四年冬十月乙亥)太上皇崩于德壽殿……(十五年)三月庚子，王淮等上大行太上皇謚曰聖神武文憲孝皇帝，廟號高宗。乙巳，上高宗謚册寶于德壽殿……丙寅，權攢高宗於永思陵。夏四月壬申，帝親行奉迎虞主之禮……丙戌，祔高宗神主於太廟……如舊禮。」①

虞觴奉主，仙馭返皇宮，禮典極欽崇。雲旗前導開清廟，龍管咽薰風。巍巍堯父告神功，追慕孝誠通。千秋萬歲中興統，宗祀與天同。《宋史》卷一四一《樂志》，第3334頁

① 《宋史》卷三五，第687—689頁。

淳熙十六年高宗神御奉安導引一首

中興揖遜，功德仰兼隆，仁澤被華戎。鼎湖俄痛遺弓墮，如日想威容。柔儀懿範與堯同，飆馭儼相從。靈宮真館偕來燕，垂裕永無窮。《宋史》卷一四一《樂志》，第3334頁

恭上壽聖皇太后、至尊壽皇聖帝、壽成皇后尊號册寶導引一首

元脱脱《宋史·光宗本紀》曰：「（淳熙十六年二月壬戌）帝還内，即上尊號曰至尊壽皇聖帝，皇后曰壽成皇后。……丙寅，帝率群臣詣重華宫，上尊號册、寶。……辛未，尊皇太后曰壽聖皇太后。……紹熙元年春正月丙辰朔，帝率群臣詣重華宫，奉上壽聖皇太后、至尊壽皇聖帝、壽成皇后册寶。」①

---

①《宋史》卷三六，第695—698頁。

皇家盛事，三殿慶重重，聖主極推崇。瑶編寶列相輝映，歸美意何窮。鈞《韶》九奏度春風，彩仗焕儀容。歡聲和氣彌寰宇，皇壽與天同。《宋史》卷一四一《樂志》，第3329頁

加上壽聖皇太后尊號册寶導引一首

宋光宗《奉上皇太后尊號册寶更差樂人導引詔》（紹熙四年十一月八日）曰：「奉上册寶，依禮例用鼓吹導引，更令臨安府差樂人一百人，自祥曦殿門外作樂，導引册寶至重華宫。」①元脱脱《宋史・光宗本紀》曰：「（紹熙四年九月己卯）上壽聖皇太后尊號曰壽聖隆慈備福皇太后。……（十一月）癸未，帝率群臣奉上皇太后册寶于慈福宫。」②《宋史・憲聖慈烈吴皇后傳》曰：「光宗即位，更號壽聖皇太后，以壽皇故，不稱太皇太后也。帝嘗言及用人，后曰：『宜崇尚舊臣。』紹熙四年，后壽八十，帝乃覲后，奉册禮，加尊號曰隆慈備福。五年正月，帝率群臣行慶壽禮，嘉王侍側，后勉以讀書辨邪正、立綱常爲先。夏，孝宗崩，始

---

①《全宋文》卷六四二二，册283，第148—149頁。

②《宋史》卷三六《光宗本紀》，第706—707頁。

正太皇太后之號。」①

重親萬壽，八帙衍新元，禮典備文孫。温温和氣迎長日，寶册焕瑶琨。徽音顯號自堯門，德行已該存。更期昌算齊箕翼，愈久愈崇尊。《宋史》卷一四一《樂志》，第3329頁

紹熙五年孝宗皇帝虞主還宫導引一首

樓　鑰

按，《宋史·樂志》此詩無作者，《全宋詞》作樓鑰詞，題作《孝宗皇帝虞主自浙江還重華宫鼓吹導引曲》。

孝宗純孝，前聖更何加。高蹈處重華。丹成仙去龍輴遠，越岸暮山遐。波臣先爲卷寒沙，來往護靈槎。九虞禮舉神祇樂，萬世佑皇家。《宋史》卷一四一《樂志》，第3335頁

①《宋史》卷二四三，第8647—8648頁。

祔廟導引一首

樓　鑰

元脱脱《宋史·孝宗本紀》曰：「(紹熙五年)六月戊戌，崩于重華殿，年六十有八。十月丙辰，謚曰哲文神武成孝皇帝，廟號孝宗。十一月乙卯，權攢於永阜陵。十二月甲戌，祔于太廟。」①按，《宋史·樂志》此詩無作者，《全宋詞》作樓鑰詞，題作《孝宗皇帝神主自重華宫至太廟祔廟鼓吹導引曲》。

吾皇盡孝，宗廟務崇尊，鉅典備彌文。巍巍東向開基主，七世祔神孫。追思九閏整乾坤，寰宇慕洪恩。從今密邇高宗室，千載事如存。《宋史》卷一四一《樂志》，第3335頁

---

①《宋史》卷三五，第691頁。

慶元六年光宗皇帝發引一首

元脱脱《宋史·寧宗本紀》曰：「(慶元六年八月)辛卯，太上皇崩。……(十一月丙寅)上大行太上皇謚曰憲仁聖哲慈孝皇帝，廟號光宗。……(十二月)辛卯，雨土。權攢憲仁聖哲慈孝皇帝于永崇陵。……癸卯，祔光宗皇帝神主于太廟。」①

笳鼓發，雲慘寒空。丹旐去，卷悲風。憂勤六載親幾務，有巍巍聖德仁功。褰裳尊處大安宮，荆鼎就，遽遺弓。仙遊攀不及，臣民號慟訴蒼穹。《宋史》卷一四一《樂志》，第3335頁

神御奉安導引一首

龜書畀姒，曆數在皇躬，揖遜仰高風。鼎湖龍去遺弓墮，冠劍鎖深宮。塗山齊德翊成功，仙

① 《宋史》卷三七，第727—728頁。

魄蚤賓空。珍臺閑館棲神地，獻饗永無窮。《宋史》卷一四一《樂志》，第 3335 頁

嘉泰二年加上壽成太皇太后册寶導引一首

元脱脱《宋史・寧宗本紀》曰：「(嘉泰二年)冬十月乙亥，上壽成惠慈太皇太后尊號曰壽成惠聖慈祐太皇太后。……十二月甲戌，日中有黑子。率群臣奉上壽成惠聖慈祐太皇太后册寶于壽慈宫。」①

思齊文母，盛德比姜任，擁佑極恩深。湯孫歸美熙鴻號，鏤玉更繩金。虞廷萬辟萃華簪，法仗儼天臨。層闈慶典年年舉，千古播徽音。《宋史》卷一四一《樂志》，第 3329—3330 頁

---

① 《宋史》卷三八，第 732 頁。

寧宗郊祀大禮四首

六州

皇撫極，明德貫乾坤。信星列，卿雲爛，輝亘紫微垣。思報貺，明詔祠官，練時蒐曠典，紫畤觚壇。昭孝德，親御和鑾，振鷺玉珊珊。精純謁款，膋蕭熿煬，黄流湛澹，百末布生蘭。扣天閽，延飛駕，相彷彿，降雲端。神光集，嘉嚮應，靄靄萬衣冠。竣熙事，清曉輕寒。恣榮觀，華衣霧縠般般。乾坤并貺慶君歡，翹首聖恩寬。遵皇極，沛天澤，靈心懌，龜鼎永尊安。

十二時

宵景霽，河漢清夷，曠典講明時。合祛升侑，孝德爰熙。陳祼閟宫，澹觴太室，來奏天儀。駟蒼螭，玉輅馭蕤綏。觚陛展躬祠。長梢飾玉，翠羽秀金支。華始倡，雅韻出宫垂。神來下，雲車風馬，繽晻藹，宴棲遲。畢觴流胙，柴烟竣事，棠梨回謁，宣室受蕃釐。盛德無心專饗，端爲民祈。雲恩有截，雨澤霈無涯。君王愉樂，龢氣溢瑶巵。壽天齊，長擁神基。

奉禋歌

葭飛璇籥孕初陽，雲絶清臺薦景祥。風應律，日重光。歲功順，庭壼樂無疆。皇展報，新禮樂，觚陛詠賓鄉，珠幄熉黄。登瑞繅，陳俎豆，澹嘉觴。衮衣煇煥，寶珮琳琅，奠椒漿。慶陰陰，神來下，鳳翥龍驤。靈燕喜，錫符仍降嘏，鏞管琳琅歡亮。神之出，祓蘭堂。輦路天香，輕烟半襲旂常，祉滂洋。受釐宣室，返馭齋房，恩與風翔。華封祝，皇來有慶，八荒同壽，寶歷無疆。

降仙臺

星芒收采，雲容放曉，羲馭漸揚明。觚壇竣事霽，風襲衮衣輕，鑾路塵清。甘泉鹵簿祲威肅，回軫旋衡。千官導從粲簪纓，鈞奏間《韶》《英》。瞻龍闕，近鳳城。都人雲會，芬茀夾道歡迎。宸極尊榮。卮玉慶熙成，瓊樓天上起和聲。布春澤，洪暢寰瀛。嵩呼萬歲鼇三抃，頌升平。

《宋史》卷一四一《樂志》，第3326—3327頁

景獻太子薨導引一首

元脱脱《宋史・禮志》曰：「景獻太子，嘉定十三年八月六日薨。其發哀制服，并如莊文太子之禮。九日，詔護喪視殯所于莊文太子欑宫之東，并依其制建造。九月十日，賜謚景獻，遣攝中書令、知樞密院事鄭昭先奉謚册寶于皇太子靈柩前，讀册、讀寶如儀訖，班退。至興靈日，宰臣詣皇太子柩前行禮畢，柩行。其宗室使相、南班官常服、黑帶，并赴陪位，騎從至葬所，俟掩欑畢，奉辭訖，退。其日，皇帝不視事，百司赴後殿門外立班，進名奉慰。十四年七月二日小祥，差知樞密院事鄭昭先充奠酹官。十五年八月六日大祥。九月十五日，詔景獻太子几筵已徹，高平郡夫人傅氏可特封信國夫人，仍令主奉祭祀。」①

霜月苦，宫鼓鼕鼕。霓旄啓，鶴闈空。洞簫聲斷知何處，海山依約五雲東。玉符龍節參神闕，昭聖眷，慘天容。千古恨無窮，遍山松柏撼悲風。《宋史》卷一四一《樂志》，第 3337 頁

---

①《宋史》卷一二三，第 2880—2881 頁。

寧宗皇帝發引三首

導引

三弄曉，雲黯天低。攀六引，轉悲悽。儉慈孝哲鍾天性，深仁厚澤遍群黎。東西南北傒商霓。功甫就，別宸闈。臣民千古恨，幾時羽衛帶潮歸！

六州

明天子，昔日丕纂鴻圖。躬道德，崇學問，稽古訓，訪群儒。日親廣厦論唐虞，講求政治想都俞，君臣一德志交孚。外夷效順，猶自選車徒。仁恩沾四國，固結滿寰區。千年宗社，萬歲規摹。重新天命出乾符，老癃策杖相扶，願觀德化遍方隅。幸無死須臾，謂宜聖壽等嵩呼。遽登雲輿上龍湖，宸居幽寂紫雲孤。宸章寶畫，但與日星俱。龍帷鳳翣已載途，忍聽笳鼓嗟吁！

十二時

弋綈革舄最仁賢，儉德自躬全。憂勤庶政，三十餘年。金風肅，秋漸老，攝調愆。忱恂遍群祀，號泣訴旻天。綴衣將出，神凝玉几，一夜登仙，弓墮隔蒼烟。七月有來同軌，引紼動靈輇。悽愴泪潸然，行號巷哭，《薤露》聲傳。東城去路，驚濤忍見江船！憔悴山川，不禁簫鼓咽。山陰處，茂林修竹芊芊。望陵宮，應弗遠，金粟堆前。人徒慕戀，百神警侍，盤翥驅先。戴鴻恩，空痛慕，泪珠連。千秋歲，功德寄華編。《宋史》卷一四一《樂志》，第3335—3336頁

神主祔廟導引一首

元脱脱《宋史·理宗本紀》曰：「（寶慶元年）三月癸酉，葬寧宗于會稽永茂陵。夏四月辛卯朔，寧宗祔廟。」①按，南渡以來，至理宗朝，歷經高、孝、光、寧四帝，故詩有「中興四葉」之語，知此爲寧宗神主。

中興四葉，休德繼昭清，王度日熙平。氣調玉燭金穰應，八表頌聲騰。中原圖籍入宸廷，列聖慰真靈。衮龍登廟游仙闕，億萬載尊承。《宋史》卷一四一《樂志》，第3336頁

①《宋史》卷四一，第786頁。

寶慶三年奉上寧宗徽號導引一首

元脱脱《宋史・理宗本紀》曰：「（寶慶三年九月）丙午，追上寧宗徽號曰法天備道純德茂功仁文哲武聖睿恭孝皇帝。……十一月戊寅，奉上寧宗徽號册、寶于太廟。」①

中興五葉，天子肇明禋，一德格高旻。寧皇至聖功超古，萬國慕深仁。徽稱顯號又還新，功德粲雕珉。乾坤繪畫終難盡，遺澤在斯民。《宋史》卷一四一《樂志》，第3336—3337頁

---

① 《宋史》卷四一《理宗本紀》，第790頁。

卷五三　宋横吹曲辭一

横吹者，本樂曲之名也。《晉書・樂志》云：「鼓角横吹曲。……胡角者，本以應胡笳之聲，後漸用之横吹，有雙角，即胡樂也。」①茂倩《樂府》有横吹一類，其叙論云：「横吹曲，其始亦謂之鼓吹，馬上奏之，蓋軍中之樂也。北狄諸國，皆馬上作樂，故自漢已來，北狄樂總歸鼓吹署。其後分爲二部，有簫、笳者爲鼓吹，用之朝會、道路，亦以給賜。……有鼓角者爲横吹，用之軍中，馬上所奏者是也。」②是知横吹曲源出北國，本軍中之樂，至漢隸鼓吹署，嗣後分立兩部，其器含鼓角吹角。《樂府》所録横吹，有西漢北魏兩部，西漢部本《摩訶兜勒》曲，張騫取自西域，延年更造爲新聲二十八解。北魏部原係樂府，傳至蕭梁，爲鼓角横吹六十六曲。

隋鹵簿有鼓吹四部，其三曰大横吹，其四曰小横吹。唐鹵簿有鼓吹五部，其四曰大横吹，其五曰小横吹。大小横吹其用、其器、其曲各異。大駕鹵簿前部用大横吹，後部小横吹，

① 《晉書》卷二三，第 715 頁。
② 《樂府詩集》卷二一，第 260 頁。

吹。宋陳暘《樂書》引《唐樂圖》曰：「大横吹部有節鼓、角、笛、簫、笳、觱篥七色，小横吹部有角、笛、簫、笳、觱篥、桃皮觱篥六色。」①又據茂倩叙論，隋大横吹部有二十九曲，小横吹部有十二曲；唐大横吹部有二十四曲，小横吹部「其曲不見，疑同用大横吹曲也」。②《新唐書・儀衛志》則云「曲名失傳」。③

《樂府》録唐大横吹調式曰：「黄鐘角八曲，中呂宫二曲，中呂徵一曲，中呂商三曲，中呂羽四曲，中呂角四曲，無射二曲。」④《新唐書・儀衛志》具列曲名曰：「大横吹部有節鼓二十四曲：一《悲風》，二《遊弦》，三《閒弦明君》，四《吴明君》，五《古明君》，六《長樂聲》，七《五調聲》，作《烏夜啼》，九《望鄉》，十《跨鞍》，十一《閒君》，十二《瑟調》，十三《止息》，十四《天女怨》，十五《楚客》，十六《楚妃嘆》，十七《霜鴻引》。十八《楚歌》，十九《胡笳聲》，二十《辭漢》，二十一《對月》，二十二《胡笳明君》，二十三《湘妃怨》，二十四《沈湘》。」⑤《樂書》引

① 《樂書》卷一三〇，景印文淵閣四庫全書，册 211，第 584 頁。
② 《樂府詩集》卷二一，第 261 頁。
③ 《新唐書》卷二三，第 509 頁。
④ 《樂府詩集》卷二一，第 261 頁。
⑤ 《新唐書》卷二三，第 509 頁。

《唐樂圖》，曲名與《新唐書》大異：「惟大横吹二十四曲，内三曲馬上警嚴用之：一曰《權樂樹》，二曰《空口蓮》，三曰《賀六運》。其餘二十一曲，備擬所用：一曰《靈泉崔》，二曰《達和若輪空》，三曰《白净王子》，四曰《他賢送勸》，五曰《鳴和羅純羽璡》，六曰《嘆度熱》，七曰《吐久利能比輪》，八曰《玄比敦》，九曰《植普離》，十曰《胡笛爾笛》，十一曰《鳴羅特罰》，十二曰《比久伏大汗》，十三曰《于理真斤》，十四曰《素和斛律》，十五曰《鳴纜真》，十六曰《烏鐵甘》，十七曰《特介汗》，十八曰《度賓哀》，十九曰《阿若于樓達》，二十曰《大賢真》，二十一曰《破陣樂》。」①惜乎其曲皆逸，未能入宋。

逮至有宋，大、小横吹皆演爲樂器之名。陳暘《樂書》曰：「大横吹、小横吹，并以竹爲之，笛之類也。……横吹出自北國，……今教坊用横笛八孔。」②《宋史・樂志》曰：「車駕前後部用金鉦、節鼓、㧏鼓、大鼓、小鼓、鐃鼓、羽葆鼓、中鳴、大横吹、小横吹、觱栗、桃皮觱栗、簫、笳、笛，歌《導引》一曲。……奏嚴用金鉦、大角、大鼓，樂用大小横吹、觱栗、簫、笳、笛，角手取于近畿諸州，樂工亦取於軍中，或追府縣樂工備數。歌《六州》《十二時》，每更三

①《樂書》卷一三〇，景印文淵閣四庫全書，册211，第584頁。
②《樂書》卷一三〇，景印文淵閣四庫全書，册211，第584頁。

奏之。」①前後與列者，皆爲樂器，則横吹亦必樂器無疑。《宋史・儀衛志》紀鹵簿前後部鼓吹，常有「大横吹一百二十」、「小横吹一百二十」、「大横吹減四十」、「小横吹六十」之語，似指樂人之數，而非樂曲。今查文獻，不惟宋无横吹樂曲，其樂目樂數，亦闕而不聞，如是則宋代或無此曲。

故宋之横吹曲詞，止擬前代之舊題，而無當世之新曲。清人馮班《鈍吟雜録》曰：「樂府中又有灼然不可歌者，如後人賦横吹諸題。」②然劉克莊《諸人頗有和余百梅詩者各賦一首》云：「請君摘出驚人語，玉篴横吹入樂章。」③吴泳《滿江紅・送魏鶴山都督》云：「倚梅花、聽得凱歌聲，横吹曲。」④此中之曲，乃宋人新製，似又可歌。兩宋擬作横吹之人甚衆，司馬光、王安石、姚寬、曹勛、陸游、周密、嚴羽、汪元量、劉克莊、晁補之諸人，皆有擬作。擬作之題亦廣，漢横吹若《隴頭》《隴頭吟》《隴頭水》《出關》《入關》《出塞》《入塞》《折楊柳》《望

---

①《宋史》卷一四〇，第3301頁。

②丁福保編《清詩話》，上海古籍出版社，1978年版，第40頁。

③《全宋詩》卷三〇五二，第36398頁。

④《全宋詞》，第2511頁。

行人》《關山月》《長安道》《梅花落》《紫騮馬》《驄馬》《雨雪》《劉生》《笛裏關山月》《前出塞》《後出塞》《小出塞曲》，在宋皆曾復擬。然梁鼓角横吹諸題，擬作極少，今可見僅《捉搦歌》《幽州胡馬客》二題耳。

本卷所録横吹曲辭，仍以《樂府詩集·横吹曲辭》同題爲據，多出《全宋詩》，亦及《輯補》。

漢横吹曲

明徐獻忠《樂府原》「漢横吹曲總原」曰：「横吹曲即今之横笛也。正樂用直管，一管按一律，横笛六孔，抵六管之律，便於軍中馬上奏之，古樂放失，直管遂廢，今之大廷鹵簿，咸以横吹代管，後世簡便，日趨於卑下，此其第一事也。自漢以後，桃皮篳篥總入吹部，率以横吹樂名之。李延年所造二十八解，魏晉以來惟傳十曲：曰《黄鵠》、曰《隴頭》、曰《出關》、曰《入關》、曰《出塞》、曰《入塞》、曰《折楊柳》、曰《黄覃子》、曰《赤之揚》、曰《望行人》。後又有《關山月》《洛陽道》《長安道》《梅花落》《紫騮馬》《驄馬》《雨雪》《劉生》八曲，合十八曲。隋以横吹用之，鹵簿與鼓吹并列爲四部：一曰搁鼓部、二曰鐃歌部、三曰大横吹部、四曰小横吹部，然雜入胡樂，不復自辨矣。唐制：太常所掌以備鹵簿，分爲五部：一曰鼓吹，二曰羽葆，三曰鐃歌，四曰大横，五曰小横吹，其略如隋。横吹本漢舊名，而其曲不傳於世，後之文士多擬其詞，而得古意者甚少。」①

隴頭

姚寬

唐李吉甫《元和郡縣志》曰：「小隴山，一名隴坻，又名分水嶺。隗囂時，來歙襲得略陽，囂使王元拒之。隴阪九回，不知高幾里，每山東人西役，升此瞻望，莫不悲思。隴上有水，東西分流，因號驛爲分水驛。行人歌曰：『隴頭流水，鳴聲幽咽。遥見秦川，肝腸斷絶。』東去大震關五十里，上多鸚鵡。」②唐吴兢《樂府古題要解》曰：「李延年因胡曲更造新聲二十八解，乘輿以爲武樂。東漢以給邊將。又有《出關》《入關》《出塞》《入塞》《黄覃子》《赤之揚》《黄鵠吟》《隴頭吟》……」③

① [明] 徐獻忠《樂府原》，四庫全書存目叢書，集部册 303，齊魯書社，1997 年版，第 747 頁。
② [唐] 李吉甫《元和郡縣圖志》卷三九，中華書局，1983 年版，第 982 頁。
③《樂府古題要解》，《歷代詩話續編》，第 40 頁。

下隴流水咽，上隴征人别。秦樹暗秋雲，燕鴻隔春雪。閃倏見胡騎，翩翩傳漢節。戍客起愁心，心與飛蓬折。《全宋詩》卷一九六九，册35，第22065頁

隴頭吟

曹　勛

詩序曰：「古樂府有名無詞，因補之。」唐吴兢《樂府古題要解》曰：「又有……《隴頭吟》……等十曲，皆無其詞。」①宋鄭樵《通志二十略·樂略一》「鼓角横吹十五曲」曰：「《隴頭吟》亦曰《隴頭水》。」②宋嚴羽《滄浪詩話》曰：「樂府俱備諸體，兼統衆名也。……曰吟，古詞有《隴頭吟》，孔明有《梁父吟》，相如有《白頭吟》。」③

烏落黄雲塞草秋，隴頭之水東西流，水聲嗚咽鳴啾啾。馬聞思舊櫪，人聞思舊丘，年年征戰

---

① 《樂府古題要解》，《歷代詩話續編》，第40頁。
② 《通志二十略》，第894頁。
③ 《滄浪詩話校釋》，第72頁。

無時休。無時休，誰能到此求封侯。

兵滿天山雪滿衣，漢家都護擁旌旗。銜枚一夜襲疏勒，度隴生兵盡潛出。不得戎王誓不歸，歸時楊柳正依依。正依依，占春色，與君同醉花陰側。《全宋詩》卷一八七八，册33，第21039—21040頁

隴頭水并序

曹　勛

詩序曰：「傷離别，倦征戍也。」宋鄭樵《通志二十略・樂略一》「胡角十曲」曰：「《隴角頭吟》，亦曰《隴頭水》。」①

隴頭之水兮，不可以濺衣。隴頭之雲兮，不可以同歸。事行役兮無已時。無已時，千里萬里從旌旗。風雨慘慘兮寒且飢，隴頭之水兮嗚聲悲。《全宋詩》卷一八八一，册33，第21073頁

---

①《通志二十略》，第895頁。

同前

陸　游

隴頭十月天雨霜，壯士夜枕緑沈槍。卧聞隴水思故鄉，三更起坐泪數行。我語壯士勉自彊，男兒墮地志四方。裹尸馬革固其常，豈若婦女不下堂。生逢和親最可傷，歲輦金絮輸胡羌。夜視太白收光芒，報國欲死無戰場。《全宋詩》卷二一八八，册40，第24951—24952頁

同前

周　密

隴阪縈九折，一折一愁絶。涓涓隴頭水，征人眼中血。水流有盡時，征人無還期。《全宋詩》卷三五六一，册67，第42561頁

出關

曹　勛

唐吴兢《樂府古題要解》曰：「又有《出關》……等十曲，皆無其詞。」①

筍輿清曉出都門，便喜松聲到處聞。可但佳遊今止止，試尋舊友只紛紛。卑棲故傳吴楚語，高意自同鸞鶴群。且樂退身無罣礙，滿襟塵土逐春雲。《全宋詩》卷一八九二，册 33，第 21157 頁

同前

姜特立

宦路崎嶇閱歲華，更無佳思發詩葩。出關便有山林興，續稿從今漸有涯。《全宋詩》卷二一三三，册 38，第 24090—24091 頁

① 《樂府古題要解》，《歷代詩話續編》，第 40 頁。

同前

吴　泳

曉帶鷄星出，春從鳥道餐。霧漫旗彩壞，霜落劍花寒。天險今雖在，人謀昔所難。臨關能虎視，一亮亢曹瞞。《全宋詩》卷二九四二，册 56，第 25057 頁

同前二首

方　岳

江雨正冥冥，江鷗聚晚汀。雲深城闕麗，潮落海門青。宇宙雙蓬鬢，江湖幾驛亭。不須關卒邏，吾亦厭銅腥。《全宋詩》卷三二〇一，册 61，第 38331 頁

一坐一百二十日，柳初黄落今青青。索輿徑去有忙事，忽憶曾與春丁寧。牡丹徑尺妙天下，許釀醽醁呼娉婷。到家二月亦晚矣，未辨翠色官窑缾。《全宋詩》卷三二一九，册 61，第 38445 頁

出關和雷侍郎送行無魔不成佛觀過始知仁之句

陳杰

按，《全元詩》册一二亦收陳杰此詩，元代卷不復録。

事來思爛熟，罪去得深循。天壤嗟微義，風霜本至仁。十年江社夢，一道雪梅春。回首無他囑，當言莫愛身。《全宋詩》，册65，第41118頁

入關

譚用之

唐吴兢《樂府古題要解》曰：「又有……《入關》……等十曲，皆無其詞。」①按，此爲殘句。

眠雲無限好知己，應笑不歸花滿樽。《全宋詩》卷三，册1，第46頁

①《樂府古題要解》，《歷代詩話續編》，第40頁。

出塞

司馬光

唐吴兢《樂府古題要解》曰：「又有……《出塞》……等十曲，皆無其詞。」①按，唐時又有《前出塞》《後出塞》，宋時有《小出塞曲》《出塞行》，當皆出自《出塞》。

邊草荒無路，星河秋夜明。卷旗遮虜塞，歇馬受降城。霜重征衣薄，風高戰鼓鳴。將軍功未厭，士卒不須生。《全宋詩》卷五〇二，册9，第6077頁

同前

王安石

涿州沙上飲盤桓，看舞春風小契丹。塞雨巧催燕淚落，濛濛吹濕漢衣冠。《全宋詩》卷五六八，册10，第6717頁

① 《樂府古題要解》，《歷代詩話續編》，第40頁。

同前　李新

城頭落日黄雲起，斷草飛蓬滿千里。紅塵一騎踏高回，半夜驅兵渡遼水。馬蹄行盡關山月，燕然山下沙如雪。負戈泪落暗吞聲，烟隴悲笳共幽咽。我皇有四海，何用窮玄冥。邊人縱戮盡，亦是吾生靈。先王修德懷四夷，梯航重譯歸無爲。不使城南征夫怨，三春折盡緑楊枝。

《全宋詩》卷一二五五，册21，第14170頁

同前　曹勛

按，曹勛此詩與其《入塞》所紀事同，二詩有總題曰：「僕持節朔庭，自燕山向北，部落以三分爲率，南人居其二。聞南使過，駢肩引頸，氣哽不得語，但泣數行下，或以慨嘆。僕每爲揮涕，憚見也。因作《出》《入塞》紀其事，用示有志節憫國難者云」。

聞道南使歸，路從城中去。豈如車上瓶，猶挂歸去路。引首恐過盡，馬疾忽無處。吞聲送

百感，南望泪如雨。《全宋詩》卷一八八三，册 33，第 21083 頁

同前

李 龏

單于寇井陘，進軍飛狐北。沙昏夜探遲，遠樹深疑賊。胡霜損漢兵，不妨得頭白。功成須獻捷，會勒燕然石。《全宋詩》卷三一三二，册 59，第 27459 頁

同前

釋行海

按，此詩爲釋行海《次徐相公韻十首》其五，總題下有序曰：「樞密徐相公入上竺禱晴有詩，端明游内翰、白雲趙常博、静佳朱明府、深居馮發管、晦岩佛光師皆次之。静佳又以《老將》《老馬》次其韻，佛光又次之。余欲廣其意次之，《老將》《老馬》，復《少將》《少馬》《出塞》《入塞》劉、岳、李、魏中興四將八詩，計一十首。然征伐之事，固非林下所當言，蓋忠憤之心一也。」

紅羅抹額坐紅鞍，陣逐黃旗撥發官。秋戍盧龍番鼓啞，夜屯白馬虜星寒。鐵毬步帳三軍合，火箭燒營萬骨乾。兵器徒知是凶器，止戈爲武帝心寬。《全宋詩》卷三四七四，册 66，第 41358 頁

出塞四首借用秦少游韻

陸　游

北伐下遼碣，西征取伊涼。壯士凱歌歸，豈復賦國殤。連頸俘女真，貸死遣牧羊。犬豕何足讎，汝自承餘殃。

煌煌藝祖業，土宇盡九州。當時王會圖，豈數汝黃頭。自注：所謂黃頭女真。今兹縛纛下，狀若觳觫牛。萬里獻太社，裨將皆通侯。

符離既班師，北討意頗闌。志士雖有懷，開説常苦艱。諸將初北首，易水秋風寒。黃旗馳捷奏，雪夜奪榆關。

小醜盜中原，異事古未有。爾來閻左起，似是天假手。頭顱滿沙場，餘胾飼猪狗。天網本不疏，貸汝亦已久。《全宋詩》卷二二一五，册 40，第 25372—25373 頁

古出塞

毛　珝

初説戍漁陽，俄傳出定襄。朝朝征馬過，春草不曾長。《全宋詩》卷三一三五，册59，第37484頁

卷五四　宋横吹曲辭二

前出塞

林希逸

題注曰：「信陽作。」

淮面如江春漲早，獵騎夜歸城未鎖。邊頭戍將惜官卑，舉鞭怒指平安火。《全宋詩》卷三一一八，册59，第37229頁

後出塞

林希逸

題注曰：「安豐作。」

紫金山前數尺雪，三十六洲明似月。夜來衝突人不知，但見官軍刀帶血。《全宋詩》卷三一一八，

册59，第37229頁

出塞曲三首

劉敞

桓桓良家子，趫趫羽林兒。恩讎久未報，感激氣拂霓。無用丈二組，不須一丸泥。獨身斬胡頸，手攬封侯圭。

丈夫不懼死，所懼潛闒茸。出身義許國，桀石賈餘勇。豈無親戚憐，决去甘登隴。人生在奮發，將相寧有種？

茫茫郊塞遠，木落原野空。鼓鼙濕前雨，笳吹悲後風。山州行無極，敵窟未可窮。生當取榮名，死當爲鬼雄。《全宋詩》卷四七一，册9，第5708—5709頁

同前

曹勛

來時長驅五千里，滿目胡塵漲天起。胡塵已息遼海空，班師來謁明光宮。漢家天子耀神武，不知戰士常辛苦。《全宋詩》卷一八八〇，册33，第21060頁

同前

陸　游

佩刀一刺山爲開，壯士大呼城爲摧。三軍甲馬不知數，但見動地銀山來。長戈逐虎祁連北，馬前曳來血丹臆。却回射雁鴨緑江，箭飛雁起連雲黑。清泉茂草下程時，野帳牛酒争淋漓。不學京都貴公子，唾壺麈尾事兒嬉。《全宋詩》卷二一六一，册39，第24414頁

同前二首

陸　游

千騎爲一隊，萬騎爲一軍。朝踐狼山雪，暮宿榆關雲。將軍羽箭不虚發，直到祁連無雁群。隆隆春雷收陣鼓，蜿蜿驚蛇射生弩。落蕃遺民立道邊，白髮如霜泪如雨。褫魄胡兒作窮鼠，競裹胡頭改胡語。陣前乞降馬前舞，檄書夜入黄龍府。《全宋詩》卷二一六四，册39，第24482頁

北風吹急雪，夜半埋氈廬。將軍八千騎，萬里逐單于。漢家如天臣萬邦，歡呼動地單于降。鈴聲南來金閃鑠，赦書已報經沙漠。《全宋詩》卷二一六八，册39，第24590頁

同前

王　炎

羽檄走邊遽，虎符出精兵。壯士卷甲起，骨肉送之行。擊筑歌易悲，挈榼酒更傾。關山殺氣纏，寒日無晶明。箭落紫塞雕，馬裂黄河冰。豈畏虜騎多，只憂將權輕。閫外不中制，一賢當長城。鼓行渡沙磧，願勒燕然銘。《全宋詩》卷二五五九，册 48，第 19689—19690 頁

同前四首

張　琰

腰間插雄劍，中夜龍虎吼。平明登前途，萬里不回首。男兒當野死，豈爲印如斗。忠誠表壯節，燦爛千古後。

朝發山陽去，莫宿清水頭。上馬左右射，捷下如獼猴。先發服勇決，手提血髑髏。兵家互勝負，凡百慎前籌。

驅馬飲淮水，千里黄草平。種穀却流血，痛哭秋風生。寡妻出租税，孤兒荷戈行。武威既不足，願見和親成。

軍中日奏凱，鼓行遼海東。當宁恰玉色，千金勞成功。焉知昨日地，袒甲去如空。邊人不敢語，將軍益褒崇。《全宋詩》卷三五九四，册 68，第 42932 頁

小出塞曲

陸　游

全師出雁塞，百戰運龍韜。金絡洮州馬，珠裝夏國刀。度沙風破肉，攻壘雪平壕。明日受降處，甲齊熊耳高。《全宋詩》卷二一八一，册 39，第 24838 頁

出塞行

嚴　羽

將軍救朔邊，都護上祁連。六郡飛傳檄，三河聚控弦。連營當太白，吹角動胡天。何日匈奴滅，中原得晏然。《全宋詩》卷三一一五，册 59，第 37188 頁

同前六首

方一夔

按，《全元詩》一四亦收此詩，作方夔詩，元代卷不復録。

南方地卑濕，北客畏蒸暑。晨行盤菌露，水宿射短矢。秦人發謫戍，見行如棄市。今古共一方，今者不獨死。穰穰作家業，鬼妾紛驅使。鵰夷卵翼蕃，小兒半高鼻。元精穿萬化，蕩蕩不可恃。

出塞二千里，平沙白如霜。探兵失單于，傳是左賢王。梟鳴金錯竿，士氣慘不揚。中軍一再鼓，萬馬赴敵場。名酋不可得，殺傷略相當。縣鞍盡胡首，前驅橐駞羊。幕府閱五符，半死半裹瘡。天子不録過，猶侯水中鄉。

我本輕黠兒，小少槿閭閈。未知從軍苦，悠悠赴沙瀚。同行五千人，骸骨蓬麻亂。中有脱死者，人各鳥獸竄。間懷大將印，辛苦生還漢。包以襯甲綾，來上長楊殿。憐我不負恩，授印親書贊。一來贖前過，比再軍鋒冠。

主公再度遼，油幢坐中堅。憐我鳴吠豎，出入後狨韉。一朝霍家敗，主公忝姻聯。富貴既相關，受禍其固然。我時護屬國，脱命來居延。蹉跎偶不死，彷佛三百年。此來復何幸，皓首朝中天。昔日霍家事，歷歷在眼前。偶行平陽里，細草空芊綿。與卿等輩耳，歲暮愁紅蔫。

登高望西北，里數逾五千。誰言龍庭遠，轉盼跨幽燕。喊聲振瓦石，鬥志前旌旃。足蹈猛虎尾，手攬飢蛟涎。富貴自有命，此身若浮烟。古來功名士，發迹昉窮邊。不見小盤龍，兜鍪换貂蟬。豈爲章句儒，白首埋陳編。見嗤灰與土，黯死吹不然。《全宋詩》卷三五三一，册67，第42240—42241頁

日月有常運，山川有常形。如何西北角，孕育此膻腥？水草爲家業，殺戮爲國經。部落互雄長，三邊無時寧。哀哉萬赤子，飄飄捲浮萍。言語總一概，亂我渭與涇。吾觀《春秋》法，褒美存衛邢。夷吾死不作，惻惻老泪零。《全宋詩輯補》，册6，第2615—2616頁

入塞

司馬光

唐吴兢《樂府古題要解》曰：「又有……《入塞》……等十曲，皆無其詞。」①

① 《樂府古題要解》，《歷代詩話續編》，第40頁。

萬騎入榆關，皋蘭苦戰還。摧鋒佩刀缺，蹋血馬蹄殷。鐃吹來風外，牛羊出霧間。須知沙塞惡，壯士變衰顏。《全宋詩》卷五〇三，册 9，第 6110 頁

同前

王安石

荒雲涼雨水悠悠，鞍馬東西鼓吹休。尚有燕人數行淚，回身却望塞南流。《全宋詩》卷五六八，册 10，第 6717 頁

同前

曹勛

按，曹勛此詩與其《出塞》所紀事同，見本卷曹勛《出塞》解題。

妾在靖康初，胡塵蒙京師。城陷撞軍入，掠去隨胡兒。忽聞南使過，羞頂羖羊皮。立向最高處，圖見漢宮儀。數日望回騎，薦致臨風悲。《全宋詩》卷一八八三，册 33，第 21082 頁

同前

釋行海

按，此詩爲釋行海《次徐相公韻十首》其六，總題下有序，見本卷釋行海《出塞》解題。

血戰胡兒盡墮鞍，一番奏凱一封官。兵梟鐵鷂威方猛，酒賜金蕉膽不寒。雁塞月陰青燐淡，漁陽雪苦紫茸乾。胡亡未必胡無種，韜略縈心不放寬。《全宋詩》卷三四七四，册66，第41358頁

入塞曲

曹　勛

黑水迢迢黑山暮，馬鳴蕭蕭夜争度。胡笳四起黄雲愁，角聲嗚咽何悠悠。隴山行斷不回首，一番回首添白頭。《全宋詩》卷一八八〇，册33，第21060頁

同前

周　密

五年戍隴南，十年戍隴北。夜雪度陰山，秋風入絶域。戰多寶刀缺，行苦馬蹄蝕。歸來見天子，功高無矜色。功是戰士功，德是明主德。小臣何所有，一心期靖國。《全宋詩》卷三五六一，册67，第42561頁

折楊柳

文彦博

唐吴兢《樂府古題要解》曰：「又有……《折楊柳》……等十曲，皆無其詞。」①明彭大翼《山堂肆考》曰：「《折楊柳》，樂府笛曲名，晋桓伊嘗爲征南將軍，撰《折楊柳》曲。古樂府有

① 《樂府古題要解》，《歷代詩話續編》，第40頁。

《折楊柳》曲。」①清胡彥升《樂律表微》曰：「羌笛有《折楊柳》《落梅花》諸曲，必是六孔笛所吹。若三孔笛，五音不備，可以當篴，不可以吹曲也。」②

長憶都門外，低垂拂路塵。更思南陌上，攀折贈行人。行人經歲別，楊柳逐年新。何當逢塞雁，重寄一枝春。《全宋詩》卷二七三，册 6，第 3473 頁

同前

文同

垂楊百尺臨池水，風定烟濃盤不起。欲折長條寄遠行，想到君邊已憔悴。《全宋詩》卷四四九，册 8，第 5453 頁

---

① ［明］彭大翼《山堂肆考》卷一六三，景印文淵閣四庫全書，册 977，臺灣商務印書館，1986 年版，第 305 頁。

② ［清］胡彥升《樂律表微》卷七，景印文淵閣四庫全書，册 220，臺灣商務印書館，1986 年版，第 479 頁。

同前

孔平仲

江頭楊柳春依依，主人此時傷别離。留連祖席日欲晚，風弄緑影揺金卮。手攀長條贈君歸，紛紛閒愁如絮飛。人生聚散似魚雁，此柳春深有幾枝。《全宋詩》卷九二五，册16，第10858頁

同前

李元膺

按，《全宋詩》卷一二六三作李新詩、卷一九七〇又作許志仁詩，題名皆同，辭唯「流鶯正求友」句，許詩作「□□正求友」，餘皆同，兹不復録。

東風來何時，百花已飄零。獨有堤上柳，慘澹含春榮。扁舟復何適，延客江上亭。顧無青玉案，何以送子行。攀條欲相贈，上有雙流鶯。流鶯正求友，奈此離别情。《全宋詩》卷一〇三二，册18，第11796頁

同前五首

曹勛

詩序曰：「《折楊柳》，即樂府鼓吹曲。漢魏以來唯給邊將。」

折楊柳，上隋堤，攀條同憶送君時。君王近發關中卒，更戍歸來尚未遲。
折楊柳，上章臺，柳色依依尚未回。漢家盡得單于壘，屈指歸同社燕來。
折楊柳，灞橋西，去日同君上柳堤。聞道將軍得天馬，歸時芳草正萋萋。
君去霏霏雪滿衣，思君楊柳正依依。新來又得征人信，君去交河尚未歸。
去日同君過渭橋，橋邊新雪未全消。如今窗外楊花滿，憔悴無心約細腰。《全宋詩》卷一八八二，册33，第21077頁

同前

王銍

手拗楊柳贈行人，情條恨葉江南春。朦朧疏烟濕芳草，摇落微風生白蘋。長亭短亭銷離

魂，古情不盡今情新。一聲驪歌幾聲哭，行人去後春江緑。歌哭相雜江水頭，相看不發情何屬。江河到海有窮日，輪蹄行路無已時。路傍楊柳折已盡，東風再换明年枝。《全宋詩》卷一九〇五，册34，第21286—21287頁

同前

李 龏

萬里邊城地，垂楊二月春。年華枝上見，日暮客愁新。露葉疑啼臉，風花思舞巾。玳梁誰道好，持此寄情人。《全宋詩》卷三一三二，册59，第37458頁

同前

謝 翱

月時折柳江頭别，春去來看柳上月。翠翎小鳥巢短枝，巢老重重編敗髮。人生貧賤多别離，巢中髮密妾髮稀。人生富貴能幾時，年年柳色青緑垂。《全宋詩》卷三六八九，册70，第44295頁

折柳詞

趙崇嶓

行人須折柳，折取最長條。明日天涯路，無人看舞腰。《全宋詩》卷三一七一，册60，第38084頁

望行人二首

張舜民

唐吴兢《樂府古題要解》曰：「又有……《望行人》等十曲，皆無其詞。」①

望行人，行人在何所？燕雁不齊飛，參商竟相阻。别以三秋爲久，生以百歲爲期。不如還家對親戚，浮名浮利徒爾爲。

登高恨不高，望遠恨不見。不見遠征人，但見青山晚。今歲雁空回，明年燕又來。燕雁無

---

①《樂府古題要解》，《歷代詩話續編》，第40頁。

憑訊，何用上高臺。《全宋詩》卷八三七，册14，第9696—9697頁

同前

曹勛

西北有高樓，窗寮入空碧。徙倚遍欄干，楊花滿行迹。不見行人歸，但有楊花白。披襟向春風，爲我傳消息。春風不見知，此意無人識。《全宋詩》卷一八八一，册33，第21070頁

同前

姚寬

戍客久不歸，生死關山道。出塞入塞雲，長亭短亭草。夢斷玉階人，愁深花欲老。庭樹起秋風，寄衣當及早。《全宋詩》卷一九六九，册35，第22061頁

卷五五　宋横吹曲辭三

關山月

文彦博

唐吴兢《樂府古題要解》曰：「《關山月》，右皆言傷離别也。」①

宕子久行役，遼西戍未還。佳人怨遥夜，清泪浥朱顔。蘚晦蘭閨寂，塵昏寶鑑閑。相思不相見，明月下關山。《全宋詩》卷二七三，册6，第3473—3474頁

同前

張舜民

明月生海上，裴回照邊城。中夜關山静，但聞流水聲。征人看月思鄉泣，夜久衣單難獨立。

① 《樂府古題要解》，《歷代詩話續編》，第52頁。

錦字佳人怨不歸，開幃更感飛螢入。《全宋詩》卷八三三，册 14，第 9663 頁

同前

宋　構

關山月，關山月，千里寒光射冰雪。一聲羌管裂青雲，隴上行人腸斷絶。腸斷絶兮將奈何，爲君把酒問常娥。冰輪桂魄圓時少，應似人間離别多。《全宋詩》卷一一四九，册 19，第 12976—12977 頁

同前

曹　勛

關山月，關山月。分影送征人，寒光射矛戟。胡笳聲斷塞鴻驚，征人淚下思鄉國。《全宋詩》卷一八八二，册 33，第 21078 頁

同前

王　銍

戍樓炯炯關山月，白首征人數圓缺。關山不隔四時寒，夜夜冷光沙如雪。照破天崖萬里

心，閨中又是經年別。雁飛唯願得書歸，月下有人魂斷絶。閨中月下不勝情，獨戍關山更堪說。一時北闕賀書多，萬古西戎終不滅。陽和待得活枯荄，東風洗盡征人血。《全宋詩》卷一九〇五，册 34，第 21286 頁

同前

馮時行

胡笳吹斷朔風起，霜結層冰斷遼水。殺氣橫空月上遲，草色蕭瑟邊風悲。萬里征夫齊悵望，操兵初入沙場廣。將軍樊噲勇敢兒，肉食萬里班超相。天兵乘障驅貔貅，寶劍欲斷單于頭。輕生百戰百勝罷，塞原積骨誰能收。至今唯有關山月，樂府聲中愁不絶。《全宋詩》卷一九三六，册 34，第 21614 頁

同前

陸游

和戎詔下十五年，將軍不戰空臨邊。朱門沉沉按歌舞，廐馬肥死弓斷弦。戍樓刁斗催落月，三十從軍今白髮。笛裏誰知壯士心，沙頭空照征人骨。中原干戈古亦聞，豈有逆胡傳子孫。

遺民忍死望恢復，幾處今宵垂泪痕。《全宋詩》卷二一六一，册 39，第 24414 頁

同前

王　炎

陰山蕭蕭木葉黄，胡兒馬健弓力强。鐵衣萬騎向北去，仰看鴻雁皆南翔。身在邊頭家萬里，嗚咽悲笳壯心死。功成歸取漢爵侯，戰敗没爲胡地鬼。團團霜月懸中天，閨中少婦私自憐。捐軀許國丈夫事，莫恨不如霜月圓。《全宋詩》卷二五五九，册 48，第 29688—29689 頁

同前

鄒登龍

行人十年歸不得，夜上戍樓看明月。樓中星斗連太白，樓外關山雁飛絶。雁飛絶，歸不得，鏡裏青蛾怨離别。前年出幽燕，明月何團圓。去年上祁連，明月復嬋娟。月明照我長枕戈，胡兒未滅將奈何。憑誰寄書問常娥，征衲不來霜霰多。《全宋詩》卷二九三八，册 56，第 35015 頁

同前

嚴羽

今夜關山月，偏能照馬鞍。盧龍征戍客，圓缺幾回看。遥想金閨裏，應悲玉露寒。黄沙三萬里，何日是長安。《全宋詩》卷三一一五，册59，第37188頁

同前

李龏

玉門關外月，遠接黑山明。晃色同沙冷，飛光掩雪清。宿師方偃陣，游騎復窺城。不信長生魄，年年照戰争。《全宋詩》卷三一三〇，册59，第37423頁

同前

鄭起

霜下月色白，沙飛月色黄。征人此暴露，未有不辛傷。滿野髑髏骨，依山魚雁行。祁連與瀚海，慘淡更蒼茫。《全宋詩》卷三一八九，册61，第38257頁

同前

釋文珦

月從東海出，冷照玉門關。征人家萬里，夢向月中還。金閨亦有夢，却行玉關道。道路不相知，思深各衰老。胡笳亂吹哀怨多，奈此關山明月何。終宵迸泪如金波。《全宋詩》卷三三一九，册63，第29565頁

同前

鄧　林

關山夜月明，分彩照胡兵。將軍擁節起，長戍受降城。焚烽望別壘，欲驗盈虚馱。塞笳將夜鵲，戰氣今如此。重關掩莫烟，雲陣上祁連。思婦高樓上，遥心萬里縣。王褒、江總、古樂府、江總、陸瓊、張正見、阮卓、徐陵、賀力牧、徐陵、徐陵、賀力牧　《全宋詩》卷三五二〇，册67，第42036頁

按，此詩爲集句詩。

同前

汪元量

按,《全元詩》册一二亦收汪元量此詩,元代卷不復録。

關山月,關山月,東邊來,西邊没。夜夜照關山,□□多戰骨。男兒莫去學弓刀,女兒莫嫁關山□。□□母啼送爺去當軍,今年妻啼送夫去當□。□□□老妻年少,養子嫁夫不得力。關山月,關山月,□□見月圓,月月見月缺。萬里征夫泪流血。將軍□□大羽箭,沙場格鬥無休歇。誰最苦兮誰□□,□□出戍當門户。只今頭白未還鄉,母死妻亡業無主。關山月,關山月,生離别,死離别。爺娘妻子顧不得,努力戎行當報國。《全宋詩》卷三六六五,册70,第44008頁

笛裏關山月

劉克莊

明胡震亨《唐音癸籤》曰:「笛有雅笛、羌笛。唐所尚,殆羌笛也,其樂與觱篥、簫、笳列横吹部者同。……乃如《關山月》《折楊柳》《落梅花》,唐人詠吹笛多用之。而横吹部曲名

獨亡述者，知當時笛曲尚多，入樂署行用者亦非全耳。」①《單宇詞話》曰：「蓋笛之古曲有《關山月》《折楊柳》。」②則《笛裏關山月》蓋因《關山月》常詠吹笛或以笛吹奏而得名也。原題有：「竹溪直院盛稱《起予草堂詩》之善，暇日覽之，多有可恨者。因效顰作十首，亦前人《廣騷》《反騷》之意。內二十九首用舊題，惟『歲寒知松柏』、『被褐懷珠玉』三首效山谷，餘十八首別命題，或追録少作，并存于卷，以訓童蒙之意」。

月裏誰横笛，秋深戰壘閑。別吹新曲調，偏照舊關山。響激商飆起，聲隨隴水潺。遠傳邊塞外，高入廣寒間。解白嫦娥髮，能蒼壯士顔。倚樓人謾拜，何日凱歌還。《全宋詩》卷二〇六〇，册58，第36505頁

同前

林希逸

笛裏愁千緒，更長憶故山。今人吹古曲，漢月照秦關。霜竹和聲切，胡床倨坐閒。一輪秋

① ［明］胡震亨《唐音癸籤》卷十四，上海古籍出版社，1981年版，第154頁。
② 《明詩話全編》，册1，第278頁。

塞外，萬嶂野雲間。此夜聽渠弄，何時照我還。回思帝城角，花影映朝班。《全宋詩》卷三一二五，册59，第37346—37347頁

洛陽曲

陳　襄

有客頓征轡，暮宿洛陽堤。洛陽繁華地，慨然心傷悲。憶昔季倫家，朱門鼎貴時。錦步四十里，冠蓋相追隨。寵移百琲珠，醉擊珊瑚枝。一旦委溝壑，身隨朝露晞。綺樓自顛仆，金谷無人歸。緑珠千古魂，散作香塵飛。荒榛塞中道，惟有寒螿啼。嗟哉百世後，驕奢徒爾爲。《全宋詩》卷四一二，册8，第5069頁

長安道

文　同

長安道，隋唐宫殿生秋草。若使皆知嗣業難，争得行人望中老。《全宋詩》卷四三二，册8，第5304頁

同前

陸游

千夫登登供版築，萬手丁丁供斫木。歌樓舞榭高入雲，複幕重簾晝燒燭。中使傳宣騎飛鞚，達官候見車擊轂。豈惟炎熱可炙手，五月瞿唐誰敢觸。人生易盡朝露晞，世事無常壞陂復。士師分鹿真是夢，塞翁失馬猶爲福。君不見野老八十無完衣，歲晚北風吹破屋。《全宋詩》卷二一六八，冊 39，第 24591 頁

梅花落

曹勛

唐段安節《樂府雜録》曰：「笛者，羌樂也。古曲有《落梅花》《折楊柳》，非謂吹之則梅落耳。故陳賀徹《長笛》詩云：『柳折城邊樹，梅舒嶺外林。』張正見《柳》詩亦云：『不分梅花落，還同横笛吹。』李嶠《笛》詩：『逐吹梅花落，含春柳色驚。』意謂笛有梅、柳二曲也。然後世皆以吹笛則梅花落，如戎昱《聞笛》詩云：『平明獨惆悵，飛盡一庭梅。』崔櫓《梅》詩：『初開已入雕梁畫，未落先愁玉笛吹。』《青瑣集》詩：『憑仗高樓莫吹笛，大家留取倚欄看。』

皆不悟其失耳。惟杜子美、王之涣、李太白不然。杜云：『故園楊柳今摇落，何得愁中却盡生。』王云：『羌笛何須怨楊柳，春風不度玉門關。』李云：『黄鶴樓中吹玉笛，江城五月落梅花。』亦謂笛有二曲也。」①宋陳暘《樂書》曰：「横吹出自北國，梁横吹曲『下馬吹横笛』是也，今教坊用横笛八孔。」②宋鄭樵《通志二十略・樂略一》「鼓角横吹十五曲」曰：「《梅花落》，胡笳曲。」③元馬端臨《文獻通考・樂考》曰：「凡大角三曲，警嚴用之。《大梅花》《小梅花》曲。……其餘大小鼓、横吹曲，悉不傳。唐末大亂，舊聲皆盡。國朝惟大角傳三曲而已。」④《馮時可詞話》曰：「《梅花落》者，北人苦寒，塞向墐户，至梅花落時，則春氣融和，人可出隩，故遠戍之人望此爲候。唐大角曲亦有《大單于》《小單于》《大梅花》《小梅花》。」⑤

殖雖無遠近，開獨占三冬。怨入胡笳切，香凝素臉穠。有子調金鼎，遺根益縣封。佳人初

---

① [唐]段安節撰，亓娟莉校注《樂府雜録校注》，上海古籍出版社，2015年版，第110頁。

② 《樂書》卷一三〇，景印文淵閣四庫全書，册211，第584頁。

③ 《通志二十略》，第894頁。

④ 《文獻通考》卷一四七，第4429—4430頁。

⑤ 鄧子勉編《明詞話全編》，册4，鳳凰出版社，2012年版，第2630頁。

睡起，留取照芳容。《全宋詩》卷一八八二，册 33，第 21078 頁

落梅詞

謝翶

按，《全元詩》册一四亦收謝翶此詩，元代卷不復録。

北風花糁枝，春風花糁衣。青鳥夢中見，畏來花下飛。豈是得春遲，因緣别春早。夜濕灞陵苔，半在古馳道。入瓦雪冥冥，離樹香草草。那無返魂術，不忍見春老。《全宋詩》卷三六八九，册 70，第 44296 頁

紫騮馬

文同

《馮時可詞話》曰：「《紫騮馬》，征夫去時所騎，閨人思而述之也。」①

① 《明詞話全編》，册 4，第 2630 頁。

翩翩紫騮馬，爛爛黄金鞍。流水四蹄急，飛星雙目寒。擁頭青玉鈪，蔽臆彩絲鞶。誰取交州鼓，摸將骨去看。《全宋詩》卷四三二，册8，第5305頁

同前　張舜民

紫騮馬，白面郎。紅銀鞍勒青油繮，左牽黄犬右擎蒼。朝從灞陵獵，暮宿投平康。使酒不滿意，按劍叱天狼。今年明年一如此，後年不覺髮成霜。扶肩策杖出門行，抱子弄孫樓上坐。忽然涕泪滿衣襟，爲見驊騮面前過。《全宋詩》卷八三三，册14，第9662—9663頁

按，《全宋詩》卷一九三五又作許顗詩，題辭皆同，兹不復録。

同前　許彦國

黄金絡頭玉爲饅，蜀錦障泥亂雲葉。花間顧影驕不行，萬里龍駒空汗血。露床秋粟飽不食，青芻苜蓿無顔色。君不見東郊瘦馬百戰場，天寒日暮烏啄瘡。《全宋詩》卷一〇九三，册18，第12399頁

同前

曹勛

紫騮馬，出西方。徑萬國，來咸陽。儲精房，鍾馴良。口如米火頭如王，尾輕鬣短龍脊剛。蹄圓腕蹙森開張，齊平六齒排截肪。目如明星威煌煌，驕嘶噴薄思騰驤。韂以華屋薦露床，金羈玉勒紅錦障，鈎膺絡腦垂璫琅。漢家驃騎新開府，天子輟賜威遐荒。將軍橫槊被金甲，矍鑠超忽逾鷹揚。雄鳴矯首厲奔蹙，胡兒百萬紛披攘。登封居胥轉瀚海，軍聲陸讋摧天狼。歸來明堂見天子，圖形麟閣宣龍光。《全宋詩》卷一八八一，册 33，第 21069 頁

同前

劉克莊

紫騮驕且嘶，少年赴戎機。不惜千金資，爲置雙玉羈。趁趯赤汗落，蹴踏黄塵飛。十年絶大漠，一日還王畿。但喜辭風埃，同生復同歸。影印《詩淵》，册 4，第 2796 頁

驄馬

文同

鬐鬣擁如雲，西人號乞銀。更逢桓御史，特地起精神。《全宋詩》卷四三二，册8，第5305頁

同前

章甫

門前驄馬無人騎，北風落日長聲嘶。細看毛骨獨殊衆，或言來自流沙西。伏櫪忍遭奴隸辱，立仗難貪五品粟。將軍邊塞敢横行，願同生死俱馳逐。《全宋詩》卷二五一三，册47，第29042頁

驄馬行

劉仙倫

憶昔初見騮馬歸，主人愛馬過愛兒。丁寧圉人謹相視，一夜十起芻秣之。長年煮料雜以豆，按時飼馬欲馬肥。爬梳剔抉去疥痒，裂鼻灌藥煩獸醫。膘成十個料花出，如以膏沐膏其皮。青絲絡頭鞍韆好，鋈金作鐙光陸離。主人愛馬馬戀豆，牽來顧主時驕嘶。口才三齒力方壯，未老保生常乘騎。淮南忽然有馬至，骨骼比此尤雄奇。騧黃鐵脊豹其腳，雲鬃霧鬣風披披。刺頭嚙齧過若電，脱兔犇鹿何由追。主人意却在新馬，衆口共譽無一違。停燈在厩潔水草，恰似騮馬初來時。騮馬在傍意慘澹，雖未見斥頭已垂。嗚呼騮馬勿用悲，自古世事皆如斯。幽王昔日娶申后，既得褒姒后寵衰。楚王宮中棄前魚，紅袖嗚咽流涕洟。人心改變在頃刻，嗚呼騮馬勿用悲。嗚呼騮馬勿用悲，淮南無日無馬來音離。［宋］陳起《江湖小集》卷四九《劉仙倫招山小集》，景印文淵閣四庫全書，第 1357 册，臺灣商務印書館，1986 年版，第 375 頁。

雨雪

韓淲

雨雪春將半，山寒澗溢時。誰題五字句，我得一篇詩。淡泊情何遠，綢繆味愈遲。閑中且陶寫，治國有安危。《全宋詩》卷二七五八，册 52，第 32523 頁

同前

文天祥

秋色金臺路，殷殷半馬蹄。因風隨作雪，有雨便成泥。過眼驚新夢，傷心憶舊題。江雲愁萬疊，遺恨鷓鴣啼。《全宋詩》卷三五九八，册 68，第 43060 頁

劉生

文同

《馮時可詞話》曰：「劉生，東平人，古之俠士，爲衆所慕，故思婦以比其夫。」①

歷古推任俠，彼劉生者何。提槌擊朱亥，引劍刺荆軻。飲肆扶頭出，歌樓掉臂過。無人繼義勇，關隴氣消磨。《全宋詩》卷四三二，册 8，第 5305 頁

同前

曹勛

詩序曰：「劉生，不知何代人，自齊梁以來有《劉生詞》，盛稱豪俠，周游三秦五陵。又云抱劍專征爲符節官云。」

① 《明詞話全編》册 4，第 2630 頁。

劉生世關輔，游俠周五陵。天下俊倜儻，持夸矜劉生。落魄遊其間，豪族相依承。鬥鷄横大道，走馬入重城。醉卧金張館，高談衛霍營。報仇先劇孟，排難鄗侯嬴。逸氣凌秋鶚，清才瑩玉繩。燈前看寶劍，雪裏按蒼鷹。校獵黄山苑，追兵青海濱。華夷知姓字，燕趙冠婚姻。耻作諸侯客，寧爲奔走臣。匈奴方入覲，雄略未能申。且醉胡姬酒，將軍詎敢嗔。《全宋詩》卷一八八二，册33，第21079頁

同前

姚寬

劉生古豪俠，意氣無與俱。隱若一敵國，不顧千金軀。擊劍探赤丸，投瓊叱梟盧。醉使新豐酒，笑擁西京姝。《全宋詩》卷一九六九，册35，第22060—22061頁

梁鼓角横吹曲

捉搦歌

姚寬

雙蝶護花飛，老女怨春暮。撲蝶金粉銷，折花顔色故。窗中聲唧唧，雨泣至天曙。問婆許

嫁女，莫要擇門户。願得不單棲，任他流浪去。《全宋詩》卷一九六九，册35，第22060頁

幽州胡馬客

張玉娘

詩末小注曰：「以上凱歌樂府，俱閒中效而不成者。丈夫則以忠勇自期，婦人則以貞潔自許，妾深有意焉。」

幽州胡馬客，蓮劍寒鋒清。笑看華海静，怒振河山傾。金鞍試風雪，千里一宵征。韔底揪羽箭，彎弓新月明。仰天墜雕鵠，回首貫長鯨。慷慨激忠烈，許國一身輕。願繫匈奴頸，狼烟夜不驚。《全宋詩》卷三七一五，册71，第44625頁

木蘭

劉克莊

按，元王惲《題木蘭廟》詩序曰：「廟榜曰『孝烈將軍』，在今完州城東北隅。至元庚辰正月十日來謁，土人稱昔木蘭戰此得功，故廟有熙寧間知軍事河南錢景初題記，并所刻樂

府古辭。」①知元時木蘭廟有宋人錢景初題記并刊刻《木蘭》古辭，惜錢記今不存。此詩爲劉克莊《雜詠一百首》之一。

出塞男兒勇，還鄉女子身。尚能吞北虜，斷不慕西鄰。《全宋詩》卷三〇四七，册58，第36347頁

同前　　林同

題注曰：「《古樂府》云：『阿爺無大兒，木蘭無長兄。願馳千里足，從此替爺征。』」按，《樂府詩集・横吹歌辭》有《木蘭詩》，所詠爲木蘭替父從軍事，林同此詩本事與之同。

謹勿悲生女，均之有至情。縈能贖父罪，蘭亦替爺征。《全宋詩》卷三四一八，册65，第40637頁

① 《全元詩》册五，第459頁。

木蘭將軍祠

薛季宣

按，《樂府詩集》無此題，然薛季宣《浪語集》置此詩於「樂府」類，所詠仍爲木蘭從軍事，故予收録。詩序曰：「聞周黄岡葺木蘭將軍祠，不詳其意。讀杜牧之集，乃知唐世齊安已祠木蘭。用樂府詩考之，其『關山度若飛』之句，與今黄之關山偶合，不必真在黄也。按詩：木蘭，古胡女，代父征役，定在何許，黄河黑山正是北伐。觀其叙事，似燕、魏、北齊間人。名號官稱又頗差異，雖胡燕、索魏，實未嘗有可汗之名。魏、齊勛官未備，唐始十二級，而天子有『天可汗』之號。如兵帖、將軍、尚書郎之類，皆南北以還官書通語。疑樂府詩唐人擬作。然其詞意質樸，不加藻繢，自有邁往不群之氣，真北朝人語也。要之，古者婦人往往有猛士風烈，顧今丈夫，曾不如一女子，可爲扼腕。木蘭以一胡女，勛業不大顯，數百年後，猶血食江上，祠敝而復葺，似不偶然，感此而作。」

人怯山西種，誰知掌上身。猪羊刀霍霍，車馬道轔轔。幕府開娘子，旂常紀亂臣。夢回清鏡對，千古茜裙新。《全宋詩》卷二四七五，册46，第28696頁

田縣尉悲風詞 臨安道中作

廖行之

按，《新唐書・儀衛志》載唐大鼓吹部節鼓二十四曲，其一曰《悲風》，宋人《悲風詞》《悲風曲》，或出於此，故予收録。

風蕭蕭兮吹我衣，念故人兮我心孔悲。飛霞爲襜兮彩雲爲旂，胡徘徊兮耒江之湄。風蕭蕭兮吹我裳，念故人兮我心孔傷。星辰爲珮兮明月爲璫，胡襄羊兮耒山之陽。耒山高高兮耒水清清，高者君之氣兮清爲君之神。君挾此以生兮不隘以大，胡皎以明兮忽湮以曖。堂有老兮室有稚，能不抱孫兮樂親以戲。子如不暇恤兮親寧忍忘，孰奪之去兮不少翺翔。大江之南兮淛江之東，昔與君兮笑言相從。想丹旐兮埋圭玉於土中，千里泫然兮余獨感此悲風。《全宋詩》卷二五二六，冊47，第29216頁

悲風曲

白玉蟾

山風淒冷山木悲，虎不敢嘯鬼夜啼。溪聲暗繞蒼苔路，翠羽絲毛寒不棲。幽人此時樓上立，葉照松梢露珠泣。有酒欲飲飲不成，月華縹緲烟光濕。《全宋詩》卷三一三六，册 60，第 37493 頁

對月

宋庠

按，《新唐書·儀衛志》載唐大鼓吹部節鼓二十四曲，其二十一曰《對月》，或爲宋人《對月》所本，故予收録。宋人又有《對月吟》，或出於此，亦予收録。

蕭寂東軒坐，徘徊月馭來。風休凉暈缺，旬破晚弦開。紫漢沈星樹，仙莖逼露杯。誰憐故林鵲，終夕自驚猜。《全宋詩》卷一九〇，册 4，第 2177 頁

同前

宋祁

林梢霞尾暗，海面月華新。一水開天鑑，千金上佛輪。幽巖涵静桂，潛蚌溢凉津。不必姑山去，翛然自玉人。

月華真可愛，堂上共徘徊。白露方徐晛，清風適共來。蚌津隨照滿，烏閣爲啼開。萬慮方岑寂，愁看雲漢回。《全宋詩》卷二〇九，册4，第2405頁

按，《全宋詩》卷一二四八又做毛滂詩，題辭皆同，兹不復録。

同前

王令

柳梢地面絶微風，一片寒光萬里同。冰骨直疑潛裏换，塵心都覺坐來空。蚌胎有露珠成顆，蟾窟無雲玉作宫。莫怪幽人吟到曉，不知清興自無窮。《全宋詩》卷七〇四，册12，第8168頁

同前

張綱

蓬鬢秋風老，柴門轍迹疏。誰同今夜月，望絕故人書。止酒愁元亮，何心賦《子虛》。得詩還喜誦，習氣未全除。《全宋詩》卷一五七七，册 27，第 17893 頁

同前二首

陸游

遠客厭征路，流年逢素秋。不知今夜月，還照幾人愁。

草草治杯盤。三更月露寒。茆檐雖隱翳，終勝客中看。《全宋詩》卷二二二五，册 41，第 25537 頁

同前

項安世

少日曾相識，重來有故情。殷勤前度月，依舊向人明。擾擾魄生死，區區輪滿盈。何如長半掩，萬古不西傾。《全宋詩》卷二三七八，册 44，第 27386 頁

同前

張　鎡

景奇天遺助詩豪，意快慚無鍊句勞。一夜月暉金碗出，萬波風擺玉鱗高。衣冠城裏多新貴，酒脯船中自老饕。未著叢書追笠澤，此行扶路且遊遨。《全宋詩》卷二六八五，册50，第32589頁

同前

韓　淲

璇霄蕩涼颸，静夜却團扇。幽人醉未醒，月色窗户轉。起舞步高寒，借我蟾宫便。《全宋詩》卷二七五二，册52，第32390頁

同前

李　龏

水上重樓閉，虚空雲盡收。十分今夜月，一片玉晨秋。衹有詩能寫，都無價可酬。寥寥飛鵲外，歌吹在青樓。《全宋詩》卷三一三〇，册59，第37423頁

同前

劉　𡾰

三千里外無家客，四十年間苦學人。山隔不知雲近遠，祇將明月作鄉親。《全宋詩》卷三四二四，册 65，第 40730 頁

同前

釋行海

海兔上天星斗稀，滿身清影立多時。望中欲倩姮娥手，擲下秋香一兩枝。《全宋詩》卷三四七五，册 66，第 41372 頁

同前

周　密

空寒坐庭玉，四至皆白天。千林無俗聲，一葉時琤然。竹高散飛霜，池冷鎔流鉛。月以虛而明，心以虛而玄。心光射月彩，炯炯徹九淵。高吟撼老桂，驚起秋兔眠。《全宋詩》卷三五六一，册

67,第 42558 頁

同前

董嗣杲

徙倚短窗下,月色照平地。江頭見漁舸,更欲扣舷醉。山川藹夕霏,菰蒲顫涼翠。景色自紛糅,造化祗兒戲。慨嘆幾今古,不過榮與悴。胸中難貯愁,萬緣可棄置。三更北風暴,頃刻天地異。掩窗抱膝吟,欹枕不復睡。《全宋詩》卷三五六六,册 68,第 42624 頁

同前

吴龍翰

長空有明月,與我良有情。遥遥萬里道,隨我杖履行。耿耿吟床間,相隨入枕衾。而我病風雅,長作秋蛩吟。吟聲悲入月,月色寒入吟。月即是天眼,照我泪縱横。垂垂草上露,盡從月眼傾。不爲富貴兒,只作苦吟人。君看朱門邃,翠幕圍陽春。管弦沸清曉,銀燭正熒熒。《全宋詩》卷三五九〇,册 68,第 42894 頁

同前

黄庚

按，《全元詩》册一九亦收黄庚此詩，元代卷不復録。

萬里無雲天宇寬，十分秋色上樓看。月浮滄海蟾光濕，星落明河象緯寒。醉後儘教詩筆健，吟邊莫放酒杯乾。一聲長笛知何處，愁殺夜深人倚闌。《全宋詩》卷三六三七，册 69，第 43575—43576 頁

對月吟傚白體

周密

前宵有酒無月明，昨宵有月樽無酒。世間二美尚難并，萬事紛紛復何有。有酒無月醉不成，有月無酒月笑人。今宵月好酒亦好，舉酒屬月酬青春。青春難留月易缺，月下高歌天地闊。開樽對月月入樽，只愁醉殺樽中月。《全宋詩》卷三五五九，册 67，第 42535—42536 頁

卷五七　宋相和歌辭一

和者，相應也。《詩》曰：「和鸞雝雝。」①軾鈴曰和，鑣鈴曰鸞。同車交鳴，相應央央。《老子》曰「音聲相和」，②《莊子》曰「相和而歌」，③俱交互發聲之謂。至漢以爲樂類名，且爲唱奏之法。《晉書·樂志》曰：「相和，漢舊歌也，絲竹更相和，執節者歌。」④則其唱奏之法，不惟絲竹相協奏，歌者亦擊節歌而應之。《隋書》及兩《唐書》，皆録《三調相和歌詞》數卷，當爲漢晉遺存。

《樂府》著録相和歌辭，其類至九，有相和六引、相和曲、吟嘆曲、四弦曲、平調曲、清調曲、瑟調曲、楚調曲、大曲。又謂側調生於楚調，與前三調總謂相和調，且未録其辭。李善注謝客詩，引《宋書·樂志》，以楚、側兩調并列，然此語今本《宋書》無，學者多疑其闕文。

---

① 《毛詩正義》卷十《十三經注疏》，第420頁。

② [春秋] 老子撰，[魏] 王弼注，樓宇烈校釋《老子道德經注校釋》，中華書局，2016年版，第6頁。

③ [清] 郭慶藩撰，王孝魚點校《莊子集釋》册上，中華書局，2004年版，第266頁。

④ 《晉書》卷二三，第716頁。

郭氏不著側調，與今本《宋書》同，蓋宋時已闕焉。

又按大曲似不與他調并立。《樂府》大曲下録《滿歌行》一首，郭氏云大曲本十五首，沈約俱入瑟調，已依張永《元嘉正聲技録》分于諸調，惟《滿歌》諸調不載，獨附大曲録之。然觀郭氏《樂府》，十五曲解題悉依僧虔《技録》，未假張氏《技録》點墨。此蓋王、張之《録》同，抑郭氏之筆誤？難審其詳。今詳勘此十五曲，《荀氏録》著其一，曰《艷歌羅敷行》「日出東南隅」，瑟調。僧虔《技録》著十四，另有《爲樂》一首。十四中瑟調十二；楚調一，曰《白頭吟行》古辭「皚如山上雪」；相和曲一，曰《艷歌羅敷行》古辭「日出東南隅」。沈約《宋書》，悉以此十五首入瑟調，郭氏依僧虔，以十四首分入諸調，而《滿歌》留大曲下。此法後世亦然之。明費經虞《雅倫》曰：「相和歌有八類：曰相和六引，曰相和曲，曰平調曲，曰清調曲，曰瑟調曲，曰楚調曲，曰吟嘆曲，曰四弦曲。」①亦未視大曲爲獨立一調。《樂府》曰：「又諸調曲皆有辭、有聲，而大曲又有艷、有趍、有亂。辭者其歌詩也，聲者若羊吾夷伊那何之類也，艷在曲之前，趍與亂在曲之後，亦猶吴聲西曲前有和，後有送也。」②此中之「大曲」，蓋諸調中曲之較長者，非獨立一調也。

---

① ［明］費經虞《雅倫》卷七，續修四庫全書，册 1697，上海古籍出版社，2002 年版，第 135 頁。

② 《樂府詩集》卷二六，第 309—310 頁。

本卷所録相和歌辭，多出《全宋詩》及《輯補》。仍以郭氏《樂府》所分諸類爲序，先同題而後衍生變異，若《對酒》後有《對酒吟》《對酒歌》《對酒嘆》，《苦寒行》後有《前苦寒歌》《後苦寒歌》《苦寒曲》《苦寒吟》等。宋人擬相和歌辭者甚衆，姜夔有《箜篌引》，周紫芝、陸游有《公無渡河》，王安石、黄庭堅、劉克莊有《江南》，梅堯臣、司馬光、蘇軾、張耒、周紫芝、陸游、楊萬里、范成大、劉克莊有《苦寒》，陳師道、陸游、嚴羽有《放歌行》，周紫芝、戴復古、劉克莊有《飲馬長城窟》，曹勛、辛棄疾有《棹歌》，陸游有《對酒》，楊億、宋祁、梅堯臣、歐陽修、司馬光、蘇軾、蘇轍、黄庭堅、周必大、葉適有《挽歌》，凡七類，四弦曲及大曲《滿歌行》未見擬作。

相和六引

箜篌引

曹　勛

唐吴兢《樂府古題要解》曰：「右舊説朝鮮津卒霍里子高妻麗玉所作也。子高晨起刺船，有一白首狂夫，被髮携壺，亂流而渡，其妻隨呼止之，不及，遂溺死。于是其妻援箜篌而鼓之，作歌曰：『公無渡河，公竟渡河，公墮而死當奈何！』聲甚悽愴。曲終，亦投河而死。子高還，以其聲語麗玉。麗玉傷之，乃引箜篌寫其聲。聞者莫不墮泪飲泣。麗玉以其聲傳鄰女麗容，名曰《箜篌引》。舊史稱漢武帝滅南越，祠太乙后土，令樂人侯暉依琴造坎言，坎坎節應也。侯，工人之姓。後語訛『坎』爲『空』也。」①宋鄭樵《通志二十略・樂略一》「相和歌瑟調三十八曲」曰：「《公無渡河行》，亦曰《箜篌行》。」②宋强幼安《唐子西文録》曰：「古樂府命題皆有主意，後之人用樂府爲題者，直當代其人而措詞，如《公無渡河》須作妻止其夫之詞，太白輩或失之，惟退之《琴操》得體。」③宋張侃《拙軒詞話》曰：「又，《高山流水》，鍾子期所作。《箜篌引》，霍里子高妻麗玉所作。今《流水》有《公無渡河》聲。《公無渡河》，因渡河溺水，援箜篌而歌之。士友郭沔，相與笑後人穿鑿云。」④明費經虞《雅倫》曰：「費經虞曰：『引亦始於樂府，如《箜篌引》《霹靂引》之類。』」孫鍚瓚曰：『引者，唱曲之始，如今

---

① 《樂府古題要解》卷下，《歷代詩話續編》，第 57 頁。
② 《通志二十略》，第 901 頁。
③ [宋] 强幼安《唐子西文録》，[清] 何文焕《歷代詩話》，中華書局，2004 年版，第 443 頁。
④ [宋] 張侃《拙軒詞話》，唐圭璋《詞話叢編》，中華書局，2005 年版，第 190 頁。

唱曲者先唱引子也。』」①清吴景旭《歷代詩話》論「古樂府」《箜篌引》曰：「吴旦生曰：『《古今注》：《箜篌引》即《公無渡河》，霍里子高妻麗玉所作。……余觀曹植云「置酒高殿上，親友從我遊」，似言及時行樂，又云「久要不可忘，薄終義所尤」，似及交情，大非古辭之意。李白有二篇，一曰《公無渡河》，乃言渡河事；一曰《箜篌引》，亦言交情。此子西所謂失之也。吴正子謂「歷觀前作，大抵以《箜篌引》命題者不言叟溺，以《公無渡河》命題者，則及之」。皆不足語樂府矣。』」②

行天莫乘龍，行地莫乘馬。龍馬各有待，牽連一時假。至人運獨照，八表周神化。結交當結心，勢利徒夸咤。兔絲倚喬松，纏綿不相舍。秋風飛嚴霜，榮枯何所藉。富貴人所慕，貧賤人所鄙。妻嫂薄蘇秦，人事古如此。遊子歸去來，勞生良可耻。《全宋詩》卷一八七九，册 33，第 21049 頁

① 《雅倫》卷八，續修四庫全書，册 1697，第 151 頁。

② ［清］吴景旭《歷代詩話》卷二四，中華書局，1958 年版，第 250 頁。

同前

姜夔

箜篌且勿彈，老夫不可聽。河邊風浪起，亦作箜篌聲。古人抱恨死，今人抱恨生。南鄰賣妻者，秋夜難爲情。長安買歌舞，半是良家婦。主人雖愛憐，賤妾那久住。緣貧來賣身，不緣觸夫怒。日日登高樓，悵望宮南樹。《全宋詩》卷二七二四，册 51，第 32045 頁

公無渡河

唐庚

宋鄭樵《通志二十略·樂略一》「相和歌瑟調三十八曲」曰：「《公無渡河行》，亦曰《箜篌行》。」①宋胡仔《苕溪漁隱叢話》引《唐子西語録》曰：「古樂府命題皆有主意，後之人用樂府爲題者，直當代其人而措辭，如《公無渡河》，須作妻止其夫之辭，太白輩或失之。」②元

---

① 《通志二十略》，第 901 頁。

② ［宋］胡仔《苕溪漁隱叢話》（前集）卷一八，人民文學出版社，1962 年版，第 120 頁。

劉玉汝《詩纘緒》："詩有《揚之水》，凡三篇，其辭雖有同異，而皆以此起詞。竊意詩爲樂篇章，《國風》用其詩之篇名，亦必用其樂之音調，而乃一其篇名者，所以標其篇名音調之同，使歌是篇者即知其爲此音調也。後來歷代樂府，其詞事不同，而猶有用舊篇名，或亦用其首句者，雖或悉改，而亦必曰即某代之某曲也。其所以然者，與原篇章之目，以明音調之一也，如《上之回》《公無渡河》《遠别離》之類多。"①按，宋人又有《公無出門》，當出於此，亦予收録。

公無渡河，公無渡河。君不見吴兒秋悲小海唱，湘女夜怨招魂歌。抱石沉清流，弄酒奔素娥。忠血醉蛟蜃，義肉飽鼋鼉。暗中水弩貫七札，魚龍百怪垂涎澤，吻牙相磨。公無渡河，公無渡河，平地猶恐生風波。《全宋詩》卷一三二三，册 23，第 15019 頁

同前

周紫芝

清江漫漫日夜流，江邊無風人自愁。馮夷擊鼓河伯怒，蛟龍掉尾魚吞舟。人生一死亦難

---

① [元] 劉玉汝《詩纘緒》卷五，北京師範大學出版社，2012 年版，第 391 頁。

處，何不相從聽媪語。公無渡河公自苦，人心險過山嵯峨，豺狼當路君奈何。勸君收泪且勿歌，世間平地多風波。《全宋詩》卷一四九六，册 26，第 17083 頁

同前　　陸游

題注曰：「聞雅安守溺死於嘉陵江，代其家人作。」

大莫大於死生，親莫親於骨肉。河不可憑兮非有難知，言之不從兮繼以痛哭。望雲九井兮白浪嵯峨，刳肝瀝血兮不從奈何。秋風颯颯兮紙錢投波，從公於死兮下飽蛟鼉。《全宋詩》卷二一五七，册 39，第 24340 頁

同前并引　　楊冠卿

詩引曰：「古樂府有《公無渡河》篇，從昔詩人賦詠，俱與本意不相侔。余謂翁之勇於渡河者，特以一壺之力爲可恃，遂冒險而不之恤。曾不知壺之力甚微，而河之險不可玩，終

遂致於淪厥軀。茲亦可爲後世鑒矣。因原其指，爲作數語，用以自警云。」

河流決崑崙，微禹其爲魚。龍門雖已鑿，犀梜孰可逾。老翁被髮鬢如絲，臨流欲渡將何之。嫗止翁留翁勿渡，翁不嫗從舍之去。中流憑一壺，意謂千金俱。一壺勢莫支，千金淪其軀。壺兮壺兮翁之祟，鼉吼鯨吞方得意。曲終哀怨寫箜篌，鄰女爲君雙墮泪。《全宋詩》卷二五五五，册 47，第 29632 頁

同前

王　炎

黄河浩浩不可航，腰壺欲渡何其狂。嫗挽翁衣願無渡，忠愛深言反逢怒。河流滔滔翁溺死，老嫗搏膺泪如雨。行人勸嫗莫痛傷，痛傷之極能斷腸。古來愎諫多不祥，鴟夷浮江吴國滅，老臣疽背霸王歇。《全宋詩》卷二五五九，册 48，第 29688 頁

同前

洪咨夔

按，此詩原爲《古樂府用禮禪滅翁韻四》其二，原題共四首：其一曰《公子游獵》、其二曰《公毋渡河》、其三曰《鳳引雛》、其四曰《鴻雁行》。本卷止録其二。

河水湯湯，公毋渡爲。妾言嗟未力，公渡竟不疑。雲昏風雨寒，波深蛟鼉飢。二十三弦悲復悲，黄鵠不雙鸞獨飛。《全宋詩》卷二八九四，册55，第34566頁

同前

黄簡

公無渡河，公無渡河，止公不已將奈何。九淵噴雪舞鱌鼉，百里吼雷翻怒鼉。平地往往猶風波，况此瀰漫秋水多。《全宋詩》卷二八三五，册54，第33763頁

同前

李龏

按，此爲集句詩。

屈平沉湘不足慕，公無渡河兮公苦渡。行搔短髮提壺漿，玉白蘭芳不相顧。驚波不在黿鼉間，顔色錯漠生風烟。其下無底旁無邊，何用將身自棄捐。李賀、王睿、李咸用、温飛卿、齊己、盧仝、白居易、王建　《全宋詩》卷三一三二，册59，第37454頁

同前

白玉蟾

君不見猿啼蒼梧烟，風卷瀟湘水。雙蛾無處挽重瞳，粉篁點點凝春泪。又不見鶴飲瑶池月，露泣黿臺花。百官極目望八駿，青鳥寥寥空暮霞。嗚呼，不自愛惜甘蹈死，亦不聞乎千金子。公無渡河要渡河，公要渡河争奈何。《全宋詩》卷三一三六，册60，第37496頁

同前

釋文珦

河源來自崑崙西，滔天沃日無津涯，櫂夫漁子不敢窺。公欲徑渡公誠癡，癡公溺死如何爲。竟委骨肉於蛟螭，徒使萬古箜篌悲。《全宋詩》卷三三一九，册 63，第 39560 頁

同前

徐集孫

公無渡河，公無渡河，公必欲渡意如何。波濤洶涌何足畏，中原未復一身多。争知平地有風波，人心之險險於河。《全宋詩》卷三三九〇，册 64，第 40328 頁

同前

孫　嵩

按，《全元詩》册九亦收孫嵩此詩，元代卷不復録。

公乎渡河不可航，年既老，智則童。臨流徑渡何倀倀，夫豈有急須自亡。前無掣，後無擠，

且無迹捕至爾門，未至東市之誅磔死如牛羊。河流在前白日光，誰以錦覆河流黄。公不見河源天矯落崑崙，懸天注地千里强。飛奔突入中原疆，一擊無有完堤防。跳蹴后土舂穹蒼，公懵視之行康莊。掉臂而往無褰裳，不能馭風騎氣奚爲狂。河之流湯湯，鯤鯨之惡未可量。長戈爲鰭鋸爲尾，刀崖斧窟鑱牙張。公其以身委饑腸，人生無難死足傷。以饑寒死骨猶藏，棺槨送爾松柏岡。何必爲河之鬼馮夷鄉，其下濁泥出無梁。何不相譍公自僵，奈何乎箜篌之音河水旁。《全宋詩》卷三六〇三，册 68，第 43157 頁

同前

趙　文

詩序曰：「《公無渡河》，或作《箜篌引》。朝鮮津卒霍里子高妻麗玉所作也。高晨起刺船，有白首狂夫被髮提壺，亂河流而渡，其妻隨止之不及，遂墮河水死。於是援箜篌而鼓之，作《公無渡河》之曲，聲甚悽愴。曲終，自投河而死。子高還，以其聲語妻，麗玉傷之。乃引箜篌而寫其聲，聞者莫不墮泪飲泣焉。」按，《全宋詩》題作《河之水》，無詩序。《全元詩》册九亦收趙文此詩，且據《天下同文集》卷四四改詩題并補詩序，①本卷從之，元代卷不復録。

① 《全元詩》，册 9，第 227—228 頁。

河之水，深復深。舟以濟，猶難諶。被髪之叟，狂不可鍼。豈無一壺，水力難任。與公同匡床，恨不挽公襟。亂流欲渡，直下千尋。我泣眼爲枯，我哭聲爲瘖。投身以從公，豈不畏胥沉。同歸尚可忍，獨生亦難禁。公死狂，妾死心。蛟龍食骨有時盡，惟有妾心無古今。河之水，深復深。《全宋詩》卷三六一一，册68，第43236頁

同前

宋无

九龍争珠戰淵底，洪濤萬丈涌山起。鱷魚張口奮靈齒，含沙射人毒如矢。寧登高山莫涉水，公無渡河，公不可止。河伯娶婦蛟龍宅，公無白璧獻河伯，恐公身爲泣珠客。公無渡河公不然，憂公老命沉黄泉。公沉黄泉，公勿怨天。《全宋詩》卷三七二三，册71，第44742頁

按，《全元詩》册一九亦收宋无此詩，元代卷不復録。

公無出門

李𪗯

按，此爲集句詩。

天迷迷，地密密，海漫漫。身若倉中鼠，遲回出門難。大道冥冥不知處，小人心裏藏崩湍。我亦爲君長嘆息，炊沙作飯豈堪吃。棘針生猛義路閑，太華磨成一拳石。不懼天地傾，津涯浩難識。龍蟠泥中未有雲，封狐雄虺自成群。人生結交在終始，細人何言入君耳。歸卧東窗兀然醉，任他上是天，下是地。李賀、白居易、曹鄴、陳陶、貫休、齊己、温飛卿、顧況、劉叉、馬異、王建、高適、張籍、駱賓王、賀蘭進明、鮑溶、李頎、羅隱

《全宋詩》卷三一三二，册59，第37457頁

卷五八　宋相和歌辭二

相和曲

江南六詠

李　綱

郭茂倩《樂府詩集》所收《江南》古辭解題引《樂府解題》曰：「《江南》，古辭，蓋美芳晨麗景，嬉遊得時。若梁簡文『桂楫晚應旋』，唯歌遊戲也。」①明徐獻忠《樂府原》引其説云：「此曲别無意義。惟美芳辰麗景，嬉遊得時而已。『魚戲蓮葉』更有東西南北四句，令後世《采蓮曲》出於此，江南之景無過《采蓮》者，其爲北人所慕，以入樂府，固亦宜爾。」②宋人又有《江南新體》《江南謡》等，或皆出《江南》，亦予收録。

---

① 《樂府詩集》卷二六，第 315 頁。

② 《樂府原》卷五，四庫全書存目叢書，集部册 303，第 752 頁。

江南山，秀色晴光杳靄間。一帶平凝愁翠黛，數峰孤絶聳烟鬟。
江南雲，片片飛來湘水濱。愁絶蒼梧鼓瑟女，悵望陽臺行雨神。
江南月，依然照我傷離别。故人千里共清光，玉臂雲鬟香未歇。
江南竹，霜霰歲寒依舊緑。誰向溪邊養籜龍，滴露摇風一林玉。
江南梅，昨夜溪頭玉雪開。贈遠欲傳千里恨，和烟爲折一枝來。
江南客，鬢髮蒼浪不堪摘。明時遷逐念前非，一夜愁吟霜月白。《全宋詩》卷一五四三，册 27，第 17531 頁

江南新體

姚　寬

悠悠復悠悠，日夜瀟湘流。瀟湘春草生，行人向南愁。緩歌竹枝娘，窈窕蘋花洲。
江南無春秋，花草紅復緑。燕燕撇波飛，雁雁依雲宿。遊子去不歸，凄涼采菱曲。《全宋詩》卷一九六九，册 35，第 22060 頁

同前

戴復古

題注曰：「王建有此體，别張誠子。」

郎船江下泊，妾家樓上住。朝朝暮暮間，上下兩相顧。相顧不相親，風波愁殺人。《全宋詩》卷二八一三，册54，第33466頁

江南謡

陳允平

柳絮飛時話别離，梅花開後待郎歸。梅花開後無消息，更待明年柳絮飛。《全宋詩》卷三五一六，册67，第41990頁

江南思

李　龏

按，此爲集句詩。

妾家白蘋浦，柳惲乘馬歸。恰值清風起，朱服弄芳菲。離居不自堪，留情此芳甸。臨醉欲拚嬌，惡許傍人見。相逢恐相失，徘徊雙明璫。歸時不覺夜，要使兩情傷。温飛卿、李賀、陸龜蒙、劉希夷、宋之問、李端、李商隱、丁仙芝、崔國輔、劉慎虚、張仲素、韋應物　《全宋詩》卷三一三二，册59，第37458頁

同前

宋　无

按，《全元詩》册一九亦收宋无此詩，元代卷不復録。

暮雨娥皇廟，春風西子城。相思行不得，更聽鷓鴣聲。《全宋詩》卷三七二三，册71，第44748頁

江南曲三首

田錫

金蟬飾緑雲，細靨蕊黄新。南浦解清珮，西溪采白蘋。密竹映深花，湖山日欲曛。春腸知已斷，脈脈兩難親。

吴艷若芙蓉，乘舟弄湖水。照影不知休，雲鬟墜簪珥。含笑忽回頭，見人羞欲死。歸去入花溪，棹濺鴛鴦起。

金陵王氣消，六朝隳霸業。白雲千古恨，空江照樓堞。虎丘羅蔓草，姑蘇委楓葉。懷賢思伍員，靈濤浩難涉。《全宋詩》卷四四，册1，第479頁

同前

寇準

宋李頎《古今詩話》曰：「寇萊公，年十九進士及第，知東巴縣，詩云：『野水無人渡，孤舟盡日横。』又爲《江南春》云：『波渺渺，柳依依，孤村芳草遠，斜日杏花飛。江南春盡離腸斷，

蘋滿汀洲人未歸。』膾炙人口。」①宋王君玉《國老談苑》曰：「寇準初爲密學，方年少得意，偶撰《江南曲》云：『江南春盡離腸斷，蘋滿汀洲人未歸。』又云：『日暮江南一望時，愁情不斷如春水。』意皆淒慘。末年果南遷。」②明楊慎《升庵詩話》曰：「寇平仲《江南曲》：『烟波渺渺一千里，白蘋香散東風起。惆悵汀洲日暮時，柔情不斷如春水。』亡友何仲默嘗言：『宋人書不必收，宋人詩不必觀。』余一日書此四詩訊之曰：『此何人詩？』答曰：『唐詩也。』余笑曰：『此乃吾子所不觀宋人之詩也。』仲默沉吟久之，曰：『細看亦不佳。』可謂倔强矣。」③《全宋詞》據《古今詞統》題爲「夜度娘」，辭同。④ 宋代卷清商曲辭《夜度娘》題下不復録。

烟波渺渺一千里，白蘋香散東風起。惆悵汀洲日暮時，柔情不斷如春水。《升庵詩話新箋證》卷一二，第714頁

① [宋] 阮閲編，周本淳校點《詩話總龜》卷一三，人民文學出版社，1987年版，第156頁。
② [宋] 王君玉《國老談苑》卷二，叢書集成初編，册2744，中華書局，1985年版，第14頁。
③ 《升庵詩話新箋證》卷一二，第714頁。
④ 《全宋詞》，册1，第4頁。

同前

劉攽

江南多芙蓉，水緑看最好。輕舟浮江來，白露秋意早。露白秋已晞，遊子行未歸。采香欲誰贈，但見群鷗飛。鷗飛不避人，思我平生親。當親而返疏，悵望空水濱。《全宋詩》卷六〇一，册11，第7093頁

同前

沈括

新秋拂水無行迹，夜夜隨潮過江北。西風捲雨上半天，渡口微凉含晚碧。城頭鼓響日脚垂，天際籠烟鎖山色。高樓索莫臨長陌，黄竹一聲無北客。時平田苦少人耕，唯有蘆花滿江白。《全宋詩》卷六八六，册12，第8009頁

同前

賀鑄

題注曰：「乙丑三月，彭城。分題得《江南曲》。」

游倡搴杜若，别浦鴛鴦落。向晚鯉魚風，客檣千里泊。當時桃葉是新聲，千載長餘隔水情。烏衣巷裹人誰在，白鷺洲邊草自生。《全宋詩》卷一一〇二，册19，第12500頁

同前二首

張耒

江蒲芽白江水緑，江頭花開自幽淑。人家晨炊欲熟時，旋去網魚惟所欲。往來送租只用船，未省泥沙曾污足。有錢買酒醉鄰畔，終日數口常在目。不學長安貴公卿，每念離心寄朱轂。朝遊巖廊暮海島，譴人未歸身自到。《全宋詩》卷一一五五，册20，第13029頁

平湖碧玉烟波闊，芰荷風起秋香發。采蓮女兒紅粉新，舟中笑語隔烟聞。高繫紅裙袖雙卷，不惜浮萍沾皓腕。争先采得隱船篷，多少相欺互相問。吴兒蕩槳來何事，手指荷花示深意。

郎指蓮房妾折絲，蓮不到頭絲不止。月上潮平四散歸，舟輕楫短去如飛。斷腸脈脈兩無語，寄情流水傳相思。《全宋詩》卷一一五六，册20，第13040頁

同前

劉翰

我家江南同野老，自紡落毛采蘋藻。清風滿袖讀《離騷》，半畝幽畦種香草。門前流水鳴濺濺，日暮歸來自刺船。遥山數疊作媚嫵，落日斷霞明晚川。雨餘汀草漲新緑，紅衣濕盡鴛鴦浴。采蓮女兒何處來，唱我春風湖上曲。甕頭酒熟方新篘，白魚如銀初上鈎。呼兒洗杓醉明月，酒酣更作商聲謳。《全宋詩》卷二四一二，册45，第27843頁

同前

徐照

絡緯催寒斷夢頭，不眠雙泪枕邊流。屏風莫展江南畫，寸地能生千里愁。《全宋詩》卷二六七二，册50，第31400頁

同前四首

周文璞

露下五願秋，雨打三楊愁。齊梁才子多，埋在青山頭。

郎與新歡濃，儂與舊歡熟。懊惱對行人，當爲歌艷曲。

孤館聞啼鶯，日暮脂粉薄。芳醪似泥賤，那得不行樂。

雨認巫山氣，江通涇預情。相逢未多時，秋花開古城。《全宋詩》卷二八三二，册54，第33720頁

同前二首

毛直方

津頭聞别語，三載以爲期。安得中山酒，醒日是歸時。

沽酒酹江神，發船相送餞。船去浪如席，船回風似箭。《全宋詩》卷三六三九，册69，第43620頁

同前

宋 无

按，《全元詩》册一九亦收宋无此詩，元代卷不復録。

遥天碧蕩蕩，遠草緑愔愔。并作相思海，春來一樣深。《全宋詩》卷三七二三，册71，第44755頁

度關山

張 載

宋鄭樵《通志二十略·樂略一》「相和歌三十曲」曰：「《度關山》，亦曰《度關曲》。」①明徐獻忠《樂府原》曰：「此篇大意言爲人君當勤苦爲民，慎重刑賞，崇事恭儉，斯不負上天立君之意。故身度關山，周行天下，不當自憚其勞以爲省方之政。若徒安於天下之上而不身任勞苦，則任負天之責，違民之望矣。蓋當勞一人以治天下，不可勞天下而奉一人，末又以

---

①《通志二十略》，第895頁。

許由之推讓，墨氏之兼愛而深致其微意焉，此所以爲孟德之心也。」①清朱嘉徵《樂府廣序》曰：「《度關山》歌天地間，思復盛王之治也。王者有改制之名，無變道之實。此其準歟。魏祖大有立國規模，惜文帝以逸豫失德嗣之，美業不終，悲夫！」②清汪汲《樂府標源》曰：「亦曰《度關曲》，古辭，曹魏樂奏，武帝作。」③

度關山，循九州，省耕寬徭詢明幽。人爲貴兮，哀我人斯敢予休。《全宋詩》卷五一七，册 9，第 6284 頁

同上

王雱

按，《宋詩紀事》亦録，題作《關山篇》。④

---

①《樂府原》卷五，四庫全書存目叢書，集部册 303，第 753 頁。

②《樂府廣序》卷八，四庫全書存目叢書，集部册 385，第 705 頁。

③［清］汪汲《樂府標源》，《古愚老人消夏録》，清刻本，第 12 頁。

④《宋詩紀事》卷二五，第 645 頁。

萬馬度關山，關山三尺雪。馬盡雪亦乾，沙飛石更裂。歸來三五騎，旌旗映雪滅。不見去時人，空流磧中血。《全宋詩》卷九七八，册17，11314頁

同上

張耒

度關山，意悠哉，秦關路險行車摧。秋雲沉沉天未曉，關吏正眠關未開。孟嘗逃秦畏秦逐，一日歸齊未爲速。重扉當道可奈何，搔首蒼茫空駐轂。主君無言客無計，仰看天星俯相視。風鳴木響心自驚，咄嗟謾養三千士。下客趨前敢獻誠，爲君試效晨鷄鳴。引聲未絶群鷄應，軋軋重門俄徹扃。馬嘶人語車輪轉，斗柄斜横夜初半。奔風捷足欲何追，虎口脱身非素願。孟嘗好士竟何爲，纔得鷄鳴狗盗兒。可憐當日殷勤意，輟食分衣竟爲誰。《全宋詩》卷一一五六，册20，第13040頁

登高丘望遠海

李復

登高望遠海，冥冥濕天際。百川趨東南，奔騰卷厚地。自從開闢來，溶渟不可計。浩浩無

增虧，周流在一氣。怒風駕高浪，雪山寒贔屭。飛火掣電光，神怪時出戲。却疑蓬萊峰，只是鮫人髻。會當見清淺，乘月弄蘭枻。去問蟠桃花，結根幾千歲。《全宋詩》卷一〇九四，册19，第12411頁

登高丘而望遠海

劉才邵

登高丘，望遠海。銀臺芝闕排空烟，青童羽駕今安在。炎凉相續如循環，堂堂白日欺紅顏。誰能混迹塵埃閒，當驅風馭凌三山。問天暫借斬鯨劍，長鬐中斷蒼波閒。却憑海若檄北極，員嶠岱輿宜見還。《全宋詩》卷一六八一，册29，第18839頁

同前

李濤

登高丘，望遠海，萬里長城今何在。坐使神州竟陸沉，夷甫諸人合菹醢。望遠海，登高丘。知我者謂我心憂，不知我者謂我何求。歸枕蓬萊漱弱水，大觀宇宙真蜉蝣。《全宋詩》卷三一六〇，册60，第37905頁

御製薤露詩五首

宋高宗

盡履艱難運，方居喪樂尊。徽音流海寓，厚載協輿坤。玉座東朝寂，金梔大練存。悲笳催泪雨，揮灑月江昏。

履素光彤史，高年在昔希。承顔猶夢寐，問寢失庭闈。慈儉過文母，勤勞掩舜妃。昊天寒日慘，慟哭閟褘衣。

天泣連朝雨，哀傳後夜風。佳城靈旐往，華屋玉衣空。幄殿簾垂素，宫庭葉改紅。鶴群盤禁籞，仙馭上雲穹。

體絶人間粒，神隨物外丹。遽遺天下養，未報夢中闌。月慘桐陰静，霜凋桂影寒。誕辰悲甫及，不復奉慈歡。

帳殿空遺像，宫莇啓夜臺。至仁參列聖，永感積深哀。薤露悲何極，仙游杳莫回。割繩催曉軔，攀慕寸心摧。《中興禮書》卷二六九，續修四庫全書，册 823，第 294 頁

卷五九　宋相和歌辭三

魯園夫人薤露歌

程　珌

宋鄭樵《通志二十略・樂略一》「相和歌三十曲」曰：「《薤露歌》，亦曰《薤露行》，亦曰《天地喪歌》，亦曰《挽柩歌》。」①金劉祁《歸潛志》曰：「侯策季書，先字君澤，中山人。……其《吊一貴人》云：『歌翻《薤露》匆靈遠，門掩秋風甲第深。』」②元吴萊《淵穎集》曰：「它如古挽歌辭，《左氏傳》所載歌《虞殯》者，雖不可考，漢魏之間所歌《薤露》《蒿里》，則猶古也。自唐至今之爲挽歌者，必以今體五七言四韻爲之。」③明黄淮《文溪鄒先生挽詩序》曰：「按古禮有《紼謳》以相力，歌《虞殯》以送葬，及田横門人，又製爲《薤露》《蒿里》之什，以悼人命

① 《通志二十略》，第 896 頁。

② ［金］劉祁撰，崔文印點校《歸潛志》卷三，中華書局，1983 年版，第 21 頁。

③ ［元］吴萊《淵穎集》卷八，景印文淵閣四庫全書，册 1209，臺灣商務印書館，1986 年版，第 152 頁。

之靡常。今之哀挽，蓋本其意而并著其死者之才行。」①明徐有貞《武功集》曰：「挽詩之作，所以相挽喪者，挽喪者歌之，以齊其力而節其行也。公孫夏之所謂《虞殯》、莊周之所謂《紼謳》、李延年之所謂《蒿里》《薤露》皆是也。《虞殯》《紼謳》，今亡其辭，《蒿里》《薤露》之辭具存。其意大抵以哀人生之無常，死者之不可作而已，然非專指其人而哀之也。惟昔賢豪之士不幸詘厄而殀喪者，則或從而哀之。若秦人之哀子車，楚人之哀屈平，齊客之哀田横，亦皆挽詩之流而變焉者也。後之詩人，沿而效之，繇魏晉六朝唐宋以迄於今而寖盛。有其人無可哀而哀之，有不以哀之而以美之者，其挽詩之變而又變者歟。嗟夫！世降風移，文章之變，豈獨挽詩爲然哉？是亦可嘅矣。」②明馮復京《説詩補遺》曰：「樂府出漢，鮮不佳者。如《東光》《薤露》《猛虎》，寥寥數語耳，興象神情，高出詞人數等。」③又曰：「《挽歌》近雅，未堪與《薤露》并觀。」④明陸時雍《古詩鏡》曰：「《薤露歌》《蒿里曲》二首，長歌曼

① [明] 黄淮《黄文簡公介庵集》卷三，四庫全書存目叢書，集部册 26，齊魯書社，1997 年版，第 569 頁。
② [明] 徐有貞《武功集》卷三，景印文淵閣四庫全書，册 1245，臺灣商務印書館，1986 年版，第 100 頁。
③ [明] 馮復京《説詩補遺》卷二，《馮復京詩話》，《明詩話全編》，册 7，第 7196 頁。
④《説詩補遺》卷二，《馮復京詩話》，《明詩話全編》，册 7，第 7203 頁。

聲，甚於泣涕，情至語，故自傷。」①清朱嘉徵《樂府廣序》曰：「《薤露歌》《惟漢》，閔亂也。高帝開基，光武再造，業何壯歟，乃溘焉朝露。公實傷之，蓋以宗臣自予也。」又曰：「《薤露歌》《天地》，思乘時立業也。夫人進不能立功，退無以立言，可謂無業之人矣。」②清汪汲《樂府標源》曰：「《薤露歌》亦曰《薤露行》，亦曰《天地》《喪歌》，亦曰《挽柩歌》，田横門人作辭云……按《左傳》齊將與吴戰于艾陵，公孫夏使其徒歌《虞殯》。注云：『送葬歌也。』是古有喪歌矣。使挽柩者歌之，故謂《喪歌》，亦謂《挽柩歌》。此二章之作乃田横門人歌以葬横也。但悲其亡耳，亦無怨言，足見古人之用心任所遇而已，未嘗尤人焉。本一詩也，而有二章。至漢武時，李延年分爲二曲，《薤露》送王公貴人，《蒿里》送士大夫庶人，當其時，聲亦自有別，所以爲二曲，後人通謂之《挽歌》者，以其聲無異也，故不復存其名。《薤露》亦謂之《泰山吟行》者，言人死則精爽歸於泰山。」③清潘永因《宋稗類鈔》曰：「張子通既貴，其弟子游好吹《薤露》。暑月衣犢鼻，納涼門廡，值里巷喪車過，必徑趨群挽中。聲調清壯，抑遏

① [明] 陸時雍《古詩鏡》卷一，景印文淵閣四庫全書，册 1411，臺灣商務印書館，1986 年版，第 19 頁。
② 《樂府廣序》，四庫全書存目叢書，集部册 385，第 705 頁。
③ 《樂府標源》卷上，《古愚老人消夏録》，第 12—13 頁。

中節。或至郊外，通夕而歸。喪家以子通故，揖至賓位，常享醉飽。子通雖屢戒勗，終不能止。」①

并海名山萬疊開，太慈太白等蓬萊。自從齊國鋤雲後，又見夫人駕鶴來。《全宋詩》卷二七八九，册53，第33029頁

蒿里曲

李 龏

《樂府詩集·相和歌辭》有《蒿里》。宋鄭樵《通志二十略·樂略一》「相和歌三十曲」曰：「《蒿里傳》，亦曰《蒿里行》，亦曰《泰山吟行》。」②明徐獻忠《樂府原》曰：「(《薤露》《蒿里》)二題并喪歌也。本出田橫門人，李延年。分《薤露》以送王公貴人，《蒿里》送大夫士庶，使挽者歌以送之。泰山下有蒿里山，爲人歸魂處。魏繆襲有《挽歌》一首，蓋擬此作。

---

① [清] 潘永因《宋稗類鈔》卷一五，景印文淵閣四庫全書，册1034，臺灣商務印書館，1986年版，第432頁。

② 《通志二十略》，第896頁。

今世士大夫家親没，輒求《挽歌》，乃叙述功德以隆虚文，此則慕古而失之者也。」①清朱嘉徵《樂府廣序》曰：「《蒿里行》歌『關東有義士』，刺群雄失策，漢再亂也。《春秋》美霸功，尊王也。七國衡人之論，昔人方之連鷄，豈非袁冀州之失策乎？曹公挾其主，擁號名，而神器歸其俯仰矣。」②清顧炎武《辨高里山》曰：「泰安州西南二里，俗名蒿里山者，高里山之訛也。」③按，宋人又有《蒿里曲》，當出於此，亦予收録。按，此爲集句詩。

古人今人留不住，六街馬蹄浩無主。喪車轔轔入秋草，丘壠年年無舊道。天娃剪霞鋪曉空，幽愁秋氣上青楓。寒食家家送紙錢，紙錢那得到黄泉。陳陶、李賀、張籍、王建、陳陶、李賀、張籍、王建

《全宋詩》卷三一三二，册59，第37457頁

① 《樂府原》卷五，四庫全書存目叢書，集部册303，第754頁。
② 《樂府廣序》卷八，四庫全書存目叢書，集部册385，第706頁。
③ [清] 顧炎武《山東考古録》，叢書集成初編，册3143，中華書局，1985年版，第5頁。

哭伯兄鶻山處士蒿里曲

林光朝

詩序曰：「竊觀之近古葬，顯者則歌《薤露》，又有《蒿里》之曲，施諸閭巷。乃取鶻山號哭之聲作是曲。」

殘雲衰草趁人愁，生即團欒死便休。悲泣聲中裁此曲，鷄啾山外鶻山頭。
長記藜床發問初，翩翩出語自無餘。斯翁胸腹平如水，不在塵埃數卷書。
桐棺三寸更何疑，却取江楓短作碑。惟有一般蒿里曲，長簫欲斷更教吹。《全宋詩》卷二〇五二，册37，第23072頁

擬挽歌五首

郭祥正

《挽歌》一題，體例亦雜。郭茂倩《樂府》所録，自曹魏迄于李唐，十有四首，雖邁越數代，然所遺似多。審其收録他題，唯恐一遺，獨此取捨甚殊，何者？《樂府》已録《挽歌》，見

於他書者，其名稍異。繆、陸、陶、祖之作，他書皆作《挽歌詩》。其餘或名《代挽歌》，或名《挽歌詞(辭)》，未有徑以《挽歌》名者。且《樂府》十四首，題名均無所挽之主，而同時他作，如智淵之挽貴妃，子升之挽清河，游紹之挽謝督，百藥之挽文德，俱能題標所挽，文致其哀。是則《樂府》挽歌，俱無挽主。他作所挽，赫然於題，此《樂府》選録準的之要。

或云《樂府》未録，即茂倩未見，此説亦謬。今察其所録未録，當時多在一書，如孝徵《挽歌》，載《初學記》卷一四，同卷另有挽歌數篇，皆有挽主，故未著録，此其準的明矣。唐人所著挽歌，多載別集，在宋刊布甚廣，茂倩《樂府》，屢有徵引。若《淮陰》《競渡》，解題數句，并出劉集，然同集挽歌十餘，未見一録。白集卷一二見録挽歌一篇，同集他歌，亦未見録，皆以題標所挽，不合準的之故耳。

歌以送葬，由來實久。莊生鼓盆，或導其源。《樂府》《薤露》解題，徵引崔杜，溯之頗詳。崔説以田横自刎，門人傷之，爲作悲歌。言人命奄忽，如薤露易滅，亦謂人死，魂魄歸於蒿里。故有《薤露》《蒿里》之歌。漢李延年始別二曲，《薤露》送親貴，《蒿里》送士庶。使挽柩者歌之，謂之挽歌。譙周《法訓》，似襲崔説。《左傳》有齊將戰歿，公孫夏之徒歌《虞殯》。杜注云此即喪歌，不自田横。① 延至東漢，挽歌非徒致哀，兼以娱人。梁商大宴洛

---

①《樂府詩集》卷二七，第323頁。

水，酒闌極歡，繼以《薤露》，座中皆爲掩涕。① 桓靈末造，京師賓婚嘉會，皆有挽歌，傀儡執紼，相唱偶和。② 魏晉之後，務夸放達，閒居挽歌，多見史籍。庾晞喜爲挽歌，摇鈴大唱，左右齊和，音聲悲切。③ 山松出遊，道上挽歌行殯。④ 幾卿、仲容，歷遊郊野，醉則挽歌，不屑物議。⑤ 北齊文略，倦極謡詠，卧唱挽歌。⑥ 至於魏祖兩題，傷心離亂。陳思《薤露》，郁志陶陶。張駿挽歌，情在亡晉。如此數題，皆消時人之塊壘，而去哀挽送終之旨遠矣。

《樂府》所録《挽歌》，既不標名，便無事迹，個體離情，亦所不聞。唯泛詠死亡，嘆人生之倏忽，傷蹈死之不免。所悲既大，所哀乃深。陶、陸所作，本爲自挽，情發虛想，意致悲生。雖上承於《蒿》《薤》，而實不及葬喪。名加擬代，亦爲合宜。然其悲生傷死，詠嘆深廣，實古挽歌之一脈，故郭氏著録《樂府》。而集外諸篇，或奉敕而挽王公，或緣情而哀親友，文

① [漢] 范曄撰，[唐] 李賢等注《後漢書》卷六一，中華書局，1965 年版，第 2028 頁。
② [漢] 應劭撰，王利器校注《風俗通義校注・佚文》，中華書局，1981 年版，第 568 頁。
③ 《晉書》卷二八，第 836 頁。
④ 《晉書》卷八三，第 2169 頁。
⑤ [唐] 姚思廉等《梁書》卷五十，中華書局，1974 年版，第 709 頁。
⑥ 《北齊書》卷四八，第 667 頁。

必及於功烈，情則牽縈個人。雖同名挽歌，而情緒實有二致，郭氏不録，亦有其由。茂倩如此甄别，似承前人。其繆、陸、陶三歌，序同《文選》，唯于陶詩有所增補。《文苑英華》有「古挽歌」一類，所録亦題不標名。而同期挽歌，自盧思道挽彭城，至白樂天挽元相，俱入「悲悼」一類，不屬樂府。是《文苑》依《樂府》，抑《樂府》依《文苑》，抑二者殊途而準的暗合？須詳味之。今審《文苑》成書雖早，然刊布實晚，其與《樂府》同題諸篇，俱存異文。獨于「王烈」條注，明標取諸《樂府》。是則兩書選編，各有底本，并不相襲。然其準的爲一，且宋人去唐未遠，而名其詩曰「古」，足見古挽歌體式，或爲當時共識，題不注名，情不及人，即爲古歌一脈，應入樂府。而其餘應人之作，則是近人之習，俱不録焉。

然或又有疑焉，挽歌之體，不惟私相吟詠，亦且朝廷儀制。朝廷禮儀用樂，必歸樂府，此樂府恒制也。宋武殷貴妃之喪，靈鞠有挽歌三篇，隋文之喪，思道以挽歌得名，華陽、衛國之喪，皆有挽歌，其詩存於他集，奈何《樂府》不爲著録？原夫挽歌之制，始于漢魏。大喪及大臣之喪，執紼者挽歌。① 霍光之喪，挽歌二部，羽葆鼓吹，武賁班劍百人。② 東晉桓温，

---

①《晉書》卷二十，第 626 頁。

②《晉書》卷二十，第 626 頁。

照襲其制。其後南朝諸喪，詔賜挽歌者甚多。至於有唐，其制尤備，《通典》《會要》，頗詳綱目，大抵九品以上，皆有挽歌，唯歌者之數不同而已。夫達官挽歌，必因其人。思道之挽隋文，不惟注名，且亦合意。華陽、衛國挽歌，亦如斯式。雖題目標注名諱，然挽歌奏於朝事，不入樂府，似不合例。今細勘者再，夫朝廷喪葬之事，必擇尤悲切者歌之。以上數篇，典籍雖記其作，而不記其歌。當時歌之者，至宋未必留存，故茂倩所録有闕，亦合情由。

如是勘定本卷《挽歌》收録準的，其要者有三：一曰古挽歌一系，題不注名，作《挽歌》《代挽歌》《挽歌詩》《挽歌詞（辭）》《挽詞（辭）》《古挽歌》者；二曰《樂府詩集》所收《挽歌》之擬作者；三曰雖題標名氏，然確施用於朝廷喪葬者。

百年苦役役，一死已休休。惟我方自適，妻子空悲愁。滿樽奠美酒，滿盤薦珍羞。我終不可起，汝情謾悠悠。送我入蒿里，寂寞無春秋。

形壞影亦滅，有神竟何依。漠漠空木中，豈知經四時。以此爲長年，誰人不同歸。兒孫汝勿泣，朋舊汝勿悲。歲月易經過，冥默終相期。

生前勢有殊，死去分始齊。且將耳目静，安用親舊啼。鴻雁任南北，日月隨東西。陵谷亦已變，道化復何爲。

于生動以擾，既死静且潛。黄土假面目，青草爲鬚髯。榮華春風吹，憔悴秋霜沾。回嗟在世人，不識此理兼。枯骨螻蟻餘，空棺蔓草纏。欲訴既無路，欲窺不見天。休休可奈何，達道乃自然。《全宋詩》卷七六七，册13，第8902頁

反挽歌二首

趙崇嶓

生人送死人，哀哀淚如霰。生人閲寒暑，冉冉亦如電。來去遞相送，展轉不可見。丘樊謹封殖，陵谷猶有變。萬古長如斯，何庸致深辯。

死生雖異塗，昭晰本一理。崦嵫落圓景，一訣非永逝。達人隨元化，生死一劇耳。生生常癡冥，安知非真死。死當安吾歸，生當適吾意。《全宋詩》卷三一七一，册60，第38074頁

自作挽歌辭

朱槔

憂幽坐南軒，萬壑取我囚。疾雷且不聞，焉知草蟲愁。强顔理編簡，閲世如東流。滔滔竟

不返，誰復操戈矛。天涯念孤侄，携母依諸劉。書來話悲辛，心往形輒留。先塋托仙峰，山僧掃梧楸。二女隨母住，外翁今白頭。伯氏尚書郎，名字騰九州。仲兄中武舉，氣欲無羌酋。棣華一朝集，荆樹三枝稠。堂堂相繼去，遺我歸山丘。漆園夢方覺，白衣雲正浮。憑陵若蹈空，何處停華輈。故鄉豈不懷，屋食良易謀。自我識廢興，於天無怨尤。平生喜聞詩，此詩當挽謳。不須生芻奠，君從二兄游。《全宋詩》卷一八五九，册 33，第 20774 頁

己酉生日敬次靖節先生擬挽歌辭三首

葉　茵

放浪宇宙間，世事笑局促。鬆鬆影中人，不受時采録。奄然長夜歸，齎志空山木。昔日堂上歡，今夕堂下哭。哭之欲其生，予亦不自覺。天道元無私，紛紛徒寵辱。素心惟坡仙，一死萬事足。

自古皆有死，載歌酹清觴。嗟予早失怙，艱阻亦備嘗。母兮歲六十，終古青松傍。陟岡慟伯氏，忘簪悲孟光。後波逐前波，同歸溟漠鄉。飄風相飛旐，輿鐸聲央央。

重雲翳蒼柏，零露棲白蕭。骨肉慕音容，慌惚哀空郊。肴核班几席，椒漿澆岧嶢。人歸天已沫，紙錢懸枯條。逝者如此耳，暮暮仍朝朝。暮暮仍朝朝，人兮奈若何。未死不能樂，既死空

有家。僮僕幾恩怨，交朋幾悲歌。若人會斯語，屬和紛陽阿。《全宋詩》卷三一八六，册 61，第 28219 頁

庚戌生日再擬去歲挽歌辭

葉茵

憶昨歲莫止，慷慨生死機。擬韻追先哲，持爲自壽詩。成篇示叔季，心然口交非。詎知不一霜，季兮先露晞。興思發永嘆，載言涕肆頤。萬化同于盡，彭鏗空厖眉。日月不我與，去去氣力衰。且進尊中醁，勿作兒女悲。殷勤晉鼎心，趨前舞萊衣。《全宋詩》卷三一八六，册 61，第 38219 頁

挽歌詞三首

釋智圓

題注曰：「二月二十八日作至二十九日終。」按，《宋詩紀事》止收「莫談生滅與無生」一首，作釋智圓詩。① 《全宋詩》卷一一九亦收此三首，又作楊億詩，兹不重複收録。

① 《宋詩紀事》卷九一，第 2174 頁。

平生宗釋復宗儒，竭慮研精四體枯。莫待歸全寂無語，始知諸法本來無。

蕭蕭墓後千竿竹，鬱鬱墳前一樹松。此處不須兄弟哭，自然相對起悲風。

莫談生滅與無生，謾把心神與物爭。陶器一藏松樹下，緑苔芳草任縱横。《全宋詩》卷一一九，册3，第1499頁

同前

范祖禹

彩旆籃輿訪隱扃，雲松雪竹想儀形。函關應望真人氣，傅野今無處士星。猶憶九皋聞鶴唳，徒勞雙目送鴻冥。將回俗駕頻搔首，深愧山文舊勒銘。《全宋詩》卷八八八，册15，第10379頁

和陶挽歌詞三首

吴芾

吾年七十五，壽命不爲促。仕僅五十年，出處粗可録。人生會有盡，自應身就木。寄語親舊輩，不必爲我哭。百年如一夢，吾夢今始覺。亦既了萬緣，無殆亦無辱。所欠惟一死，得死今已足。

嗟我在生日，一飲數十觴。有時無酒飲，亦復潑醅嘗。今日雖有酒，羅列在我傍。對之徒

自嘆，與世隔風光。所幸埋骨地，不離雲外鄉。魂魄時一游，此樂猶未央。

老眼日昏昏，華髮日蕭蕭。不死竟何待，理合葬荒郊。荒郊何所有，四面俱岧嶢。榮木望秋落，亦已成枯條。青松爲我夕，白石爲我朝。仍幸二親墓，相去無幾何。今得從之遊，歡喜如還家。我心既歡喜，安用挽者歌。有人來奠我，但問山之阿。《全宋詩》卷一九五六，册35，第21841頁

永熙挽詞

李　兑

按，《全宋詩》卷一〇三收《永熙挽詞》殘句，輯自宋敏求《春明退朝録》卷上。注云：「《春明退朝録》：至道三年三月二十九日旬假，太宗猶對輔臣。至夕，帝崩。李南陽《永熙挽詞》云云。」據胡可先《〈全宋詩〉瑣考》，①李南陽當爲李兑，該詩當并入《全宋詩》卷一七八李兑詩，故本卷録于李兑名下。

朝馮玉几言猶在，夜啓金縢事已非。［宋］宋敏求《春明退朝録》下，中華書局，1980年版，第42頁

① 胡可先《〈全宋詩〉瑣考》，《文學遺産》1993年第3期。

自作挽詞

秦觀

題注曰：「昔鮑照、陶潛自作哀挽，其詞哀。讀予此章，乃知前作之未哀也。」

嬰釁徙窮荒，茹哀與世辭。官來録我橐，吏來驗我尸。藤束木皮棺，藁葬路傍陂。家鄉在萬里，妻子天一涯。孤魂不敢歸，惴惴猶在兹。昔忝柱下史，通籍黄金閨。奇禍一朝作，飄零至於斯。弱孤未堪事，返骨定何時。修途繚山海，豈免從閹維。荼毒復荼毒，彼蒼那得知。歲晚瘴江急，鳥獸鳴聲悲。空濛寒雨零，慘澹陰風吹。殯宫生蒼蘚，紙錢挂空枝。無人設薄奠，誰與飯黄緇。亦無挽歌者，空有挽歌辭。《全宋詩》卷一〇六三，册18，第12125頁

挽詞二首

沈與求

職爲蘋蘩謹，門推黻冕華。煢嫠初鞠幼，壽考竟肥家。玉暗傳經簡，金餘賜誥花。班衣無復戲，遺恨徹天涯。

耄期何所樂，有子使三吴。方享千鍾洎，俄成五鼎逾。構堂遺素幔，祔域閟黄壚。欲拜臨終像，它年記結趺。《全宋詩》卷一六七七，册29，第18800頁

同前五首

傅察

仙李遺風遠，高門積慶長。及身儀禁路，有子耀巖廊。不及千鍾樂，應留八葉昌。凄涼封蜜印，髣髴映金章。

故里尊疏傅，群公慶孟侯。方欣五福備，遽隔九原幽。嘆息人何贖，褒榮禮獨優。翻疑脱仙骨，名字照丹丘。《全宋詩》卷一七二七，册30，第19460頁

蕭葉蟠根大，于門結駟新。鵷行尊几杖，鶴骨離風塵。追挽傾朝紱，褒榮動帝宸。惟應兩

河道，猶想錦衣春。

遺子一經足，成家五福并。千鍾欣禄養，萬石仰榮名。日射銘旌字，風傳衮鐸聲。遥知開吉地，不假問三生。

榆社聆風遠，蘭階托契深。興宗知有自，處貴獨無心。隴柏晞朝露，庭槐長夏陰。如公更何恨，顧我尚沾襟。《全宋詩》卷一七二七，册30，第19460頁

挽辭

釋宗淵

題注曰：「五十首存一。」

舉世應無百歲人，百歲終作冢中塵。余今八十有三也，自作哀歌送此身。《全宋詩訂補》，第758頁

對酒

文同

明徐獻忠《樂府原》曰：「對酒而歌太平之景象，是所謂樂以天下者也。王者得臣工之賢

良，以致衣食豐足，民物康阜，則舉食進酒，以自逸樂，亦不爲過矣。如『却走馬以糞』，純用老子語。」①清朱嘉徵《樂府廣序》曰：「對酒歌太平，思治也。孟德撫今追昔，盛王之思，内多慾，外施仁義，其言抑可雅似。」②按，宋詩題作《對酒》者衆多，本卷止録題旨近《樂府》《對酒》者。宋人又有《對酒吟》《對酒歌》《對酒嘆》，當出於此，亦予收録。

朝廷皦如日，區宇清若水。殊方文教達，微品德澤被。伊人復何幸，遇此栗陸氏。茫然大虛内，蒸鬱盡和氣。真風浹敦俗，無所容一僞。唯宜對樽酒，酣飲樂無事。人間此昭世，得偶須自貴。無爲名所勞，區區取愚謚。《全宋詩》卷四三二，册8，第5303頁

同前二首

陸　游

古今共有死，長短無百年。方其欲瞑時，如困得熟眠。世以生時心，妄度死者情。疑其不

---

①《樂府原》卷五，四庫全書存目叢書，集部册303，第754頁。

②《樂府廣序》卷八，四庫全書存目叢書，集部册385，第706頁。

忍去，一笑可絶纓。區區計生死，不如持一觴。一觴澆不平，萬事俱可忘。待酒忘萬事，猶是役於酒。醉醒不到處，夭魔自奔走。《全宋詩》卷二一八一，册 39，第 24832 頁

神仙豈易學，富貴不容求。百歲儻未盡，一樽差可謀。鐘鳴上方晚，桂發小山秋。處處多幽趣，攢眉勿浪愁。《全宋詩》卷二二〇三，册 40，第 25198 頁

對酒吟

王禹偁

勸君莫把青銅照，一瞬浮生何足道。麻姑又采東海桑，閬苑宫中養蠶老。任是唐虞與姬孔，蕭蕭寒草埋孤冢。我恐自古賢愚骨，疊過北邙高突兀。少年對酒且爲娱，幾日樽前垂白髮。安得滄溟盡爲酒，滔滔傾入愁人口。從他一醉千百年，六轡蒼龍任奔走。男兒得志升青雲，須教利澤施于民。窮來高枕卧白屋，蕙帶藜羹還自足。功名富貴不由人，休學唐衢放聲哭。《全宋詩》卷六九，册 2，第 786 頁

對酒歌

陳　襄

我聞靈鰲萬丈居海宫，峨峨頭戴三神峰。匣有神刀刃如雪，便欲鱠之雕俎中。又聞銀濤一派天上來，寒光湛湛浸瑶魁。心有窮愁萬餘斛，便欲沃爲三兩杯。無人爲把天關叩，不放金烏飛、玉兔走。大嚼一臠肉，滿酌十分酒。然後酩酊歸醉鄉，不問其天之高、地之厚。《全宋詩》卷四一二，册 8，第 5074 頁

對酒嘆

陸　游

鏡雖明不能使醜者妍，酒雖美不能使悲者樂。男子之生桑弧蓬矢射四方，古人所懷何磊落。我欲北臨黄河觀禹功，犬羊腥膻塵漠漠。又欲南適蒼梧吊虞舜，九疑難尋眇聯絡。惟有一片心，可受生死托。千金輕擲重意氣，百舍孤征赴然諾。或携短劍隱紅塵，亦入名山燒大藥。兒女何足顧，歲月不貸人。黑貂十年弊，白髮一朝新。半酣耿耿不自得，清嘯長歌裂金石。曲終四座慘悲風，人人掩泪無人色。《全宋詩》卷二一五八，册 39，第 24353 頁

鷄鳴

張載

宋蘇軾《書鷄鳴歌》曰：「余來黄州，聞黄人二三月皆群聚謳歌，其詞故不可分，而其音亦不中律吕，但宛轉其聲，往反高下，如鷄唱爾。與廟堂中所聞鷄人傳漏，微有相似，但極鄙野耳。《漢官儀》：『宫中不畜鷄，汝南出長鳴鷄，衛士候朱雀門外，專傳鷄鳴。』又應劭曰：『今《鷄鳴歌》也。』《晉太康地道記》曰：『後漢固始、鮦陽、公安、細陽四縣，衛士習此曲，于闕下歌之，今《鷄鳴歌》是也。』顔師古不考本末，妄破此説，余今所聞，豈亦《鷄鳴》之遺聲乎？土人謂之山歌云。」①宋王欽臣《王氏談録》曰：「人嘗云汝南出鳴鷄，考之舊事，漢時于汝南取能《鷄鳴歌》之人。其云鳴鷄，蓋謬也。」②宋阮閲《詩話總龜》曰：「《鷄鳴高樹顛》説題辭曰：鷄爲精陽，南方之象；離爲火，精陽之象。火陽精物炎上，故陽出鷄鳴，

① [宋] 蘇軾撰，[明] 茅維編，孔凡禮點校《蘇軾文集》卷六七，中華書局，1986 年版，第 2089—2090 頁。
② [宋] 王欽臣《王氏談録》，中華書局，1991 年版，第 2 頁。

以類感也。古詞云：『犬吠深巷中，鷄鳴高樹顛。』」①宋《蔡寬夫詩話》曰：「齊梁以來，文士喜爲樂府辭，然沿襲之久，往往失其命題本意。《烏將八九子》但詠烏，《雉朝飛》但詠雉，《鷄鳴高樹顛》但詠鷄。大抵類此，而甚有并其題失之者。」②宋鄭樵《通志二十略・樂略一》「相和歌三十曲」曰：「《鷄鳴》，亦曰《鷄鳴高樹巔》。蓋本古辭，所謂「鷄鳴高樹顛，狗吠深巷中」也。」③宋謝采伯《密齋筆記》曰：「《周禮》：『鷄人主旦呼。』漢宫中不畜鷄，衛士專傳鷄鳴。應劭曰：『楚歌，今《鷄鳴歌》也。』東坡云：『今土人謂之《山歌》。』」④明楊慎《防露之曲》曰：「蓋楚人男女相悦之曲有《防露》、有《鷄鳴》，如今之《竹枝》。」⑤按，宋人又有《鷄鳴行》，當出於此，亦予收録。

---

①《詩話總龜》卷三〇，第 303 頁。

②［宋］蔡居厚《蔡寬夫詩話》，郭紹虞《宋詩話輯佚》卷下，中華書局，1980 年版，第 379 頁。

③《通志二十略》，第 896 頁。

④［宋］謝采伯《密齋筆記　續記》卷四，叢書集成初編，册 2872，中華書局，1985 年版，第 35 頁。

⑤［明］楊慎撰，［明］張士佩編《升庵集》卷五二，景印文淵閣四庫全書，册 1270，臺灣商務印書館，1986 年版，第 449 頁。

鷄鳴嘐嘐兮台懷憂，兄弟表裏兮台心求。黄金門，白玉堂，置酒愷樂，榮華有光。桃傷李僵，爾如或忘。《全宋詩》卷五一七，册 9，第 6284 頁

同前

沈說

鷄鳴霜葉下，月在紙窗寒。客路千家曉，山居一枕安。秫收催歲釀，韮種接春盤。縱有少年夢，其如心事闌。《全宋詩》卷二九五三，册 56，第 35192 頁

鷄鳴行

畢仲游

鷄鳴問路行，挾馬渡溱洧。老樹勢突兀，指點疑山觜。茅茨漸分明，牛馬猶昏翳。霜落路四平，星沉天若水。小民幸安樂，朝廷多賢士。食禄乃强顔，流連爲妻子。吾聞嵇阮輩，放蕩形骸弛。而我小縣中，區區又何理。《全宋詩》卷一〇四〇，册 18，第 11891 頁

烏飛曲

周紫芝

按，《樂府詩集·相和歌辭》有古辭《烏生》，言無端致禍，《烏飛曲》當襲其意而來。周紫芝《太倉稊米集》置此詩於「樂府」類。

江雲欲雪江風吹，王敦城頭烏夜啼。雲深月暗風轉急，驚烏繞樹無安枝。狂風忽來飛不定，夜半無巢何所依。情知天公有風雨，何不結巢高樹棲。君不見秦氏庭中雙桂美，庭烏生雛八九子。烏生豈不念高飛，托君庭陰飛不起。那知君家輕薄兒，彈丸脱手兩翅垂。無巢悔不巢巍巍，有巢悔不常高飛，人生禍福難豫期。《全宋詩》卷一四九六，册26，第17086頁

烏生八九子

文 同

日本江邨綬《樂府類解》釋《烏生八九子》曰：「一曰《烏生行》。」①唐吴兢《樂府古題要解》曰：「樂府之興，肇于漢魏。歷代文士，篇詠實繁。或不睹于本章，便斷題取義。贈夫利涉，則述《公無度河》；慶彼載誕，乃引《烏生八九子》。」②宋鄭樵《通志二十略·樂略一》「正聲序論」曰：「武帝定郊祀，廼立樂府，采詩夜誦，則有趙、代、秦、楚之謳，莫不以聲爲主。是時去三代未遠，猶有雅頌之遺風。及後人泥于名義，是以失其傳。故吴兢譏其不覩本章，便斷題取義。贈利涉則述《公無渡河》，慶載誕乃引《烏生八九子》，賦《雉子班》者但美綉頸錦臆，歌《天馬》者唯叙驕馳亂蹋。」③明徐獻忠《樂府原》曰：「此主烏生八九子爲秦氏彈丸所殺，而烏母不能救，言其生於南山巖石間而不慮患害，乃端坐秦氏桂樹間，固其自

---

① [日]江邨綬《樂府類解》卷一二，日本天明五年刻本，第6頁。

② 《樂府古題要解》卷上，《歷代詩話續編》上，第24頁。

③ 《通志二十略》，第888頁。

取之也。雖然，物物各有命，如白鹿久生而壽矣，又在上林嚴密之地，人猶得脯之，黄鵠摩天高飛，鯉在洛水淵中，亦皆不免烹煮之禍，而況烏在秦氏樹間乎？然則人之年壽雖或有橫禍相侵，亦皆有命，安得而逃之？惟順受其正聽之於天可也。」①

南山有烏烏，生子層崖巔。戢戢新羽成，相將弄晴烟。朝饑集壟上，暮渴來巖前。托居深林中，自足終爾年。胡爲去所依，無乃甘（葉）〔棄〕捐。却愛庭樹好，群飛投碧圓。高枝踏未穩，身已隨潛弦。因知萬物理，主者持默權。凡云愛此命，生死期已然。出入既有定，何嘆於後先。

《全宋詩》卷四三二，册 8，第 5301 頁

城上烏

張舜民

城上烏，山頭月，幾點殘星滅不滅，營中角聲嗚咽咽。戰馬嘶，征人發，堂上雙親垂白髮，閨中少婦年二八。爺牽衣，兒抱膝，東鄰西鄰哭聲一，道上行客腸斷絶。《全宋詩》卷八三七，册 14，第 9696 頁

---

①《樂府原》卷五，四庫全書存目叢書，集部册 303，第 755 頁。

同前

吴泳

爾何不向别處棲，東飛日白足，南飛有樹枝。翱翔空中不欲墮，逋尾又向城頭歸。城雖高，人亦好，三匝重來屋邊遶。不緣啄雁稗，不爲唼鳧藻。鴉鴉唖罵閭里常，眷眷忠言主人告。所生八九子，賴有三雛成。兩雛連檣去，一雛聞弦驚。往來城頭塹棲止，旭日又恐東方明。《全宋詩》卷二九四三，册56，第35081頁

卷六一　宋相和歌辭五

陌上桑

文彦博

唐王叡《炙轂子雜録》曰：「《陌上桑》一曰《日出東南隅》，亦曰《艷歌羅敷行》，祝禁妻所作也。」①宋胡仔《苕溪漁隱叢話》引《漫叟詩話》曰：「古樂府《陌上桑》云：『五馬立踟躕。』用五馬作太守事，自西漢時已然。唐人若『人生五馬貴』、『五馬爛生光』，皆襲漢人之誤。」②宋鄭樵《通志二十略・樂略一》「相和歌三十曲」曰：「《陌上桑》，亦曰《艷歌羅敷行》，亦曰《日出東南隅行》，亦曰《日出行》，亦曰《采桑曲》。曹魏改曰《望雲曲》。」③宋馬永卿《嬾真子》曰：「亳州士人祁家多收本朝前輩書帖，内有李西臺所書小詞，中『羅敷』作『羅

---

① [唐] 王叡《炙轂子雜録》卷中，陶敏等編《全唐五代筆記》，册 3，三秦出版社，2012 年版，第 1971 頁。

② 《苕溪漁隱叢話》(前集)卷六，第 35 頁。

③ 《通志二十略》，第 896—897 頁。

紨』。初亦疑之，後讀《漢書》，昌邑王賀妻十六人，生十一人男、十一人女。其妻中一人嚴羅紨，紨音敷，乃執金吾嚴延年長孫之女。羅紨生女曰持轡，乃十一中一人也。蓋采桑女之名偶同耳。」①宋王應麟《困學紀聞》曰：「《宋書·樂志》，《陌上桑》曰《楚辭鈔》，以《九歌·山鬼》篇增損爲之。東坡因《歸去來》爲詞，亦此類也。」②明徐獻忠《樂府原》曰：「今按此歌非羅敷本辭，當是後人寫之也，况云『使君從南來，五馬立踟躕，使君遣吏往，問是誰家姝。』此則是郡太守而非趙王也。後又云夫婿之榮耀，豈有以家令之殊榮陳于其王者邪？」③清朱嘉徵《樂府廣序》曰：「《陌上桑》歌『日出東南隅』，婦人以禮自防也。漢游女之情正，但令不可求而止。《陌上桑》之情亦正，惟言『羅敷自有夫』而止，皆正風也。風調自然名俊，子建獨領此一派。士衡《日出東南隅行》頗合調，若以詩聲别之，亦猶《周南》之于《鄭》《衛》。李白『寒螿愛碧草，鳴鳳棲青梧』，比也。古辭用直叙，風義悠揚絶勝。《孔雀

① [宋] 馬永卿《嬾真子》卷四，叢書集成初編，册 285，中華書局，1985 年版，第 49 頁。
② [宋] 王應麟著，樂保群、田松青校點《困學紀聞》卷一八，上海古籍出版社，2015 年版，第 514 頁。
③ 《樂府原》卷五，四庫全書存目叢書，集部册 303，第 756 頁。

東南飛》《日出東南隅》并長篇佳手，中間閑叙復叙，忽接忽收，都是憑空結撰。」①日江邨綬《樂府類解》曰：「樂府諸書所載《陌上桑曲》，或曰《日出東南隅行》，或曰《艷歌羅敷行》，蓋一曲而數名者。」②清沈德潛《説詩晬語》曰：「《風》《騷》既息，漢人代興，五言爲標準矣。就五言中較然兩體：蘇李贈答、無名氏《十九首》，是古詩體；《廬江小吏妻》《羽林郎》《陌上桑》之類，是樂府體。」③清黄子雲《野鴻詩的》曰：「樂府題義，有不必宗者，有不可不宗者。不必宗者，如《行路難》《獨漉篇》《梁父吟》《有所思》《古别離》等篇是也；不可不宗者，如《陌上桑》《公無渡河》《明妃曲》《祖龍行》《山中孺子歌》等篇是也。」④清王太岳《欽定四庫全書考證》辯之曰：「《陌上桑》條，祝禁妻所作也。案《古今注》：『《陌上桑》出秦氏女子，名羅敷，爲邑人千乘王仁妻。』此云祝禁妻所作，彼此互異，附識。」⑤

① 《樂府廣序》卷一，四庫全書存目叢書，集部册 385，第 684 頁。
② 《樂府類解》卷一二，第 6 頁。
③ [清] 沈德潛撰，王宏林箋注《説詩晬語箋注》卷上，人民文學出版社，2013 年版，第 95 頁。
④ [清] 黄子雲《野鴻詩的》，續修四庫全書，册 1701，上海古籍出版社，2002 年版，第 198—199 頁。
⑤ [清] 王太岳《欽定四庫全書考證》卷五六，册 2，書目文獻出版社，1991 年版，第 1379 頁。

佳人名莫愁，采桑南陌頭。因來淇水畔，應過上宫遊。貯葉青絲籠，攀條紫桂鈎。使君徒見同，五馬亦遑留。《全宋詩》卷二七三，册6，第3474頁

同前

薛季宣

羅敷秦氏女，皓腕潔如霜。寶釧瑳明月，領巾疏以長。柔桑正沃若，采采官路旁。使君從南來，一見神已傷。五馬會且止，調之逢國王。自名良家婦，狂夫漢中郎。閨門甚修整，芝蘭遠芬芳。奚爲致此語，不是邯鄲倡。去矣勿復顧，風來語流香。蕩子踏歸陌，駕言割人腸。《全宋詩》卷二四七五，册46，第28700頁

同前

柯夢得

朝采陌上桑，暮采陌上桑。一桑十日采，不見薄情郎。正是吴頭桑葉緑，行人莫唱江南曲。《全宋詩》卷二八〇二，册53，第33309頁

同前

白玉蟾

春深陌上桑，群蠶賴以食。鞠蠶妾之事，采桑妾之職。桑老蠶繭成，幸而筥筐實。繰之復紡之，妾復躬紝維。織成一端練，于以蔽袒裼。使君一問桑，下車輒思惑。妾固願相從，妾夫不足惜。安得以婦人，而滅使君德。使君勿内熱，妾心堅如石。《全宋詩》卷三一三六，册60，第37494頁

同上

趙　文

按，《全元詩》册九亦收趙文此詩，元代卷不復録。

采采陌上桑，采之不盈筐。云何不盈筐，歡子在中腸。車馬從何來，云是大國王。呼妾欲共載，恐惕涕沾裳。君民分固嚴，敢亂夫婦綱。有罪妾當誅，寧當薦匡床。夫君即我天，豈必侍中郎。再拜前致詞，蠶饑采桑忙。王其早還宫，宫中多艷妝。《全宋詩》卷三六一一，册68，第43235頁

同前

謝翱

按，《全元詩》册一四亦收謝翺此詩，元代卷不復録。

旭日曈曨颸拂羽，落葚空條生曉霧。人生顔色逐春妍，夏葉喂蠶少絲縷。蘭膏照藹未登簇，露濕頭梳惟水沐。却憐鄰女學鍊真，藥爐七過煮桑薪。縱逢蕭史上天去，甕盆生苔愁殺人。

《全宋詩》卷三六八九，册70，第44295頁

陌上桑曲

唐庚

題注曰：「趙女羅敷采桑陌上，趙王見而悦之，置酒邀焉，羅敷（振）〔拒〕之，作《陌上桑》，見《古樂府》。」

蕭疏陌上桑，寂寞采桑女。蠶老葉轉稀，羅敷泪如雨。斂袂蹙雙蛾，秦箏一曲歌。殷勤謝

郎意，其如義命何。《全宋詩》卷一三二三，册23，第15019頁

采桑　　文同

按，《樂府詩集》云《采桑》出於《陌上桑》。宋人又有《采桑行》《采桑曲》《采桑女》，或均出於此，亦予收録。

溪橋接桑畦，鈎籠曉群過。今朝去何早，向晚蠶恐卧。家家五十日，誰敢一日惰。未言給私用，且以應官課。《全宋詩》卷四三三，册8，第5310頁

同前　　樓璹

吴兒歌采桑，桑下青春深。鄰里講歡好，遜畔無欺侵。筠籃各自携，筠梯高倍尋。黄鵬飽紫葚，啞吒鳴緑陰。《全宋詩》卷一七六〇，册31，第19598頁

同前

李石

籠鈎在手茜裙襦，蠶老風暄日欲晡。我是采桑菩薩女，不煩下擔捋髭鬚。《全宋詩》卷一九八九，册35，第22312頁

同前

翁森

按，《全元詩》册八亦收翁森此詩，元代卷不復録。

采桑子，采桑子。朝去采桑日已曙，暮去采桑雲欲雨。桑葉鬱茂寒露眉，桑枝屈曲勾破衣。大婦年年憂蠶饑，小婦忙忙催葉歸。東鄰女，對西鄰。道蠶眠起較遲早，已覺官吏促早繅。新絲二月已賣了，賣了新絲更栽桑。桑栽還似去年長，豈知城中花囿花壓墻。朱樓旭日映紅妝，不識桑樹有羅裳。《全宋詩》卷三五九三，册68，第42916頁

次韻徐子聲采桑

方一夔

按，《全元詩》册一四亦收此詩，作方夔詩，兹不復録。

唤起飛來説曉晴，先生無處問歸津。轉頭歲月如流水，滿眼交遊少故人。槲葉老樵擔玉束，菜花飛蝶護香塵。隔溪緑暗歌聲杳，點點青山入夢頻。《全宋詩》卷三五三六，册67，第42291頁

采桑行

顧禧

日高高，蠶蠕蠕。蠶能衣被天下，不遑自保其軀。
三俯三起，作苦何辭。
長安富貴家，上錦下襦，作苦不知。
羅敷深閨女，出入有常儀。何爲乎度陌越阡，執筐躊躇。執筐而躊躇，夫婿雖貴，豈能不蠶而衣。

蠶者不得衣，不蠶者得衣。長安富貴家，上錦下襦。男耕女蠶治有餘，使君何不思。使君策馬城南隅，妾歸深閣繅新絲。《全宋詩》卷一八四七，册 32，第 20584 頁

同前

李　韡

采桑東陌頭，日出紅光流。采桑南陌頭，和風滿桑鈎。采桑西陌頭，日落烏颼颼。采桑北陌頭，明月照歌樓。携籃敢憚遠，手胝足成趼。蠶飢恐歸遲，一日三四返。昨朝蠶三眠，燈前微合眼。夢中見征夫，短衣供築版。庭樹啼霜鴉，夢回自天涯。小姑報蠶起，蓬鬢忙梳爬。相望萬餘里，那敢興怨嗟。出門還采葉，細雨濕桐花。《全宋詩》卷三一三〇，册 59，第 37419 頁

同前

陳允平

妾本秦羅敷，家住曲江曲。門前楊柳青，春風啼布穀。樹頭桑初芽，家家蠶始浴。相呼出采桑，采桑如采玉。屈曲回高枝，攀條剪柔緑。朝晴采桑南，暮雨采桑北。采得桑歸遲，小姑怨

相促。陌上綺羅人，問妾眉何蹙。妾恨妾自知，問妾何所欲。消磨三十春，漸喜蠶上簇。七日收得繭百斤，十日繅成絲兩束。一絲一線工，織成羅與縠。百人共辛勤，一人衣不足。舉頭忽見桑葉黄，低頭垂泪羞布裳。《全宋詩》卷三五一六，册 67，第 42000 頁

采桑曲

曹　勛

鳴鳩初拂羽，桑葉破新萌。采采不盈匊，攀多力未生。春服浥朝露，曉日映妝明。語學流鶯巧，身同飛燕輕。使君勞借問，夫婿自專城。《全宋詩》卷一八八〇，册 33，第 21058 頁

同前

鄭　起

晴采桑，雨采桑，田頭陌上家家忙。去年養蠶十分熟，蠶姑只著麻衣裳。《全宋詩》卷三一八九，册 61，第 38258 頁

同前

趙孟堅

桑椹紫來蠶務急，帶曉采桑桑葉濕。屋頭緑暗勃姑啼，柱礎朝朝汗流出。人家蠶老婦勤苦，銀釧忙催隔窗霧。方花古塼衮香絮，院静簾垂明燕語，沉炷銷來烟半縷。《全宋詩》卷三二四〇，册 61，第 38673 頁

同前二首

武衍

粉光薄薄鬢雲垂，葉滿湘籠獨步時。女伴未來歸未得，水邊閑照插花枝。

道是蠶忙未是忙，日長猶得事梳妝。羅敷有語何曾解，倚樹偷窺馬上郎。《全宋詩》卷三二六八，册 62，第 38965 頁

同前

潘 璵

東采桑，西采桑，春風陌上羅裙香。爲怕蠶飢急歸去，回頭忽見薄情郎，如何富貴却相忘。《全宋詩》卷三三四一，册 64，第 39922 頁

采桑女二首

王 周

渡水采桑歸，蠶老催上機。札札得盈尺，輕素何人衣。

采桑知蠶饑，投梭惜夜遲。誰夸羅綺叢，新畫學月眉。《全宋詩》卷一五四，册 3，第 1753 頁

同前

胡仲參

葉滿筐箱花滿簪，低頭微笑出桑陰。後來若有秋胡子，説與黄金必動心。《全宋詩》卷三三三七，册 63，第 39847 頁

艷歌行

曹勛

明徐獻忠《樂府原》曰：「主婦爲兄弟綻衣，其夫見而疑之也。古辭若《羅敷》《何嘗》《雙鴻》《福鍾》等行，皆名《艷歌》，而此篇其首倡也。」①按，宋人又有《艷歌曲》，或出於此，亦予收録。

陽春麗華旦，杲日延清暉。庭前夭桃花，灼灼流芳菲。佳人惜良辰，遊子行不歸。君看夭桃花，芳菲能幾時。《全宋詩》卷一八七九，册33，第21052頁

同前

薛季宣

雝雝雲間雁，南飛北軒翥。妯娌幾多人，兒夫獨羈旅。郎書憑誰寄，妾意憑誰語。賴有雙

---

①《樂府原》卷九，四庫全書存目叢書，集部册303，第772頁。

鯉魚，尺素爲懷取。歡子今來歸，還羞入朱户。告之莫流宕，天静星可數。星子何昭昭，行不如歸去。《全宋詩》卷二四七五，册 46，第 28699 頁

同前

韓 淲

翠幕朱簾蘇小家，濃熏蘭麝競奢華。繁弦度曲柱争雁，媚臉持杯眉拂鴉。錦帳春餘情未極，寶釵分處夢無涯。紅樓何在香塵合，恨不都將命乞花。《全宋詩》卷二七六五，册 52，第 32673 頁

反艷歌曲復三山林斗南

王 邁

誰作艷歌曲，律清語不塵。雜之古樂府，意態甚迫真。謂余欠嫵媚，宜爲衆女嗔。方憐長門閉，漸喜湯沐新。此曲豈不俊，所儗非吾倫。生爲奇男子，先辨許國身。有手要折檻，不炙許史門。有頭要叩墀，不拜五侯塵。呢呢兒女語，煦煦婦人仁。夕泣緣失寵，朝欣爲承恩。此非奴事張，定是妾效秦。是爲赤有臭，何止黄不純。因君詞婉美，感我意酸辛。正恐漆園女，嗤點我輩人。《全宋詩》卷三〇〇二，册 57，第 35732 頁

羅敷詞

戴復古

按，《樂府詩集·相和歌辭》有《羅敷行》，《羅敷詞》當出於此，故予收録。

妾本秦氏女，今春嫁王郎。夫家重蠶事，出采陌上桑。低枝采易殘，高枝手難扳。踏踏竹梯登樹杪，心思蠶多苦葉少。舉頭桑枝挂鬢唇，轉身桑枝勾破裙。辛苦事蠶桑，實爲良家人。使君奚所爲，見妾駐車輪。使君口有言，羅敷耳無聞。蠶飢蠶飢，采葉急歸。《全宋詩》卷二八一三，册54，第33454頁

日出東南隅

李　新

日出東南隅，照見城西途。出門履冰去，荆棘殘人裾。洛陽繁華陌，車馬尋芳客。欲往從之游，青松淡無色。安得鄰松心，投君千歲陰。《全宋詩》卷一二五三，册21，第14158頁

日出東南隅行

周紫芝

春風淡蕩春雲淺，陌上柔桑青宛宛。青天易雨亦易晴，吴蠶催眠欲成繭。羅敷采桑南陌頭，翠鬟髻髻光欲流。羅襦吹香白玉佩，青絲絡籠黄金鈎。君王年少如秋水，欲學鴛鴦對飛起。贈君身上雙明璫，結君同生亦同死。羅敷斂衽前致詞，詞多慷慨中含悲。念言夫婿良家子，委身結髮爲夫妻。人生匹配各有偶，願逐狗走隨鷄飛。江水可竭山可移，妾心皎皎君當知。《全宋詩》卷一四九六，册26，第17084頁

日出行

曹　勛

日出東海隅，照我草屋東。屋東有榮木，光彩生曈曨。春草凝碧色，春水生芙蓉。江山發深秀，和氣翔春風。六龍儼靈轡，萬物咸昭融。羲和羲和，無曠爾職，無替爾功。使吾兩目常明，兩耳常聰，則吾將薦汝於上帝，而復子以重黎之封。《全宋詩》卷一八七九，册33，第21050頁

吟嘆曲

王昭君四首

文　同

宋鄭樵《通志二十略·樂略一》「清商曲七曲」曰：「《王昭君》，亦曰《王嬙》，亦曰《王明君》。」①宋洪邁《容齋隨筆》論「文與可樂府」曰：「今人但能知文與可之竹石，惟東坡公稱其詩騷，又表出『美人却扇坐，羞落庭下花』之句。予嘗恨不見其全，比得蜀本石室先生《丹淵集》，蓋其遺文也。于樂府雜詠有《秦王卷衣篇》曰……又有《王昭君》三絕句云：『絕艷生殊域，芳年入内庭。誰知金屋寵，只是信丹青。』『幾歲後宫塵，今朝絕國春。君王重恩信，不欲遣他人。』『極目胡沙滿，傷心漢月圓。一生埋没恨，長入四條弦。』令人讀之飄飄然

① 《通志二十略》，第903頁。

感慨無已也！」①宋呂午《王昭君辭序》(淳祐元年五月)曰：「『女無美惡，入宮見妒；士無賢不肖，入朝見嫉』，世率以爲名言。以予觀之，女惟美，故惡者妒之；士惟賢，故不肖者嫉之。明妃入漢宮，絶世而獨立，其輩行妒之久矣。當元帝按圖召幸時，諸宮人皆重賄畫工，爲進身計。明妃以色自負，獨不與，故畫工惡圖之，使不得見。人莫不歸咎于毛延壽之徒，不知諸宮人之重賂，政所以使之惡圖明妃，而後己可進也。一旦爲和戎故，召見間，帝始驚悔。畫工皆誅死，竟亦何益？前輩謂蛾眉先妬明妃，爲去國之人，信哉！嘗因是論賢者不幸與群小并立，群小不惜金珍交結佞幸，以圖干進。賢者方厭惡唾駡之不暇，决不肯效尤。彼又懼賢者之進，必不便於己。其交結佞幸，不特自爲，并欲傾讒賢者。迨事變興，賢者已見擠而去，見大夫無可使者，人主始追咎左右平時毁譽之失實，赫然震怒，重置之法，不幾於噬臍乎？故爲人上者，於賢不肖之進退，能先覺而無後悔，不至如元帝之於明妃，則善矣。雖然，明妃近在掖廷，爲左右所蔽，不見御，帝昏迷可知，及因事而悟，尚能奮威斷以誅畫工。望之、猛、房爲恭、顯所譖以死，而於恭、顯寂不聞行畫工之誅，何耶？毋乃重於色而

---

①《容齋隨筆》四筆卷一一，第759頁。

輕於賢耶？抑雖悟猶不悟，有若涑水易欺難悟與終不能悟之言耶？是可爲萬世戒矣。」①宋劉辰翁《湖山類稿序》曰：「昔者《烏孫公主》《王昭君》，皆馬上自作曲。鍾儀之縶，南冠而操土音。」②按，《樂府詩集·相和歌辭》有《王明君》《王昭君》《明君詞》《昭君詞》《昭君嘆》，宋人又有《昭君》《昭君曲》《昭君行》《昭君解》《明妃曲》《明妃詩》《明妃》，當均出於此，亦予收録。

不惜將黄金，争頭買顔色。妾貌自可恃，誰能苦勞力。絶艷生殊域，芳年入内庭。誰知金屋寵，只是信丹青。幾歲後宫塵，今朝絶國春。君王重恩信，不欲遺他人。極目胡沙滿，傷心漢月圓。一生埋没恨，長入四條弦。《全宋詩》卷四三二，册8，第5304頁

① 《全宋文》卷七二一四，册315，第77—78頁。

② [宋]汪元量撰，孔凡禮輯校《增訂湖山類稿》附録一，中華書局，1984年版，第185頁。

同前

劉敞

嬋娟巫峽女，秀色傾陽臺。昔爲一片雲，飛入漢宫來。明鏡徒自妍，幽蘭誰爲媒。丹青固難恃，遠嫁委塵埃。十步一反顧，百步一徘徊。出門如萬里，泪下成霰摧。左右相娱樂，絲竹聲正哀。豈不强言笑，鬱鬱不可開。黄河入東海，還從天上回。嗟爾獨抱恨，一往擲蒿萊。《全宋詩》卷四六七，册9，第5667頁

同前

石賡

遣妾將身事戎敵，可憐羞殺漢廷臣。

按，此爲殘句。

胡敵何曾不弄兵，枉使蛾眉没敵廷。《全宋詩輯補》，册2，第671頁

同前

孔平仲

昭君十五入漢宫，自倚花艷如芙蓉。黄金不買畫者筆，西子變作嫫女容。羊車忽略久不幸，夜夜月照羅帷空。矯癡怨恨掩袂泣，常恐蘭蕙摧霜風。不堪坐守寂寞苦，遂願將身嫁胡虜。神仙縹緲下朝陽，再拜玉墀辭漢主。天顔驚顧初相識，自起欲留留不得。吁嗟拂袖歸禁中，却看飛燕無顔色。嬋娟去去陰山道，幾日風沙貌枯槁。千秋萬古恨無窮，墳上春風無寸草。《全宋詩》卷九二五，册16，第10858頁

同前

劉次莊

斂袂出明光，琵琶道路長。初聞胡騎語，未解漢宫妝。薄命隨塵土，元功屬廟堂。蛾眉如有用，慚愧羽林郎。《全宋詩》卷九七八，册17，第11325頁

同前

秦　觀

漢宫選女適單于，明妃斂袂登氈車。玉容寂寞花無主，顧影低回泣路隅。行行漸入陰山路，目送征鴻入雲去。獨抱琵琶恨更深，漢宫不見空回顧。《全宋詩》卷一〇六八，册18，第12151頁

同前

李　朴

好將巾幗賜朝臣，可惜衣冠輕玷污。犬馬猶懷報主心，妾身不恨丹青誤。《全宋詩輯補》，册3，第1396頁

同前

曹　勛

好惡由來各在人，况憑圖像覓天真。君王視聽能無壅，延壽何知敢妄陳。《全宋詩》卷一八八二，册33，第21079頁

同前

陳長方

巫峽江邊歲屢更，漢宮日月亦崢嶸。此身端可清邊患，誰惜龍沙以北行。《全宋詩》卷一九八四，册35，第22252頁

同前

趙蕃

絶代方能入漢宫，畫圖何必更求工。縱令得幸因圖畫，已落君王疑信中。《全宋詩》卷二六三五，册49，第30799頁

同前

盛世忠

漢使南歸絶信音，氈庭青草始知春。蛾眉却解安邦國，羞殺麒麟閣上人。《江湖後集》卷一四《全宋詩》卷三〇八七，册59，第36829頁

同前

徐鈞

按，《全元詩》册七亦收徐鈞此詩，元代卷不復録。

畫工雖巧豈堪憑，妍醜何如一見真。自是君王先錯計，愛將耳目寄他人。《全宋詩》卷三五八四，册68，第42834頁

同前

連文鳳

按，《全元詩》册一三亦收連文鳳此詩，元代卷不復録。

使者相隨出漢宮，辭君上馬去匆匆。只因自恃好顔色，不把金錢買畫工。《全宋詩》卷三六二一，册69，第43365頁

同前五首

陳　普

昭陽柘館貯歌兒，恨殺陳湯斬郅支。胡草似人空好色，春光不到二閼氏。自注：元帝建昭三年，陳湯斬郅支，呼韓邪聞之懼。竟寧元年入朝，願婿漢以自親，於是昭君嫁匈奴。五月而元帝崩。成帝（日）〔自〕爲太子，以好色聞。即位，采良家女備後宫，終黜許后、班姬，尊趙飛燕姊妹，以成王氏之亂。使昭君緩數月不嫁，則爲成帝有矣。然睹呼韓邪二閼氏爲子讓立之事，則昭君色而胡婦德也。

寧胡名號正當時，且有安棲得哺兒。胡草似人空好色，青青合爲故閼氏。自注：呼韓邪先娶呼衍王二女，長曰顓渠閼氏，生二子，曰且莫車、囊知車斯。次曰天閼氏，生二子曰雕陶莫皋、且麋胥，皆長於顓渠所生者。單于欲立太子，顓渠閼氏曰：匈奴亂十年，國未安，須立長君，我子少，不可立也。次閼氏曰：舍嫡立庶，後世必亂。相讓久之，單于卒用顓渠言，立雕陶莫皋，匈奴遂安。然而昭君色而二閼氏德也。昭君嫁單于，號曰「寧胡閼氏」。

出嫁氈裘得幾時，昭陽柘館貯歌兒。蛾眉莫怨毛延壽，好怨陳湯斬郅支。自注：元帝好德，不留心女色，故昭君隱掖庭不得見。成帝自爲太子，以好色聞，即位，采良家女以備後宫，卒廢許后、班姬，寵趙飛燕姊妹，以絶繼嗣，成王氏之篡。飛燕本公主家歌者，帝見而悦之。昭君之嫁單于，則以陳湯、甘延壽斬郅支單于，呼韓邪心懼來朝，願婿漢自親，而以昭君子之。正月來朝，二月到胡庭，五月而元帝崩，其薄命蓋在於此。機關樞紐之所發，以陳湯、甘延壽之故也。原按：以上詩三首，多有重句，然意各有寓，故不敢芟除。

呼韓骨冷復雕陶，夜夜穹廬朔月高。爲問琵琶弦底話，得無一語訴腥臊。自注：昭君嫁單于，呼韓邪已老，三年而死。生一男，曰伊屠知車斯。舊閼氏子雕陶莫皋立，爲復株累若鞮單于，復納昭君，生二女，曰須卜居次、當于居次。

甫出車延玉座傾，黄金無復贖娉婷。騷人更望胡人返，不識松楸拱渭陵。自注：王昭君，詩人模寫多矣，大率述其嫁胡之悲哀，而未及詳當時之事也。暇日看史，見其本末，猶有可言。妄得數首，句法不能及前輩，聊備其未備云耳。

《全宋詩》卷三六五〇，册 69，第 43808 頁

同前

何籌齋

春到穹廬雪未融，日高氈帳暖如烘。當時不是毛延壽，應嘆孤眠老漢宮。［宋］于濟、蔡正孫編集，［朝鮮］徐居正等增注，卞東波校證《唐宋千家聯珠詩格校證》卷一三，鳳凰出版社，2007 年版，第 616 頁

和王昭君

韓維

題注曰：「原甫唱，依韻。」

漢宮姝麗地，華觀連珍臺。娥眉三千人，皆自良家來。昭君乃獨出，負色羞自媒。一爲丹青誤，白雪成緇埃。結歡萬里外，不得少徘徊。車馬悵不前，觀者爲悲摧。空令琵琶曲，千載傳餘哀。物生美惡混，天意未易回。蘭茝苟不珍，且願生蒿萊。《全宋詩》卷四二〇，册8，第5153頁

昭君

呂本中

凍雲霾空風折木，烏孫公主歌黄鵠。昭君請自嫁單于，當時各倚顔如玉。霧鬟雲鬟胡地塵，帳中誰是可憐人。左抱琵琶右揮手，胡地漢宫能幾春。嗚呼古來出婦嫁鄉曲，何曾肯望秦雲哭。《全宋詩》卷一六〇九，册28，第18078頁

同前

姜特立

漢宫胡地真天壤，一别長門隔塞雲。莫謂琵琶慰行役，琴心不比卓文君。《全宋詩》卷二一四三，册38，第24170頁

同前

陳宓

永巷鎖芳菲，春歸入燕泥。粉身能報國，妾不愛蛾眉。《全宋詩》卷二八五四，册54，第34028頁

同前

盛世忠

漢使南歸絶信音，氈庭青草始知春。蛾眉却解安邦國，羞殺麒麟閣上人。《全宋詩》卷三三三八，册63，第39857頁

同前

陳杰

千古和戎恨，冢青今尚聞。漢朝三尺草，埋没幾昭君。《全宋詩》卷三四五三，册65，第41145頁

按，《全元詩》册一二亦收陳杰此詩，元代卷不復録。

昭君曲

趙汝鐩

禦戎豈別無經綸，婁敬作俑言和親。或結或絶患不已，至呼韓邪朝竟寧。稽首願得婿漢氏，秭歸有女王昭君。臨時失捐畫工賂，蛾眉遠嫁單于庭。玉容慘淡落紫塞，粉泪闌干揮黄雲。下馬穹廬移步澀，彈絲誰要胡兒聽。年年兩軍苦争戰，殺人如麻盈邊城。若藉此行贖萬骨，甘忍吾耻縻一身。聞笳常使夢魂驚，倚樓惟恐烽火明。狼子野心何可憑，嗚呼狼子野心何可憑。

《全宋詩》卷二八六四，册 55，第 24201 頁

同前

姚　寬

詩序曰：「石崇云：『昔公主嫁烏孫，令琵琶馬上作樂，以慰其道路之思。送昭君亦然。』非昭君自彈琵琶也。昭君恨帝始不見遇，席上請行。單于得昭君大喜，獻白璧一雙，

駿馬數匹而已。昭君留北地，作怨思之歌，傳於漢。後爲此辭者，多遺其事實。」

漢宮深鎖千蛾眉，妒寵争妍君不知。昭君自恃色殊衆，畫師忍爲黄金欺。當時望幸君不顧，泪濕花枝怨無主。一朝按圖聘絶域，慷慨尊前爲君去。蕭蕭車騎如流水，慘澹風沙千萬里。昔年公主嫁烏孫，妾身况是良家子。自嗟薄命無歸路，弱質安能事强主。可憐宫錦换氈裘，忍變故音作新語。馬上琵琶送將遠，行路聞之亦凄斷。寄書空憶雁南飛，只有怨歌傳入漢。漢家失計何所獲，羽林射士空頭白。白璧駿馬無時無，傾國傾城難再得。《全宋詩》卷一九六九，册35，第22061頁

同前

劉　宰

題注曰：「讀鄭虞任所賦及石湖諸賢題卷昭君事，反復略盡，管見容有未合，漫書卷尾。」

朝日曜兮春花，玉壺炯兮清冰。耿餘心兮不欺，付妍醜兮丹青。君王兮宵衣，壯士悲歌兮

戰死。豈余身兮憚殃，抗風沙兮萬里。崔嵬兮增城，璀燦兮昭陽。羌末路兮多艱，幸朕時之不當。氈裘兮娛嬉，穹廬兮容與。怨群胡兮我欺，諗九天兮誰許。南風兮徐來，掩涕兮無語。四十五十兮無家，抑有慚兮嫠女。《全宋詩》卷二八〇六，册53，第33342頁

同前

宋无

按，《全元詩》册一九亦收宋无此詩，元代卷不復録。

氈城萬里風雪寒，妾行雖危漢室安。漢室已安妾終老，妾顔穹廬豈長好。漢家將相多良策，更選嬋娟滿宮掖。單于世世求和親，漢塞自此無風塵。《全宋詩》卷三七二三，册71，第44767頁

同前

鄭虞任

詩序曰：「前輩作《昭君曲》，其辭多後人追感昭君之事而憐之耳，未足以見當時馬上之情而寄其隱悲也，從當時之稱，當曰《昭君曲》。」宋陸游《跋鄭虞任〈昭君曲〉》曰：「自張

文潛下世，樂府幾絶。吾友鄭虞任作《昭君曲》，如『羊車春草空芊芊』及『重瞳光射搔頭偏』之類，文潛殆不死也。『但願夕烽長不驚甘泉，妾身勝在君王前』，能道昭君意中事者。淳熙甲辰三月二十三日，甫里陸某書。」①

沙平草軟雲連綿，臂弱不勝黄金鞭。琵琶圍繞情如訴，妾心騾感君王憐。自入昭陽宫，過箭流芳年。婭娥容華貌如玉，瑣窗粉黛添嬋娟。妾醜已自知，羊車春草空芊芊。内中時時宣畫工，分定愧死行金錢。那知咫尺間，筆端變媸妍？玉階銅砌呼上馬，重瞳光射搔頭偏。念此一顧恩，穹廬萬里寧無緣。紫臺房櫳夢到曉，日暮忍看征鴻翩。吞聲不敢哭，哭聲應徹天。但得君王知妾身，應信目前皆山川。不必誅畫工，此事古則然。但願夕烽常不驚甘泉，妾身勝在君王前。寄語幕南諸將軍，虎頭燕頷食肉休籌邊。自呼琵琶寫此曲，有聲無調誰能傳。［宋］佚名《詩家鼎臠》卷上，景印文淵閣四庫全書，册 1362，臺灣商務印書館，1986 年版，第 9 頁

① 《全宋文》卷四九三六，册 222，第 386 頁。

昭君曲

諶祐

按，此爲殘句。

世言如花人薄命，誰識如花入衛霍。只今保塞願稱臣，鬢蟬奪却貂蟬勛。《全宋詩》卷三三五〇，册64，第40048頁

昭君辭

釋智圓

昭君停車淚暫止，爲把功名奏天子。静得胡塵唯妾身，漢家文武合羞死。《全宋詩》卷一三七，册3，第1538頁

昭君詞

徐　照

琵琶彈得是胡音，上馬低蛾泪滴襟。畫匠枉教延壽死，相如作賦得黄金。《全宋詩》卷二六七二，册 50，第 31399 頁

同前

蕭　澥

琵琶馬上去躊躇，不是丹青偶誤渠。會得吴宫西子事，漢家此策未全疏。《全宋詩》卷三二五四，册 62，第 38822 頁

昭君行

黄　裳

良家有子惠而秀，昔在漢宫誰更有。入宫見妒名不傳，咫尺君王望恩久。奈何賦分薄如人，却屬畫工爲好醜。千金買笑那敢當，無賂應嗟落人後。俄聞召見喜且驚，自以閒雅文輕盈。

將謂君王必回顧，行且遂承恩與榮。權兼天下失所制，女子未免匈奴行。此身既係國休戚，君王雖悔難復更。雪怨雲愁竟何語，自小誰知北征苦。既知中華棲上清，乃托胡人爲死生。平居悵望一成夢，用傃遐荒尋去程。胸前但殞默默泪，門外已抗悠悠旌。轅馬悲鳴日云遠，行經幾處單于城。平沙莽莽春不青，頑陰漫漫天不明。隨無鴛鴦歡悦情，送有琵琶哀怨聲。大抵言意非吾類，眷眷向前愁益并。寧落家鄉作孀婦，焉用閼氏尊予名。人惟適性乃有樂，未必膏粱勝藜藿。當時將相若爲策，豈意安邊用顔色。君雖不幸功可稱，莫道佳人只傾國。思歸曲在人已非，青冢空悲塞南客。《全宋詩》卷九三九，册16，第11042頁

同前

周紫芝

漢宫侍女知幾千，争妍取寵俱可憐。誰知恩愛托畫手，黄金買得昭陽眠。昭君自恃玉顔好，未信光陰鏡中老。不知萬里嫁胡兒，憔悴蛾眉葬秋草。憶得昭君初嫁時，含羞忍泪無人知。胡天漫漫沙漠遠，空抱琵琶説别離。捐金得寵固可耻，委身胡酋不如死。世間妍醜何曾分，自古賢愚亦如此。《全宋詩》卷一四九六，册26，第17086頁

同前并引

釋居簡

詩引曰："楚靈均、漢昭君皆歸州人，雖德色之不齊，其於不遭，一也，賦昭君此靈均云。"

楚山有美傾人國，家傍江城逐臣宅。逐臣賦并日月明，琵琶遺入穹廬嗚。哀彈不作胡兒語，寫漢遺音吊亡楚。泪如鉛水濕春風，苦心只與春風訴。曲中愁緒亂風絲，因風寄雁雲南飛。漢家彈作昭君怨，試問昭君別怨誰。天生尤物天還如，仰天自笑蛾眉誤。不如强醉枕琵琶，暫時栩栩夢還家。昭陽未有承恩地，閼氏孰與寧胡貴。不須頻下思家泪，漢女雄猜如阿雉。《全宋詩》卷二七九二，册53，第33103頁

同前

洪咨夔

紅嫣翠濕平陽里，轣轆游車汎流水。蒼頭擁騎知謂誰，草草人家寄生子。君王神武重邊

功，不愛穠華勝桃李。青鸞扶下五雲車，顛倒衣裳冠薦履。賞功未了説和親，又墮蛾眉芳夢裏。平章三十六宫春，遣似天驕買驩喜。朔風吹雪胡馬嘶，獵歸月淡龍城西。重旃穹窿壓斗帳，泛盎快攬金留犁。細調弦索爲郎鼓，手未推却眉先低。林深人静孤啄木，春盡樹暗雙黄鸝。大居次吹梅花老，小居次舞楊花迷。屠牙勃窣起爲壽，一粲相對酣如泥。子卿海上亦良苦，牧羝未乳兒先乳。信道天涯共此情，誰謂姬姜必齊魯。妾身不爲漢婕妤，下嫁猶獲當單于。從來蕃漢等昆弟，得婿渠不如家奴。君不見冢象廬山誰比數，青冢名傳千萬古。《全宋詩》卷二八九〇，册55，第34473頁

同前

黄文雷

詩序曰：「自石季倫始賦《昭君曲》，以後作者浸多，不容措手。每恨沿襲之誤，作漢初和親意著詠，非也。又按，竟寧元年呼韓邪既婿漢氏，其年五月，宫車晏駕矣。因并除之。不惟祛詞人之失，亦以解昭君於地下云。」宋黄文雷《看雲小集》自序曰：「詩以唐體爲工，清麗婉約，自有佳處。或者乃病格力之浸卑，南塘先生謂宜稍抑所長，而兼進其短，斯殆名言。若僕者江西人，才分既以褊迫，生世不諧，思致窮苦，雖知其然，而未之能變也。芸居

見索，倒篋出之，料簡僅止此。自《昭君曲》而上，蓋嘗經先生印正云。」①

君不見未央前殿羅九賓，漢皇南面呼韓臣。無人作歌繼《大雅》，至今遺恨悲昭君。丙殿春閑門馮傅，掖庭新花隔烟霧。票姚枉奪燕支山，玉顔竟上氈車去。人生流落那得知，不應畫史嫌蛾眉。疑心只共琵琶語，歸夢空隨鴻雁飛。穹廬隨分薄梳洗，世間禍福還相倚。上流厭人能幾時，後來燕啄皇孫死。野狐落中高臺傾，宮人斜邊曲池平。千秋萬歲總如此，誰似青冢年年青。《全宋詩》卷三四四七，册 65，第 41083 頁

昭君出塞行

劉才邵

按，《昭君出塞行》與《昭君行》本事同，姑録于《昭君行》後。宋張耒《十月十日夕同文安君對月》云：「燈前爐畔深杯暖，更聽《昭君出塞行》。」②知該曲宋時可歌。

---

① 《全宋文》卷六九八二，册 306，第 128 頁。
② 《全宋詩》卷一一七七，册 20，第 13286 頁。

曉鐘傳箭金門開，翠裘玉几高崔嵬。蕃官膜拜領天語，玉顔忍泪青娥摧。塵香金翠風鬟亂，琵琶難寫重重怨。回望秦關烟霧深，心魂暗逐幺弦斷。大閹當國國勢卑，坐致匈奴輒輕漢。請婚薦女不自慚，畫師微罪翻深按。雖然責賂變真質，却爲宫中去尤物。正似渠成秦利厚，反間之辜宜特宥。漢皇儻有帝王資，盡戮奸諛賞延壽。《全宋詩》卷一六八一，册29，第18839頁

昭君嘆

鄭思肖

漢朝遠人來入使，當時公卿短奇計。紫清殿内一朵花，狂風妒春吹落地。命墮窮陰鬼爲侶，回首玉皇紫清裏。舊愁新愁東海深，黄鸝舌破傷春事。江南絶色天下夸，元賊盡虜歸胡沙。或以嫁之虋僞爵，于飛馬背行天涯。年深欒與生子女，情熱比翼忘咨嗟。果知禮義不忍去，亦有一死魂還家。德祐百官人稷契，腹飽理學縱横説。尚棄君父從背叛，乃教妻妾學貞烈。男兒或老不曉事，女子正少欲守節。天生至性教不得，時危罕見人中傑。能盡婦道能誨兒，王陵之母王凝妻。世間婦人誰及之，空恨昭君上馬時。顔色日老單于死，萬里魂歸身不歸。廣寒嫦娥今塵土，應見青冢雙泪垂。《全宋詩》卷三六二八，册69，第43445頁

昭君解

鄭　樵

巫山能雨亦能雲，宫麗三千杳不聞。延壽若爲公道筆，後人誰識一昭君。《全宋詩》卷一九四九，册34，第21781頁

卷六四　宋相和歌辭八

明妃曲

梅　詢

絶色如花壓漢宮，萬枝緑裏一枝紅。可憐出塞和戎去，悔不當初賂畫工。《全宋詩輯補》，册1，第373頁

同前二首

曾　鞏

明妃未出漢宮時，秀色傾人人不知。何況一身辭漢地，驅令萬里嫁胡兒。喧喧雜虜方滿眼，皎皎丹心欲語誰。延壽爾能私好惡，令人不自保妍媸。丹青有迹尚如此，何況無形論是非。窮通豈不各有命，南北由來非爾爲。黄雲塞路鄉國遠，鴻雁在天音信稀。度成新曲無人聽，彈向東風空泪垂。若道人情無感慨，何故衛女苦思歸。

蛾眉絶世不可尋，能使花羞在上林。自信無由污白玉，向人不肯用黄金。一辭椒屋風塵

遠，去托氈廬沙磧深。漢姬尚自有妒色，胡女豈能無忌心。直欲論情通漢地，獨能將恨寄胡琴。但取當時能托意，不論何代有知音。長安美人夸富貴，未央宮殿競光陰。豈知泯泯沈烟霧，獨有明妃傳至今。《全宋詩》卷四五七，册8，第5552頁

同前二首

王安石

宋胡仔《苕溪漁隱叢話》曰：「介甫《明妃曲》二首，辭格超逸，誠不下永叔。」①宋范季隨《陵陽先生室中語》曰：「《明妃曲》古今人所作多矣，今人多稱王介甫者。白樂天只四句，含蓄不盡之意，云：『驛使歸時頻寄語，黄金早晚贖蛾眉。君王若問妾顔色，莫道不如宫裏時。』」②宋葛立方《韻語陽秋》曰：「古今人詠王昭君多矣，王介甫云：『意態由來畫不成，當時枉殺毛延壽。』歐陽永叔云：『耳目所因尚如此，萬里安能制夷狄。』白樂天云：『愁苦辛勤憔悴盡，如今却似畫圖中。』後有詩云：『自是君恩薄於紙，不須一向恨丹青。』李義

① 《苕溪漁隱叢話》(後集)卷二三，第167頁。

② ［宋］范季隨《陵陽先生室中語》，［明］陶宗儀《説郛三種》卷四三，上海古籍出版社，1988年版，第704頁。

山云：『毛延壽畫欲通神，忍爲黄金不爲人。』意各不同，而皆有議論，非若石季倫、駱賓王輩徒序事而已也。」①宋王楙《野客叢書》曰：「明妃事，《前漢·匈奴傳》所載甚略，但曰：『竟寧元年，單于入朝，願婿漢氏。元帝以後宫良家子王嬙字昭君賜單于，單子驩喜。』如此而已。而《西京雜記》甚詳，曰：『元帝後宫既多，不得常見，乃使畫工圖形，按圖召幸之。皆賂畫工，多者十萬，少者亦不減五萬，獨王嬙不肯，遂不得見。後匈奴入朝，求美人爲閼氏，於是上按圖以昭君行。及去，召見，貌爲後宫第一，善應對，舉止閑雅。帝悔之，而名籍已定，帝重失信於外國，故不復更人。乃窮竟其事，畫工毛延壽等皆棄市。』《後漢·匈奴傳》載此，與《記》小異，曰：『初元帝時，以良家子選入掖庭。時呼韓邪來朝，帝敕以宫女五人賜之。昭君入宫，數歲不得見御，積悲怨，乃請掖庭令求行。呼韓邪臨辭大會，帝召五女示之，昭君豐容靚飾，光明漢宫，顧景裵回，竦動左右。帝見大驚，意欲留之，而難於失信。』如《雜記》，則是昭君因不賂畫工之故，致元帝誤選己而行。如《後漢》所説，則是昭君因久不得見御，故發憤自請而行。二説既不同，而《後漢》且不聞毛延壽之説。《樂府解題》所説近《西京雜記》，《琴操》所説近《後漢·匈奴傳》。然其間又自有不同，《琴操》謂單于遣使朝

① [宋] 葛立方《韻語陽秋》卷一九，[清] 何文焕《歷代詩話》，中華書局，2004年版，第643—644頁。

賀，帝宴之，盡召後宫，問誰能行者，昭君盛飾請行。如《琴操》所言，則單于使者來朝，非單于來朝也；昭君在帝前自請行，非因掖庭令求行也。其相戾如此。此事《前漢》既略，當以《後漢》爲正，其他紛紛，不足深據。」①宋羅大經《鶴林玉露》曰：「古今賦昭君詞多矣，唯白樂天云：『漢使却回憑寄語，黄金何日贖蛾眉？君王若問妾顔色，莫道不如宫裏時。』前輩以爲高出衆作之上，亦謂其有戀戀不忘君之意也。歐陽公《明妃詞》自以爲勝太白，而實不及樂天。至於荆公云『漢恩自淺胡自深，人生樂在相知心』，則悖理傷道甚矣。」②又曰：「其詠昭君曰：『漢恩自淺胡自深，人生樂在相知心。』推此言也，苟心不相知，臣可以叛其君，妻可以棄其夫乎？其視白樂天『黄金何日贖娥眉』之句，真天淵懸絶也。」③宋劉辰翁批點王荆文公《明妃曲二首》曰：「（其一）……君不見，咫尺長門閉阿嬌，人生失意無南北。一樣。「君不見」，樂府常語耳，此獨從家人寄聲得之。讀者墮泪，但見藹然，無嫌南北。……（其二）含情欲語獨無處，傳與琵琶心自知。淺淺處亦有情。……彈看飛鴻勸胡酒。七字俯仰何堪！……漢恩自淺胡

---

① 《野客叢書》卷八，第 89—90 頁。
② ［宋］羅大經撰，王瑞來點校《鶴林玉露》乙編卷二，中華書局，1983 年版，第 141 頁。
③ 《鶴林玉露》乙編卷四，第 186 頁。

自深，人生樂在相知心。正言似反，與《小弁》之怨同情。更千古孤臣出婦，有口不能自道者，乃從舉聲一動出之。謂爲背君父，是不知怨也。三復可傷，能令腸斷。……可憐青冢已蕪没，尚有哀弦留至今。却如此結，神情俱斂，深得樂府之體。惟張籍唐賢間或知此。」①

明妃初出漢宫時，泪濕春風鬢脚垂。低徊顧影無顔色，尚得君王不自持。歸來却怪丹青手，入眼平生幾曾有。意態由來畫不成，當時枉殺毛延壽。一去心知更不歸，可憐着盡漢宫衣。寄聲欲問塞南事，只有年年鴻雁飛。家人萬里傳消息，好在氈城莫相憶。君不見咫尺長門閉阿嬌，人生失意無南北。

明妃初嫁與胡兒，氈車百兩皆胡姬。含情欲説獨無處，傳與琵琶心自知。黄金捍撥春風手，彈看飛鴻勸胡酒。漢宫侍女暗垂泪，沙上行人却回首。漢恩自淺胡自深，人生樂在相知心。可憐青冢已蕪没，尚有哀弦留至今。《全宋詩》卷五四一，册10，第6503頁

① [宋] 王安石撰，[宋] 李壁箋注，高克勤點校《王荆文公詩箋注》(上)卷六，上海古籍出版社，2010年版，第141—143頁。

同前

王安石

我本漢家子，早入深宮裏。遠嫁單于國，憔悴無復理。穹廬爲室旃爲墻，胡塵暗天道路長。去住彼此無消息，明明漢月空相識。死生難有却回身，不忍回看舊寫真。玉顔不是黄金少，愛把丹青錯畫人。朝爲漢宮妃，暮作胡地妾。獨留青冢向黄昏，顔色如花命如葉。《全宋詩》卷五七三，册10，第6754頁

同前

唐庚

生男禁多才，長沙伴湘累。生女禁太美，陰山嫁胡兒。長沙雖歸如不歸，陰山亦復歸無期。絳灌通侯延壽死，琵琶休怨漢天子。《全宋詩》卷一三二三，册23，第15020頁

同前

李綱

昭君自恃顔如花，肯賂畫史丹青加。十年望幸不得見，一日遠嫁來天涯。辭宫脈脈灑紅泪，出塞漠漠驚黄沙。寧辭玉質配夷虜，但恨拙謀羞漢家。穹廬腥膻厭酥酪，曲調幽怨傳琵琶。漢宫美女不知數，骨委黄土紛如麻。當時失意雖可恨，猶得千古詩人夸。《全宋詩》卷一五五〇，册27，第17609頁

同前

王洋

漢宫沈沈凝紫烟，妾身一入知幾年。樓高秋月照清夜，亭暖春花熏醉眠。憶初送我辭親戚，便擬光華列旌戟。君門安得似人間，咫尺千山萬山隔。花月朝朝空暮暮，長戀朱顔不如故。内家車子散金錢，安得此身沾雨露。忽聞花宫選羅綺，單于來朝漢天子。但言妾欲嫁單于，萬一君王賞桃李。大明宫内宴呼韓，出水芙蓉鑑裏看。徘徊顧影花顔靚，綽約豐容廣殿寒。當日君王喜且驚，欲留失信去闗情。若教不殺毛延壽，方信蛾眉畫不成。茫茫漢塞連沙漠，柳色陽

關斷腸處。故鄉阡陌想依然，馬上琵琶向誰語。命薄身存有重輕，天山從此静埃塵。山西健將如君否，此日安危托婦人。人生景物疾如馳，翻覆由來萬事非。莫笑巫山女粗醜，朝尋楚宫暮柴扉。男兒莫厭款段馬，女兒莫羨金縷衣。君不見巫山歌舞賽神罷，野老至今懷秭歸。《全宋詩》卷一六八七，册30，第18937頁

同前

陸　游

漢家和親成故事，萬里風塵妾何罪。掖庭終有一人行，敢道君王棄憔悴。雙駝駕車夷樂悲，公卿誰悟和戎非。蒲桃宫中顔色慘，鷄鹿塞外行人稀。沙磧茫茫天四圍，一片雲生雪即飛。太古以來無寸草，借問春從何處歸。《全宋詩》卷二一八三，册40，第24867頁

同前

徐得之

妾生豈願爲胡婦，失信寧當累明主。已傷畫史忍欺君，莫使君王更欺虜。琵琶却解將心語，一曲才終恨何數。朦朧胡霧染宫花，泪眼横波時自雨。專房莫倚黄金賂，多少專房棄如土。

寧從別去得深嚬，一步思君一回頭。胡山不隔思歸路，只把琵琶寫辛苦。君不見有言不食古高辛，生女無嫌嫁盤瓠。《全宋詩》卷二三三四，册 43，第 26837 頁

同前

陳造

漢宮第一人，只合侍天子。四弦春風手，可用入胡耳。天生國艷或爲累，金賂畫工寧不耻。玉顔初作萬里行，朔風黧面邊塵昏。路人私語泪棲睫，况妾去國懷君恩。穹廬漸耐胡天冷，政復難忘心耿耿。夜深拜月望長安，顧嘆當時未央影。胡雛酌酒單于舞，銘肺千年朝漢主。傳聞上谷與蕭關，自頃耕桑皆樂土。向來屯餉仍繒絮，廟算年年關聖慮。但令黄屋不宵衣，埋骨龍荒妾其所。《全宋詩》卷二四二七，册 45，第 28031 頁

同前

薛季宣

闕下烏雲暗黑旗，未央高會送將歸。天子傳觴從官勸，單于今正天驕兒。上林關鎖多芳菲，王嬙困睡花葳蕤。中人驚起道宣唤，和戎却自拚蛾眉。徘徊顧景傷春啼，秀色誤身生不知。

工師萬死未足謝，丹青始信君難欺。寃莫寃兮長別離，盟莫渝兮徒自疑。氈車未免下宮殿，記得當年初入時。眉山淡掃雙螺垂，擬高門户生光輝。姑姊提携父母送，不教含涕登丹墀。赭黄有泪濡龍衣，此身雖是觸事非。胡沙萬里少花木，胡中争看真閼氏。言語不通心儘悲，琵琶琢就彈哀思。君門萬里不易到，檀槽撥斷商弦絲。窮寒絶塞人踪稀，時有天邊霜雁飛。憑誰説與漢卿相，西施莫忘真元龜。《全宋詩》卷二四七五，册46，第28696頁

同前

王炎

掖庭國色世所稀，不意君王初未知。欲行未行始驚惋，畫史乃以妍爲媸。約言已定不可悔，氈車萬里隨單于。天生胡漢族類異，古無漢女爲胡姬。高皇兵敗白登下，歸遣帝子稱閼氏。欲平兩國恃一女，烏乎此計何其疏。至今和親踵故事，延壽欺君何罪爲。此生失意甘遠去，此心戀舊終懷歸。胡天慘淡氣候别，風沙四面吹穹廬。琵琶曲盡望漢月，塞雁年年南向飛。《全宋詩》卷二五五九，册48，第29688頁

同前

王阮

胡塵漠漠風卷沙，明妃馬上彈琵琶。琵琶一曲思歸譜，明妃泪盡胡兒舞。胡兒不道思歸苦，更問漢宫餘幾許。古來和戎人似鐵，漢家和戎人似雪。午窗一抹春山横，萬里關河不須設。燕支帳寒秋復春，翠被不禁愁殺人。人生不可無黄金，無黄金兮死沉淪。明妃也莫怨青冢，死有佳名生有用。君不見秦樓當日卷衣女，一一空隨宿草腐。《全宋詩》卷二六五六，册50，第31108頁

同前

白玉蟾

行行莫敢悲，一死復千怨。脱身歌舞中，姊姒不足戀。鑾帳紫茸氈，雖卑固不賤。昔在後宫時，幾見君王面。君王有凰偶，不數芹邊燕。儻曾賜御覽，豈爲畫所幻。粉黛相嵚巇，亦懼人彘變。但念辭鄉國，遠適堪慨嘆。此時漢無策，聊塞呼韓願。非無霍嫖姚，兩國慮塗炭。欲寬公卿憂，隻影非所羨。敬將金繒行，不覺泪珠濺。請行安得辭，心心存漢殿。所憐毛延壽，既殺

不可諫。馬蹄蹴胡塵，曉月光燦燦。悽愴成琵琶，千古庶自見。他時冢草青，漢使或一奠。《全宋詩》卷三一三六，册60，第37495—37496頁

同前

武　衍

中國無人虜肆輕，六宮揮泪别傾城。當時誰議誅延壽，益重君王好色名。馬上風沙亂鬢蟬，膻鄉同地不同天。琵琶何用彈深怨，出降烏孫更可憐。《全宋詩》卷三二六八，册62，第28967頁

同前

方一夔

按，《全元詩》册一四亦收此詩，作方夔詩，茲不復録。

明妃去時載橐駞，金環珠絡紅錦靴。燕支山北萬蹄馬，半夜劍槊鏘橫磨。老胡鬚鼻極殊狀，黄羊乳酪氈裘帳。此生賦分逐飛走，一回坐起一惆悵。當初自恃顔如花，不嫁比鄰來天家。

掖庭咫尺隔萬里，十年不復逢宮車。畫工不信能相誤，一朝流落天涯去。漢使年年去復來，長安不見低烟霧。寒沙擊面雁飛秋，手抱琵琶泪暗流。上弦冷冷寫妾苦，下弦切切寫漢羞。妾身生死何須道，漢人嫁我結和好。曲終誰是知音人，斷魂去作墳頭草。《全宋詩》卷三五三三，册 67，第 42254 頁

明妃曲

柯夢得

龍首山頭桑苧翁。《全宋詩》卷二八〇二，册 53，第 33310 頁

按，此爲殘句。

和介甫明妃曲

梅堯臣

宋葛立方《韻語陽秋》曰：「《文選》載石季倫《明君詞》云：『昔公主嫁烏孫，令琵琶馬上作樂，以慰其道路之思。明君亦然。』則馬上彈琵琶，非昭君自彈也，故孟浩然《凉州詞》

云：『故地迢迢三萬里，那堪馬上送明君。』而東坡《古纏頭曲》乃云：『翠鬟女子年十七，指法已似呼韓婦。』梅聖俞《明妃曲》亦云：『月下琵琶旋製聲，手彈心苦誰知得！』則皆以爲昭君自彈琵琶，豈別有所據邪？」①

明妃命薄漢計拙，憑仗丹青死誤人。一別漢宮空掩泪，便隨胡馬向胡塵。馬上山川難記憶，明明夜月如相識。月下琵琶旋製聲，手彈心苦誰知得。辭家只欲奉君王，豈意蛾眉入虎狼。男兒返覆尚不保，女子輕微何可望。青冢猶存塞路遠，長安不見舊陵荒。《全宋詩》卷二六一，册5，第3338頁

明妃曲和王介甫作

歐陽修

題注曰：「嘉祐四年。」宋葉夢得《石林詩話》曰：「前輩詩文，各有平生自得意處，不過數篇，然他人未必能盡知也。毗陵正素處士張子厚善書，余嘗於其家見歐陽文忠子棐以烏絲欄絹一軸，求子厚書文忠《明妃曲》兩篇、《廬山高》一篇，略云：『先公平日未嘗矜大所爲

① 《韻語陽秋》卷一五，叢書集成初編，册2554，第606頁。

文，一日被酒，語棐曰：吾詩《廬山高》今人莫能爲，李太白能之；《明妃曲》後篇，太白不能爲，唯杜子美能之；至於前篇，則子美亦不能爲，唯吾能之也。』因欲别録此三篇也。」①宋胡仔《苕溪漁隱叢話》曰：「胡苕溪云：『《石林詩話》云：歐公一日被酒，語其子棐云：「吾詩《廬山高》，今人莫能爲，惟李太白能之；《明妃曲》後篇，太白不能爲，惟杜子美能之；至於前篇，則子美亦不能，惟吾能之也。」近觀本朝《名臣傳》，乃云：『歐陽修爲詩，謂人曰：「《廬山高》惟韓愈可及；《琵琶前引》，韓愈不可及，杜甫可及；《後引》，李白可及，杜甫不可及。」其自負如此。』則與《石林》所紀全不同。《琵琶引》即《明妃曲》也。」②

胡人以鞍馬爲家，射獵爲俗。泉甘草美無常處，鳥驚獸駭争馳逐。誰將漢女嫁胡兒，風沙無情貌如玉。身行不遇中國人，馬上自作思歸曲。推手爲琵却手琶，胡人共聽亦咨嗟。玉顔流落死天涯，琵琶却傳來漢家。漢宫争按新聲譜，遺恨已深聲更苦。纖纖女手生洞房，學得琵琶不下堂。不識黄雲出塞路，豈知此聲能斷腸。《全宋詩》卷二八九，册6，第3655頁

①［宋］葉夢得《石林詩話》卷中，中華書局，1991年版，第17頁。

②《苕溪漁隱叢話》（後集）卷二三，第166頁。